【臺灣現當代作家
研究資料彙編】84

林鍾隆

國立台灣文學館
出版

部長序

　　文學是時代和社會的產物，所反映的必然是「那個時代、那個地方、那些人」的面貌；倘若我們想要接近或理解某一特定時空的樣態，那麼誕生於那個現實語境下的作家及其作品往往是最好的媒介之一。認識臺灣文學、建構一部完整的臺灣文學史，意義也就在這裡，而這當然有賴於全面且詳實的作家及作品研究。臺灣現當代文學的誕生及發展，自 1920 年代以降，歷時將近百年；這片富饒繁茂的文學沃土，仰賴眾多文學前輩的細心澆灌、耐心耕耘，滋養出無數質量俱優的作品，成績有目共睹，是以我們更應該珍惜呵護，以維繫其繽紛盎然的榮景。

　　懷抱著這樣的心情，欣見《臺灣現當代作家研究資料彙編》以馬拉松的熱力和動能，將第六階段的編選成果呈現在讀者面前。這個計畫從 2010 年開展，推動至今，邁入第七年，已替 80 位臺灣現當代的重要作家完成研究資料的彙編纂輯。在這份長長的名單上，不乏許多讀者耳熟能詳的文學大家，但更重要也更有意義的地方在於，透過國立臺灣文學館、計畫執行單位以及專業顧問團隊的共同討論商議，將許多留下重要作品卻逐漸為讀者甚至是研究者遺忘的資深作家，再度推向文學舞臺，讓他們有重新被閱讀、被重視、被討論的機會，這或許是我們今日推展臺灣文學、希望讓更多人看見前輩的努力之價值所在。

　　本階段所出版的作家包括楊守愚、胡品清、陳之藩、林鍾隆、馬森、段彩華、李魁賢、鍾鐵民、三毛、李潼共十位，其出生年代從 20 世紀初期

到中葉，文類涵蓋小說、詩、散文、兒童文學、翻譯，具體而微地展現了臺灣文學的豐富樣貌。延續前此數階段專業而詳實的風格，每冊圖書皆蒐集、整理作家的影像、小傳、生平年表、作品評論，並由學有專精的主編學者撰寫研究綜述，為讀者勾勒出一幅詳實精確的作家文學地圖，不僅是文學研究者查找資料的重要依據，同時也能滿足一般讀者的基本需求，是認識臺灣作家與臺灣文學發展的重要讀本。在此鄭重向讀者推介，也請海內外關心及研究臺灣文學之各界方家不吝指正，以匯聚更多參與及持續前行的能量。

文化部部長　　鄭麗君

館長序

　　在漫漫的歷史長河中回望，文學作家及其作品總是時代風潮、社會脈動最好的攝影師，透過文字映照社會的面貌、人類靈魂的核心，引領讀者進入真實美善與醜陋墮落並存的世界。認識作家，有助於對其作品的欣賞，從而理解他所置身的時空環境及其作品風貌；這不僅關乎作家自身的創作經歷和文學表現，同時也是探究文學發展脈絡的根基，並據此深化人文思想的厚度。

　　臺灣文學發展至今，歷經千百年的綿延與沉澱，在蓄積豐沛能量的同時，亦呈現盎然的生機與蓬勃的朝氣。若欲以此為基礎，建構一部詳實完整的臺灣文學史，勢必有賴於詳實且審慎的作家和作品研究，故而全面梳理研究資源、提升資料查考與使用的便利性，也就顯得格外重要。國立臺灣文學館於 2010 年啟動《臺灣現當代作家研究資料彙編計畫》，就是以上述觀點為前提，組成精實的編輯與顧問團隊，詳盡蒐集、整理臺灣現當代重要作家的生平、年表與研究資料，選錄具有代表性的評論文章，編列成冊，以完整呈現作家的存在樣貌、歷史地位及影響。至 2016 年底，此一計畫已進入第六階段，總計完成 90 位作家的研究資料彙編。最新出版的十位作家為楊守愚、胡品清、陳之藩、林鍾隆、馬森、段彩華、李魁賢、鍾鐵民、三毛、李潼，兼顧作家的族群、性別、世代以及創作文類的差異，既體現了臺灣文學研究總體成果中最優質精緻的部分，同時也對未來的研究指向與路徑，提出了嶄新而適切的看法，必將有助於臺灣文學學科發展的

擴展與深化。

　　本計畫歷年所完成的出版成果，內容詳實嚴謹，獲得文學界人士和讀者的高度肯定，各界並期許持續推展，以使臺灣作家研究累積更為厚實的基礎。在此也要向承辦單位所組成的編輯團隊，以及長期參與支持本計畫的專家學者致上最深的謝意，也請海內外關心及研究臺灣文學各界方家不吝指正，以匯聚更多向前邁進的能量。

國立臺灣文學館館長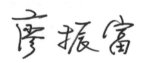

編序

◎封德屏

緣起

　　1995 年 10 月 25 日，在臺灣師範大學教育大樓的 201 室，一場以「面對臺灣文學」為題的座談會，在座諸位學者分別就臺灣文學的定義、發展、研究，以及文學史的寫法等，提出宏文高論，而時任國家圖書館編纂張錦郎的「臺灣文學需要什麼樣的工具書」，輕鬆幽默的言詞，鞭辟入裡的思維，更贏得在座者的共鳴。

　　張先生以一個圖書館工作人員自謙，認真專業地為臺灣這幾十年來究竟出版了多少有關臺灣文學的工具書，做地毯式的調查和多方面的訪問。同時條理分明地針對研究者、學生，列出了十項工具書的類型，哪些是現在亟需的，哪些是現在就可以做的，哪些是未來一步一步累積可以達成的，分別做了專業的建議及討論。

　　當時的文建會二處科長游淑靜，參與了整個座談會，會後她劍及履及的開始了文學工具書的委託工作，從 1996 年的《臺灣文學年鑑》起始，一年一本的編下去，一直到現在，保存延續了臺灣文學發展的基本樣貌。接著是《中華民國作家作品目錄》的新編，《臺灣文壇大事紀要》的續編，補助國家圖書館「當代文學史料影像全文系統」的建置，這些工具書、資料庫的接續完成，至少在當時對臺灣文學的研究，做到一些輔助的功能。

　　2003 年 10 月，籌備多年的「臺灣文學館」正式開幕運轉。同年五月《文訊》改隸「財團法人台灣文學發展基金會」，為了發揮更大的動能，開始更積極、更有效率地將過去累積至今持續在做的文學史料整理出來，讓

豐厚的文藝資源與更多人共享。

　　於是再次的請教張錦郎先生，張先生認為文學書目、作家作品目錄、文學年鑑、文學辭典皆已完成或正在進行，現在重點應該放在有關「臺灣現當代作家評論資料目錄」的編輯工作上。

　　很幸運的，這個計畫的發想得到當時臺灣文學館林瑞明館長的支持，於是緊鑼密鼓的展開一切準備工作：籌組編輯團隊、召開顧問會議、擬定工作手冊、撰寫計畫書等等。

　　張錦郎先生花了許多時間編訂工作手冊，每一位作家的評論資料目錄分為：

　　（一）生平資料：可分作者自述，旁人論述及訪談，文學獎的紀錄。

　　（二）作品評論資料：可分作品綜論，單行本作品評論，其他作品（包括單篇作品）評論，與其他作家比較等。

　　此外，對重要評論加以摘要解說，譬如專書、專輯、學術會議論文集或學位論文等，凡臺灣以外地區之報刊及出版社，於書名或報刊後加註，如中國大陸、香港、新加坡等。此外，資料蒐集範圍除臺灣外，也兼及中國大陸、香港、新加坡、日本、韓國及歐美等地資料，除利用國內蒐集管道外，同時委託當地學者或研究者，擔任資料蒐集工作。

　　清楚記得，時任顧問的學者專家們，都十分高興這個專案的啟動，但確定收錄哪些作家名單時，也有不同的思考及看法。經過充分的討論後，終於取得基本的共識：除以一般的「文學成就」為觀察及考量作家的標準外，並以研究的迫切性與資料獲得之難易度為綜合考量。譬如說，在第一階段時，作家的選擇除文學成就外，先考量迫切性及研究性，迫切性是指已故又是日治時期臺籍作家為優先，研究性是指作品已出土或已譯成中文為優先。若是作品不少而評論少，或作品評論皆少，可暫時不考慮。此外，還要稍微顧及文類的均衡等等。基本的共識達成後，顧問群共同挑選出 310 位作家，從鄭坤五、賴和、陳虛谷以降，一直到吳錦發、陳黎、蘇偉貞，共分三個階段進行。

　　「臺灣現當代作家評論資料目錄」專案計畫，自 2004 年 4 月開始，至 2009 年 10 月結束，分三個階段歷時五年六個月，共發現、搜尋、記錄了十餘萬筆作家評論資料。共經歷了三位專職研究助理，近三十位兼任研究助理。這些研究助理從開始熟悉體例，到學習如何尋找資料，是一條漫長卻實用的學習過程。

接續

　　「臺灣現當代作家評論資料目錄」的專案完成，當代重要作家的研究，更可以在這個基礎上，開出亮麗的花朵。於是就有了「臺灣現當代作家研究資料彙編暨資料庫建置計畫」的誕生。為了便於查詢與應用，資料庫的完成勢在必行，而除了資料庫的建置外，這個計畫再從 310 位作家中精選 50 位，每人彙編一本研究資料，內容有作家圖片集，包括生平重要影像、文學活動照片、手稿及文物，小傳、作品目錄及提要、文學年表。另外每本書分別聘請一位最適當的學者或研究者負責編選，除了負責撰寫八千至一萬字的作家研究綜述外，再從龐雜的評論資料中挑選具有代表性的評論文章，平均 12～14 萬字，最後再附該作家的評論資料目錄，以期完整呈現該作家的生平、創作、研究概況，其歷史地位與影響。

　　第一部分除資料庫的建置外，50 位作家 50 本資料彙編（平均頁數 400～500 頁），分三個階段完成，自 2010 年 3 月開始至 2013 年 12 月，共費時 3 年 9 個月。因為內容充實，體例完整，各界反應俱佳，第二部分的 50 位作家，接著在 2014 年元月展開，第一階段及第二階段共出版了 30 本，此次第三階段計畫出版 10 本，預計在 2016 年 12 月完成。

成果

　　雖然過程是如此艱辛，如此一言難盡，可是終究看到豐美的成果。每位編選者雖然忙碌，但面對自己負責的作家資料彙編，卻是一貫地認真堅持。他們每人必須面對上千或數百筆作家評論資料，挑選重要或關鍵性的

評論文章，全面閱讀，然後依照編選原則，挑選評論文章。助理們此時不僅提供老師們所需要的支援，統計字數，最重要的是得找到各篇選文作者，取得同意轉載的授權。在起初進度流程初估時，我們錯估了此項工作的難度，因為許多評論文章，發表至今已有數十年的光景，部分作者行蹤難查，還得輾轉透過出版社、學校、服務單位，尋得蛛絲馬跡，再鍥而不捨地追蹤。有了前面的血淚教訓，日後關於授權方面，我們更是如臨深淵、如履薄冰，希望不要重蹈覆轍，在面對授權作業時更是戰戰兢兢，不敢懈怠。

　　除了挑選評論文章煞費苦心外，每個作家生平重要照片，我們也是採高標準的方式去蒐集，過世作家家屬、友人、研究者或是當初出版著作的出版社，都是我們徵詢的對象。認真誠懇而禮貌的態度，讓我們獲得許多從未出土的資料及照片，也贏得了許多珍貴的友誼。許多作家都協助提供照片手稿等相關資料，已不在世的作家，其家屬及友人在編輯過程中，也給予我們許多協助及鼓勵，藉由這個機會，與他們一起回憶、欣賞他們親人或父祖、前輩，可敬可愛的文學人生。此外，還有許多作家及研究者，熱心地幫忙我們尋找難以聯繫的授權者，辨識因年代久遠而難以記錄年代、地點、事件的作家照片，釐清文學年表資料及作家作品的版本問題，我們從他們身上學習到更多史料研究可貴的精神及經驗。

　　但如何在規定的時間內，完成每個階段資料彙編的編輯出版工作，對工作小組來說，確實是一大考驗。每一冊的主編老師，都是目前國內現當代臺灣文學教學及研究的重要人物，因此都十分忙碌。每一本的責任編輯，必須在這一年多的時間內，與他們所負責資料彙編的主角——傳主及主編老師，共生共榮。從作家作品的收集及整理開始，必須要掌握該作家所有出版的作品，以及盡量收集不同出版社的版本；整理作家年表，除了作家、研究者已撰述好的年表外，也必須再從訪談、自傳、評論目錄，從作品出版等線索，再作比對及增刪。再來就是緊盯每位把「研究綜述」放在所有進度最後一關的主編們，每隔一段時間提醒他們，或順便把新增的

評論目錄寄給他們（每隔一段時間就有新的相關論文或學位論文出現），讓他們隨時與他們所主編的這本書，產生聯想，希望有助於「研究綜述」撰寫的進度。

在每個艱辛漫長的歲月中，因等待、因其他人力無法抗拒的因素，衍伸出來的問題，層出不窮，更有許多是始料未及的。此次第二部分第三階段驟遇陳之藩卷主編陳信元教授溘逝，陳信元教授為兩岸現當代文學研究及出版之前驅者，精研之廣而深，直至逝世前仍心念其業，令人哀痛！此計畫專案執行至今，陳信元教授已擔任其中六本主編，對本計畫貢獻良多。此次他所主編的《臺灣現當代作家研究資料彙編・陳之藩》一卷亦費心盡力，然最後之「研究綜述」一文，撰述四千餘字後，因病體虛弱，無法繼續，幸賴鄭明娳教授慨然應允，接續完成。

再者，又如，每本書的選文，主編老師本來已經選好了，也經過授權了，為了抓緊時間，負責編輯的助理們甚至連順序、頁碼都排好了，就等主編老師的大作了，這時主編突然發現有新的文章、新的資料產生：再增加兩三篇選文吧！為了達到更好更完備的目標，工作小組當然全力以赴，聯絡，授權，打字，校對，重編順序等等工作，再度展開。

此次第二部分第三階段共需完成的 10 位作家研究資料彙編，年齡層較上兩個階段已年輕許多，因此到最後的疑難雜症，還有連主編或研究者都不太清楚的部分，譬如年表中的某一件事、某一個年代、某一篇文章、某一個得獎記錄，作家本人及家屬絕對是一個最好的諮詢對象，對解決某些問題來說，這是一個好的線索，但既然看了，關心了，參與了，就可能有不同的看法，選文、年表、照片，甚至是我們整本書的體例，於是又是一場翻天覆地的大更動，對整本書的品質來說，應該是好的，但對經過多次琢磨、修改已進入完稿階段的編輯團隊來說，這不啻是一大挑戰。

1990 年開始，各地縣市文化中心（文化局），對在地作家作品集的整理出版，以及臺灣文學館成立後對日治時期作家以迄當代重要作家全集的編纂，對臺灣文學之作家研究，也有了很好的促進作用。如《楊逵全

集》、《林亨泰全集》、《鍾肇政全集》、《張文環全集》、《呂赫若日記》、《張秀亞全集》、《葉石濤全集》、《龍瑛宗全集》、《葉笛全集》、《鍾理和全集》、《錦連全集》、《楊雲萍全集》、《鍾鐵民全集》等，如雨後春筍般持續展開。

經過近二十年的努力，臺灣文學的研究與出版，也到了可以驗收或檢討成果的階段。這個說法，當然不是要停下腳步，而是可以從「臺灣現當代作家評論資料目錄」所呈現的 310 位作家、10 萬筆資料中去檢視。檢視的標的，除了從作家作品的質量、時代意義及代表性去衡量外、也可以從作家的世代、性別、文類中，去挖掘有待開墾及努力之處。因此這套「臺灣現當代作家研究資料彙編」，大部分的編選者除了概述作家的研究面向外，均有些觀察與建議。希望就已然的研究成果中，去發現不足與缺憾，研究者可以在這些不足與缺憾之處下功夫，而盡量避免在相同議題上重複。當然這都需要經過一段時間去發現、去彌補、去重建，因此，有關臺灣文學的調查、研究與論述，就格外顯得重要了。

期待

感謝臺灣文學館持續推動這兩個專案的進行。「臺灣現當代作家評論資料目錄」的完成，呈現的是臺灣文學研究的總體成果；「臺灣現當代作家研究資料彙編」的出版，則是呈現成果中最精華最優質的一面，同時對未來臺灣文學的研究面向與路徑，作最好的建議。我們可以很清楚的體會，這是一條綿長優美的臺灣文學接力賽，我們十分榮幸能參與其中，更珍惜在傳承接力的過程，與我們相遇的每一個人，每一件讓我們真心感動的事。我們更期待這個接力賽，能有更多人加入。誠如張恆豪所說「從高音獨唱到多元交響」，這是每一個人所期待的。

編輯體例

一、本書編選之目的，為呈現林鍾隆生平、著作及研究成果，以作為臺灣文學相關研究、教學之參考資料。

二、全書共五輯，各輯內容及體例說明如下：

輯一：圖片集。選刊作家各個時期的生活或參與文學活動的照片、著作書影、手稿（包括創作、日記、書信）、文物。

輯二：生平及作品，包括三部分：

1.小傳：主要內容包括作家本名、重要筆名，生卒年月日，籍貫，及創作風格、文學成就等。

2.作品目錄及提要：依照作品文類（論述、詩、散文、小說、劇本、報導文學、傳記、日記、書信、兒童文學、合集）及出版順序，並撰寫提要。不收錄作家翻譯或編選之作品。

3.文學年表：考訂作家生平所進行的文學創作、文學活動相關之記要，依年月順序繫之。

輯三：研究綜述。綜論作家作品研究的概況，並展現研究成果與價值的論文。

輯四：重要文章選刊。選收國內外具代表性的相關研究論文及報導。

輯五：研究評論資料目錄。收錄至 2016 年 11 月底止，有關研究、論述臺灣現當代作家生平和作品評論文獻。語文以中文為主，兼及日文和英文資料。所收文獻資料，以臺灣出版為主，酌收中國大陸、香港、日本和歐美國家的出版品。內容包含三部分：

1.「作家生平、作品評論專書與學位論文」下分為專書與學位論文。

2.「作家生平資料篇目」下分為「自述」、「他述」、「訪談」、「年表」、「其他」。

3.「作品評論篇目」下分為「綜論」、「分論」、「作品評論目錄、索引」、「其他」。

目次

部長序   鄭麗君　3

館長序   廖振富　5

編序   封德屏　7

編輯體例   13

【輯一】圖片集

影像・手稿・文物   18

【輯二】生平及作品

小傳   39

作品目錄及提要   41

文學年表   75

【輯三】研究綜述

猶待開展的林鍾隆研究   徐錦成　151

    ——《林鍾隆研究資料彙編》

【輯四】重要評論文章選刊

艱苦而愉快的歷程   林鍾隆　167

自我的偉大精神體現   林鍾隆　175

我的意識的演變   林鍾隆　177

《阿輝的心》三版後記   林鍾隆　181

《現代詩的解說與評論》後記   林鍾隆　185

山之戀   林鍾隆　187

給兒童文學加上顏色　　　　　　　　　　　廖素珠　191
　　──林鍾隆專訪

向下扎根　　　　　　　　　　　　　　　　林麗如　205
　　──做什麼像什麼的林鍾隆

才氣縱橫林鍾隆　　　　　　　　　　　　　張彥勳　211

著作等身的林鍾隆　　　　　　　　　　　　鍾肇政　223

林鍾隆──給風加上顏色　　　　　　　　　邱各容　227

最年輕的跨語作家林鍾隆　　　　　　　　　余昭玟　251

一部可愛的少年小說　　　　　　　　　　　林　良　255
　　──《阿輝的心》序

談《阿輝的心》　　　　　　　　　　　　　鍾梅音　257
　　──介紹一本優良兒童讀物

臺灣五十年代的兒童像　　　　　　　　　　傅林統　261
　　──《阿輝的心》

悲情的年代、完人的設計　　　　　　　　　黃玉蘭　269
　　──談《阿輝的心》與《兩根草》

臺灣少年小說日譯狀況之研究　　　　　　　張桂娥　279
　　──林鍾隆的《阿輝的心》（節錄與補遺）

「頑童」與「完人」　　　　　　　　　　　吳玫瑛　291
　　──《魯冰花》與《阿輝的心》中的男童形構

讀《醜小鴨看家》　　　　　　　　　　　　陳正治　317
　　──介紹一本優良兒童讀物

中副選集中的〈波蒂〉　　　　　　　　　　吳友詩　321

從〈粉拳〉觸探林鍾隆的意境　　　　　　　司馬中原　327

心靈的探險家   彭瑞金 329

   ——《林鍾隆集》序

認同的徘徊   郭澤寬 333

林鍾隆兒童詩探討   林武憲 337

試論《我要給風加上顏色》   陳素琳 359

林鍾隆《蠻牛的傳奇》   謝鴻文 381

兒童文學界的「全才烏鴉」——林鍾隆 徐錦成 385

淺析林鍾隆的翻譯改寫手法   李畹琪 393

   ——以柯南道爾三篇小說為例

【輯五】研究評論資料目錄

作家生平、作品評論專書與學位論文   413

作家生平資料篇目   415

作品評論篇目   426

輯一◎圖片集

影像◎手稿◎文物

1943年，畢業於新竹州湳坡公學校的林鍾隆。（林亞璘提供）

1946年，就讀臺灣省立臺北師範學校（今臺北教育大學）一年級、身著童子軍制服的林鍾隆，於臺北衡陽路東南照相館拍攝的大頭照。（林亞璘提供）

1957年6月16日，林鍾隆將自己的藝術照送給未來的妻子彭桂枝存念，並於背面寫下「他那眼神／告訴妳／難忘的記憶！」字句。（林亞璘提供）

1958年，林鍾隆與彭桂枝在迎娶之日的婚紗照，攝於彭厝。（林亞璘提供）

1960年11月15日，於桃園縣立
觀音初級中學（今桃園市立
觀音高級中學）任教的林鍾隆
（前排左一立者）與學校師生
赴臺中霧峰參觀臺灣省議會，
於議事大樓前留影。（林亞璘
提供）

1960～1961年，林鍾隆手抱長
女孟妹合影。（林亞璘提供）

1963年7月，林鍾隆（中排左三）與桃園縣立觀音初級中學教職員合影。（林亞璘提供）

1967年4月9日，林鍾隆全家福，攝於桃園縣立觀音初級中學。前排右起：長子家平、長女孟姝（後）、次子家正、次女亞璘；後排右起：林鍾隆、彭桂枝。（林亞璘提供）

1967年4月16日,出席《臺灣文藝》三週年紀念暨第二屆臺灣文學獎頒獎典禮。前排左三起:楊雲鵬、佚名、吳濁流、陳逸松、楊肇嘉、佚名、寒爵、林海音、鄒宇光、蘇紹文;二排左起:鍾鐵民、佚名、郭春霖、鄭世璠、郭水潭、鍾肇政、佚名、黃娟、陳秀喜、吳瀛濤、佚名、黃春明;三排左起:賴燄星、林衡道、張彥勳、林鍾隆、廖清秀、七等生、范錦淮;四排:鄭清文(左一)、文心(左三)、黃文相(左四)、趙天儀(右一)。(林鍾隆兒童文學推廣工作室提供)

1967年5月24日,林鍾隆攝於臺中教師會館。(林亞璘提供)

約1968年,林鍾隆準備前往臺灣省立中壢高級中學任教,為上下班通勤所買的人生第一部交通工具。(林亞璘提供)

1969年7月20日，出席吳濁流文學獎基金會成立典禮。前排左起：鍾鐵民（立者）、司馬中原、佚名、佚名、巫永福、鍾肇政、吳濁流、王詩琅、鄭世璠；二排左起：李喬、林鍾隆、林衡道、林海音、陳秀喜；三排左起：廖清秀、文心、張彥勳、黃文相、江上、張良澤、鄭清文、佚名、趙天儀；四排左起：賴燄星、吳萬鑫。（林鍾隆兒童文學推廣工作室提供）

1970年代前期，林鍾隆攝於桃園中壢白馬莊自家門前。（林亞璘提供）

1974年8月，林鍾隆（右）前往東京參加第二屆「日華教育研究會」，與日本教育研究者久井知秋（中）合影於明治神宮會館前。（林亞璘提供）

1974年9月，林鍾隆於家中寫作。（林亞璃提供）

約1976年，任職於臺灣省立中壢高級中學的林鍾隆（前排左一）帶著長子家平（前排左二）與自己的導師班學生出遊，於臺北縣觀音山頂的硬漢碑前留影。（林亞璃提供）

約1978年，林鍾隆與月光光詩社同仁徐正平（右）於白馬莊自宅討論《月光光》編務後，合影於自家門口。（林鍾隆兒童文學推廣工作室提供）

1979年春，月光光詩社第一次同仁會暨第一屆彭桂枝兒童詩指導紀念獎頒獎會。前排左起：陳正治、張美英、洪月華、林彩鳳、范姜春枝、謝新福；中排左起：蕭奇元、鄭文山、徐正平、張彥勳、鄭石棟、許義宗、傅林統；後排左起：林鍾隆、馮輝岳、林煥彰、廖明進、蔡榮勇。（翻攝自《月光光》第14期）

1981年4月4日，林鍾隆童詩〈我要給風加上顏色〉獲布穀鳥詩社舉辦的第一屆布穀鳥紀念楊喚兒童詩獎，接受林海音（左）頒獎。（文訊文藝資料中心）

1979年8月8日，林鍾隆於東京拜訪日本童話會會長後藤楷根（右），於日本童話會分室前合影。（翻攝自《月光光》第17期）

約1981年，與兒童文學作家、畫家前往畫家蕭芙蓉於桃園市成功路開設的春雨畫廊／春雨茶藝館聚會。前排坐者右起：范姜春枝、宣勇、廖秀年、蕭芙蓉；後排右起：林和春、簡睿一（後）、林煥彰、林鍾隆、傅林統、廖明進、吳餘鎬（後）、邱傑、陳俊卿（後）。（邱傑提供）

1982年7月，與家人一同爬山「慶生」，攝於桃園復興鄉圓山。右起：林鍾隆、長子家平（手抱長子林興育）、次子家正。（文訊文藝資料中心）

1991年10月28日，林鍾隆出席文訊雜誌社於桃園縣立文化中心主辦的「桃園藝文環境的發展」座談會。（文訊文藝資料中心）

1994年3月7日，林鍾隆於桃園中壢新興路自家書房留影。（林鍾隆兒童文學推廣工作室提供）

1996年7月25日，應邀出席韓中兒童文學交流學術研討會，於會中發言。左起：鄭鎮琛、林鍾隆、林煥彰、陳寧寧。（林鍾隆兒童文學推廣工作室提供）

2000年代初期，熱愛登山、自號「古道翁」的林鍾隆隨中華山岳協會「藍天登山隊」
征服桃、竹、苗一帶諸多山峰。（林鍾隆兒童文學推廣工作室提供）

2002年12月6日，林鍾隆於桃園縣文化局出版的《叫醒快樂精靈》、《如果天降下…》新書發表會致詞，這兩本書為桃園縣內老、中、青三代兒童文學作家的作品集結，亦收錄林鍾隆的童詩與童話創作。（邱傑提供）

2006年農曆正月，林鍾隆與過年期間回娘家的次女林亞璘一家人合影於桃園龍潭梅龍一街自宅，並贈送自己於「臺灣詩人一百影音計畫」所拍攝的紀錄片DVD予林亞璘。前排左起：外孫女李朝蓉、林亞璘、林鍾隆、女婿李世堅；後排左起：長外孫李臨恩、小外孫李順恩。（林亞璘提供）

2007年10月21日，林鍾隆前往桃園新屋白石農莊拜訪文友邱傑（右）。（邱傑提供）

2008年3月27日，林鍾隆與第二任妻子李玟臻（左）一同前往臺南國立臺灣文學館參觀，與助理研究員林佩蓉（右）合影。（林鍾隆兒童文學推廣工作室提供）

2013年4月13日，位於桃園大溪仁和國小的「林鍾隆紀念館」舉行開館典禮。後排左起：桃園縣議員李柏坊、立法委員陳學聖、前桃園縣教育局長胡鍊輝、桃園縣政府機要顧問林逸青、桃園縣文化局圖書資訊科科長李世彥。（林鍾隆兒童文學推廣工作室提供）

2013年4月～2015年5月，林鍾隆紀念館於開館期間舉辦諸多活動，吸引親子前來同樂，推廣兒童文學。本圖為SHOW影劇團以日本傳統「紙芝居」的表演技巧來說演故事。（林鍾隆兒童文學推廣工作室提供）

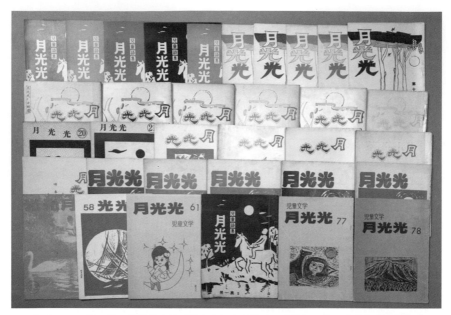

1977年4月～1990年11月，林鍾隆主編《月光光》兒童詩刊，共發行78集。（邱各容提供）

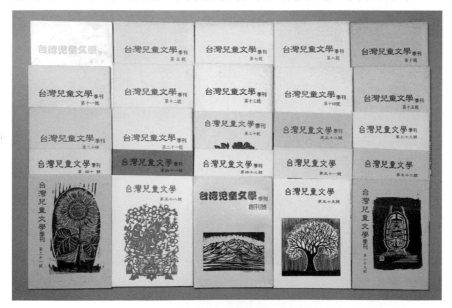

1991年2月～2009年3月，林鍾隆主編《臺灣兒童文學季刊》，共發行58號。（邱各容提供）

THE INTERNATIONAL REGISTER OF PROFILES

This is to certify that

Lin Chung Loung

has been included in
the World Edition of
The International Register of Profiles

Certified at the International Biographical Centre,
Cambridge, England

Date March 1984

Authorized Officers
of the I.B.C.

1981年12月4日，林鍾隆致就讀於臺灣師範大學的次女林亞璊函，信中滿溢對孩子的思念關懷，以及人生道理的諄諄教誨。（林亞璊提供）

1984年3月，林鍾隆因兒童文學成就受到肯定，入選英國劍橋名人傳記中心出版的名人錄並獲頒獎狀。（林鍾隆兒童文學推廣工作室提供）

1987年2月，林鍾隆發表於《文訊》第28期「我的筆墨生涯」系列專欄〈艱苦而愉快的歷程〉手稿。（文訊文藝資料中心）

1988年5月8日，林鍾隆致林海音函，除感謝林海音給《月光光》的廣告資助，亦論及臺灣兒童文學的環境與自己最近翻譯的幾本兒童文學著作。（國立臺灣文學館提供）

1990年代，林鍾隆自教職退休後，熱衷登山活動，自號「古道翁」，並擔任專業登山嚮導，每次行前皆會製作嚴謹詳細的「古道翁登山、健行邀請同樂活動表」給山友。（林鍾隆兒童文學推廣工作室提供）

2001年3月15日，林鍾隆發表於《臺灣兒童文學季刊》第35號童詩〈國王企鵝〉手稿。（國立臺灣文學館提供）

中日双語詩

蟬と農夫　　　　　　　　林鍾隆

夕日が　山にかくれてしまったのに
農夫はまだ　細で仕事をしている
もう暗くなったのに
蟬はまだ　まわりの雑木林で鳴いている

蟬の鳴き声が止まないので
農夫は仕事を続けている
農夫が仕事を続けているので
蟬は鳴き続けている

暗くなったら　休むことを忘れて
農夫は蟬の鳴き声を聞きながら
疲れも知らず　仕事を続けている
農夫の仕事ぶりを見ながら
蟬も懸命に鳴き続けている

一日文創作
二〇〇三.六.十

NMTL 20070550054.1/2

蟬和農夫　　　　　　　　林鍾隆

夕陽已經躲到山背後去了
農夫還在園裡工作
天已經黑了
蟬還在園邊的雜木林叫著

蟬的叫聲不停息
農夫也不歇下工作
農夫不歇下工作
蟬就叫著不停息

忘了天黑該要停息的習慣
農夫聽著蟬的叫聲
不知疲勞似的繼續工作
蟬看農夫之工作的樣子
蟬拚命的叫不停

NMTL 20070550054.2/2

2003年6月10日，林鍾隆中日雙語詩「蟬と農夫」手稿。（國立臺灣文學館提供）

2005年5月，林鍾隆發表於《文訊》第235期「親情圖：作家用照片說故事」專題〈在山中〉手稿。（文訊文藝資料中心）

2006年2月，林鍾隆發表於《臺灣兒童文學季刊》第47號〈傑出創作三要素〉手稿。（國立臺灣文學館提供）

少年小說創作

一、小說的認識
1. 性質
　a. 真實故事 —— 錯誤的了解
　　真實故事 未可成小說 很少
　b. 章構
　　把零事件 加以編造的故事
　　不全編的 不能成作品

二、要素
　(一) 故事 —— 事件
　　a. 要引人入勝
　　　結構 手法
　　　誇張情節
　　　懸疑 趣味
　　b. 有用形 —— 有向動 有衝突
　　(甲) 主角內心的衝突 —— 林彥民的愛情
　　(乙) 與有的衝突 —— 如冀馬
　　(丙) 與自然的衝突 —— 老人與海
　　　　以上三者並存
　(二) 情節
　　事件的變化 發展
　　變化的原因 ——
　　因成果 果又成因 —— 賠一新偶一生命
　　　　　　　　　強一愛憎會
　　　　　　　　　　　又同受
　(三) 高潮
　　情節的開始 向高潮發
　　在這裡 在中段或接尾

講義②

林鍾隆「少年小說創作」講義手稿。（林鍾隆兒童文學推廣工作室提供）

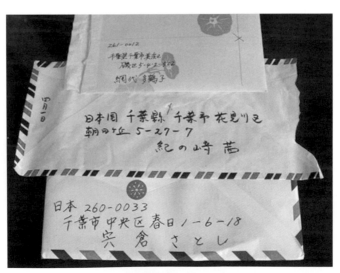

對日本兒童文學界極為熟稔的林鍾隆，常與日本文友書信往來，交流文學心得及兩地優秀的兒童文學創作。（邱傑提供）

輯二◎生平及作品

小傳◎作品◎年表

小傳

林鍾隆（1930～2008）

　　林鍾隆，男，複姓林鍾，單名隆，曾使用過諸多筆名，常用的有林外、林岳、林容、林輝、林宴、林原、林峯、林飛、容輝、周洋、周原、豆千山人、古道翁、貴無等，籍貫臺灣桃園，1930 年 7 月 24 日生，2008年 10 月 18 日辭世，享壽 79 歲。

　　臺灣省立臺北師範學院（今臺北教育大學）普通科畢業。高等教育行政人員考試及中等學校教員試驗檢定考試合格，歷任桃園縣霄裡國民學校、東門國民學校、觀音初級中學、臺灣省立中壢高級中學教師。1977 年創辦及主編《月光光》兒童詩雜誌，1990 年改辦《臺灣兒童文學季刊》，持續以同人雜誌形式發行兒童文學刊物，全方位推廣兒童文學創作。1980年自教職退休後，專事寫作，並指導中小學生作文。曾獲多屆月光光獎、第一屆布穀鳥紀念楊喚兒童詩獎、第五屆洪建全兒童文學創作獎圖書故事組第一名、兒童圖書類金鼎獎、第五及第六期《中華兒童叢書》金書獎優良寫作獎、第三屆年度優良兒童圖書金龍獎、《中國時報》開卷版年度最佳童書獎。

　　創作文類概括論述、詩、散文、小說、兒童文學、翻譯、語文教學，取材豐富多元，橫跨成人與兒童領域，鍾肇政稱之為「全能型」作家。林鍾隆身為臺灣戰後第一代作家，早期短篇小說與散文多取材自日常生活，如《迷霧》、《大自然的真珠》等。中長篇小說多以臺灣光復前後的生活經

驗為背景，刻畫階級壓迫與時代驟變對人民命運帶來的轉折，展現深沉的人道主義精神，如《外鄉來的姑娘》、《暗夜》。藉由國民政府遷臺後的地方建設工程，勾勒 1960 年代農村百姓的生活面貌，帶有濃厚的鄉土風味，如《梨花的婚事》、《好夢成真》等。

　　1950 年自臺北師範學院畢業，先後任校於兩所小學，林鍾隆常自行編創生活故事、童話寓言以滿足愛聽故事的小朋友。1964 年，應《小學生雜誌》之邀，開始於該刊連載少年小說《阿輝的心》，用寫實手法描繪人物特質與心理狀態，以男主角阿輝獨立、善良、勇敢、正直的「完人」形象，喚醒人性的純潔光輝，連載期間吸引無數老少讀者，為後世少年小說創作帶來深遠影響。林鍾隆強調兒童讀物要對兒童的成長有所貢獻，避免訓誡式的教育意味，且要跳脫外國文學的影響，創作本土兒童讀物，立志成為「中國的安徒生」。

　　2005 年獲選入黃明川導演發起的「臺灣詩人一百影音計畫」並拍攝訪談紀錄片，其詩作以童詩為主，兼及成人詩。童詩創作主張「詩的觀念要超過兒童的觀念」，反對兒童詩壇上受楊喚影響而產生的以想像的趣味編造，用以取悅兒童的作品，長年與日本兒童文學界保持往來的林鍾隆，強調童詩創作應師法日本作家書寫生活與感覺，除大量撰文評論，更實際翻譯優秀作品，倡導「帶有詩味」的童詩，於 1980 年代掀起數場小型論戰。

　　退休以後的林鍾隆熱衷於登山，自號「古道翁」，並成立「古道語文研究中心」，開班與函授教導中、小學生作文。後期散文與童詩常見以「山」為題材的作品，鼓勵人們親近大自然、尊重野生動物、愛護環境資源，如《初學登山記──從○到三千公尺》、《天晴好向山》、《爬山樂》、《山中的悄悄話》等。儘管創作文類豐富，難以被劃分為哪一種創作領域的作家，林鍾隆認為只要「做什麼像什麼」就足夠了，其文學精神誠如趙天儀所言：「林鍾隆先生，一生默默地耕耘，不計名利不考慮現實社會商業性的誘惑，致力於臺灣文學的創作，更努力於兒童文學的耕耘，是值得我們欽佩的先驅與開拓者，也是一種文學創作者的典範。」

作品目錄及提要

【論述】

益智書局 1964

螢火蟲出版社 2001

愉快的作文課

臺北：益智書局
1964 年 10 月，32 開，150 頁

臺北：螢火蟲出版社
2001 年 1 月，16 開，197 頁
作文燈塔叢書 E017

本書為小學作文指導參考書，是作者於教師生涯指導學生作文的心得累積，以師生間課堂上的教學、應答模式，詳細介紹各文體體例，並闡述文章開頭、中心思想、結尾各部分作文要訣。全書收錄〈記述文的作法——看、聽、感、想的妙用〉、〈敘述文的作法——在動中看、動中聽、動中感、動中想〉、〈抒情文的作法——一根「情」絲牽動千言萬語〉等 11篇。正文前有吳鼎〈序〉、林鍾隆〈執筆緣起（代序）〉。
2001 年螢火蟲版：正文篇名與 1964 年益智書局版同，內容略有調整。正文前新增林鍾隆〈改版序〉。

益智書局 1965　　**益智書局 1986**

作文講話

臺北：益智書局
1965 年 7 月，32 開，119 頁

臺北：益智書局
1986 年 3 月，32 開，119 頁

本書為國中作文指導參考書。全書分「記敘文作法」、「抒情文作法」、「論說文作法」三部分，收錄〈敘述「活動」的記敘文〉、〈分析「活動」的記敘文〉、〈記「靜物」的記敘文〉等 20 篇。
1986 年版：內容與 1965 年版同。

作文教學研究

臺北：臺灣省國民學校教師研習會
1969 年 3 月，25 開，63 頁

本書為作者應邀擔任板橋「臺灣省國民學校教師研習會」講師所撰寫的作文教材。全書共三章：1.作文教學上的兩項小小的創見；2.談仿作教學；3.談命題作文。

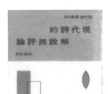

現代詩的解說與評論

彰化：現代潮出版社
1972 年 1 月，32 開，185 頁
現代潮叢書 003

本書集結作者對現代詩的見解以及詩作、詩集的讀後感與評論。全書分「讀評」、「感想和意見」、「詩集讀後」三輯，收錄〈田村隆一的〈看不見的樹〉〉、〈無名的〈無題〉〉、〈林亨泰的〈風景〉〉等 29 篇。正文前有〈我為什麼要寫「新詩讀評」？（序）〉，正文後有〈後記〉。

兒童詩研究

臺北：益智書局
1977 年 1 月，32 開，137 頁

本書為臺灣第一本兒童詩專論，藉由評論與寫作指導，探討兒童詩創作的理論與概念。全書分「態度和觀念」、「欣賞和創作」、「評論」三部分，收錄〈兒童詩的教育〉、〈兒童詩〉、〈請指導兒童作詩〉等 16 篇。正文前有林鍾隆〈自序〉，正文後附錄江口季好〈現代兒童詩的意義和性格〉。

作文指導

臺北：快樂兒童漫畫週刊社
1978 年 11 月，32 開，112 頁
快樂兒童叢書之 1

本書集結作者發表於《快樂兒童漫畫週刊・作文指導》專欄文章。全書收錄〈認識得多些〉、〈仔細觀察——靜物〉、〈動物的觀察〉、〈仔細觀察顏色〉、〈雨——位置的認識〉等 60 篇。正文前有林鍾隆〈序言〉。

文章精探

臺北：益智書局
1980 年 7 月，32 開，168 頁

本書挑選初中、高中國文課文進行分析、講解，研究各篇寫作技巧，幫助青年學子提升閱讀、作文能力。全書收錄〈談詩的意在言外〉、〈三首五言絕句的欣賞〉、〈《木蘭詩》的表現〉共 30 篇，正文前有林鍾隆〈《文章精探》自序〉。

國文教學談叢

臺北：益智書局
1980 年 7 月，32 開，117 頁

本書集結作者發表於報章雜誌的國文教學相關文章。全書收錄〈談題解教學〉、〈詞語教學研討〉、〈詞語「出處」教學的探討〉等 13 篇。正文前有《國文教學談叢》自序〉，正文後附錄俞元淡〈讀高中國文教學革新有感〉、林鍾隆〈了解與解惑——答俞元淡先生〉、游施和〈也談高中國文教學革新的構想〉、林鍾隆〈高中國文教學革新構想的精神所在〉。

思路

苗栗：七燈出版社
1980 年 11 月，32 開，307 頁

臺中：主人翁文化公司
1983 年 6 月，32 開，307 頁

新北：螢火蟲出版社
2011 年 10 月，18 開，190 頁

七燈出版社 1980　　主人翁文化 1983

螢火蟲出版社 2011

本書藉由各種作文題目的講解與範文，培養讀者聯想作文材料並進行組織描寫的能力。全書分「記敘類」、「抒情類」、「論說類」三部分，收錄〈開學記〉、〈我很想說的話〉、〈我的學校生活〉、〈影響我最深的一句話〉、〈奇事〉等 82 篇。正文前有〈思路——真正有用的作文指導〉。
1983 年主人翁版：內容與 1980 年七燈版同。
2011 年螢火蟲版：正文刪去〈我的學校生活〉、〈求學的苦樂〉、〈划船〉等 22 篇，少數文章篇名略有調整。正文前新增李玟臻〈寫在前面——感謝與懷念〉。

作文指導

臺北：快樂兒童漫畫週刊社
1980 年 11 月，25 開，74 頁
快樂兒童精粹專輯

本書集結作者發表於《快樂兒童漫畫週刊・作文指導》的
專欄文章。全書收錄〈說出「好」的理由來〉、〈樹〉、〈採
蠶豆的時候〉、〈動物詩〉等 45 篇。

兒童詩指導

臺北：快樂兒童漫畫週刊社
1980 年 11 月，25 開，59 頁
快樂兒童精粹專輯

本書精選作者發表於《快樂兒童漫畫週刊・兒童詩指導》
的專欄文章，各篇皆設定詩作題目，進行分析討論並示範
習作。全書收錄〈春天來了〉、〈初升的太陽〉、〈生的喜
悅〉、〈早晨的情緒〉等 45 篇。

兒童詩觀察

臺北：益智書局
1982 年 9 月，32 開，187 頁

本書為兒童詩論文集。全書分「兒童詩的見解」、「兒童詩的
評論」、「兒童詩的指導」、「兒童詩的訪問旅行」、「兒童詩的
懷念」五部分，收錄〈詩教育的重要〉、〈兒童詩的課題〉、
〈兒童詩的創作〉、〈要兒童作詩的一個理由〉等 39 篇。正文
前有林鍾隆〈自序〉。

作文小百科・童詩篇／何綺華主編；胡坤隆圖

臺北：正生出版社
1992 年 1 月，25 開，212 頁

本書為童詩寫作參考書，每個主題皆有二至三首範文，並以
「解說」、「欣賞」單元剖析主題與詩作內涵。全書收錄〈愛
心篇〉、〈景物篇〉、〈想像篇〉等 20 篇。正文前有何綺華〈分
享和回響〉、洪冬桂〈好東西與好朋友分享〉、王紹清〈說真
心話〉、林鍾隆〈自序〉。

兒童寫作高手‧第一冊／林曉蕾插圖
臺北：多識界圖書文化公司
2008 年 6 月，25 開，255 頁

全書收錄〈外婆要來了〉、〈醒來以後〉、〈我會做〉、〈×和×〉等 47 篇。正文前有林鍾隆〈作者的話〉、李玟臻〈出版感言〉。

兒童寫作高手‧第二冊／林曉蕾插圖
臺北：多識界圖書文化公司
2008 年 6 月，25 開，255 頁

全書收錄〈我〉、〈學校裡的一棵樹〉、〈不要亂丟垃圾〉、〈螞蟻〉等 44 篇。

兒童寫作高手‧第三冊／林曉蕾插圖
臺北：多識界圖書文化公司
2008 年 6 月，25 開，255 頁

全書收錄〈最喜歡的一堂課〉、〈同情、恆心、知恥〉、〈自擬（文學的遊戲）〉、〈怎樣友愛同學〉等 43 篇。

兒童寫作高手‧第四冊／林曉蕾插圖
臺北：多識界圖書文化公司
2008 年 6 月，25 開，255 頁

全書收錄〈參考題目（雨後的早晨）〉、〈一年的反省與檢討〉、〈奇妙的心理〉、〈自擬（放鞭炮）〉等 45 篇。

兒童寫作高手・第五冊／林曉蕾插圖
臺北：多識界圖書文化公司
2008 年 6 月，25 開，255 頁

全書收錄〈我的煩惱〉、〈自擬（浮雲）〉、〈那天〉、〈自擬（培養同情心）〉等 47 篇。

兒童寫作高手・第六冊／林曉蕾插圖
臺北：多識界圖書文化公司
2008 年 6 月，25 開，239 頁

全書收錄〈寫給××的一封信〉、〈詩〉、〈心情好的時候〉、〈我的××〉等 44 篇。

兒童寫作高手・第七冊／林曉蕾插圖
臺北：多識界圖書文化公司
2008 年 6 月，25 開，222 頁

全書收錄〈領獎的時候〉、〈自擬（九重葛）〉、〈假如我是〉、〈一日大事記〉等 45 篇。

兒童寫作高手・第八冊／林曉蕾插圖
臺北：多識界圖書文化公司
2008 年 6 月，25 開，222 頁

全書收錄〈橋〉、〈我的心〉、〈夏天到了〉、〈手錶不見了〉等 43 篇。

國中作文教學錦囊・第一冊
新北：螢火蟲出版社
2012 年 3 月，25 開，187 頁

全書收錄〈談收穫〉、〈鄰居、同學〉、〈兒時記趣〉等 22 篇。正文前有傅林統〈林鍾隆老師的作文教學〉、邱各容〈給風加上顏色的林鍾隆〉、林鍾隆〈自序〉。

國中作文教學錦囊・第二冊
新北：螢火蟲出版社
2012 年 3 月，25 開，186 頁

全書收錄〈幸福、知識、雄心、感情、安樂、舒適〉、〈鎖、路、橋〉、〈談考試、現代父母、現代老師、中學生印象〉等 29 篇。

國中作文教學錦囊・第三冊
新北：螢火蟲出版社
2012 年 3 月，25 開，186 頁

全書收錄〈讀好書、做正事〉、〈都市即景〉、〈讀〈行道樹〉〉等 25 篇。

國中作文教學錦囊・第四冊
新北：螢火蟲出版社
2012 年 3 月，25 開，183 頁

全書收錄〈我的讀書生活〉、〈老師，朋友，蠟燭，路〉、〈新鮮人〉、〈享受成果〉等 25 篇。

國中作文教學錦囊・第五冊
新北：螢火蟲出版社
2012 年 3 月，25 開，184 頁

全書收錄〈天空和大地〉、〈知識，良心，友情〉、〈我對××
的看法〉等 30 篇。

國中作文教學錦囊・第六冊
新北：螢火蟲出版社
2012 年 3 月，25 開，227 頁

全書收錄〈把握時機、把握青春、把握要領〉、〈××與我
（××是一種功課科目）〉、〈情緒、生活、愁、煩、噪、憂、
喜〉等 15 篇，附錄「成語應用練習」55 篇。正文後有黃基
博〈寂寞的兒童文學巨人〉、褚乃瑛〈懷念恩師〉、林美娥
〈我永遠懷念的林鍾隆老師〉、李玟臻〈代序〉、李玟臻〈寫
在出版前夕及編後感言〉。

【詩】

戒指
臺北：笠詩刊社
1990 年 3 月，25 開，149 頁
臺灣詩庫 6

全書分「生日篇」、「訴情篇」、「疑惑篇」、「驚異篇」、「沉思
篇」、「心火篇」六部分，收錄〈生日〉、〈生日頌〉、〈三年〉、
〈一片雲〉、〈山谷中的一棵樹〉等 71 首。正文前有〈自
序〉。

【散文】

自印 1964

自印 1965

大自然的真珠

桃園：自印
1964 年 11 月，32 開，163 頁

桃園：自印
1965 年 6 月，32 開，127 頁

本書集結作者自 1950 年代中期以來，十年間發表於報章雜誌的散文創作。全書收錄〈月出〉、〈平凡的早晨〉、〈池邊散步〉、〈黃昏在田野上〉、〈黃昏（一）〉等 54 篇。正文前有〈自序〉。
1965 年版：正文刪去〈黃昏（一）〉、〈黃昏（二）〉、〈東窗〉等 20 篇。正文前新增〈再版的話〉。

水牛出版社 1967

水牛出版社 1977

水牛出版社 1981

愛的花束

臺北：水牛出版社
1967 年 12 月，40 開，180 頁
水牛文庫 26

臺北：水牛出版社
1977 年 3 月，32 開，180 頁
水牛文庫 26

臺北：水牛出版社
1981 年 10 月，32 開，180 頁
水牛文庫 26

本書集結作者以愛情、家庭為主題，於婚後十年間陸續書寫的文章。全書分四輯，收錄〈幸福〉、〈給少女們〉、〈幸福感〉、〈女人的話〉、〈愛的冥想〉等 61 篇。正文前有〈自序〉。
1977 年版：內容與 1967 年版同。
1981 年版：內容與 1967 年版同。

繁星集
臺北：臺灣商務印書館
1970 年 3 月，40 開，134 頁
人人文庫 1311・1312

本書收錄〈春的姿影〉、〈夏日雨後的路上〉、〈庸師自語〉、
〈荒涼的花圃〉、〈自然的言語〉等 50 篇。正文前有王雲五
〈編印人人文庫序〉、林鍾隆〈自序〉。

水牛出版社 1971

水牛出版社 1972

水牛圖書 1984

夢樣的愛
臺北：水牛出版社
1971 年 8 月，40 開，209 頁
水牛文庫 172

臺北：水牛出版社
1972 年 11 月，32 開，209 頁
水牛文庫 172

臺北：水牛圖書出版公司
1984 年 9 月，32 開，209 頁
水牛文庫 172

本書集結愛情、婚姻相關的文章。全書收
錄〈異性的魅力〉、〈幸福婚姻的選擇〉、
〈愛的單一性〉等 34 篇。正文前有〈愛
的價值——代序〉。
1972 年版：內容與 1967 年版同。
1984 年版：內容與 1967 年版同。

水牛出版社 1977

水牛圖書 1987

情緒人
臺北：水牛出版社
1977 年 5 月，32 開，284 頁
水牛文庫 201

臺北：水牛圖書出版公司
1987 年 9 月，32 開，284 頁
創作選集 111

全書收錄〈陽光〉、〈迷失的思想〉、〈陳年
的麵包屑〉、〈情緒人〉、〈雨中吟〉等 53
篇。正文前有林鍾隆〈自序〉。
1987 年版：內容與 1977 年版同。

生命的燈

臺北：暖流出版社
1980 年 6 月，32 開，219 頁
暖流文庫 1

本書集結作者發表於《中央日報‧中學生週刊》的文章，藉由自身經驗與見解，提供年輕人正面成長的幫助與養分。全書收錄〈人生〉、〈生命的燈〉、〈意志的源泉〉、〈樂觀之歌〉等 48 篇。正文前有林鍾隆〈序〉。

初學登山記——從○到三千公尺

臺北：暖流出版社
1986 年 9 月，32 開，231 頁
生活百科入門 24

本書為作者從五十多歲開始學習登山，從平地開始、最終可以登上三千公尺高山的爬山歷程。全書收錄〈走在秋野〉、〈冬的腳步〉、〈向山挑戰——登觀音山記〉等 24 篇。正文後有〈從○到三千公尺（序）〉。

天晴好向山

高雄：派色文化出版社
1990 年 4 月，新 25 開，247 頁

本書為作者前往臺灣各地登山的見聞錄。全書收錄〈鳥嘴尖仔登山記〉、〈夏的腳步〉、〈猴山岳〉、〈翻過牛港稜山〉等 31 篇。正文前有〈林鍾隆簡歷〉、〈序——山之戀〉。

石頭的生命

桃園：桃園縣立文化中心
1993 年 6 月，25 開，168 頁
桃園縣作家作品集 6

全書收錄〈知味的友誼〉、〈石頭的生命〉、〈愛情列車〉、〈教室裡的陽光〉等 35 篇。正文前有劉邦友〈快樂的出帆——代序〉、李清崧〈感謝以外——作家作品集出版感言〉、林鍾隆〈自序〉，正文後有〈林鍾隆著作出版先後一覽表〉、作家手稿與照片。

【小說】

迷霧

臺北：野風出版社
1964 年 3 月，32 開，183 頁
野風文叢・小說集 33

短篇小說集。本書集結作者 1962 年 3 月至 1963 年 12 月發表於報章雜誌的作品。全書收錄〈波蒂〉、〈警察和逃犯〉、〈醉〉、〈樂捐〉、〈玫玫和我〉、〈心和我〉、〈無可奈何〉、〈外婆家〉、〈明天〉、〈睡不著覺的女人〉、〈女兒的戀愛〉、〈可憐的女人〉、〈迷霧〉、〈愛的歎息〉、〈早啊〉、〈愛妻〉、〈女理髮師之戀〉、〈受傷的女生〉共 18 篇。正文前有〈序〉。

錯愛

桃園：自印
1965 年 3 月，10.3×17.2 公分，173 頁

短篇小說集。本書集結作者 1952 年 12 月至 1961 年 5 月發表於報章雜誌的作品。全書收錄〈錯愛〉、〈孤獨〉、〈某夜〉、〈送做堆〉、〈屠夫的戲劇〉、〈一個中國人的故事〉、〈隔壁婆婆〉、〈父親〉、〈電風扇〉、〈舅舅〉、〈阿清伯〉、〈阿順姐〉、〈淵〉、〈出運〉、〈愛的條件〉、〈陌路人〉、〈價值〉、〈青年人〉、〈小理髮師〉、〈我哭了〉、〈阿花仔〉、〈等〉、〈有辦法〉、〈夜歸〉、〈女人〉、〈吊橋上的約會〉、〈親情〉、〈女人與女人之間〉、〈張伯伯〉、〈也是愛〉、〈彈唱者的情人〉、〈兩極〉、〈懷念〉、〈高帽子〉、〈偶像〉、〈幻滅〉共 36 篇。正文前有〈作者的話〉。

外鄉來的姑娘

桃園：自印
1965 年 5 月，32 開，81 頁

中篇小說。本書共 14 章，為作者第一部長篇小說，敘述家破人亡的女主角滿嬌於臺灣光復前後的苦命遭遇。

（上冊）　　（下冊）

愛的畫像（上、下）

臺北：水牛出版社

1967 年 10 月，40 開，422 頁

水牛文庫 18

長篇小說。本書共 39 章，敘述中學教員志良與春琴的愛情故事，以及志良在愛情中犧牲奉獻的無私精神。

蜜月事件

臺北：臺灣商務印書館

1968 年 11 月，40 開，259 頁

人人文庫 844・845

短篇小說集。本書收錄〈有趣的午宴〉、〈逃兵〉、〈死亡邊緣〉、〈秋風颯颯〉、〈死眼〉、〈愛的眼神〉、〈蜜月事件〉、〈賊〉、〈運〉、〈風雨〉、〈峭壁〉、〈抽屜的祕密〉、〈大曆〉、〈局中人〉、〈沒有說出來的憤怒〉、〈後影〉、〈女水鬼〉、〈電報〉共 18 篇。正文前有王雲五〈編印人人文庫序〉。

梨花的婚事

南投：臺灣省新聞處

1969 年 4 月，32 開，254 頁

省政文藝叢書之 22

長篇小說。本書共九章，描述地方知識分子李坤田與同鄉愛人梨花的戀情不受到雙方家庭認可，在政府推動社區建設後，一心改造地方的李坤田四處奔走遊說、協助政府完成故鄉的建設工程，並與梨花順利成婚。

暗夜

臺北：正中書局
1969 年 5 月，15×19 公分，388 頁
正中文藝叢書

長篇小說。本書以自身記憶為基礎，描寫日據時期臺灣人民的生活經驗，以九個短篇小說故事貫串為一整體長篇。全書收錄〈暗夜〉、〈阿康仔〉、〈神厄〉、〈兩隻雞〉、〈戰時新娘〉、〈祖父〉、〈兩兄弟〉、〈女難〉、〈玉碎〉共九篇。

太陽的悲劇

臺北：水牛出版社
1977 年 5 月，32 開，343 頁
水牛文庫 204

長篇小說。本書共 12 章，描述坑裏國校教師的男女情愛與同事間的互妒、鬥爭。

林鍾隆集／彭瑞金編

臺北：前衛出版社
1991 年 7 月，25 開，338 頁
臺灣作家全集・短篇小說卷／戰後第一代 10

短篇小說集。全書收錄〈粉拳〉、〈雙人床〉、〈不是本性〉、〈夫婦〉、〈天女〉、〈那一天〉、〈希望〉、〈寡母〉、〈暖流〉、〈小花貓〉、〈蠅〉、〈靈魂出竅〉、〈電話〉、〈最尖端的神精病〉、〈超人侍者〉、〈一個男人〉、〈三等人〉、〈田中先生的眼淚〉、〈微笑〉、〈裝蝦〉、〈女仙人〉、〈仙醫〉、〈阿球嫂〉、〈泥〉、〈冰姑〉共 25 篇。正文前有作家照片、〈出版說明〉、鍾肇政〈緒言〉、彭瑞金〈心靈的探險家——《林鍾隆集》序〉，正文後有鍾肇政〈著作等身的林鍾隆〉、司馬中原〈從〈粉拳〉觸探林鍾隆的意境〉、許素蘭編〈林鍾隆作品評論引得〉、洪米貞編〈林鍾隆生平寫作年表〉。

【兒童文學】

美玉和小狗／張國雄圖
臺中：臺灣省教育廳
1965 年 9 月，17.8×20.5 公分，36 頁
中華兒童叢書

本書為單篇童話，描述一隻走失的小狗跟隨上學途中的美玉前往學校，與班上同學、老師發生的故事。

小學生 1965

滿天星 1989

阿輝的心／廖未林圖
臺北：小學生雜誌社
1965 年 12 月，32 開，215 頁
小學生叢書

臺中：滿天星兒童詩刊社
1989 年 8 月，25 開，215 頁

臺中：臺灣省兒童文學協會
1991 年 8 月，25 開，215 頁

臺北：富春文化公司
1999 年 9 月，25 開，279 頁
臺灣兒童文學經典 2
（洪義男圖）

長篇少年小說。本書共 20 章，為作者 1964 年 12 月至 1965 年 9 月連載於《國語日報》的作品，描寫寄人籬下的少年阿輝在農村生活的經驗與遭遇，刻畫其善良純潔的心靈與青少年的心理狀態，為臺灣少年小說創作的濫觴。正文前有林良〈一部可愛的少年小說——《阿輝的心》序〉。

兒童文學協會 1991

富春文化公司 1999

1989 年滿天星版：正文與 1965 年小學生版同。正文前新增鍾梅音〈談「阿輝的心」——介紹一本優良兒童讀物〉。
1991 年臺灣省兒童文學協會版：正文與 1989 年滿天星版同。正文前新增洪中周〈重印少年小說《阿輝的心》談——阿輝心中的一把秤〉。
1999 年富春版：正文與 1965 年小學生版同。正文前新增邱各容〈臺灣兒童文學經典出版緣起〉，正文後新增林鍾隆〈三版後記〉。

醜小鴨看家
桃園：自印
1966 年 8 月，32 開，204 頁
林鍾隆童話・第一集

本書為作者第一本兒童文學創作選集，精選 1951 至 1964 年間發表的童話故事、少年小說等。全書收錄〈媽媽最喜歡的東西〉、〈聰明的海鷗〉、〈翁勞先生的白鸛鳥〉、〈友誼的花園〉等 35 篇。正文前有〈作者的話〉。

養鴨的孩子／席德進繪圖
臺北：小學生雜誌社
1966 年 9 月，14.5×20 公分，32 頁

本書為《小學生畫刊》第 325 期特載，描寫養了一群鴨子的小男孩阿火，在一次趕鴨的過程中，與一隻貪玩的鴨子「小胖胖」所發生的插曲。

好夢成真／凌明聲圖
臺中：臺灣省教育廳
1969 年 11 月，17.8×20.5 公分，68 頁
中華兒童叢書

中篇少年小說。本書描述石門水庫的興建工程為當地農家趙天林一家人所帶來的衝突與影響。全書共九章：1.頑固的老人；2.和藹的母親；3.到石門去；4.孩子們的商議；5.大壩工程處的來信；6.孩子們；7.全面趕工；8.颱風；9.做夢的老人。

蠻牛的傳奇／林雨樓圖

臺中：臺灣省教育廳
1970 年 8 月，17.8×20.5 公分，64 頁
中華兒童叢書

本書為單篇童話，敘述蠻牛與主人元富、明古父子兩代的相
處故事，藉由蠻牛與明古的成長，傳達人與動物彼此尊重的
美好精神。全書共八章：1.蠻牛的願望；2.哀憐的眼神；3.古
怪的小主人；4.蠻牛發怒；5.主人的厄運；6.蠻牛的哀求；7.
明古的改變；8.蠻牛的衰老。

最美的花朵

臺北：青文出版公司
1973 年 4 月，25 開，136 頁
兒童文學創作選集 10

科學童話故事集。全書收錄〈最美的花朵〉、〈狗英雄〉、〈大
袋鼠的故事〉等 17 篇。正文前有〈序〉。

毛哥兒和季先生／陳雄圖

臺北：國語日報附設出版部
1973 年 12 月，32 開，109 頁
兒童文學創作選集

本書為單篇童話，描述季先生的桃樹林受到眾多毛毛蟲「毛
哥兒」的侵襲，桃樹葉大幅受損，雙方為維護自身利益，藉
由法律的公平正義對簿公堂。正文前有林良〈一個最親切的
「兒童文庫」──介紹「兒童文學創作選集」〉。

奇妙的故事／徐秀美、張海燕、霍鵬程、黃明、唐瑾、李長發、郭影、林仁傑、王顯志、張青峰、王孝廉圖

臺北：兒童月刊社
1975 年 5 月，19×17.5 公分，108 頁

童話故事集。全書收錄〈植物人〉、〈橄欖民主國〉、〈兒童國〉等 15 篇。

東京研究社 1976

みなみのしまのできごと／村上豐圖

東京：學習研究社
1976 年 9 月，21×30 公分，27 頁
學研故事繪本第 8 卷第 6 號

南方小島的故事／王孟婷圖；陳思穎譯

臺北：也是文創公司／巴巴文化
2016 年 9 月，21.6×25.6，〔46〕頁
Bd06 呼嚕呼嚕系列

本書為戰後第一本臺灣兒童文學作家於日本出版的日文繪本，敘述在一個南方的海島上，主人翁為了討媽媽開心，向島上的馬、鸚鵡、老虎等動物借用牠們的耳朵、嘴巴、毛皮等漂亮的外觀來裝扮自己的故事。
也是文創／巴巴文化版：本書為 1976 年東京研究社版中譯本，插圖由原先豪邁奔放的風格改為海島般清新舒適的筆觸。正文後新增謝鴻文〈童心趣味滿溢的小島〉、林亞璘〈父親和《南方小島的故事》〉。

也是文創／巴巴文化 2016

爸爸的冒險／劉宗銘插圖

臺北：同崢出版社
1978 年 3 月，32 開，140 頁

童話故事集。全書收錄〈爸爸的冒險〉、〈白鼻子的故事〉、〈烏鴉的行為〉等 16 篇。

奇異的友情／廖運偉圖

臺北：同峰出版社
1978 年 4 月，32 開，139 頁

短篇少年小說集。本書描述居住於頭重溪的少年梁威平在日
常生活中與朋友、老師、鄰居相處遊戲時所發生的故事。全
書收錄〈奇異的友情〉、〈道歉〉、〈不該玩的遊戲〉、〈有鬼的
屋子〉、〈水鬼的故事〉、〈約會〉、〈假病〉、〈任性的同學〉、
〈流淚的孩子〉、〈陀螺風波〉共十篇。

數字遊戲／董大山圖

臺北：書評書目出版社
1979 年 4 月，17.5×20.5 公分，〔40〕頁
書評書目叢書之四二九

本書為第五屆洪建全兒童文學創作獎投稿作品，獲圖畫故事
組第一名，藉由男孩小晶晶以阿拉伯數字的形狀塗鴉、拼湊
出父母的外貌形象，讓孩童學習數字外觀與特徵。正文前有
洪簡靜惠〈前言──為孩子們寫作〉。

星星的母親／許義宗主編；敖又祥圖

臺北：成文出版社
1979 年 12 月，25 開，113 頁
兒童文學創作專輯 1

臺北：水牛圖書出版公司
1984 年 3 月，17×17 公分，113 頁
兒童文學創作專輯 1

成文出版社 1979

水牛圖書 1984

本書為童詩集。全書分「童話的情趣」、「自然的吟詠」、「生
活的韻味」、「思想的韻律」四部分，收錄〈俊蝴蝶討新娘〉、
〈夜晚的天空〉、〈太陽公公〉、〈門的話〉、〈雲和小孩〉等 72
首。正文前有許義宗〈序〉、林鍾隆〈作者的話〉。
1984 年水牛圖書版：內容與 1979 年成文版同。

成文出版社 1979

水牛圖書 1984

小小象的想法／許義宗主編；莊世和圖

臺北：成文出版社
1981 年 3 月，25 開，94 頁
兒童文學創作專輯 20

臺北：水牛圖書出版公司
1984 年 3 月，17×17 公分，94 頁

本書集結適合兒童閱讀、富含哲理的童話、寓言、散文。全
書收錄〈小熊和小猴〉、〈睡眠八小時實驗〉、〈健行活動〉等
19 篇。正文前有許義宗〈序〉、林鍾隆〈序〉。
1984 年水牛版：正文與 1981 年成文版同。

成文出版社 1982

水牛圖書 1984

明天的希望／許義宗主編；莊世和圖

臺北：成文出版社
1982 年 5 月，25 開，92 頁
兒童文學創作專輯 26

臺北：水牛圖書出版公司
1984 年 3 月，25 開，92 頁
兒童文學創作專輯 26

本書集結適合兒童閱讀、富含哲理的童話、寓言、散文。全
書收錄〈阿金伯公園〉、〈祕密〉、〈車架和輪子〉等 18 篇。正
文前有許義宗〈序〉、林鍾隆〈作者的話〉。
1984 年水牛圖書版：內容與 1982 年成文版同。

可敬可愛的楊梅／林順雄圖

臺中：臺灣省教育廳
1982 年 10 月，17.5×20.5 公分，60 頁
中華兒童叢書

本書藉由甲午戰爭後楊梅地區的義士抵抗日軍侵臺的數場戰
事，描述楊梅地區的人民驍勇善戰、保家衛國的精神。

山／蔡靜江圖

臺中：臺灣省教育廳
1990 年 4 月，17.5×20.5 公分，38 頁
中華兒童叢書

本書以童詩筆法描寫山的各種樣貌與特色。

民生報社 1990

民生報社 2003

蔬菜水果的故事／陳維霖圖

臺北：民生報社
1990 年 5 月，21×17.5 公分，101 頁
民生報叢書・童話故事 13

臺北：民生報社
2003 年 12 月，21×17.5 公分，170 頁
民生報兒童天地叢書・童話森林 18
（曹俊彥圖）

本書集結以蔬菜水果為主題的童話故事，將蔬果妙用結合生
活智慧與人生哲理。全書分「蔬菜的故事」、「水果的故事」
兩部分，收錄〈國王的寶庫〉、〈甕菜的罪〉、〈不同的遭遇〉
等 27 篇。正文後有〈作者介紹〉、〈畫者簡介〉。
2003 年版：正文與 1990 年版同。正文前新增〈料理一鍋健
康的童話（自序）〉，正文後刪去〈作者介紹〉、〈畫者簡介〉，
正文後新增〈作者簡介〉、〈作者手蹟〉、〈生活相本〉、曹俊彥
〈想受圖像樂趣的童年〉、〈林鍾隆寫作年表・得獎紀錄〉。

爬山樂／賴馬圖
臺中：臺灣省教育廳
1994 年 4 月，17.5×20.5 公分，40 頁
中華兒童叢書

本書以童詩筆法講述爬山的過程與見聞、須注意的事項，以及爬山所帶來的改變與益處。

山中的悄悄話／賴馬圖
臺中：臺灣省教育廳
1995 年 4 月，18×21 公分，58 頁
中華兒童叢書

本書將山中的動物作為第一人稱視角，以童詩筆法描寫動物與人類接觸時的想法、情緒與動作。全書收錄〈猴子〉、〈白蛇〉、〈果子狸〉等 19 篇。正文前有〈作者的話〉。

山中的故事／林芬名圖
臺中：臺灣省教育廳
1996 年 4 月，18×21 公分，58 頁
中華兒童叢書

本書描述山中的一隻兔子與狐狸一同躲避人類追捕、尋找新住所，進而成為至交好友的故事。全書共四章：1.狐狸和兔子——不要跑，好不好？；2.災難；3.逃亡；4.重逢。

我要給風加上顏色
桃園：桃園縣立文化中心
1997 年 5 月，25 開，153 頁
桃園縣作家作品集 40

本書集結作者 1979 至 1996 年間創作的童詩。全書收錄〈兩個有趣的朋友〉、〈公雞和狗〉、〈河流之歌〉、〈笨鴨子〉、〈兔子的故事〉等 56 首。正文前有作家手稿與照片、呂秀蓮〈在美麗新故鄉建構文化大觀園〉、李清崧〈濁世狂流中的清泉〉、〈自序〉。

讀山／柯明雄攝影；章毓倩繪圖
臺中：臺灣省教育廳
1997 年 10 月，17.5×20.5 公分，58 頁
中華兒童叢書

本書是以山為主題的童詩集，以山的立場描寫山與人的互動。全書收錄〈讀山〉、〈山什麼都知道〉、〈山的記憶〉等 15 首。

大龍崗下的孩子／張振松圖
臺中：臺灣省教育廳
1998 年 12 月，17.5×20.5 公分，57 頁
中華兒童叢書

本書以童詩筆法，描述鄉村生活的自然生態樣貌。全書收錄〈回娘家〉、〈小河的面貌〉、〈竹子的情趣〉、〈大龍崗〉共四篇。

水底學校／林鴻堯圖
臺北：富春文化公司
1999 年 7 月，25 開，250 頁
兒童文學館 17

本書為童話故事集。全書收錄〈動物製造工廠〉、〈家庭飼養的動物競賽〉、〈假裝落水的蝴蝶〉等 22 篇。正文前有邱各容〈《兒童文學館》出版緣起〉、林鍾隆〈自序〉、林鍾隆〈作者簡介〉。

我愛蝴蝶／林鴻堯圖
臺北：教育部兒童讀物出版資金管理委員會
1999 年 12 月，17.5×20.5 公分，57 頁
中華兒童叢書

本書是以蝴蝶為主題的童詩集，描述蝴蝶的習性以及與蝴蝶互動的經驗。全書收錄〈蝴蝶的快樂〉、〈蝴蝶的年齡〉、〈蝴蝶喝水〉等八首。

山中的悄悄話／劉伯樂圖

臺北：信誼基金出版社
2006 年 12 月，25 開，79 頁
兒童閱讀列車 33

本書選輯 1995 年《山中的悄悄話》部分作品。全書收錄〈猴子〉、〈小狗〉、〈老狐狸〉等 10 篇。正文前有〈作者的話〉。

幸福的小豬／邱千容圖

臺北：信誼基金出版社
2008 年 3 月，25 開，79 頁
兒童閱讀列車 40

本書描述意外離開豬圈的小豬，在旅途中與其他生物相識，從而學習新的事物與想法。全書共九章：1.小豬；2.水牛；3.猴子；4.魚；5.家兔；6.穿山甲；7.綿羊；8.馬；9.小豬回家。正文後有〈後記〉。

智慧銀行／陳盈帆圖

臺北：小魯文化公司
2011 年 3 月，17×21 公分，87 頁
我自己讀的童話書 22

本書以淺近的寓言故事訴說生命智慧，每篇故事皆附錄問題思考、主題探討、補充知識等小節。全書分「肯定自己」、「好心腸與壞心腸」、「真正的智慧」、「真正的力量」、「天公疼憨人」五部分，收錄〈電視機和收音機〉、〈假紳士〉、〈老鼠的下場〉等 11 篇。正文前有傅林統〈開啟智慧門的橋梁書〉、〈智慧銀行的誕生〉。

智慧存摺／采彤圖

新北：螢火蟲出版社
2012 年 1 年，17×21 公分，95 頁
大師名作精選

本書以淺近的寓言故事訴說生命智慧，每篇故事皆附錄問題思考、主題探討、補充知識等小節。收錄〈追〉、〈兩隻青蛙〉、〈學習射箭〉等十篇。正文前有邱傑〈神仙的奇筆〉。

【合集】

林鍾隆全集／國立臺灣文學館策劃‧邱各容、謝鴻文主編
臺南：國立臺灣文學館
2016 年 12 月，25 開

共 30 冊；按小說、散文、現代詩、兒童文學、翻譯、評論、資料分卷，各卷前皆有廖振富〈館長序〉、邱各容〈總導讀〉、〈編輯說明〉。小說卷（1～6 冊）有邱各容〈小說卷導讀〉；散文卷（7～13 冊）有邱各容〈散文卷導讀〉；第 14 冊有邱各容〈現代詩卷導讀〉；兒童文學卷（15～20 冊）有林文寶〈兒童文學卷導讀〉；評論卷（21～22 冊）有洪文瓊〈評論卷導讀〉；翻譯卷（23～29 冊）有邱各容〈翻譯卷導讀〉；第 30 冊有陳正治〈資料卷導讀〉。全套有畫家蔡銘山設計的藏書票，除兒童文學卷、評論卷、翻譯卷及資料卷外，皆有蔡銘山所繪製的插圖。

林鍾隆全集‧長篇小說（一）
臺南：國立臺灣文學館
2016 年 12 月，25 開，606 頁
林鍾隆全集 1

本書收錄《外鄉來的姑娘》、《愛的畫像》、《梨花的婚事》。

林鍾隆全集‧長篇小說（二）
臺南：國立臺灣文學館
2016 年 12 月，25 開，548 頁
林鍾隆全集 2

本書收錄《暗夜》、《太陽的悲劇》。

林鍾隆全集・短篇小說（一）
臺南：國立臺灣文學館
2016 年 12 月，25 開，582 頁
林鍾隆全集 3

本書收錄《迷霧》、《女水鬼》、《天上人間》。

林鍾隆全集・短篇小說（二）
臺南：國立臺灣文學館
2016 年 12 月，25 開，516 頁
林鍾隆全集 4

本書收錄《錯愛》、《蜜月事件》、《林鍾隆集》。

林鍾隆全集・未集結小說（一）
臺南：國立臺灣文學館
2016 年 12 月，25 開，468 頁
林鍾隆全集 5

本書收錄單篇未結集出版的小說〈華老太太的蛋糕〉、〈趙老太婆〉、〈海風中的旗子〉、〈幸福〉、〈那顆心〉、〈那個美好的星期天〉、〈金絲雀〉、〈心痛的人〉、〈女人的反抗〉、〈結果〉、〈渴〉、〈情話〉、〈洪百萬的故事〉、〈愛的假日〉、〈男人世界裡的女人〉、〈談法國新小說〉、〈少年的徬徨〉、〈雲影〉、〈媽媽的好兒子〉、〈擲魚〉、〈巴戞壓漏〉、〈新聞以外〉、〈禁止的遊戲〉、〈夢幻曲〉共 24 篇。

林鍾隆全集・未集結小說（二）
臺南：國立臺灣文學館
2016 年 12 月，25 開，478 頁
林鍾隆全集 6

本書收錄單篇未結集出版的小說〈擺地攤的〉、〈醫生只是修鞋匠〉、〈養父的禮物〉、〈錯誤的開始〉、〈我戀愛了〉共五篇，以及由作者預計出版單行本、命名為《籬笆洞的眼睛》的〈情愛〉、〈黃昏之戀〉、〈某夫婦的一天〉、〈老校長〉、〈黑夜〉、〈寂寞的叫聲〉、〈人性〉、〈祖母的回憶〉、〈大雨也阻止不了的豪情〉、〈我不要〉、〈遠行——美好的時刻〉、〈回家〉、〈波瀾〉、〈偶然的癡情〉、〈鄉音〉、〈奇異的女孩〉、〈情叢裡〉、〈不死的影子〉、〈嬌妻〉、〈釋迦牟尼的一天〉、〈人間樂土〉、〈非賣品〉、〈郊遊〉、〈好人〉、〈感謝〉共 25 篇。

林鍾隆全集・散文卷一
臺南：國立臺灣文學館
2016 年 12 月，25 開，492 頁
林鍾隆全集 7

本書收錄《大自然的真珠》、《愛的花束》、《繁星集》、《情緒人》及未結集的散文三十餘篇。

林鍾隆全集・散文卷二
臺南：國立臺灣文學館
2016 年 12 月，25 開，445 頁
林鍾隆全集 8

本書收錄《夢樣的愛》、《生命的燈》、《初學登山記——從〇到三千公尺》。

林鍾隆全集・散文卷三
臺南：國立臺灣文學館
2016 年 12 月，25 開，544 頁
林鍾隆全集 9

本書收錄《天晴好向山》、《石頭的生命》，以及由作者預計出
版單行本、命名為《幸運草》的〈幸運草〉、〈花的智慧〉、
〈春的美〉、〈客運車中〉、〈人生〉等 67 篇。

林鍾隆全集・散文卷四
臺南：國立臺灣文學館
2016 年 12 月，25 開，454 頁
林鍾隆全集 10

本書收錄作者預計出版單行本、命名為《一束玫瑰》、《為誰
辛苦為誰忙》、《苦苦的愛》的〈自序〉、〈愛的探究〉、〈感觸
的篇章〉、〈女人的情話〉、〈愛情小唱〉等 157 篇。

林鍾隆全集・散文卷五
臺南：國立臺灣文學館
2016 年 12 月，25 開，437 頁
林鍾隆全集 11

本書收錄作者預計出版單行本、命名為《圓》、《登山樂　第
一部》的〈我的誕生〉、〈忽然〉、〈愛的季節〉、〈和小河對
話〉、〈奇異的花〉等 103 篇。

林鍾隆全集・散文卷六
臺南：國立臺灣文學館
2016 年 12 月，25 開，512 頁
林鍾隆全集 12

本書收錄作者預計出版單行本、命名為《登山樂　第二部》、
《偏見與固執》、《上帝的傑作》的〈山〉、〈組合、滿月圓連
登〉、〈被遺忘的艾子埔山〉、〈山的命運〉、〈桃李孟宗之旅〉
等 134 篇。

林鍾隆全集・散文卷七

臺南：國立臺灣文學館
2016 年 12 月，25 開，595 頁
林鍾隆全集 13

本書收錄作者預計出版單行本、命名為《肥胖的夏野》的
〈肥胖的夏野〉、〈士香街〉、〈中南部海岸風光〉、〈初夏的眼
眸──苗栗尋勝〉、〈臺北風姿〉等 80 篇，以及未結集的散文
40 篇。

林鍾隆全集・現代詩卷一

臺南：國立臺灣文學館
2016 年 12 月，25 開，661 頁
林鍾隆全集 14

本書收錄《戒指》及未結集的詩作〈休克〉、〈加護病房〉、
〈一個護士〉、〈好玩的醫院〉、〈兩道路〉等 395 首。

林鍾隆全集・兒童文學卷一・童話（一）

臺南：國立臺灣文學館
2016 年 12 月，25 開，576 頁
林鍾隆全集 15

本書收錄《美玉和小狗》、《養鴨的孩子》、《醜小鴨看家》、
《好夢成真》、《蠻牛的傳奇》、《最美的花朵》、《毛哥兒和季
先生》、《奇妙的故事》、《爸爸的冒險》、《小小象的想法》。

林鍾隆全集・兒童文學卷二・童話（二）

臺南：國立臺灣文學館
2016 年 12 月，25 開，650 頁
林鍾隆全集 16

本書收錄《蔬菜水果的故事》、《山中的故事》、《水底學校》
等。

林鍾隆全集・兒童文學卷三・少年小說
臺南：國立臺灣文學館
2016 年 12 月，25 開，330 頁
林鍾隆全集 17

本書收錄《奇異的友情》、《明天的希望》、《可敬可愛的楊梅》、《阿輝的心》及未結集的少年小說。

林鍾隆全集・兒童文學卷四・童詩（一）
臺南：國立臺灣文學館
2016 年 12 月，25 開，288 頁
林鍾隆全集 18

本書收錄《星星的母親》、《山》、《爬山樂》及未結集的詩作。

林鍾隆全集・兒童文學卷五・童詩（二）
臺南：國立臺灣文學館
2016 年 12 月，25 開，494 頁
林鍾隆全集 19

本書收錄《大龍崗下的孩子》、《山中的悄悄話》及作者發表於《月光光》的詩作等。

林鍾隆全集・兒童文學卷六・寓言
臺南：國立臺灣文學館
2016 年 12 月，25 開，450 頁
林鍾隆全集 20

本書收錄作者的寓言創作〈蚊子歌唱家咬人之前〉、〈魚兒要睡覺了嗎〉、〈小天鵝和小鷹〉等 29 篇。

林鍾隆全集‧評論卷一
臺南：國立臺灣文學館
2016 年 12 月，25 開，550 頁
林鍾隆全集 21

本書收錄《現代詩的解說與評論》、《兒童詩研究》、《兒童詩觀察》及未結集的評論文章。

林鍾隆全集‧評論卷二
臺南：國立臺灣文學館
2016 年 12 月，25 開，580 頁
林鍾隆全集 22

本書收錄作者預計出版單行本、命名為《什錦集》、《童話‧小說‧詩》及其他未結集的評論文章〈我的感受和了解〉、〈詩創作的陷阱〉、〈「青春」的「臉」〉、〈 讀「野餐」 〉、〈雨後〉等 224 篇。

林鍾隆全集‧翻譯卷一‧小說（一）
臺南：國立臺灣文學館
2016 年 12 月，25 開，470 頁
林鍾隆全集 23

本書收錄《少年偵探團》、《魯賓遜漂流記》及未結集翻譯小說〈我要照自己的意思去做〉、〈忠犬哥羅——在山岡的茶店（わらび さぶろう）〉、〈天火〉等 25 篇。

林鍾隆全集‧翻譯卷二‧小說卷（二）
臺南：國立臺灣文學館
2016 年 12 月，25 開，410 頁
林鍾隆全集 24

本書收錄《魔術師的傳奇》、《土人的毒箭》、《盜馬記》及未結集的翻譯小說《花貓和腹蛇》。

林鍾隆全集‧翻譯卷三‧散文、現代詩、諺語、評論
臺南：國立臺灣文學館
2016 年 12 月，25 開，620 頁
林鍾隆全集 25

本書收錄作者翻譯的散文 22 篇、現代詩 38 首、〈世界諺語選譯〉、評論 17 篇。

林鍾隆全集‧翻譯卷四‧童話（一）
臺南：國立臺灣文學館
2016 年 12 月，25 開，550 頁
林鍾隆全集 26

本書收錄《龍子太郎》、《威普拉拉》、《信兒在雲端》等。

林鍾隆全集‧翻譯卷五‧童話（二）
臺南：國立臺灣文學館
2016 年 12 月，25 開，560 頁
林鍾隆全集 27

本書收錄《沒有人知道的小國家》、《小飛俠》及未結集童話四十餘篇。

林鍾隆全集‧翻譯卷六‧童詩（一）
臺南：國立臺灣文學館
2016 年 12 月，25 開，620 頁
林鍾隆全集 28

本書收錄《老師也會有哭的時候——日本童詩精華選》以及收錄於《月光光》、《臺灣兒童文學季刊》的翻譯童詩等。

林鍾隆全集‧翻譯卷七‧童詩（二）

臺南：國立臺灣文學館
2016 年 12 月，25 開，420 頁
林鍾隆全集 29

本書收錄作者發表於《月光光》之《臺灣「童謠傑作選集」》譯詩及其他中日文雙語童詩等。

林鍾隆全集‧資料卷

臺南：國立臺灣文學館
2016 年 12 月，25 開，165 頁
林鍾隆全集 30

全書分三部分，「資料彙編」收錄〈手稿與影像〉、〈生平與創作年表〉、〈著作目錄〉；「他人印記」收錄馬景賢〈林鍾隆「山人」〉、傅林統〈桃園的朋友談林鍾隆〉、蔡清波〈月光下的常青樹〉等五篇；「紀念文彙編」收錄林亞璘〈我親愛的爸爸〉、李玟臻〈致恩師賢夫君林鍾隆老師〉、徐正平〈憶——追懷林鍾隆先生〉等七篇。

文學年表

1930 年 （昭和 5 年）	7 月	24 日，生於桃園楊梅。父林元福，母林巫三妹。家中排行第三。
1937 年 （昭和 12 年）	本年	入新竹州草湳坡公學校，經常在學校圖書館閱讀歐美與日本的民間故事、童話。
1943 年 （昭和 18 年）	本年	畢業於草湳坡公學校，入新竹州楊梅國民學校高等科。
1946 年	本年	考取臺灣省立臺北師範學校（今臺北教育大學）簡易師範班，接受中國語文教育，從注音符號開始學起。 為學習中文，每週固定向圖書館借閱兩本書籍，先以《安徒生童話》、《格林童話》等容易閱讀的書籍入門，待語文能力增進以後，大量閱讀自己喜愛的傳記文學作品，立下豐富的閱讀基礎。
1948 年	本年	因二年制簡易師範班修業期將滿，自覺短期學歷難以成為專業教師，邀集數名同學向時任臺北師範學校校長的唐守謙陳情，請校長向臺灣省教育廳將簡易師範班延長為普通科學制，該提案獲得採納，得以繼續求學。
1950 年	本年	畢業於臺灣省立臺北師範學校普通科，8 月應聘擔任桃園鎮霄裡國民學校（今桃園市霄裡國民小學）教師。
1951 年	3 月	20 日，〈農村青年怒吼了！〉發表於《自由青年》第 2 卷第 6 期「鄉村報導」專欄。
1952 年	1 月	1 日，短篇小說〈張伯伯〉發表於《中華日報・副刊》。
1953 年	本年	請調至桃園縣東門國民學校（今桃園市東門國民小學）

		任教。
1954 年	本年	高等教育行政人員考試及格。
1955 年	8 月	27 日，翻譯戶川秋骨〈隨筆短論〉於《中央日報・副刊》6 版。
	12 月	31 日，短篇小說〈屠夫的戲劇〉發表於《新生報・副刊》。
	本年	中等學校教員試驗檢定考試及格。
1956 年	4 月	12 日，短篇小說〈某夜〉發表於《新生報・副刊》。
	11 月	14 日，短篇小說〈一個中國人的故事〉發表於《新生報・副刊》。
1957 年	6 月	28 日，短篇小說〈送做堆〉發表於《新生報・副刊》。
	11 月	15 日，短篇小說〈我哭了〉發表於《國民教育》第 6 卷第 5、6 期合刊。
		28 日，短篇小說〈陌路人〉發表於《新生報・副刊》。
	12 月	27 日，短篇小說〈小理髮師〉發表於《新生報・副刊》。
	本年	應聘擔任桃園縣立觀音初級中學（今桃園市觀音高級中學）教師。
1958 年	3 月	31 日，短篇小說〈青年人〉發表於《中央日報・副刊》4 版。
	5 月	17 日，短篇小說〈電風扇〉發表於《中央日報・副刊》6 版。
	8 月	18 日，短篇小說〈父親〉發表於《中央日報・副刊》。
	10 月	19 日，短篇小說〈阿花仔〉發表於《青年戰士報・副刊》。
	本年	與彭桂枝結婚。
1959 年	1 月	8 日，短篇小說〈隔壁婆婆〉發表於《中華日報・副刊》。
	6 月	2 日，短篇小說〈等〉發表於《聯合報・副刊》。
	8 月	30 日，兒童文學〈「害群之馬」〉發表於《徵信新聞報・

兒童樂園》第 16 期，5 版。

10 月　28 日，短篇小說〈有辦法〉發表於《新生報・副刊》。

30 日，短篇小說〈夜歸〉發表於《聯合報・副刊》。

11 月　15 日，兒童文學〈小玲的諾言〉發表於《徵信新聞報・兒童樂園》第 25 期，5 版。

10 日，短篇小說〈親情〉發表於《中華日報・副刊》。

23 日，短篇小說〈女人與女人之間〉發表於《新生報・副刊》。

26 日，短篇小說〈女人〉發表於《中華日報・副刊》。

29 日，兒童文學〈一朵百合花〉發表於《徵信新聞報・兒童樂園》第 27 期，5 版。

12 月　8 日，短篇小說〈錯愛〉發表於《徵信新聞報・人間》7 版。

14 日，兒童文學〈小魯借書的故事〉發表於《徵信新聞報・兒童樂園》第 29 期，6 版。

17 日，短篇小說〈吊橋上的約會〉發表於《徵信新聞報・人間》7 版。

18 日，短篇小說〈孤獨〉發表於《聯合報・副刊》。

21 日，短篇小說〈被擠掉的人〉發表於《徵信新聞報・人間》7 版。

28 日，兒童文學〈仙法〉發表於《徵信新聞報・兒童樂園》第 31 期，6 版。

本年　長女林孟姝出生。

1960 年　2 月　8 日，兒童文學〈菊花的故事〉發表於《徵信新聞報・兒童樂園》第 35 期，6 版。

9 日，短篇小說〈阿清伯〉發表於《中華日報・副刊》。

21 日，短篇小說〈阿順姐〉發表於《聯合報・副刊》。

23 日，短篇小說〈淵〉發表於《中華日報・副刊》。

3 月　1 日，短篇小說〈舅舅〉發表於《聯合報・副刊》。

14 日，兒童文學〈魔法師〉發表於《徵信新聞報・兒童樂園》第 40 期，6 版。

29 日，短篇小說〈愛的條件〉發表於《徵信新聞報・人間》7 版。

4 月　11 日，兒童文學〈聰明的小娃娃〉發表於《徵信新聞報・兒童樂園》第 44 期，6 版。

21 日，短篇小說〈價值〉發表於《聯合報・副刊》。

25 日，兒童文學〈吉布林叔叔的狗〉發表於《徵信新聞報・兒童樂園》第 46 期，6 版。

6 月　20 日，兒童文學〈偷懶的向日葵〉發表於《徵信新聞報・兒童樂園》第 54 期，6 版。

7 月　11 日，兒童文學〈正直的朋友〉發表於《徵信新聞報・兒童樂園》第 57 期，6 版。

24 日，短篇小說〈出運〉發表於《聯合報・副刊》。

8 月　8 日，兒童文學〈忘不了的往事〉發表於《徵信新聞報・兒童樂園》第 61 期，6 版。

10 日，短篇小說〈懷念〉發表於《聯合報・副刊》。

21 日，兒童文學〈兔子的王〉發表於《徵信新聞報・兒童樂園》第 36 期，6 版。

9 月　8 日，短篇小說〈雙喜〉發表於《徵信新聞報・人間》7 版。

11 日，翻譯後藤靜香《勵志詩》，陸續發表於《中央日報・副刊》，至 1961 年 1 月止。

22 日，短篇小說〈探親記〉發表於《徵信新聞報・人間》7 版。

10 月　2 日，短篇小說〈一往情深〉發表於《徵信新聞報・人間》7 版。

14 日，短篇小說〈彈唱者的情人〉發表於《徵信新聞報・人間》。

11 月　6 日，短篇小說〈高帽子〉發表於《徵信新聞報・人間》。

8 日，短篇小說〈兩極〉發表於《新生報・副刊》。

1961 年　5 月　4 日，短篇小說〈偶像〉發表於《徵信新聞報・人間》7 版。

27 日，短篇小說〈幻滅〉發表於《徵信新聞報・人間》7 版。

8 月　短篇小說〈你去問他們吧！〉發表於《民間知識》第 217 期。

9 月　長子林家平出生。

1962 年　3 月　15 日，短篇小說〈波蒂〉發表於《中央日報・副刊》7 版。

6 月　8 日，短篇小說〈無可奈何〉發表於《中央日報・副刊》6 版。

7 月　改寫大仲馬《三劍客》，由臺北惠眾書局出版。

8 月　父親林元福逝世。

9 月　次女林亞璘出生。

11 月　23 日，短篇小說〈早啊！〉發表於《中央日報・副刊》6 版。

12 月　〈孩子和糖果〉發表於《中國語文》第 11 卷第 6 期。

1963 年　1 月　12 日，短篇小說〈女兒的戀愛〉發表於《新生報》。

2 月　18 日，短篇小說〈樂捐〉發表於《徵信新聞報・人間》7 版。

24 日，短篇小說〈明天〉發表於《中華日報・副刊》。

5 月　　3 日，短篇小說〈愛妻〉發表於《中華日報・副刊》。

25 日，短篇小說〈心和我〉發表於《中華日報・副刊》。

8 月　　短篇小說〈愛的歎息〉發表於《野風》第 177 期。

10 月　　5 日，短篇小說〈受傷的女生〉發表於《中華日報》。

25 日，短篇小說〈啊、祖國！〉發表於《徵信新聞報》11 版。

11 月　　改寫莫理斯・盧布朗《亞森羅蘋》，由臺北惠眾書局出版。

1964 年　　1 月　　次子林家正出生。

2 月　　短篇小說〈睡不著覺的女人〉發表於《野風》第 182 期。

3 月　　1 日，出席臺灣文藝雜誌社於臺北臺灣省工業會舉辦的青年作家座談會，與會者有吳濁流、白萩、文心、陳火泉、施翠峰、王憲陽、陳千武、趙天儀、張彥勳、鍾肇政、林衡道、鍾鐵民等。

7 日，〈春雨綿綿〉發表於《聯合報・副刊》6 版

短篇小說集《迷霧》由臺北野風出版社出版。

5 月　　29 日，短篇小說〈加班的謊言〉發表於《徵信新聞報・人間》8 版。

短篇小說〈大屋裏偷錢的案子〉發表於《臺灣文藝》月刊第 1 卷第 2 期。

兒童文學〈小蝌蚪找媽媽〉發表於《兒童世界》第 5 期。

7 月　　27 日，短篇小說〈女讀者〉發表於《徵信新聞報・人間》10 版。

翻譯江藤好美〈浪漫主義論〉，發表於《臺灣文藝》月刊第 1 卷第 4 期。

9 月　2 日，短篇小說〈女水鬼〉發表於《徵信新聞報・人間》8 版。

10 月　9 日，短篇小說〈丈・夫・和・情・人〉發表於《徵信新聞報・人間》10 版。

《愉快的作文課》由臺北益智書局出版。

短篇小說〈麵線蛋〉發表於《臺灣文藝》季刊第 1 卷第 5 期。

短篇小說〈烟囪下〉發表於《文壇》第 52 期。

11 月　自印出版《大自然的真珠》。

12 月　應《小學生雜誌》之邀，開始於該刊連載長篇少年小說《阿輝的心》，至 1965 年 9 月止（第 283～302 期）。

1965 年　3 月　自印出版短篇小說集《錯愛》。

翻譯後藤靜香《勵志詩》，自印出版。

中篇小說〈外鄉來的姑娘〉發表於《文壇》第 57 期。

4 月　〈談兒童小說的創作〉收錄於《兒童讀物研究》，由臺北小學生雜誌社、小學生畫刊社出版。

5 月　自印出版中篇小說《外鄉來的姑娘》。

6 月　20 日，童話〈美麗的鴨子〉連載於《小學生雜誌》第 296～298 期，至 7 月 20 日止。

自印出版《大自然的真珠》。

7 月　《作文講話》由臺北益智書局出版。

短篇小說〈夕陽〉發表於《臺灣文藝》季刊第 2 卷第 8 期。

9 月　兒童文學《美玉和小狗》由臺中臺灣省教育廳出版。

10 月　中篇小說〈生存空間〉發表於《文壇》第 64 期。

12 月　　兒童文學《阿輝的心》由臺北小學生雜誌社出版。

1966 年　2 月　　短篇小說〈大厝〉發表於《文壇》第 68 期。

5 月　　〈這是一個值得認真去做的工作〉、〈童話有童話的特點〉收錄於《兒童讀物研究第二輯‧童話研究》，由臺北小學生雜誌社、小學生畫刊社出版。

7 月　　短篇小說〈大學生的眼淚〉發表於《臺灣文藝》季刊第 3 卷第 12 期。

8 月　　自印出版兒童文學《醜小鴨看家》，在書序中提及臺灣本土兒童文學創作太少，自詡成為「中國的安徒生」。

9 月　　兒童文學《養鴨的孩子》由臺北小學生雜誌社出版。
翻譯仙賀須義子中篇小說〈火〉於《文壇》第 75 期。

12 月　　17 日，兒童文學〈窮孩子的舞衣〉發表於《徵信新聞報‧兒童》8 版。

本年　　《阿輝的心》獲中國廣播公司選為「廣播故事」，在兒童節目播出。
《阿輝的心》被臺灣電視公司編為木偶劇，按期播放。

1967 年　1 月　　短篇小說〈阿康仔〉發表於《文壇》第 79 期。

4 月　　24 日，短篇小說〈暖流〉發表於《聯合報‧副刊》。

7 月　　短篇小說〈那顆心〉發表於《臺灣文藝》季刊第 4 卷第 15 期。

10 月　　長篇小說《愛的畫像》（共二冊）由臺北水牛出版社出版。

12 月　　《愛的花束》由臺北水牛出版社出版。

1968 年　1 月　　擔任第三屆臺灣文學獎評審，評選感言〈一知半解〉，短篇小說〈不是本性〉發表於《臺灣文藝》季刊第 5 卷第 18 期。

2 月　　中篇小說〈兩兄弟〉發表於《文壇》第 92 期。

3 月　　18 日，兒童文學〈大袋鼠的故事〉發表於《徵信新聞

報‧兒童樂園》6 版。

4 月	9 日，〈適當的放縱〉發表於《徵信新聞報‧家庭生活》10 版。
5 月	中篇小說〈祖父〉發表於《文壇》第 95 期。
7 月	28 日，短篇小說〈夫婦〉發表於《中華日報‧副刊》。
9 月	短篇小說〈女職員〉發表於《婦友》第 168 期。
10 月	短篇小說〈山路〉發表於《文壇》第 100 期。
11 月	短篇小說集《蜜月事件》由臺北臺灣商務印書館出版。
本年	通過高中國文教師檢定，應聘擔任桃園縣臺灣省立中壢高級中學（今桃園市中央大學附屬中壢高級中學）教師。

1969 年

1 月	短篇小說〈小東西〉發表於《臺灣文藝》季刊第 6 卷第 22 期。
3 月	《作文教學研究》由臺北臺灣省國民學校教師研習會出版。
4 月	6 日，〈春的姿影〉發表於《中國時報‧人間》11 版。 長篇小說《梨花的婚事》由南投臺灣省新聞處出版。 擔任第四屆臺灣文學獎評審，評選感言〈評「選」〉發表於《臺灣文藝》季刊第 6 卷第 23 期。
5 月	長篇小說《暗夜》由臺北正中書局出版。
7 月	7 日，〈愛的可愛〉發表於《中國時報‧人間》10 版。 20 日，出席吳濁流文學獎基金會成立典禮，並擔任「吳濁流文學獎」評審委員，與會者有吳濁流、鍾肇政、巫永福、王詩琅、林海音、司馬中原、鍾鐵民、廖清秀、文心、張彥勳、黃文相、江上、李喬、鄭清文、張良澤、陳秀喜等。 21 日，〈夏日雨後的路上〉發表於《中國時報‧人間》10 版。

	11 月	兒童文學《好夢成真》由臺中臺灣省教育廳出版。
		改寫柯南‧道爾《魔術師的傳奇》,由臺北東方出版社出版。
1970 年	1 月	改寫柯南‧道爾《盜馬記》,由臺北東方出版社出版。
		擔任第一屆吳濁流文學獎評審,評選感言〈我的欣賞〉,短篇小說〈蠅〉(筆名林嵐)發表於《臺灣文藝》季刊第 7 卷第 26 期。
	3 月	《繁星集》由臺北商務印書館出版。
	7 月	改寫柯南‧道爾《土人的毒箭》,由臺北東方出版社出版。
	8 月	兒童文學《蠻牛的傳奇》由臺中臺灣省教育廳出版。
1971 年	1 月	擔任第二屆吳濁流文學獎評審,評選感言〈不該說的老實話〉,短篇小說〈談法國新小說──是小說,不是評論〉發表於《臺灣文藝》季刊第 8 卷第 30 期。
	5 月	應邀擔任臺灣省教育廳於板橋舉辦的第 1 期「臺灣省國民學校教師研習會」講師,此後常應邀前來講授作文、兒童文學等課程之教學方法。
	7 月	〈讀〈被針扎疼了的手指〉〉發表於《臺灣文藝》季刊第 8 卷第 32 期。
		詩作〈《葡萄園》創刊九週年獻詩〉,〈談〈回家的路〉〉發表於《葡萄園詩刊》第 37 期。
	8 月	《夢樣的愛》由臺北水牛出版社出版。
1972 年	1 月	17 日,〈陽光〉發表於《中國時報‧人間》9 版。
		《現代詩的解說與評論》由彰化現代潮出版社出版。
		擔任第三屆吳濁流文學獎評審,評選感言〈若有所悟〉,翻譯庄野潤三短篇小說〈游泳池畔小景〉,發表於《臺灣文藝》季刊第 9 卷第 34 期。

〈詩集《淡水河》讀後〉發表於《葡萄園詩刊》第 39
期。

4 月　30 日，〈寫作兒童文學的方向〉發表於《國語日報‧兒
童文學週刊》第 5 期。

〈現代詩的思想〉發表於《臺灣文藝》季刊第 9 卷第 35
期。

6 月　4 日，〈認識兒童文學的一項調查〉發表於《國語日報‧
兒童文學週刊》第 10 期。

25 日，〈創作觀念的微差〉發表於《國語日報‧兒童文
學週刊》第 13 期。

7 月　9 日，〈《三花吃麵了》的啟示〉發表於《國語日報‧兒
童文學週刊》第 15 期。

〈現代詩的思想（二）〉發表於《臺灣文藝》季刊第 9 卷
第 36 期。

〈論「明朗」〉發表於《葡萄園詩刊》第 41 期。

8 月　13 日，書評〈《快樂的一天》給人的快樂〉發表於《國
語日報‧兒童文學週刊》第 15 期。

9 月　3 日，〈唱出了兒歌的心聲——評《吉吉會唱營養歌》〉
發表於《國語日報‧兒童文學週刊》第 23 期。

短篇小說〈波蒂〉發表於《小讀者》第 5 期。

10 月　22 日，〈不要低估兒童〉發表於《國語日報‧兒童文學
週刊》第 30 期。

詩作〈無題〉、〈上帝的遊戲〉、〈兒童的作文〉（筆名林
外），〈現代詩的思想（三）〉發表於《臺灣文藝》季刊第
9 卷第 37 期。

〈詩語言的一種特性〉發表於《葡萄園詩刊》第 42 期。

11 月　5 日，〈評《烏鴉的黑衣》——談童話創作的一種方向〉

發表於《國語日報・兒童文學週刊》第 32 期。

《夢樣的愛》由臺北水牛出版社出版。

12 月　3 日,〈未來的故事〉發表於《國語日報・兒童文學週刊》第 36 期。

17 日,〈評《小籃球達達》〉發表於《國語日報・兒童文學週刊》第 38 期。

1973 年　1 月　14 日,〈童詩和兒童詩〉發表於《國語日報・兒童文學週刊》第 42 期。

30 日,短篇小說〈田中先生的眼淚〉發表於《臺灣新生報・副刊》。

擔任第四屆吳濁流文學獎評審,評選感言〈感〉,詩作〈夜半蟲聲〉、〈兄弟〉、〈秋〉、〈池塘〉(筆名林外),發表於《臺灣文藝》季刊第 10 卷第 38 期。

詩作〈雲〉、〈虹〉發表於《葡萄園詩刊》第 43 期。

2 月　25 日,〈創作「兒童文學」的基本認識〉發表於《國語日報・兒童文學週刊》第 47 期。

4 月　1 日,〈兒童詩的創作問題〉發表於《國語日報・兒童文學週刊》第 52 期。

29 日,〈一篇有問題的論文——〈兒童與詩〉讀後〉發表於《國語日報・兒童文學週刊》第 56 期。

兒童文學《最美的花朵》由臺北青文出版公司出版。

〈現代詩的思想(四)〉,詩作〈玻璃〉(筆名林外)發表於《臺灣文藝》季刊第 10 卷第 39 期。

詩作〈不倒翁〉、〈爆發〉、〈一陣風〉發表於《葡萄園詩刊》第 44 期。

5 月　6 日,〈〈小麻雀的眼淚〉的創作效果〉發表於《國語日報・兒童文學週刊》第 57 期。

13 日，〈讀《冒氣的元寶》——金書評論之一〉發於於
《國語日報・兒童文學週刊》第 58 期。

6 月　　詩作〈長頸鹿的話〉、〈羞澀的花朵〉、〈你是一棵植物〉
發表於《笠》第 55 期，該期「兒童詩園」專欄刊登 17
首童詩，由黃基博與林鍾隆共同指導。

24 日〈《最美麗的花朵》——談我自己的一本創作〉發
表於《國語日報・兒童文學週刊》第 64 期。

7 月　　詩作〈微笑〉、〈花〉、〈麻雀〉、〈旗〉、〈河〉發表於《葡
萄園詩刊》第 45 期。

8 月　　5 日，〈兒童文學的兩個面〉發表於《國語日報・兒童文
學週刊》第 70 期。

26 日，短篇小說〈希望〉發表於《自立晚報・副刊》。

26 日，〈評《小糊塗》——金書評論之二〉發表於《國
語日報・兒童文學週刊》第 73 期。

10 月　　7 日，〈兒童化的心理描寫〉發表於《國語日報・兒童文
學週刊》第 79 期。

〈現代詩的思想（五）〉發表於《臺灣文藝》季刊第 11
卷第 41 期。

〈改文者戒〉以筆名林前發表於《幼獅文藝》第 238
期。

11 月　　11 日，〈評《象寶寶的鼻子》〉發表於《國語日報・兒童
文學週刊》第 84 期。

詩作〈雨中的話〉、〈媽媽的頭髮〉以筆名林外發表於
《葡萄園詩刊》第 46 期。

12 月　　30 日，〈請指導兒童作詩〉發表於《國語日報・兒童文
學週刊》第 91 期。

兒童文學《毛哥兒和季先生》由臺北國語日報附設出版

部出版。

本年　詩作〈插花〉選入日本『詩表現』第 107 號。

1974 年　1 月　翻譯島影盟《人心透視》，由高雄文皇出版社出版。

翻譯《人生日知錄》，由臺北林白出版社出版。

擔任第五／二屆吳濁流文學獎／新詩獎評審，評選感言〈題材與常識〉、〈小大有別〉發表於《臺灣文藝》季刊第 11 卷第 42 期。

詩作〈秋葉〉以筆名林外發表於《葡萄園詩刊》第 47 期。

2 月　17 日，短篇小說〈那一天〉發表於《自立晚報・星期文藝》。

24 日，〈談兒童文學寫作——答一群有志創作的朋友〉發表於《國語日報・兒童文學週刊》第 98 期。

〈《兒童文學創作選集》簡介〉發表於《中華日報》5 版。

4 月　28 日，〈評《大熊和桃花泉》〉發表於《國語日報・兒童文學週刊》第 107 期，3 版。

〈《基督的臉》〉，詩作〈《臺灣文藝》十週年誌感〉發表於《臺灣文藝》季刊第 11 卷第 43 期。

5 月　5 日，〈評《小狐狸學打獵》〉發表於《國語日報・兒童文學週刊》第 108 期，3 版。

19 日，〈《小猴子找快樂》讀評〉發表於《國語日報・兒童文學週刊》第 110 期，3 版。

6 月　9 日，〈《奇異的花園》讀後〉發表於《國語日報・兒童文學週刊》第 113 期，3 版。

16 日，〈讀《小泥人和小石子》〉發表於《國語日報・兒童文學週刊》第 114 期，3 版。

23 日,〈評《玉梅的心》〉發表於《國語日報‧兒童文學週刊》第 115 期,3 版。

7 月　7 日,〈評《象寶寶的鞋》〉發表於《國語日報‧兒童文學週刊》第 117 期,3 版。

〈詩往哪裡走〉發表於《葡萄園詩刊》第 49 期。

8 月　20 日,赴東京參加「第二回日華教育研究會」。

9 月　8 日,〈童話與現代〉發表於《國語日報‧兒童文學週刊》第 126 期,3 版。

11 日,短篇小說〈小花貓〉發表於《中華日報‧副刊》。

29 日,〈評《獅子公主的婚禮》〉發表於《國語日報‧兒童文學週刊》第 129 期,3 版。

10 月　6 日,〈評《金蝶和小蜜蜂》〉發表於《國語日報‧兒童文學週刊》第 130 期,3 版。

主編《現代寓言》,由臺北新兒童出版社出版。

〈文章要有主題——記敘文的寫作〉、〈為「真情」繪出動人的豐姿——抒情文作法〉、〈追求真正的道理——說理文的作法〉、〈想像的遊戲——談童話的寫作〉收錄於兒童月刊編輯委員會主編《寫作指導》,由臺北兒童圖書出版社出版。

〈現代詩的思想(六)〉發表於《臺灣文藝》季刊第 11 卷第 45 期。

詩作〈笑〉、〈愛〉(筆名林外),〈詩創作的陷阱〉發表於《葡萄園詩刊》第 50 期。

11 月　3 日,〈讀《怪東西》〉以筆名林前發表於《國語日報‧兒童文學週刊》第 134 期,3 版。

24 日,〈談「兒童詩」〉發表於《國語日報‧兒童文學週

　　　　　　　　　　刊》第 137 期，3 版。

　　　　　　本年　擔任第一屆洪建全兒文學創作獎評審。

1975 年　　　1 月　5 日，〈評《小琪的房間》──金書評論之三〉發表於
　　　　　　　　　　《國語日報‧兒童文學週刊》第 143 期，3 版。

　　　　　　　　　　擔任第六／三屆吳濁流文學獎／新詩獎評審，〈評選感
　　　　　　　　　　言〉發表於《臺灣文藝》季刊第 12 卷第 46 期。

　　　　　　　3 月　2 日，〈〈落葉〉和〈雲〉的討論──兒童月刊編輯對詩
　　　　　　　　　　的看法〉以筆名林容發表於《國語日報‧兒童文學週
　　　　　　　　　　刊》第 151 期，3 版。

　　　　　　　4 月　20 日，〈童話與故事〉以筆名林容發表於《國語日報‧
　　　　　　　　　　兒童文學週刊》第 158 期，3 版。

　　　　　　　　　　〈現代詩的思想（七）〉，詩作〈母親〉、〈愛心曲〉（筆名
　　　　　　　　　　林外）發表於《臺灣文藝》季刊第 11 卷第 46 期。

　　　　　　　5 月　《中國青年》月刊創刊，應創辦人蘇宗健之邀，擔任總
　　　　　　　　　　編輯。

　　　　　　　　　　兒童文學《奇妙的故事》由臺北兒童月刊社出版。

　　　　　　　　　　短篇小說〈奇嶺少年〉發表於《今日少年》第 1 期。

　　　　　　　6 月　8 日，〈童話的「創作觀」〉發表於《國語日報‧兒童文
　　　　　　　　　　學週刊》第 165 期，3 版。

　　　　　　　　　　22 日，〈評《小舞師》〉發表於《國語日報‧兒童文學週
　　　　　　　　　　刊》第 167 期，3 版。

　　　　　　　　　　〈現代人的現代觀〉，短篇小說〈張家大妻〉發表於《中
　　　　　　　　　　國青年月刊》第 1 期。

　　　　　　　　　　少年小說〈壞老頭〉收錄於兒童月刊社主編《少年小說》
　　　　　　　　　　（中國兒童百科全書第二輯第二冊），由臺北兒童圖書出
　　　　　　　　　　版社出版。

　　　　　　　7 月　童詩〈大雷雨〉、〈橘子〉收錄於《小河唱歌》，由臺中臺

灣省教育廳出版。

詩作〈野花〉、〈花〉（筆名林外），〈詩人之路〉發表於《葡萄園詩刊》第 53 期。

8 月　17 日，譯述〈日本童話會的評選和入選詩作〉以筆名玄雨發表於《國語日報・兒童文學週刊》第 175 期，3 版。

25～30 日，擔任板橋教師研習會第 171 期兒童讀物寫作研究班講師，講授「日本兒童文學現狀」。

31 日，〈讀《牧羊女傳奇》〉發表於《國語日報・兒童文學週刊》第 177 期，3 版。

9 月　28 日，翻譯江口季好〈現代兒童詩的意義和性格〉於《國語日報・兒童文學週刊》第 181 期，3 版。

11 月　28 日，短篇小說〈天女〉發表於《聯合報・副刊》。

12 月　31 日，翻譯波多野完治〈坪田讓治的童話藝術〉於《國語日報・兒童文學週刊》第 193 期。

〈童話的認識和創作（上）〉發表於《師友月刊》第 102 期。

本年　擔任第二屆洪建全兒童文學創作獎評審。

1976 年　1 月　18 日，〈把兒童詩導向正途——我為什麼要翻譯《日本兒童詩選集》〉發表於《國語日報・兒童文學週刊》第 197 期，3 版。

自江口季好、寒川道夫合編的『日本児童詩集』中挑選出 99 首童詩，編譯兒童文學《日本兒童詩選集》，自印出版。

〈現代詩的思想（八）——代詩選評〉發表於《臺灣文藝》季刊第 13 卷第 50 期。

2 月　〈談詩「象」和詩「心」〉發表於《笠》第 71 期「兒童詩的創作問題」專輯。

〈童話的認識和創作（中）〉發表於《師友》月刊第 104 期。

3 月　8 日～4 月 3 日，擔任板橋教師研習會第 177 期兒童讀物寫作研究班講師，講授「兒童詩歌創作」。

28 日，〈歐洲童話的特徵〉以筆名林前發表於《國語日報‧兒童文學週刊》第 206 期，3 版。

〈童話的認識和創作（下）〉發表於《師友月刊》第 105 期。

4 月　〈俊蝴蝶討新娘〉、〈洋娃娃的大衣〉收錄於黃基博編選《童話世界（一）》。

短篇小說〈寡母〉發表於《自由談》第 27 卷第 4 期。

25 日，翻譯坪田讓治〈我的童話觀〉於《國語日報‧兒童文學週刊》第 210 期，3 版。

6 月　6 日，翻譯坪田讓治〈談兒童文學〉於《國語日報‧兒童文學週刊》第 216 期，3 版。

20 日，〈《龍子太郎》簡介〉發表於《國語日報‧兒童文學週刊》第 218 期，3 版。

7 月　翻譯松谷三代子兒童文學《龍子太郎》，自印出版。

8 月　22 日，〈訪問兒童文學作家〉發表於《國語日報‧兒童文學週刊》第 227 期，3 版。

短篇小說〈波蒂〉收錄於中央日報社編輯出版的《中副作品精選第一輯》。

〈兒童詩的豐收季——介紹討論五本兒童詩〉發表於《笠》第 74 期。

〈一首有趣的詩〉發表於《葡萄園詩刊》第 57 期。

夏　　與傅林統於東京會見資深圖畫書編輯、兒童詩人水橋晉（みずはし すすむ）。

9月　兒童文學『みなみのしまのできごと』（《南方小島的故事》）由東京學習研究社出版。

10月　17 日，翻譯〈兒童文學的特性〉於《國語日報‧兒童文學週刊》第 235 期，3 版。

〈現代詩的思想（九）〉，詩作〈牛──看朱銘雕刻展有感〉、〈馬──欣賞蓬車英雄傳有感〉（筆名林外）發表於《臺灣文藝》季刊第 13 卷第 53 期。

〈三種兒童詩〉發表於《笠》第 75 期。

12月　翻譯〈北海道兒童詩選〉於《笠》第 76 期

本年　擔任第三屆洪建全兒童文學創作獎評審。

1977 年　1月　2 日，〈兒童文學的問題〉以筆名羽人發表於《國語日報‧兒童文學週刊》第 246 期，3 版。

10 日～2 月 5 日，擔任板橋教師研習會第 183 期兒童讀物寫作研究班講師，講授「少年小說創作」、「童話創作」。

《兒童詩研究》由臺北益智書局出版。

收到北海道詩友谷克彥寄來的兒童詩選集《像藍色天空那樣的花》，該書為當地兒童詩刊『サイロ』發行 100 號所出版的紀念集，林鍾隆將其翻譯為《北海道兒童詩選》，由臺北笠詩刊社出版。

3月　13 日，〈當前兒童文學的課題〉發表於《國語日報‧兒童文學週刊》第 255 期。

《愛的花束》由臺北水牛出版社出版。

4月　4 日，創辦並主編臺灣第一份兒童詩刊《月光光》，推展童詩創作、教學指導與評論研究。

〈我們的話〉、〈我喜愛的詩──〈家〉選評〉，童詩〈故事〉（筆名林外），翻譯 Shel Silverstein 童詩〈樹上的小

屋〉、〈看不見的男孩〉、〈沒什麼不同〉（筆名林亭），改寫童謠〈月光光〉，發表於《月光光》第 1 集。

5 月　《情緒人》、長篇小說《太陽的悲劇》由臺北水牛出版社出版。

〈兒童詩之創作〉發表於《臺灣教育》第 317 期。

6 月　19 日，〈「詹姆斯・枯流斯」簡介〉以筆名宗容發表於《國語日報・兒童文學週刊》第 269 期，3 版。

創辦「月光光獎」，約請專家擔任評審，以每六集《月光光》為單位，從成人與兒童作品分別選出十首，頒發獎狀及獎品，期望激發來稿並鼓勵童詩創作。

〈童謠〉、〈我喜愛的詩——〈白鵝〉評述〉，童詩〈夜聲〉、〈早晨的歌〉、〈爸　不要生病〉、〈藥〉（筆名林外），翻譯外國兒童詩三首，改寫童謠〈月光光〉二首，發表於《月光光》第 2 集。

7 月　17 日，〈評《缺嘴魚》和《小泥人》〉以筆名宗容發表於《國語日報・兒童文學週刊》第 273 期，3 版。

8 月　8 日，赴宜蘭羅東國小出席宜蘭縣第一屆兒童文學座談會。

〈兒童詩的指導〉（筆名新民）、〈臺灣《童謠傑作選集》〉（筆名林容），翻譯《臺灣童謠傑作選集》「太陽章」、「彩虹章」、「露珠章」共 12 首（筆名林容），改寫童謠〈月光光〉、〈七姑星〉，發表於《月光光》第 3 集。

9 月　25 日，〈《信兒在雲端》序〉發表於《國語日報・兒童文學週刊》第 283 期，3 版。

10 月　23 日，翻譯〈兒童文學論〉於《國語日報・兒童文學週刊》第 287 期，3 版。

翻譯石井桃子兒童文學《信兒在雲端》，由臺北書評書目

出版社出版。

〈談「詩」教育重要〉，童詩〈大樹〉（筆名林外），翻譯外國兒童詩四首、《臺灣童謠傑作選集》「月亮章」、「星星章」、「雲彩章」、「雷公章」共 19 首（筆名林容），發表於《月光光》第 4 集。

11 月　6 日，翻譯〈兒童文學論（二）〉於《國語日報・兒童文學週刊》第 289 期，3 版。

12 月　於《快樂兒童漫畫週刊》開闢「作文指導」專欄。

〈歌謠〉（筆名天人）、〈我喜愛的詩——〈爸爸〉〉、〈讀《看不見的樹》〉（筆名林輝），童詩〈廊柱〉（筆名林外）、〈醜〉（筆名林前），翻譯外國兒童詩二首、《臺灣童謠傑作選集》「雨之歌」、「風之歌」、「白雪篇」、「霧靄章」共 21 首（筆名林容），發表於《月光光》第 5 集。

本年　擔任第四屆洪建全兒童文學創作獎評審。

童詩〈人的臉〉、〈根〉發表於日本『裸族』第 26 號。

1978 年　1 月　8 日，〈林德古廉——20 世紀兒童文學的巨人〉發表於《國語日報・兒童文學週刊》第 298 期，3 版。

2 月　13～14 日，短篇小說〈裝蝦〉連載於《臺灣新生報・副刊》。

19 日～3 月 19 日，擔任板橋教師研習會第 198 期兒童讀物寫作研究班講師，講授「少年小說創作」、「童話創作技巧」。

18 日，短篇小說〈微笑〉發表於《中央日報・副刊》10 版。

〈兒童詩的課題〉、〈我喜愛的詩——蠶與火車〉，翻譯《臺灣童謠傑作選集》「春之章」、「夏之章」、「秋之章」、「冬之章」、「晨之頌」、「暮之頌」、「夜之頌」共 23

　　　　首（筆名林容），發表於《月光光》第 6 集。

3 月　　25 日，短篇小說〈冰姑〉發表於《中央日報‧副刊》10
　　　　版。

　　　　兒童文學《爸爸的冒險》由臺北同崢出版社出版。

　　　　童詩〈早晨的歌〉、〈那顆星〉、〈夜聲〉獲第一屆月光光
　　　　獎。

　　　　〈要兒童作詩的一個理由〉（筆名林容），童詩〈跳繩〉、
　　　　〈霧中的太陽〉（筆名林外），翻譯外國兒童詩五首，翻
　　　　譯《臺灣童謠傑作選集》「山之章」、「田園之歌」、「水的
　　　　臉」、「海洋的面貌」共 12 首（筆名林容），發表於《月
　　　　光光》第 7 集。

4 月　　5 日，妻子彭桂枝逝世。

　　　　兒童文學《數字遊戲》（董大山圖）參加第五屆洪建全兒
　　　　童文學創作獎，獲圖書故事組第一名。

　　　　兒童文學《奇異的友情》由臺北同崢出版社出版。

　　　　翻譯改寫丹尼爾‧狄福（Daniel Defoe）長篇小說《魯賓
　　　　遜漂流記》，由臺北光復書局出版。

5 月　　7 日，〈《月光光》設童詩獎〉發表於《國語日報‧兒童
　　　　文學週刊》第 315 期，3 版。

　　　　設立「彭桂枝兒童詩指導紀念獎」，藉以肯定於童詩教學
　　　　領域擁有顯著成績的教師。

　　　　〈痛悼一位優秀的兒童詩指導老師——設置兒童詩指導
　　　　獎宣言〉、〈第一屆月光光兒童詩獎成人作品評介〉，童詩
　　　　〈跳動的月亮〉、〈剪樹〉、〈樹〉、〈雨〉、〈春來了〉（筆名
　　　　林外），翻譯外國兒童詩二首、《臺灣童謠傑作選集》「寵
　　　　物章」七首（筆名林容），發表於《月光光》第 8 集。

6 月　　10 日，應邀至臺中市立文化中心演講「兒童詩的風貌」。

24 日，應邀至臺北洪建全基金會演講「童話創作」。

翻譯舒密德（Annie M. G. Schmidt）兒童文學《威普拉拉》，由臺北小讀者雜誌社出版。

詩作〈崇外〉、〈至崇外者〉發表於《臺灣文藝》革新號第 6 期。

7 月	〈評介《媽媽有兩張臉》〉、〈第一屆月光光獎兒童作品簡介〉，童詩〈仙樂〉（筆名林外），翻譯外國兒童詩四首（筆名勇才）、《臺灣童謠傑作選集》「家畜篇」、「家禽篇」共六首（筆名林容），發表於《月光光》第 9 集。
9 月	〈陳千武的話〉、〈我喜愛的詩——〈下雨〉選評〉，童詩〈夏午〉、〈山〉、〈南風〉、〈夏〉、〈秋〉、〈麻雀〉（筆名林外），翻譯外國兒童詩二首（筆名勇才）、《臺灣童謠傑作選集》「家禽章」、「飛禽章」、「走獸章」共 15 首（筆名林容），發表於《月光光》第 10 集。
10 月	8 日，〈兒童文學的目標〉發表於《國語日報・兒童文學週刊》第 337 期，3 版。
	〈臺灣兒童詩的路標〉發表於《笠》第 87 期。
11 月	5 日，〈詩的創作與欣賞——答洪中周先生〉發表於《國語日報・兒童文學週刊》第 341 期，3 版。
	23 日，短篇小說〈超人侍者〉發表於《自立晚報・副刊》。
	《作文指導》由臺北快樂兒童漫畫週刊社出版。
	〈兒童文學的目標〉、〈又一次驚喜——談兒童作詩的重要〉（筆名林容）、〈我喜愛的詩——〈雨〉評述〉，童詩〈鄉村的早晨〉、〈樹下的陽光〉、〈黃昏〉、〈蝸牛〉（筆名南月）、〈蘆花〉、〈春雷〉、〈眼睛和手〉、〈長廊的柱子〉（筆名南星），翻譯新川和江童詩〈什麼時候〉、《臺灣童

謠傑作選集》「昆虫章」八首（筆名林容），發表於《月光光》第 11 集。

12 月　13 日，擔任桃園縣兒童文學研習營講師。

17 日～1979 年 1 月 4 日，擔任板橋教師研習會第 209 期兒童讀物寫作研究班講師，講授「少年小說創作」、「童話創作技巧」。

詩作〈大海和小姑娘〉以筆名林外發表於《葡萄園詩刊》第 65 期。

1979 年　　1 月　27 日，應邀擔任桃園縣教育局舉辦的「兒童文學創作及生活故事專集）」研習會講師，主講「談少年小說的創作」。

〈最大的感動〉，童詩〈谷風〉（筆名林外）、〈微風〉（筆名南波）、〈電視〉、〈兔唇〉、〈叮嚀〉（筆名南濤），翻譯外國兒童詩四首、《臺灣童謠傑作選集》「昆虫章」16 首（筆名林容），發表於《月光光》第 12 集。

2 月　應邀擔任第一屆「宜蘭縣國小教師兒童文學研習會」講師，主講「兒童詩的創作與欣賞」。

新詩〈天空中〉、〈獅子〉收錄於北原政吉主編《臺灣現代詩集》，由日本熊本書房出版。

3 月　童詩〈山〉、〈蘆花〉、〈跳繩〉、〈谷風〉、〈霧中的太陽〉、〈夏午〉，翻譯兒童詩〈小蝸牛〉獲得第二屆月光光獎。

〈推介《少年詩詞欣賞》〉、〈第二屆月光光獎成人作品簡介〉、〈第二屆月光光獎兒童作品簡介〉，童詩〈小猴自誇〉、〈捉太陽的小娃娃〉、〈小野狗〉、〈紅眼睛的傢伙〉、〈小撒嬌〉（筆名南星）發表於《月光光》第 13 集。

詩作〈風鈴〉、〈懷念的時候〉、〈美的芬芳〉以筆名林外發表於《葡萄園詩刊》第 66 期。

4月　29 日，〈文學與教育〉發表於《國語日報‧兒童文學週刊》第 365 期，3 版。

兒童文學《數字遊戲》由臺北書評書目出版社出版。

編譯兒童文學《短篇童話傑作選》、翻譯凱斯都納《少年偵探團》，由臺北水牛出版社出版。

〈魯賓遜與格列佛〉發表於《書評書目》第 72 期。

5月　13 日～6 月 10 日，擔任板橋教師研習會第 214 期兒童讀物寫作研究班講師，講授「童話創作技巧」、「少年小說創作」。

〈我喜愛的詩──〈給爸爸的信〉〉、〈同人會小記〉，童詩〈小狗〉（筆名林外）、〈河馬〉（筆名南月）、〈洗臉〉（筆名南星），翻譯外國兒童詩五首（筆名林飛）、《臺灣童謠傑作選集》「水族章」、「詠竹章」、「詠草章」共十首，發表於《月光光》第 14 集。

詩作〈颱風之夜〉、〈車轔轔〉、〈孤兒的話〉、〈遲開的花〉、〈奇煙〉、〈懷念的樹〉以筆名林外發表於《葡萄園詩刊》第 67 期。

7月　18～19 日，短篇小說〈粉拳〉連載於《民眾日報‧副刊》。

29 日，〈徐著《兒童詩論》〉發表於《國語日報‧兒童文學週刊》第 378 期，3 版。

〈編後〉，童詩〈小淘氣〉（筆名南星）、〈枯草〉、〈流浪之歌〉、〈燕子〉（筆名南月）、〈洗臉〉（筆名南星），翻譯外國兒童詩二首（筆名林飛）、《臺灣童謠傑作選集》「樹木的頌歌」、「花的頌歌」、「葉的頌歌」、「果實頌」共 25 首（筆名林容），發表於《月光光》第 15 集。

翻譯王昶雄中篇小說〈奔流〉，收入鍾肇政、葉石濤主編

《光復前臺灣文學全集》小說卷，由臺北遠景出版社出版。

8月 赴日本京都、札幌、東京等地拜訪日本學習研究社水橋晉、日本童話會會長後藤楢根、少年小說家長崎源之助、童謠詩人石田道雄等人。

9月 〈兒童詩的創作方向〉（筆名林外）、〈徐著《兒童詩論》〉、〈海外來鴻〉，童詩〈童心〉、〈槍〉、〈新鞋〉（筆名林外），翻譯外國兒童詩四首（筆名林飛）、《臺灣童謠傑作選集》「遊戲的頌歌」、「玩具的歌」、「糖果的歌」、「運動的歌」共 14 首（筆名林容），發表於《月光光》第 16 集。

詩作〈沒有名字的花〉、〈杜鵑花盛開〉、〈既然〉、〈燈〉以筆名林外發表於《葡萄園詩刊》第 68 期。

10月 7 日，〈《兒童詩的理論與發展》介紹〉以筆名林輝發表於《國語日報・兒童文學週刊》第 388 期，3 版。

〈對「兒童」創作「詩」的要求〉發表於香港《詩風》第 88 期。

11月 應邀出席桃園縣教育局於桃園縣立圖書館舉辦的「兒童文學創作——生活故事專集研討會」，主講「少年小說創作」。

〈與日本童話會長一夕談〉、〈《兒童詩的理論與發展》簡介〉（筆名林輝）、〈對「兒童」創作「詩」的要求〉，童詩〈我要給風加上顏色〉、〈春的聲音〉、〈太陽起床〉、〈冬天的聲音〉、〈西瓜〉（筆名林外），翻譯外國兒童詩二首、《臺灣童謠傑作選集》「學校生活的歌」五首（筆名林容），發表於《月光光》第 17 集。

12月 兒童文學《星星的母親》由臺北成文出版社出版。

1980 年　1月 加入《布穀鳥兒童詩學季刊》同人。

　　　　〈帶廣之旅〉，童詩〈妙妙貓〉、〈樹葉〉（筆名林外），翻
　　　　譯外國兒童詩四首、《臺灣童謠傑作選集》「家庭生活的
　　　　吟詠」15首，發表於《月光光》第18集。

　　　　〈對高中新詩教育的希望〉發表於《葡萄園詩刊》第69
　　　　期。

3月　童詩〈我要給風加上顏色〉、〈童心〉獲第三屆月光光
　　　　獎。

　　　　〈介紹一位最傑出的兒童詩人〉、〈傅著《兒童文學的認
　　　　識與鑑賞》〉（筆名林輝）、〈評審統計雜感〉、〈第三屆月
　　　　光光獎成人作品簡介〉、〈第三屆月光光獎兒童作品簡
　　　　介〉、〈我喜愛的詩——〈半夜〉欣賞〉，翻譯外國兒童詩
　　　　四首、《臺灣童謠傑作選集》「社會生活的詩篇」、「職業
　　　　生活的頌詩」共16首，發表於《月光光》第19集。

4月　〈評褚乃瑃《四季的風》〉發表於《布穀鳥兒童詩學季
　　　　刊》第1期「兒童詩集選評」專輯。

5月　4日～6月1日，擔任板橋教師研習會第225期兒童讀物
　　　　寫作研究班講師，講授「童話創作技巧」、「少年小說創
　　　　作」。

　　　　〈兒童文學創作的要求〉、〈《小河有一首歌》的詩味〉
　　　　（筆名林飛）、〈長崎源之助訪問記〉，童詩〈嫩芽〉、〈公
　　　　園的椅子〉、〈過年〉、〈到山中去〉（筆名林外）、〈玩具奶
　　　　嘴（一）〉、〈玩具奶嘴（二）〉、〈榕樹和風〉、〈爸爸是火
　　　　車〉、〈只想和你玩〉、〈好友〉、〈影子〉（筆名南星），翻
　　　　譯外國兒童詩五首，發表於《月光光》第20集。

　　　　詩作〈疑問〉、〈新葉〉以筆名林外發表於《葡萄園詩
　　　　刊》第70期。

6月　《生命的燈》由臺北暖流出版社出版。

7 月 自中壢高中教師職退休。

《文章精探》、《國文教學談叢》由臺北益智書局出版。

〈我喜愛的詩──〈乾魚〉欣賞〉、〈褚乃英的《四季的風》〉，童詩〈太陽和月亮〉（筆名林外）、〈瀑布的歌聲〉、〈膽小的烏雲〉、〈小媽媽〉（筆名林宴）、〈做哥哥的壞處〉（筆名老伯），翻譯外國兒童詩四首、《臺灣童謠傑作選集》「交通工具的詩歌」11 首，發表於《月光光》第 21 集。

8 月 應邀出席第二屆「鹽分地帶文藝營」，與趙天儀、林煥彰共同主持「兒童詩座談會」。

詩作〈鳥的啁啾〉以筆名林外發表於《葡萄園詩刊》第 71 期。

詩作〈鳥〉以筆名林外發表於《暖流》第 1 期。

9 月 〈為什麼要讓孩子們作詩〉，童詩〈花開〉、〈虎〉、〈涼〉、〈鼠〉、〈流星〉、〈駱駝〉（筆名林外），翻譯外國兒童詩三首、《臺灣童謠傑作選集》「生活拾錦」十首，發表於《月光光》第 22 集。

11 月 以《星星的母親》一書與其他數本許義宗主編「兒童文學創作專輯」叢書同獲行政院新聞局兒童圖書類金鼎獎。

《思路》由苗栗七燈出版社出版。

《作文指導》、《兒童詩指導》由臺北快樂兒童漫畫週刊社出版。

〈幼兒的詩〉、〈我喜愛的詩──〈公雞〉評賞〉、〈我喜愛的詩──〈氣象〉評賞〉，童詩〈夏天〉、〈炎夏〉（筆名豆千山人）、〈影子的警告〉、〈雲不是流浪漢〉、〈風〉（筆名林外）、〈蟬〉、〈雨前雨後〉、〈幸運的蝸牛〉（筆名林宴），

翻譯外國兒童詩五首,發表於《月光光》第 23 集。

12 月　母親林巫三妹逝世。

本年　成立「古道語文研究中心」,開班教導兒童作文。

應中華文化復興運動推行委員會(今中華文化總會)之邀,創作短篇小說〈農夫的兒子〉、〈老兵和年輕人〉。

1981 年　1 月　〈想像與趣味的「問題」——談兒童詩的創作〉、〈我喜愛的詩——〈風和風鈴〉欣賞〉、〈我喜愛的詩——〈星星〉欣賞〉,童詩〈下午四點、四歲半〉(筆名林外),翻譯外國兒童詩五首、日譯臺灣少年詩三首,發表於《月光光》第 24 集。

2 月　〈以愛心燃亮詩燈的陳秀喜〉以筆名林外發表於《笠》第 101 期。

3 月　童詩〈雲不是流浪漢〉、〈太陽和月亮〉、〈嫩芽〉、〈念幼稚園的孩子〉獲第四屆月光光獎。

擔任臺北市國小教師研習會主講人,主講「童話創作」、「少年小說創作」。

兒童文學《小小象的想法》由臺北成文出版社出版。

寓言〈祕密〉、童詩〈楓樹的話〉、〈星星對我說〉、〈日出〉,收入蘇宗健、譚慕松主編《最新兒童文學百科精選》,由臺北中友文化出版。

〈林美娥的兒童詩〉、〈我喜愛的詩——〈爸爸的鬍子〉欣賞〉,童詩〈玩〉、〈軟珊瑚〉、〈珊瑚〉(筆名林外)、〈念幼稚園的孩子〉(筆名葉林),翻譯外國兒童詩三首、日譯臺灣少年詩二首,發表於《月光光》第 25 集。

4 月　4 日,童詩〈我要給風加上顏色〉獲布穀鳥詩社舉辦的第一屆布穀鳥紀念楊喚兒童詩獎。

18 日,應邀出席於洪建全視聽圖書館高雄館舉辦的「兒

　　童文學少年小說專題講座」，擔任主講人。

　　翻譯林德古廉兒童文學《白馬王子米歐》、佐藤曉兒童文學《沒有人知道的小國家》，由臺北水牛出版社出版。

　　詩作〈驀然〉、〈窗外〉以筆名林外發表於《葡萄園詩刊》第 73、74 期合刊。

5 月　10 日～6 月 7 日，擔任板橋教師研習會第 238 期兒童讀寫作研究班講師，講授「詩與散文」、「少年小說創作」、「兒童文學的創作過程」。

　　24 日，〈一篇上乘的童話〉發表於《國語日報・兒童文學週刊》第 471 期，3 版。

　　〈兒童詩的指導〉、〈編輯小語〉，童詩〈回聲〉（筆名林外）發表於《月光光》第 26 集。

6 月　17 日，應邀出席臺中市國小教師兒童詩指導座談會，與趙天儀共同擔任主持人。

　　〈可憐的幻想家〉連載於《小讀者》第 104 期，至 1982 年 8 月第 118 期止。

7 月　〈讀：談楊傑美的〈番薯〉〉（筆名老伯），童詩〈奇異的房屋〉、〈豬的話〉、〈老鼠了不起〉、〈春天來了嗎〉（筆名林外），翻譯外國兒童詩五首、日譯李國躍少年詩〈妹妹，我們回家去〉，發表於《月光光》第 27 集。

　　童詩〈梨子的話〉以筆名林外發表於《布穀鳥兒童詩學季刊》第 6 期。

8 月　8 日，「桃園縣文藝作家協會」成立，加入成為會員。

　　詩作〈早晨〉、〈分手，在大街上〉以筆名林外發表於《葡萄園詩刊》第 75 期。

10 月　《愛的花束》由臺北水牛出版社出版。

　　〈疑問〉，童詩〈新衣服〉、〈奇異的房屋〉（筆名林宴），

翻譯外國兒童詩三首，發表於《月光光》第 28 集。

12 月	12 日，〈日本 1976 年兒童讀物出版狀況〉發表於《國語日報・兒童文學週刊》第 501 期，3 版。
	與第二任妻子李素勤（筆名李妍慧、李雨軒，後改名為李玟臻）結婚。
	詩作〈愛神〉以筆名林外發表於《葡萄園詩刊》第 76 期。

1982 年	1 月	童詩〈雨中的鴨子〉、〈老鼠了不起〉、〈軟珊瑚〉、〈豬的話〉獲第五屆月光光獎。
		童詩〈小寶和淚珠〉、〈青蛙的話〉、〈迎春曲〉（筆名林外），翻譯うじいえてつや兒童詩〈象〉，發表於《月光光》第 29 集。
	3 月	詩作〈祕密〉以筆名林外發表於《葡萄園詩刊》第 77 期。
	4 月	〈希望和期待〉，童詩〈老公公〉、〈猴子屁股〉、〈大象〉、〈貓和狗〉、〈小小鳥兒〉、〈兔子照鏡子〉（筆名林外），翻譯こわせ たまみ兒童詩〈小指〉，發表於《月光光》第 30 集。
	5 月	兒童文學《明天的希望》由臺北成文出版社出版。
	6 月	〈詩的指導〉、〈我喜愛的詩——〈春天怎麼來的〉欣賞〉，童詩〈大蛋〉（筆名林外）、〈顛倒歌〉（筆名林宴），翻譯外國兒童詩二首、日譯林外少年詩〈我要給風加上顏色〉，發表於《月光光》第 31 集。
	7 月	〈林建助的五首詩〉、〈我喜愛的詩——〈大便〉欣賞〉，童詩〈奇石二首〉（筆名林外），翻譯外國兒童詩二首，發表於《月光光》第 32 集。
	9 月	《兒童詩觀察》由臺北益智書局出版。

〈感動的事〉、〈教「詩」的事──日本詩人大岡信的話〉，童詩〈蒼蠅〉、〈時間〉（筆名林外），翻譯中口有子兒童詩〈夢〉，發表於《月光光》第 33 集。

10 月　　3 日，〈〈颱風〉不是差勁的詩〉發表於《國語日報·兒童文學週刊》第 542 期，3 版。

9 日，應邀出席行政院文建會舉辦的兒童文學座談會，講題為「談民族風格的少年小說」。

兒童文學《可敬可愛的楊梅》由臺中臺灣省教育廳出版。

〈神奇的獅子〉收錄於《童話列車·動物王國 1·草原動物》，由臺北錦標出版社出版。

11 月　　〈閻羅王的電腦〉收錄於《童話列車·動物王國 3·家庭動物》，由臺北錦標出版社出版。

小品文〈「四」之冤屈〉收入向陽主選《每日精品》，由臺北蘭亭書店出版。

童詩〈水花〉、〈地下室的蚯蚓〉（筆名林外），翻譯齋藤知尋兒童詩〈比劍〉，發表於《月光光》第 34 集。

〈寓言、神話、傳說和民間故事〉發表於《中國語文》第 51 卷第 5 期。

12 月　　〈聰明的老虎〉、〈猴子為什麼不讀書〉收錄於《童話列表·動物王國 2·高山動物》，由臺北錦標出版社出版。

〈好心腸的河馬〉、〈聰明的漁郎〉、〈兔子和鱷魚〉收錄於《童話列表·動物王國 4·水域動物》，由臺北錦標出版社出版。

1983 年　　1 月　　〈《兒童詩欣賞》序〉，童詩〈斜躺在大水管裡〉、〈河水〉、〈曇花〉、〈蜂巢〉（筆名林外），翻譯外國兒童詩二首，發表於《月光光》第 35 集。

3 月　　與趙天儀應邀赴臺中文化中心演講「兒童詩的創作指

導」及「兒童詩的想像」。

〈兒童詩不是「造」的，是自然取得的〉、〈給愛護月光光的熱心人士的話〉，童詩〈深山裡〉（筆名林宴），翻譯外國兒童詩二首，發表於《月光光》第 36 集。

詩作〈女人的詩〉、〈女人〉以筆名林外發表於《葡萄園詩刊》第 82 期。

4 月　　3 日，摘譯大岡信〈教「詩」〉於《國語日報·兒童文學週刊》第 567 期，3 版。

21 日，擔任桃園縣兒童文學研習會講師，主講「鄉土文學」。

《海洋兒童文學季刊》創刊，開始於該刊撰寫「西洋兒童小說研究」系列文章。

〈西洋兒童小說研究（一）〉發表於《海洋兒童文學季刊》第 1 期。

5 月　　29 日，〈評介《二人比鐘》〉以筆名林飛發表於《國語日報·兒童文學週刊》第 575 期，3 版。

童詩〈地下室的蚯蚓〉獲第六屆月光光獎。

〈聰明的牧童〉、〈花都是小孩子〉、〈命運的選擇〉收錄於《童話列車·植物世界 1·趣味植物》，由臺北錦標出版社出版。

〈美麗與哀愁〉、〈老銀杏的故事〉收錄於《童話列車·植物世界 2·山林植物》，由臺北錦標出版社出版。

〈花的希望〉、〈惡夢〉收錄於《童話列車·植物世界 3·庭園植物》，由臺北錦標出版社出版。

〈王母娘娘的慈悲〉收錄於《童話列車·植物世界 4·水域植物》，由臺北錦標出版社出版。

〈蟬羽〉收錄於康原主編《一頁一小詩》第 5 輯，由臺

北水芙蓉出版社出版。

〈詩的要求之一〉，童詩〈樹花〉、〈畸形蛋〉、〈變體蛋〉（筆名林外），翻譯うしき まみ兒童詩〈聖誕老人的信〉、日譯黃淑華兒童詩〈辛苦的爸爸〉，發表於《月光光》第 37 集。

〈一個新世界〉發表於《臺灣文藝》第 82 期。

6 月　《思路》由臺中主人翁文化公司出版。

〈小琦的禮物〉、〈頑皮的心臟〉收錄於《童話列車・科學奧祕 3・人體奧祕》，由臺北錦標出版社出版。

7 月　11 日～8 月 6 日，擔任板橋教師研習會第 263 期兒童讀物寫作研究班講師，講授「童詩創作」、「兒童文學人創作過程分析」、「童話創作」。

〈偷吃白菜的小白兔〉收錄於《童話列車・科學奧祕 1・世界奧祕》，由臺北錦標出版社出版。

〈金手指〉收錄於《童話列車・科學奧祕 4・物理奧祕》，由臺北錦標出版社出版。

〈詩的要求之二〉、〈陳芳美的兒童詩〉，童詩〈駱駝〉、〈泥潭的笑臉〉、（筆名林外），翻譯みずこし だいすけ兒童詩〈雪〉，發表於《月光光》第 38 集。

8 月　16 日，擔任第四期「慈恩兒童文學研習會——少年小說研習營」講師。

19 日，應邀出席韓國兒童文學家宣勇於桃園春雨民藝茶坊舉辦的「中韓兩國兒童文學近況座談會」。

〈中國人在文學上的矛盾〉發表於《文學界》第 7 期。

〈西洋兒童小說研究（二）〉發表於《海洋兒童文學季刊》第 2 期。

9 月　〈一本很美的書〉、〈詩的要求之三〉，翻譯三浦 靜兒童

詩〈貓〉、日譯鍾世斌兒童詩〈落葉〉，發表於《月光光》第 39 集。

11 月　13 日，〈我看《怪東西》〉以筆名羽仙發表於《國語日報・兒童文學週刊》第 599 期，3 版。

〈《月光光》的話〉、〈詩的要求之四——判明兒歌和詩的正身〉、〈我喜愛的詩——〈大人愛問的問題〉欣賞〉，童詩〈天空〉（筆名林外）、〈颱風〉（筆名周原），翻譯外國兒童詩二首，發表於《月光光》第 40 集。

12 月　短篇小說〈女仙人〉發表於《現代創作》第 1 期。

〈西洋兒童小說研究（三）〉發表於《海洋兒童文學季刊》第 3 期。

本年　開始熱衷於登山活動，後擔任登山嚮導，並自組「古道翁登山健行社」。

1984 年　1 月　8 日，短篇小說〈仙醫〉發表於《臺灣新生報・副刊》。

〈詩的要求之五〉，童詩〈趕路人〉、〈時間之情〉（筆名林外），翻譯日本兒童詩〈西瓜〉，發表於《月光光》第 41 集。

2 月　〈小說的創作〉發表於《文學界》第 9 期。

3 月　因兒童文學成就入選英國劍橋名人傳記中心出版的名人錄。

童詩〈有一個鐵匠〉獲第七屆月光光獎。

兒童文學《星星的母親》、《小小象的想法》、《明天的希望》由臺北水牛圖書出版公司出版。

〈重清良吉的詩〉，童謠〈彩虹〉、〈鬼〉、「でんでんむし」發表於《月光光》第 42 集。

4 月　4 日，應邀出席文訊雜誌社於臺北文苑舉辦的「兒童文學未來的發展」座談會，與會者有張法鶴、林良、馬景

賢、洪文瓊、鄭雪玫、陳美儒、林煥彰、鄭明進等。會
後紀錄發表於同年 5 月《文訊》第 11 期。

29 日,〈兩本幼兒書〉發表於《國語日報・兒童文學週
刊》第 622 期,3 版。

詩作〈戰爭的教育〉收入吳晟主編《1983 臺灣詩選》,
由臺北前衛出版社出版。

〈西洋兒童小說研究(四)〉發表於《海洋兒童文學季
刊》第 4 期。

5 月　　〈詩的要求之六〉,童詩〈早晨〉(中日文)、〈冬之歌〉
(中日文)、〈鹽巴〉(筆名林外),翻譯重清良吉童詩
〈跳水學校〉,發表於《月光光》第 43 集。

6 月　　2 日,應邀出席臺中市立文化中心舉辦的「兒童文學研
究座談會」。

7 月　　22 日,擔任臺北市教育局舉辦的「兒童文學研習會」講
師。

〈兒童詩的危機〉、〈詩的要求之七〉,童詩〈星星〉(筆
名林外),童謠〈猴子和蝴蝶〉(中日文)發表於《月光
光》第 44 集。

8 月　　16 日,應邀赴高雄擔任第四屆「慈恩兒童文學研習會」
講師。

18 日,應邀赴屏東佳冬鄉念佛會舉辦的兒童文學研習營
講授小說創作。

19 日,參加桃園市中韓小型兒童文學作家座談會。

擔任桃園縣國小教師兒童文學研習會講師,主講「日本
兒童文學概況」。

〈西洋兒童小說研究(五)〉發表於《海洋兒童文學季
刊》第 5 期。

9 月　　《夢樣的愛》由臺北水牛圖書出版公司出版。

〈評《小草詩話集》〉，童詩〈牛老伯〉（筆名古道翁），童謠〈山蛋〉發表於《月光光》第 45 集。

10 月　　19 日，擔任臺中市立文化中心舉辦的「兒童文學研習」講師。

〈談《月光光》〉發表於《笠》第 123 期。

11 月　　5 日，〈林亨泰詩集的風貌〉發表於《中華日報》9 版。

〈給小詩人的話〉（筆名古道翁）、〈屏東的溫暖——兒童文學之旅〉、〈談《月光光》〉，翻譯〈1983 年日本現代少年詩選〉四首，發表於《月光光》第 46 集。

12 月　　9 日，〈《少年偵探團》用詞說明〉發表於《國語日報・兒童文學週刊》第 654 期，3 版。

23 日，中華民國兒童文學學會成立，當選第一屆監事。

〈趙天儀的《小麻雀的遊戲》〉發表於《笠》第 124 期。

〈西洋兒童小說研究（六）〉發表於《海洋兒童文學季刊》第 6 期。

1985 年　1 月　　1 日，〈作文教學應教些甚麼〉發表於《國語日報》3 版。

16 日，〈溪北尖的驚喜〉發表於《暢流》半月刊第 839 期。

〈給小詩人的話（二）〉（筆名古道翁）、童詩〈山芙蓉〉（筆名林外）、〈登山〉（中日文），翻譯〈詩的種子〉、〈外國兒童詩選譯〉四首，發表於《月光光》第 47 集。

2 月　　1 日，〈成福山冒險樂〉發表於《暢流》半月刊第 840 期。

16 日，〈冬天的山、英雄和瘋子——冬山・勇冠三軍・冒險〉發表於《暢流》半月刊第 841 期。

3 月　　17 日，〈談《奇妙的波浪鼓》〉以筆名林洋發表於《國語

日報・兒童文學週刊》第 667 期，3 版。

童詩〈冬之歌〉、〈鹽巴〉獲第八屆月光光獎。

〈醃菜的罪〉收錄於桂文亞主編《黃金鞋》，由臺北民生報社出版。

〈月光光的話〉，童詩〈冬天的山〉（筆名林外）、〈總是〉，翻譯〈外國兒童詩選譯〉二首，發表於《月光光》第 48 集。

〈看物的心和觀心的視線──談兒童詩的境界〉發表於《中國語文》第 56 卷第 3 期。

4 月　16 日，〈向山挑戰──登觀音山記〉發表於《暢流》半月刊第 845 期。

5 月　12 日，〈《中國兒歌研究》〉發表於《國語日報・兒童文學週刊》第 675 期，3 版。

〈稻草人和舞娘──談兒童詩的境界之二〉發表於《中國語文》第 56 卷第 5 期。

6 月　童詩〈春天來了〉（中日文，筆名林外），翻譯はやし あい童詩〈回到海去〉、佐々木理莎兒童詩〈霜〉，發表於《月光光》第 49 集。

8 月　〈從童話的發展了解創作（一）〉發表於《海洋兒童文學季刊》第 8 期。

9 月　〈作詩的好處〉、〈我喜愛的兒童詩〉，童詩〈老婦人〉（中日文），翻譯〈外國兒童詩選譯〉二首，發表於《月光光》第 50 集。

10 月　《可敬可愛的楊梅》獲臺灣省教育廳第五期《中華兒童叢書》金書獎優良寫作獎。

童詩〈橘子〉由宣勇譯成韓文，於韓國《兒童文藝》上刊登並介紹。

11 月　〈談詩的創作〉發表於《文學界》第 16 期。

〈感慨和期望〉、〈看物的眼和觀心的視線——談兒童詩的境界〉，童詩〈看牛的孩子〉（中日文），翻譯〈日本 1985 年「現代少年詩集」選譯〉三首、〈外國兒童詩選譯〉二首，發表於《月光光》第 51 集。

12 月　〈華麗的衣飾和健美的身軀——談兒童詩的境界之三〉發表於《中國語文》第 57 卷第 6 期。

〈從童話的發展了解創作（二）〉發表於《海洋兒童文學季刊》第 9 期。

本年　童詩「冬の歌」選入日本『現代少年詩集’85』，由東京芸風書院出版，此後每年應邀將一首童詩收入該年度詩選集。

1986 年　1 月　〈新的一年起步的話〉、〈我喜愛的童詩——〈泛舟行〉欣賞〉、〈稻草人和舞娘——談兒童詩的境界之二〉，童詩〈好學生和乖孩子〉、〈星星和我〉（筆名林容），翻譯〈日韓名家作品〉七首、〈『1985 日本童詩選』譯〉三首，發表於《月光光》第 52 集。

2 月　14～22 日，應邀擔任新竹市、桃園縣、臺中縣、嘉義市等地的寒假兒童文學研習講師。

臺北光復書局出版日本小學館『國際版少年少女世界童話全集』中譯本《世界童話百科全集》，第十冊《小飛俠》由林鍾隆翻譯，原改寫者為角田光男。

3 月　童詩〈看牛的孩子〉、〈登山〉、〈春天來了〉獲選為第九屆月光光獎得獎作品，但主動放棄獎項。

《作文講話》由臺北益智書局出版。

〈華麗的衣飾和健美的身軀——談兒童詩的境界之三〉，童詩〈找春天〉（筆名容輝），翻譯英國鵝媽媽之歌〈瘋

狂〉、〈日韓名家作品〉五首、〈秋原秀夫的詩〉二首、〈外國兒童詩選譯〉二首、〈《1985 年日本少年詩選集》〉二首，發表於《月光光》第 53 集。

4 月　〈談童詩的價值和創作方向〉發表於《文訊》第 23 期。

〈臺灣兒童詩的形成與現狀〉發表於《笠》第 132 期，後引發兒童文學界沙白、林武憲等人爭議論戰。

〈從童話的發展了解創作（三）〉發表於《海洋兒童文學季刊》第 10 期

5 月　〈痛苦的呼籲〉（筆名道翁）、〈怎樣指導兒童作詩〉，童詩〈飛機〉（筆名容輝）、組詩「春天的感覺」（中日文）：〈樹〉、〈花〉、〈太陽〉、〈草〉、〈雨〉、〈風〉，翻譯〈外國兒童詩選〉四首，發表於《月光光》第 54 集。

6 月　15 日，〈《兒童詩歌的原理與教學》讀後感〉發表於《國語日報・兒童文學週刊》第 731 期，3 版。

7 月　14～26 日，應邀擔任臺北市兒童文學研習營講師，講授「童話故事創作」。

兒童文學〈阿里不動的春天〉、〈水底學校〉、〈竹篙鬼〉收錄於桂文亞主編《水底學校——精選兒童故事》，由臺北民生報社出版。

〈喜悅的心聲〉、〈談童詩的價值和創作方向〉，翻譯〈日本童謠童詩選譯〉四首、〈外國兒童詩選譯〉二首，發表於《月光光》第 55 集。

8 月　〈請設法導正兒童詩的創作方向〉發表於《海洋兒童文學季刊》第 11 期

9 月　《初學登山記——從〇到三千公尺》由臺北暖流出版社出版。

10 月　〈給指導兒童作詩的朋友〉、〈請設法導正兒童詩的創作

方向〉，童詩〈遲開的花〉（中日文），翻譯〈外國兒童詩
選譯〉四首，發表於《月光光》第 56 集。

〈談童詩的創作與指導〉發表於《中國語文》第 59 卷第
4 期。

11 月　23 日，〈高木昇一的話──談兒童詩〉以筆名林容發表
於《國語日報·兒童文學週刊》第 754 期，3 版。

〈最美麗的花朵〉收錄於林良、林武憲主編《現代兒童
文學精選》，由臺北正中書局出版。

12 月　〈石田道雄的童詩和童謠〉發表於《海洋兒童文學季
刊》第 12 期。

童詩〈登山〉選入日本『現代少年詩集’86』，由東京芸
風書院出版。

1987 年　1 月　〈詩教的呼籲〉、〈輕輕的呼喚〉、〈我喜愛的兒童詩──
〈草的敬禮〉〉〈成人的兒童詩〉，童詩〈高速公路〉（中
日文），翻譯〈外國童詩選譯〉四首、〈鵝媽媽之歌〉三
首，發表於《月光光》第 57 集。

2 月　12～21 日，應邀擔任臺南市、屏東縣、臺中縣學生組、
臺中縣教師組「寒假兒童文學研習會」講師，分別講授
「各國童話介紹」、「少年小說創作綜合研究」、「兒童散
文的寫作」、「兒童少年小說」。

〈艱苦而愉快的歷程〉發表於《文訊》第 28 期「我的筆
墨生涯」系列專欄。

3 月　童詩〈找春天〉獲第十屆月光光獎。

《春雷》的欣賞〉（筆名岳龍）、〈我喜愛的詩──大久
保テイ子的『田園的歌』〉、〈兒童文學創作的一種目標〉
（筆名容輝），童詩〈山〉（中日文）、〈電話〉（中日文，
筆名林外），翻譯〈日本童詩兒童詩選譯〉七首，發表於

《月光光》第 58 集。

4 月　〈詩和謠是該分家的時候了〉發表於《海洋兒童文學季刊》第 13 期。

5 月　〈《教室詩集》〉、〈我喜愛的詩——西川夏代的詩〉、〈詩的比喻——兼答謝新福先生〉，童詩〈風〉，翻譯〈外國童詩、兒童詩選譯〉六首，發表於《月光光》第 59 集。

6 月　〈構想和幻想〉、〈詩在哪裡？〉、〈林煥彰「長大」了〉、〈《兒童文學故事體寫作論》〉、〈吳靜芬同學的詩〉、〈兒童作文講義（1-1）總號 1〉、〈兒童詩講義（編號 1）〉，童詩〈煞車〉（中日文），翻譯〈日本童詩、兒童詩選譯〉三首，發表於《月光光》第 60 集。

7 月　13～18 日，應邀擔任臺北市國小教師兒童文學創作研習會講師，講授「童話故事的創作指導」。

9 月　《情緒人》由臺北水牛圖書出版公司出版。

　　　〈矛盾的兩種兒童文學觀〉、〈西川夏代的來信〉、〈《揭詩板》〉、〈我喜愛的詩——〈春之歌〉〉、〈作文指導（編號二）〉，童詩〈蟲〉（中日文），童話〈穴蜂的辨別能力〉，翻譯〈「亭婆」的傳說——南美印第安神話〉（筆名古道翁）、〈外國童詩兒童詩選譯〉二首，發表於《月光光》第 61 集。

　　　童詩〈花的話〉、〈蟲〉發表於《滿天星兒童詩刊》第 1 期。

10 月　〈《月光光》的經驗和理想〉發表於《中華民國兒童文學學會會訊》第 3 卷第 5 期「現行兒童雜誌紙上展」專題。

11 月　30～31 日，短篇小說〈電話〉連載於《臺灣時報‧副刊》。

〈詩和謠是該分家的時候了——兼評《童詩五家》〉、〈顛倒歌〉、〈作品趣味的探討〉（筆名容輝）、〈1986 年日本兒童圖書出版概況〉、〈作文指導（三）〉、〈作文講義〉（四）、〈日本童詩年度選集介紹〉，童詩〈花的話〉（中日文），童話〈二十萬元的試驗〉，翻譯〈兒童詩選譯〉二首，發表於《月光光》第 62 集。

12 月　詩作〈在山中〉發表於《滿天星兒童詩刊》第 2 期。

本年　童詩〈山〉選入日本『現代少年詩集'87』，由東京芸風書院出版。

1988 年　　1 月　24 日，〈評〈創作童詩的再出發〉〉發表於《國語日報・兒童文學週刊》。

擔任第 14 屆「洪建全兒童文學創作獎」兒童詩及兒歌組評審。

〈兒童文學的趣味〉、〈韓國昌苑龍池國民學校學生的兒童詩〉（筆名容輝）、〈我喜愛的詩——武鹿悅子的詩〉、〈作文講義〉，童詩〈在山中〉（中日文），翻譯〈外國童詩兒童詩選譯〉二首，發表於《月光光》第 63 集。

3 月　〈給兒童文學作家的忠言〉（筆名葉林）、〈詩是愛的產物〉（筆名道翁）、〈令人感動、喝彩的詩話〉、〈在作品中注入溫柔，把愛的溫柔分享給周圍的人的星乃ミミナ（咪咪娜）〉，童詩〈花的聯想〉（中日文，筆名林外），翻譯立原えりか〈偉大的魔術師〉、柏倉惠子兒童詩〈洋娃娃〉，發表於《月光光》第 64 集。

〈作詩的方向〉發表於《滿天星兒童詩刊》第 3 期

4 月　4 日，短篇小說〈一個男人〉發表於《臺灣時報・副刊》。

5 月　29 日，〈兩大詩人的童謠觀〉以筆名周洋發表於《國語

日報・兒童文學週刊》8 版。

〈作詩的方向〉、〈少年小說的價值觀〉（筆名道翁）、〈日本童詩的現狀〉、〈作文指導（七）〉、〈阪田寬夫的「飄蟲」〉，童詩〈山〉（中日文），童話〈新寓言——老鷹和狐狸〉、〈新寓言——野雞和蛇蛋〉（筆名周洋），翻譯〈外國兒童詩選譯〉三首，發表於《月光光》第 64 集。

7 月　3 日，短篇小說〈最「尖端」的精神病〉發表於《臺灣新生報・副刊》。

8 月　編譯兒童文學《老師也會有哭的時候——日本童詩精華選》，由臺北民生報社出版。

〈對童詩作者的呼籲〉、〈山本瓔子的歌謠〉、〈作文講義（八）〉，童詩〈黑暗〉（中日文），翻譯〈外國兒童詩選譯〉二首，發表於《月光光》第 66 集。

9 月　7 日，短篇小說〈三等人〉發表於《臺灣時報・副刊》。

譯作《魯賓遜漂流記》由臺北光復書局再版。

〈臺灣兒童文學的問題〉發表於《臺灣文藝》第 113 期 9、10 月合刊本。

10 月　2～28 日，應邀擔任板橋教師研習會第 380 期兒童讀物寫作研究班講師，講授「兒童文學創作過程分析」、「兒童文學的創作與批評」。

翻譯佐藤曉兒童文學《婆婆的飛機》，由臺北民生報社出版。

11 月　〈兒童詩的了解〉，童話〈大力士的神功〉（筆名古道翁），翻譯〈外國兒童詩選譯〉二首、〈日本 1988 年少年詩選集選譯（上）〉五首，發表於《月光光》第 67 集。

本年　童詩〈花的話〉選入日本選入日本『現代少年詩集'88』，由東京芸風書院出版。

1989 年　　2 月　　〈悼雄谷克治先生〉、〈武鹿悅子——寫給少年少女的合
　　　　　　　　　　唱組曲〉（筆名輝）、〈作文講義（九）〉，童詩〈山〉（中
　　　　　　　　　　日文），童話〈怪獸〉（筆名葉林），翻譯〈外國兒童詩選
　　　　　　　　　　譯〉二首、〈日本 1988 年少年詩選集選譯（中）〉三首，
　　　　　　　　　　發表於《月光光》第 68 集。

　　　　　　4 月　　〈《曬穀》序——稍微不同的詩的見解〉、〈阪田寬夫的
　　　　　　　　　　《倒數第一的心情》〉，翻譯〈日本兒童詩選譯〉二首，
　　　　　　　　　　發表於《月光光》第 69 集。

　　　　　　5 月　　〈兒童需要現代寓言〉、〈寓言、神話、傳說和民間故
　　　　　　　　　　事〉收錄於林文寶主編《兒童文學論述選集》，由臺北幼
　　　　　　　　　　獅文化公司出版。
　　　　　　　　　　童詩〈上課〉、〈橘子〉、〈秋〉、〈我要給風加上顏色〉、
　　　　　　　　　　〈昨天今天明天〉收錄於林武憲主編《兒童文學詩歌選
　　　　　　　　　　集》，由臺北幼獅文化公司出版。

　　　　　　6 月　　童詩〈山〉二首、〈遲開的花〉、〈在山中〉、〈蟲〉、〈花的
　　　　　　　　　　話〉、〈風〉、〈我要給風加上顏色〉、〈彩虹〉、〈老鼠了不
　　　　　　　　　　起〉共十首收錄於洪中周編《童詩創作一一〇》，由臺中
　　　　　　　　　　滿天星兒童詩刊社出版。
　　　　　　　　　　〈『牧場』的詩觀〉（筆名容輝）、〈羽曾部 忠的《櫸的天
　　　　　　　　　　空》〉，童詩〈山〉（中日文，筆名林外）、〈作文指導
　　　　　　　　　　（十）〉，翻譯〈日本 1988 年少年詩選集選譯（下）〉六
　　　　　　　　　　首、〈外國兒童詩選譯〉四首，發表於《月光光》第 69
　　　　　　　　　　集。

　　　　　　7 月　　10 日，短篇小說〈雙人床〉發表於《臺灣時報‧副
　　　　　　　　　　刊》。
　　　　　　　　　　童話〈美麗的鴨子〉收錄於洪文瓊主編《兒童文學童話
　　　　　　　　　　選集》，由臺北幼獅文化公司出版。

翻譯兒童文學〈公路上的皮包〉收錄於蘇尚耀主編《兒童文學故事選集》，由臺北幼獅文化公司出版。

8 月　兒童文學《阿輝的心》由臺中滿天星兒童詩刊社出版。

夏　應邀擔任臺灣省兒童文學協會舉辦的第一屆兒童文學創作研究夏令營講師。

9 月　〈幼兒會捕捉事物的本質〉（筆名道翁）、〈《日本一九八九年童謠集》介紹〉童詩〈大發現〉（中日文，筆名林外），翻譯藤井一郎〈漢字要這樣記——幼年時代〉、〈日本兒童詩選譯〉二首，發表於《月光光》第 71 集。

10 月　2～28 日，擔任板橋教師研習會第 380 期兒童讀物寫作研究班講師。

11 月　〈詩集介紹——秋原英夫的小小朋友〉、〈《木曜手帖》〉、〈《歌唱的樹》〉、〈水上多世的兩本書〉，翻譯〈日本兒童詩選譯〉三首，發表於《月光光》第 72 集。

12 月　17 日，臺灣省兒童文學協會成立，當選第一屆理事。
童詩〈颱風〉發表於《滿天星兒童詩刊》第 10 期。

1990 年　1 月　〈是該定名的時候了〉、〈高橋惠子的詩觀〉（筆名容輝）、〈『牧場』介紹〉（筆名豆千山人）、〈介紹鹿追町通明小學校〉，童詩〈山〉（中日文，筆名林外），翻譯〈日本 1989 年現代少年詩選譯〉六首，發表於《月光光》第 73 集。

2 月　再度前往日本拜訪童謠詩人石田道雄。
童詩〈我們一定要〉，兒童文學〈蝦蟆醫生〉（筆名古道翁）發表於《滿天星兒童詩刊》第 11 期。

3 月　詩集《戒指》由臺北笠詩刊社出版。
〈詩的作法〉、〈《看家的看家》〉、〈水上多世的詩〉（筆名容輝）、〈水上多世的創作心聲〉，童詩〈颱風〉（中日

文），童話〈風和河水〉（筆名古道翁），翻譯〈外國童詩選〉二首、〈外國兒童詩選譯〉四首，發表於《月光光》第 74 集。

4 月　17 日，〈臺灣的童詩和兒童詩的問題〉發表於《臺灣時報》。

22 日，翻譯谷本誠剛〈幻想童話論（上）〉於《國語日報・兒童文學週刊》。

29 日，翻譯谷本誠剛〈幻想童話論（中）〉於《國語日報・兒童文學週刊》。

《天晴好向山》由高雄派色文化出版社出版。

兒童文學《山》由臺中臺灣省教育廳出版。

5 月　6 日，翻譯谷本誠剛〈幻想童話論（下）〉於《國語日報・兒童文學週刊》。

兒童文學《蔬菜水果的故事》由臺北民生報社出版。

〈東方少年小說徵文評審後記〉、〈兩隻螞蟻〉、〈水上多世的童話〉、〈『新童謠集』介紹〉，童話〈狗的房子〉（筆名古道翁），翻譯〈外國兒童詩選譯〉五首，發表於《月光光》第 75 集。

7 月　應邀擔任臺灣省兒童文學協會舉的辦第一屆兒童文學創作研究夏令營講師。

〈大陸兒童詩欣賞——寧珍志的兒童詩〉（筆名白沙堤）、〈水上多世的童話〉、〈江口あけみ的詩〉，日文童詩〈山〉，翻譯〈日本兒童詩選譯〉三首，發表於《月光光》第 76 集。

9 月　〈《木曜手帖》創刊 33 週年〉、〈水上多世的詩〉、〈《閃閃發光的郵筒》〉，童詩〈老人〉（中日文），翻譯〈外國詩欣賞〉三首、〈外國兒童詩欣賞〉二首，發表於《月光

光》第 77 集。

11 月　《蔬菜水果的故事》、《山》獲中華民國兒童文學學會第
　　　三屆故事類、詩歌類「年度優良兒童圖書金龍獎」。

　　　認為以「詩刊」出發的《月光光》已完成推廣童詩、兒
　　　童詩的創作風氣，將《月光光》停刊，總計發行 78 集，
　　　並籌備創辦《臺灣兒童文學季刊》，持續以同人雜誌形式
　　　發行兒童文學刊物、更加全方位的推廣兒童文學創作。

　　　〈大陸兒童詩欣賞——于宗信的哲理童詩〉（筆名白沙
　　　堤）、〈水上多世的「歌」〉，童詩〈山〉（中日文），翻譯
　　　〈日本 1990 年『現代少年詩集』選譯〉11 首、〈日本童
　　　詩選譯〉二首、〈外國兒童詩欣賞〉四首，發表於《月光
　　　光》第 77 集。

12 月　16 日，兒童文學〈植物人〉由馬場與志子翻譯為日文
　　　『綠の國の人びと』，刊載於日本『小さい旗』第 86
　　　號。

　　　《山》獲《中國時報》開卷好書獎，為「1990 年最佳童
　　　書」之一。

本年　童詩〈這次一定〉選入日本『現代少年詩集'90』，由東
　　　京芸風書院出版。

1991 年　2 月　〈《日本 1990 年童謠集》介紹〉（筆名亭澐）、〈大久保テ
　　　イ子的新著〉，翻譯谷本誠剛〈幻想童話論〉（筆名容
　　　輝）、〈坪田讓治的童話觀〉（筆名璧竹），發表於《臺灣
　　　兒童文學季刊》創刊號。

　　　3 月　10 日，兒童文學〈爸爸的冒險〉由馬場與志子翻譯為日
　　　文『ババの冒險』，刊載於日本『小さい旗』第 87 號。

　　　5 月　〈鈴木順子的感覺〉（筆名豆千山人）、〈說民間故事〉、
　　　〈評《智慧鳥》〉、〈韓國亞洲兒童文學大會報導〉（筆名

亭澐）、〈日本的童謠〉（筆名道翁），童詩〈山〉（中日文）發表於《臺灣兒童文學季刊》第 2 號。

6 月　收入四川少年兒童出版社出版的《兒童文學辭典》。

7 月　彭瑞金編短篇小說集《林鍾隆集》，由臺北前衛出版社出版。

收入王晉民主編《臺灣文學家辭典》，由桂林廣西教育出版社出版。

應邀擔任「桃園縣兒童文學夏令營」講師。

8 月　《阿輝的心》由臺中臺灣省兒童文學協會出版。

9 月　29 日，兒童文學〈白鼻子的故事〉由馬場與志子翻譯為日文『白鼻キツホ物語』，刊載於日本『小さい旗』第 88 號。

10 月　28 日，應邀出席文訊雜誌社於桃園縣立文化中心主辦的「桃園藝文環境的發展」座談會，由李瑞騰主持，與會者有李清崧、宋安業、賴傳鑑、黃興隆、曾信雄、傅林統、呂正男、戚宜君、邱晞傑、沙究、張行知等。會後紀錄以「從鄉土的需求出發」為題，發表於同年 12 月《文訊》第 74 期。

12 月　15 日，兒童文學《阿輝的心》由馬場與志子翻譯為日文『阿輝の心』，刊載於日本『小さい旗』第 89 號。

1992 年　1 月　《作文小百科・童詩篇》由臺北正生出版社出版。

翻譯〈金井直的童詩觀〉於《臺灣兒童文學季刊》第 4 號。

4 月　〈選擇兒童讀物的條件〉（筆名容輝），翻譯竹下龍之介〈天才繪里吃了金魚〉、〈日本『現代少年詩集，91.』選譯〉十首，發表於《臺灣兒童文學季刊》第 5 號。

6 月　20 日，應邀出席臺東師範學院（今臺東大學）承辦的

「八十學年度兒童文學學術研討會」，發表專題演講「從人物觀點談小說創作」。

7月　〈從人物觀點說小說創作〉、〈《作文小百科・童詩篇》推薦序〉，童詩〈山說他愛我〉（中日文），發表於《臺灣兒童文學季刊》第 6 號。

10月　〈頑童流浪記──哈克芬的冒險〉、〈日譯《阿輝的心》的回響〉，童詩〈兩隻猴子〉、〈星期六〉、〈缸中的魚〉、〈明天會下雨〉、〈吵架之後〉、〈分數〉、〈日曆〉（筆名林外）、〈開山路〉（中日文），翻譯〈買夢〉（筆名豆千山人），發表於《臺灣兒童文學季刊》第 7 號。

1993 年　1月　〈《兒童與文學》的兩點主張〉、〈島田ばく著『みなみの詩』〉，童詩〈波濤〉（中日文），翻譯〈『現代少年詩集'92』〉八首、重清良吉〈談少年詩（節譯）〉，發表於《臺灣兒童文學季刊》第 8 號。

童詩〈花的話〉收錄於陳千武、保坂登志子合編《海流 II──臺灣日本兒童詩對譯選集》，由臺中晨星出版社出版。

2月　〈友誼的花園〉收錄於《中國創作童話地 27 冊・臺灣部分（一）》，由臺灣光復書局出版。

少年詩〈竹子〉、〈保〉發表於《滿天星兒童文學》第 26 期。

4月　13 日，應中華民國兒童文學學會與臺北市立師範學院（今臺北市立大學博愛校區）之邀，發表專題演講「兒童詩的欣賞及寫作」。

〈《捉拿古奇颱風》的文章〉發表於《臺灣兒童文學季刊》第 9 號。

5月　少年詩〈雲〉發表於《滿天星兒童文學》第 28 期。

	6 月	《石頭的生命》由桃園縣立文化中心出版。
	7 月	〈《木曜手帖》〉，童詩〈登山日〉（中日文），翻譯小坂美子童詩〈影〉，發表於《臺灣兒童文學季刊》第 10 號。
	8 月	以臺灣代表團領隊身分，與李潼、洪文瓊赴日本福岡出席第二屆亞洲兒童文學大會。
	9 月	兒童文學〈松鼠和貓頭鷹的歌〉發表於《滿天星兒童文學》第 29 期。
	10 月	〈第二屆亞洲兒童文學會議散記〉、〈讓「再見」開花〉、〈沒有臺詞的樹〉，中日文童詩〈長途火車〉、〈電車上〉、〈電車上（二）〉，翻譯檜 君子童詩〈對不起〉、木村信子童詩〈廢校〉，發表於《臺灣兒童文學季刊》第 11 號。
		〈奇異的感覺〉發表於《中華民國兒童文學學會會訊》第 9 卷第 5 期「一九九三亞洲兒童文學大會」專題。
	本年	應邀擔任桃園縣立文化中心策畫的「桃園縣作家作品集」編審委員。
		童詩〈波〉選入日本『現代少年詩集’93』，由東京芸風書院出版。
1994 年	1 月	〈奇異的感覺〉、〈『地球のうた』（《地球之歌》）〉（筆名容輝）、〈《嚕嚕的奇遇》簡介〉、〈我喜愛的詩〉，童詩〈春的臉〉，發表於《臺灣兒童文學季刊》第 12 號。
	3 月	〈兒童文學的最高境界〉、〈精采的讀後感〉，童詩〈青碧〉（中日文），發表於《臺灣兒童文學季刊》第 13 號。
	4 月	兒童文學《爬山樂》由臺中臺灣省教育廳出版。
		短篇小說〈坑谷〉收錄於鍾肇政編選《客家臺灣文學選 1》，由臺北前衛出版社出版。
	7 月	11 日，〈陳芳美的兒童詩〉發表於《國語日報・兒童文

學週刊》。

〈秦文君的小說〉、〈柏木惠美子介紹〉，童詩〈四季〉，發表於《臺灣兒童文學季刊》第 14 號。

10 月　3 日，〈兒童文學的最高境界〉發表於《國語日報‧兒童文學週刊》。

〈鄭開慧的小說〉、〈わらび　さぶろう的詩集──《鳥和鼠和影》〉、〈恭賀まどみちお（石田道雄）先生榮獲國際安徒生獎〉，童詩〈山〉（中日文）、〈山的思想〉、〈到山上去〉，發表於《臺灣兒童文學季刊》第 15 號。

12 月　18 日，獲頒桃園縣山岳會（今桃園室山岳協會）「優秀嚮導獎」。

本年　擔任第一屆「師院生兒童文學創作獎」評審。

童詩〈青碧〉選入日本『現代少年詩集'94』，由東京芸風書院出版。

1995 年　1 月　〈中尾明的 SF 童話〉、〈山在笑〉發表於《臺灣兒童文學季刊》第 16 號。

3 月　19 日，〈中尾明的 SF 童話〉（上）發表於《國語日報‧兒童文學週刊》。

26 日，〈中尾明的 SF 童話〉（下）發表於《國語日報‧兒童文學週刊》。

童詩〈去年〉（中日文）、〈房屋〉發表於《臺灣兒童文學季刊》第 17 號。

4 月　兒童文學《山中的悄悄話》由臺中臺灣省教育廳出版。

6 月　〈創作醞釀經驗談〉，童詩〈小同學〉，發表於《臺灣兒童文學季刊》第 18 號。

少年詩〈海〉、〈我的家和改名〉，兒童文學〈變種野鴨〉發表於《滿天星兒童文學》第 37 期。

7 月	25 日，〈「熱」的讚美〉發表於《中央日報・副刊》18 版。
10 月	2 日，〈生命樹〉發表於《中央日報・副刊》18 版。
	〈永窪綾子介紹〉，翻譯〈小矮人的故事〉（筆名林嶽），發表於《臺灣兒童文學季刊》第 19 號。
本年	童詩〈去年〉選入日本『現代少年詩集’95』，由東京芸風書院出版。

1996 年	1 月	〈印象辭典〉，童詩〈登山〉（中日文），翻譯〈由太和爺爺〉（筆名林岳），發表於《臺灣兒童文學季刊》第 20 號。
	2 月	7 日，擔任臺灣省兒童文學協會承辦的「臺灣省八十四年度兒童文學創作研究冬令營」講師，講授「童話創作經驗」。
		詩作〈奧妙〉以筆名林岳發表於《葡萄園詩刊》第 129 期。
	4 月	兒童文學《山中的故事》由臺中臺灣省教育廳出版。
		〈詩獎評審經過〉以筆名林岳發表於《臺灣文藝》第 154 期。
	5 月	〈陳瑞璧的第一本書——《吃煩惱的巫婆》〉（筆名林岳）、〈少年詩欣賞〉，中日文童詩〈雲〉、〈花〉、〈天空〉，童詩〈小同學〉，翻譯太田萬季子〈賀年片〉（筆名林岳），發表於《臺灣兒童文學季刊》第 21 號。
		詩作〈玻璃窗〉以筆名林岳發表於《葡萄園詩刊》第 130 期。
	6 月	〈利玉芳的《活的滋味》〉收錄於利玉芳詩集《向日葵》，由臺南縣立文化中心出版。
	7 月	25 日，應邀出席韓中兒童文學交流學術研討會。
		兒童文學〈兔兔山的科學實驗〉發表於《滿天星兒童文

學》第 38 期。

8月　11 日，短篇小說〈酷猴子〉發表於《中央日報・副刊》18 版。

〈國家與兒童文學〉，童詩〈燕子〉（中日文）、〈月亮〉、〈風的話〉，翻譯〈花的家〉（筆名林岳），發表於《臺灣兒童文學季刊》第 22 號。

12月　《山中的故事》獲臺灣省教育廳第六期《中華兒童叢書》金書獎優良寫作獎。

〈新書介紹──《青（藍）》〉，童詩〈時間「相」〉（中日文），發表於《臺灣兒童文學季刊》第 23 號。

本年　童詩〈為什麼〉選入日本『現代少年詩集’96』，由東京芸風書院出版。

1997 年　2月　23 日，短篇小說〈有緣〉發表於《中央日報・副刊》18 版。

3月　〈新書介紹──『家族の舟』〉，童詩〈時間的性格〉（中日文），發表於《臺灣兒童文學季刊》第 24 號。

5月　兒童文學《我要給風加上顏色》由桃園縣立文化中心出版。

童詩〈橘子〉、〈我要給風加上顏色〉收錄於聖野編選《臺灣兒童詩精品選評》，由上海辭書出版社出版。

童詩〈露珠〉由保坂登志子譯為日文，收錄於《自然之歌──贈給你的世界名詩》，由東京岩崎書店出版。

〈超級星期天〉發表於《滿天星兒童文學》第 43 期。

8月　4 日，赴漢城（今首爾）出席第一屆世界兒童文學大會。

〈新書介紹──《自然之歌》〉，童詩〈路〉（中日文），短篇少年小說〈淺意識的惡作劇〉，發表於《臺灣兒童文

學季刊》第 25 號。

10 月　兒童文學《讀山》由臺中臺灣省教育廳出版。

童詩〈時間的性格〉由中尾明翻譯，刊於日本《未開》第 60 期，並有中尾明撰文〈台灣のバイソンガル詩人〉介紹。

1998 年　1 月　〈兒童文學的基本認識（綱要）〉，童詩〈路〉（中日文）發表於《臺灣兒童文學季刊》第 26 號。

4 月　26 日，〈《下頭伯》印象〉發表於《國語日報‧兒童文學週刊》。

5 月　30 日，應邀出席靜宜大學文學院與臺灣省兒童文學協會合辦的第一屆兒童文學國際會議，發表論文〈兒童文學的意義與價值〉，後刊載於《滿天星兒童文學》第 47 期。

〈法國的兒童詩〉、〈《下頭伯》印象〉、〈新書介紹——新大田區的民間故事和傳說〉，童詩〈螢火蟲〉（中日文），短篇少年小說〈神槍手〉，發表於《臺灣兒童文學季刊》第 27 號。

6 月　14 日，〈兒童文學表現方式的檢討〉發表於《國語日報‧兒童文學週刊》。

8 月　9 日，〈靜宜大學第一屆國際兒童文學會議臨時演說後筆記——兒童文學的意義與價值〉發表於《國語日報‧兒童文學週刊》。

9 月　少年詩〈疑問〉、〈野草莓〉、〈山的世界〉發表於《滿天星兒童文學》第 48 期。

10 月　〈兒童文學的意義與價值〉、〈新書介紹——《現在星星仍然在閃爍》〉、〈『みみずく』25 期介紹〉、〈新書介紹——『アリバイ探し』（《尋找不在證明》）〉，童詩〈夏天

的太陽〉（中日文）、〈時間〉（中日文）、〈螢火蟲〉（筆名林岳），發表於《臺灣兒童文學季刊》第 28 號。

12 月　6 日，〈從「張」「駱」的討論談「趣味童話」〉發表於《國語日報・兒童文學週刊》。

兒童文學《大龍崗下的孩子》由臺北臺灣省教育廳出版。

〈「格林童話」的三大貢獻〉發表於《滿天星兒童文學》第 49 期。

本年　擔任第五屆「師院生兒童文學創作獎」評審。

童詩〈路〉選入日本『現代少年詩集'98』，由東京芸風書院出版。

1999 年　2 月　〈孫家駿的「美加走馬」〉發表於《葡萄園詩刊》第 141 期。

3 月　〈《格林童話》的三大貢獻〉、〈《1998 年現代少年詩集》介紹〉、〈星野富弘的詩〉，童詩〈天空〉（中日文），童話〈作文很簡單〉（筆名林岳），發表於《臺灣兒童文學季刊》第 29 號。

5 月　詩作〈夫妻〉（筆名林岳），〈台客的石頭詩──讀《石與詩的對話》小感〉發表於《葡萄園詩刊》第 142 期。

7 月　應邀擔任「臺灣 1945～1998 兒童文學 100」諮詢委員。

童話集《水底學校》由臺北富春文化公司出版。

〈少年小說中的寫實主義〉、〈新書介紹──高崎乃里子著《精靈喜愛的樹木》〉，童詩〈花蝴蝶的新娘〉（筆名林岳），少年詩〈流星〉（中日文），發表於《臺灣兒童文學季刊》第 30 號。

8 月　8 日，應邀出席由行政院文建會指導；中華民國兒童文學學會、臺北市立圖書館承辦的第五屆亞洲兒童文學大會，發表論文〈當前兒童文學的急務〉，收錄於《第五屆

亞洲兒童文學大會論文集》，由臺北行政院文建會出版。

詩作〈獨〉以筆名林岳發表於《葡萄園詩刊》第 143 期。

9 月　兒童文學《阿輝的心》由臺北富春文化公司出版。

11 月　應邀出席靜宜大學文學院舉辦的第三屆全國兒童文學與兒童語言學術研討會，演講「少年小說中的寫實主義」。

詩作〈在山中〉以筆名林岳發表於《葡萄園詩刊》第 144 期。

12 月　擔任臺中市教師兒童文學研習會講師。

兒童文學《我愛蝴蝶》由臺北教育部兒童讀物出版資金管理委員會出版。

〈中尾明的推理世界〉、〈《長頸鹿的故事》〉、〈1999 年《現代少年詩集》介紹〉、〈《探索兒童文學》序〉，童詩「地震」（日文），發表於《臺灣兒童文學季刊》第 31 號。

〈說「遇言」〉，少年詩〈向日葵和太陽〉、〈夏天的風〉、〈夏天的太陽〉、〈畫夢〉發表於《滿天星兒童文學》第 51 期。

2000 年　1 月　〈中尾明的推理世界〉發表於《國語日報・兒童文學週刊》。

2 月　詩作〈秋〉、〈淒風、苦雨〉以筆名林岳發表於《葡萄園詩刊》第 145 期。

3 月　作品《阿輝的心》、《醜小鴨看家》、《我要給風加上顏色》以及主編之《現代寓言》入選「臺灣 1945～1998 兒童文學 100」。

《水底學校》入選臺北市立圖書館第 34 梯次「好書大家讀」。

4 月　童詩〈時間〉選入日本『現代少年詩集’99』，由東京芸

風書院出版。

〈說「寓言」〉、〈讀《兩隻小豬》〉（筆名羽人），童詩〈風景〉（中日文）、〈年〉（中日文）、〈頭髮〉、〈螢火蟲〉、〈青・青・青〉、〈陽光〉、〈香水百合的心聲〉，發表於《臺灣兒童文學季刊》第 32 號。

5 月　應邀擔任靜宜大學舉辦的「第四屆全國兒童文學與兒童語言學術研討會」引言人。

詩作〈快樂〉發表於《葡萄園詩刊》第 146 期。

6 月　11 日，〈兒童文學的語言〉發表於《國語日報・兒童文學週刊》。

童詩〈颱風〉、〈山不會忘記〉、〈山什麼都知道〉、〈在山中〉、〈山看見的〉、〈猴子〉收錄於洪志明主編《兒童文學詩歌選集 1988～1998：童詩萬花筒》，由臺北幼獅文化公司出版。

童話〈國王的寶庫〉收錄於周惠玲主編《夢穀子，在天空之海：兒童文學選集 1988～1998（童話選集）》，由臺北幼獅文化公司出版。

7 月　〈兒童文學的語言〉，童詩〈思〉（中日文）、〈河水和鳥說話〉、〈鳥和河水〉發表於《臺灣兒童文學季刊》第 33 號。

8 月　26 日，擔任桃園縣讀書會領導人培訓研討會講師。

11 月　12 日，〈兒童文學創作的省思〉發表於《國語日報・兒童文學週刊》。

童詩〈冬之歌〉、〈地下室的蚯蚓〉、〈老鼠了不起〉收錄於蔡榮勇《兒童詩需要穿怎樣的衣服：兼論兒童詩指導》，由臺中市文化局出版。

〈兒童文學創作的省思〉、〈《足跡》選載〉，童詩〈從風景來的聲音〉（中日文）發表於《臺灣兒童文學季刊》第

34 號。

童詩〈日出〉、〈晨〉、〈天亮前的畫〉收錄於日本『青い地球』第 33 號。

童詩〈地震〉選入日『現代少年詩集'2000』，由東京芸風書院出版。

童詩〈地震〉收錄於日本『めだかの學校』第 71 號。

童詩〈地震〉由中尾明翻譯，收錄於日本詩誌『未開』「台灣大地震之詩」專題。

童詩〈地震〉、〈風景〉、〈風〉收錄於日本『虹の通訊』第 25 號。

童詩〈風〉由中由美子翻譯，收錄於日本『世界の子供たち』第 49 號。

2001 年	1 月	《愉快的作文課》由臺北螢火蟲出版社出版。

〈歪斜的島——序黃娟的小說集《失落的影子》、《媳婦》〉發表於《文學臺灣》第 37 期。

3 月　18 日，〈兒童文學的語言藝術〉發表於《國語日報・兒童文學週刊》。

桃園縣文化局創辦報紙型月刊《文化桃園》，應邱傑之邀於該刊「桃花源交流道」版開設「林鍾隆專欄」，至 2006 年 1 月第 58 期停刊止，每期皆發表一篇散文，為林鍾隆連載最久的一個專欄。

〈兒童文學的語言藝術〉、〈《2000 年現代少年詩集》選譯〉、〈小林比呂古著——《大家都是好朋友》介紹〉、〈新書介紹——《現在　給你　生命的詩》〉，童詩〈國王企鵝〉、〈造物主的用心〉二首、〈流氓〉、〈新客　二十一世紀〉（中日文），發表於《臺灣兒童文學季刊》第 35 號。

〈我愛桃園居住地〉發表於《文化桃園》第 1 期。

5 月　13 日，〈幻想在童話中的大作用〉發表於《國語日報‧兒童文學週刊》。

組詩「夏」：〈屋舍〉、〈正午〉、〈田野上〉、〈果園〉、〈雷〉、〈樹〉發表於《葡萄園詩刊》第 150 期。

〈停車文化〉發表於《文化桃園》第 2 期。

6 月　〈奇怪的心思〉發表於《文化桃園》第 3 期。

7 月　〈幻想在童話中的大作用〉、〈新書介紹──『たたけいこ』〉，童詩〈山的悲哀〉（中日文），翻譯武政博〈賣東西的困難〉，發表於《臺灣兒童文學季刊》第 36 號。

〈兩種花〉發表於《文化桃園》第 4 期。

8 月　25〜26 日，應邀擔任桃園縣文化局「兒童讀書會帶領人培訓」講師。

詩作〈向日葵〉、〈荷〉發表於《葡萄園詩刊》第 151 期。

〈戀愛的海洋〉發表於《文化桃園》第 5 期。

9 月　2 日，〈兒童文學旳功力〉發表於《國語日報‧兒童文學週刊》。

30 日，〈創作者的話〉發表於《國語日報‧兒童文學週刊》。

「桃園縣兒童文學作家作品展」第一檔推介林鍾隆。

〈狗的語言〉發表於《文化桃園》第 6 期。

10 月　7 日，應邀出席中華民國兒童文學學會與臺北市立圖書館主辦的「兒童文學資深作家作品研討會系列之三──林鍾隆先生作品討論會」，發表創作心得。

許建崑主編《林鍾隆先生作品討論會論文集》，由臺北富春文化公司出版。

〈兒童文學的功與力〉、〈我的感受和了解──《玉蘭花

開》序〉、〈新書介紹〉(《在微笑的森林裡吹風》、《淺草的詩》、《織音》30 期特別號),童詩〈動物認識的字〉(筆名林岳)發表於《臺灣兒童文學季刊》第 37 號。

〈懷念大溪之美〉發表於《文化桃園》第 7 期。

11 月　11 日,〈兒童文學的世界觀〉發表於《國語日報‧兒童文學週刊》。

童詩〈老人〉、〈颱風〉、〈山〉二首收錄於臺灣省兒童文學協會編輯、出版的《臺灣兒童詩選集》。

詩作〈釣〉、〈迷〉、〈神〉以筆名林岳發表於《葡萄園詩刊》第 152 期。

〈水性〉發表於《文化桃園》第 8 期。

12 月　〈山下屋〉發表於《文化桃園》第 9 期。

2002 年　1 月　〈泉水窟和向天池——不涸的奇水〉發表於《文化桃園》第 10 期。

2 月　〈兒童文學的世界觀〉、〈日本童詩〉、〈新書介紹——吳慧月的《心中的蝴蝶》〉,童詩〈老人〉(中日文)發表於《臺灣兒童文學季刊》第 38 號。

〈兩個陌生人〉發表於《文化桃園》第 11 期。

3 月　〈童話要給兒童什麼?〉發表於《滿天星兒童文學》第 56 期「童話專輯」。

〈感情世界〉發表於《文化桃園》第 12 期。

4 月　21 日,〈兒童文學家的抱負〉發表於《國語日報‧兒童文學週刊》。

〈愛山〉發表於《文化桃園》第 13 期。

5 月　24 日,應邀出席靜宜大學第六屆「兒童文學與兒童語言學術研討會」。

30 日,應邀赴靜宜大學出席由行政院文建會主辦、財團

法人文學台灣基金會承辦「臺灣童話文學討論會」（臺灣文學獎文學討論會活動之一），談論「童話要給兒童什麼？」。

〈我們的水庫〉發表於《文化桃園》第 14 期。

6 月　〈兒童文學作家的抱負〉〈谷桂子的新書介紹〉，童詩〈病魔〉（筆名林飛）、〈冬天〉（筆名容輝）、〈父子〉（中日文），童話〈野兔繁殖實驗山〉（筆名道翁）發表於《臺灣兒童文學季刊》第 39 號。

〈情緒壓力〉發表於《文化桃園》第 15 期。

7 月　17～23 日，桃園縣政府於桃園巨蛋主辦第一屆全國書展，其中「桃園兒童文學館」展出林鍾隆、鍾肇政、傅林統、徐正平、廖明進、謝新福等近二十位兒童文學作家的代表作品、手稿、影像等資料，並由林鍾隆擔任 17 日之駐館作家。

〈七十之悟〉發表於《文化桃園》第 16 期。

〈童話要給兒童什麼？〉發表於《文學臺灣》第 43 期。

8 月　與張宏光、陳發根、胡山林、潘明珠合譯水上多世詩集《日中对訳水上多世的詩　小生命》，由北九州小さい旗の会出版。

〈相處〉發表於《文化桃園》第 17 期。

9 月　〈為誰辛苦為誰忙〉發表於《文化桃園》第 18 期。

10 月　〈以「精神食糧」檢驗「兒童文學」〉，詩作〈睡蓮〉（筆名林岳）、〈撒野〉（筆名容輝）、〈七十歲〉（中日文），童話〈野兔繁殖實驗山之二〉（筆名道翁），發表於《臺灣兒童文學季刊》第 40 號

〈一輪紅日〉發表於《文化桃園》第 19 期。

11 月　詩作〈雲〉發表於《葡萄園詩刊》第 156 期。

　　　　　　　〈好事不出門〉發表於《文化桃園》第 20 期。

　　　12 月　7 日，當選「桃園縣兒童文學協會」第一屆理事。

　　　　　　　童詩〈我要給風加上顏色〉、〈山的記憶〉，童話〈小小象的想法〉、〈國王的寶庫〉收錄於《叫醒快樂精靈——桃花源魔法學院作品珍藏版 1》，由桃園縣文化局出版。

　　　　　　　〈閒情〉發表於《文化桃園》第 21 期。

　　　本年　應邀擔任臺東師範學院兒童文學研究所特約講師。

2003 年　1 月　〈人情農場〉發表於《文化桃園》第 22 期。

　　　2 月　童詩〈孫女的告白〉（中日文），童話〈野兔繁殖實驗山之三〉（筆名道翁）發表於《臺灣兒童文學季刊》第 41 號。

　　　　　　　〈流行〉發表於《文化桃園》第 23 期。

　　　3 月　〈大自然〉發表於《文化桃園》第 24 期。

　　　　　　　童詩〈山像什麼〉由中由美子翻譯，刊於『世界の子どもたち』第 57 號。

　　　4 月　20 日，參加桃園縣兒童文學協會主辦的「桐花森林話童話」活動，於蘆竹五酒桶山說故事。

　　　　　　　〈大小〉發表於《文化桃園》第 25 期。

　　　5 月　短篇小說〈郊遊〉收錄於桃園縣文藝作家協會編選、出版的《桃源集粹：桃園文藝選集第 20 集》。

　　　　　　　〈吝嗇與慷慨〉發表於《文化桃園》第 26 期。

　　　6 月　〈開車哲學〉發表於《文化桃園》第 27 期。

　　　7 月　13 日，〈以精神食糧檢驗兒童文學〉發表於《國語日報‧兒童文學週刊》。

　　　　　　　應邀參加臺中市文化局主辦的第六屆東亞詩書展現代詩作品展覽。

　　　　　　　〈兒童文學的要領〉、〈新書介紹〉（《學校快樂嗎？》、《胡蘿蔔忍者》、《沙小弟和箱先生亞馬遜的旅行》），童

詩〈蟬和農夫〉（中日文）、〈明天〉（筆名羽人）、〈小詩三首〉（筆名林岳），童話〈野兔繁殖實驗山之四〉（筆名道翁），發表於《臺灣兒童文學季刊》第 42 號。

收入王景山主編《臺港澳暨海外華文作家辭典》，由北京人民文學出版社出版。

〈溫暖〉發表於《文化桃園》第 28 期。

8 月　〈我們〉發表於《文化桃園》第 29 期。

序文〈我的發現〉收錄於謝鴻文童詩集《失眠的山》，由桃園縣政府文化局出版。

9 月　〈情緒〉發表於《文化桃園》第 30 期。

10 月　〈無所求〉發表於《文化桃園》第 31 期。

11 月　〈成長〉發表於《文化桃園》第 32 期。

12 月　兒童文學《蔬菜水果的故事》由臺北民生報社再版。

〈習慣〉發表於《文化桃園》第 33 期。

本年　童詩〈孫女的告白〉收錄於日本『めだかの學校』第 90 號。

2004 年　1 月　〈新書介紹〉（《日本少年詩》、《角圓線編曲》、《織音》33 號）童詩「不動の姿」（日文），童話〈野兔繁殖實驗山之五〉（筆名道翁）發表於《臺灣兒童文學季刊》第 43 號。

〈嗜好〉發表於《文化桃園》第 34 期。

2 月　7 日，〈說「朋友」〉發表於《國語日報‧少年文藝版》。

〈外籍老公〉發表於《文化桃園》第 35 期。

3 月　21 日，〈兒童文學是繪畫的文字〉發表於《國語日報‧兒童文學週刊》。

〈醫院〉發表於《文化桃園》第 36 期。

4 月　〈傘〉發表於《文化桃園》第 37 期。

5 月　詩作〈我要寫詩〉發表於《葡萄園詩刊》第 162 期。

〈喜歡自己這種模樣〉發表於《文訊》第 223 期「少年十五二十時：作家年輕照片展」專題。

〈大開眼界〉發表於《文化桃園》第 38 期。

6 月　童詩〈雨中的鴨子〉、〈小妹妹〉收錄於中國海峽兩岸兒童文學研究會編選的《打開詩的翅膀——臺灣當代經典童詩》，由臺北維京國際公司出版。

〈健康的義務〉發表於《文化桃園》第 39 期。

7 月　〈最可貴的朋友〉發表於《文化桃園》第 40 期。

8 月　詩作〈母親〉發表於《葡萄園詩刊》第 163 期。

〈大魚和深潭〉發表於《文化桃園》第 41 期。

9 月　〈伴〉發表於《文化桃園》第 42 期。

10 月　〈貴人〉發表於《文化桃園》第 43 期。

11 月　短篇小說〈阿球嫂〉收錄於李喬主編《臺灣客家文學選集 II》，由臺北客家事務委員會出版。

〈三個太陽〉發表於《文化桃園》第 44 期。

12 月　當選「桃園縣兒童文學協會」第二屆監事。

〈新書介紹——《體育課的香味》〉，童詩〈外國〉（中日文）、〈外孫女的杞憂〉發表於《臺灣兒童文學季刊》第 44 號。

〈感謝〉發表於《文化桃園》第 45 期。

2005 年　1 月　〈臺灣咖啡〉發表於《文化桃園》第 46 期。

2 月　〈創意〉發表於《文化桃園》第 47 期。

3 月　〈花海〉發表於《文化桃園》第 48 期。

4 月　〈還是〉發表於《文化桃園》第 49 期。

5 月　〈在山中〉發表於《文訊》第 235 期「親情圖：作家用照片說故事」專題。

〈淨土〉發表於《文化桃園》第 50 期。

6 月　童詩〈神子〉（中日文）發表於《臺灣兒童文學季刊》第 45 號。

〈最遠的距離〉發表於《文化桃園》第 51 期。

7 月　13 日，於桃園龍潭梅龍一街自宅接受黃明川導演所發起的「臺灣詩人一百影音計畫」之紀錄片拍攝工作，談論「求學階段與投稿經驗」、「從小說轉向詩」、「創作靈感的來源」、「語言為文學工具」、「文學價值的認定」、「讀書與創作的態度」、「戰亂前後」、「戰後到二二八」等主題，朗讀〈戒指〉、〈風景〉、〈懷念〉等 15 首詩作並講述自己的文學觀。

〈怎樣迎接「今天」〉發表於《文化桃園》第 52 期。

8 月　詩作〈三坑子生態公園〉發表於《葡萄園詩刊》第 167 期。

〈桐花隧道〉發表於《文化桃園》第 53 期。

9 月　〈阿爸的童年〉發表於《文化桃園》第 54 期。

10 月　〈齒輪〉發表於《文化桃園》第 55 期。

11 月　詩作〈狗話〉、〈我要給風加上顏色〉、〈花的感覺〉英文版收錄於《臺灣文學英譯叢刊》（*Taiwan Literature English Translation Series*）第 16 期，由加州大學聖塔芭芭拉分校世界華文文學研究中心出版。

〈當前兒童文學的急務〉、〈新書介紹——《橫須賀素描》〉，童詩〈日曆〉（中日文）發表於《臺灣兒童文學季刊》第 46 號。

詩作〈在淡水〉發表於《葡萄園詩刊》第 168 期。

〈雅興〉發表於《文化桃園》第 56 期。

12 月　〈偶然〉發表於《文化桃園》第 57 期。

2006 年　1 月　〈花海嘉年華〉發表於《文化桃園》第 58 期。

2 月　〈傑出創作三要素〉，童詩〈蛇〉（中日文）發表於《臺灣兒童文學季刊》第 47 號。

6 月　〈創作三思〉、〈新書介紹——『わたろかな　もどろかな』（《過去呢？　還是退回呢？》）〉，童詩〈自己〉（中日文），翻譯依田俊江〈十三隻小豬〉，發表於《臺灣兒童文學季刊》第 48 號。

兒童文學〈造橋比賽〉發表於《滿天星兒童文學》第 58 期。

8 月　詩作〈時間〉發表於《葡萄園詩刊》第 171 期。

10 月　〈傑出創作之要素——智慧、愛與生命力〉發表於《國語日報‧兒童文學週刊》。

11 月　〈報告〉、〈新書介紹——《木曜手帖》六○○號〉、〈新書介紹——《織音》三八〉，童詩〈故鄉〉（中日文），發表於《臺灣兒童文學季刊》第 50 號。

詩作〈推倒心中那面牆〉發表於《葡萄園詩刊》第 172 期。

12 月　兒童文學《山中的悄悄話》由臺北信誼基金出版社出版。

《滿天星兒童文學》第 59 期推出「林鍾隆少年詩專輯」，收錄相關評論五篇。

〈因爭議　再成長〉，少年詩〈媽媽〉、〈瀑布〉、〈山〉、〈正常的小孩〉、〈水〉、〈信諾〉、〈信心〉、〈颱風〉、〈雨〉、〈垃圾〉發表於《滿天星兒童文學》第 59 期。

2007 年　　2 月　〈新書介紹——《太陽的調色板》〉，童詩〈花的聯想〉（中日文）發表於《臺灣兒童文學季刊》第 51 號。

詩作〈時間〉以筆名林岳發表於《葡萄園詩刊》第 173 期。

3 月 於高雄旅行訪友期間急性心肌衰竭，送至醫院時已無心跳，經醫生搶救後恢復生命跡象，療養半年後逐漸康復，陸續寫下「餘生散記」系列文章。

5 月 〈李玉華印象〉、〈新書介紹〉(《風叔叔》、《冬飛的蝶》、《玉川村　金城》)，童詩〈初戀〉(中日文)，發表於《臺灣兒童文學季刊》第 52 號。

詩作〈婚姻〉發表於《葡萄園詩刊》第 174 期。

詩作〈日子〉發表於《葡萄園詩刊》第 175 期。

10 月 擔任民國 96 年度「桃園縣兒童文學獎」評審委員。

11 月 〈《織音》四十介紹〉，童詩〈電扇〉、〈時間〉發表於《臺灣兒童文學季刊》第 53 號。

詩作〈道理〉以筆名林岳發表於《葡萄園詩刊》第 176 期。

12 月 〈借《無限的天空》討論作詩的方法〉，少年詩〈地球〉、〈月光〉發表於《滿天星兒童文學》第 61 期。

本年 林鍾隆部分手稿、書籍及金鼎獎獎座等文物交由籌備中的桃園縣客家文化館收藏。

2008 年　　2 月 詩作〈長城〉發表於《葡萄園詩刊》第 177 期。

3 月 兒童文學《幸福的小豬》由臺北信誼基金出版社出版。

11 月 〈新書介紹──紀之崎　茜著《幸福的空地》〉，童詩〈樹的思想〉(中日文)、〈柏油路〉(筆名林岳)，發表於《臺灣兒童文學季刊》第 54 號。

〈我比較喜歡的幾首詩〉，少年詩〈哥哥〉、〈弟弟〉、〈姊姊〉、〈妹妹〉，翻譯日本兒童詩〈心〉、〈身高〉發表於《滿天星兒童文學》第 62 期。

童詩〈山〉、〈霧中的路燈〉由保坂登志子翻譯，刊於『青い地球』第 57 期。

5 月　〈寫作和批評〉、〈新書介紹——《窗》11．12 號〉、〈《現
　　　在馬上比較好》簡介〉，詩作〈風〉、〈疑問〉、〈藍天〉
　　　（筆名周洋）、〈神〉（中日文），發表於《臺灣兒童文學
　　　季刊》第 55 號。

　　　詩作〈鴛鴦〉、〈看海〉、〈南十字星〉發表於《葡萄園詩
　　　刊》第 178 期。

6 月　《兒童寫作高手》（共八冊）由臺北多識界圖書文化公司
　　　出版。

8 月　詩作〈五官與四維〉發表於《葡萄園詩刊》第 179 期。

10 月　17 日，為表揚林鍾隆長期為臺灣文學付出的心力與貢
　　　獻，並感謝其捐贈文物，國立臺灣文學館邀請林鍾隆夫
　　　婦赴臺南出席開館五週年慶祝活動，由鄭邦鎮館長致贈
　　　感謝狀。

　　　18 日，逝世於桃園家中，享壽 79 歲。

　　　童話〈會想東想西的毛毛蟲〉、〈傻鴨子找媽媽〉收錄於
　　　《大師在家嗎？》，由臺北國語日報社出版。

11 月　桃園縣文化局主辦、桃園縣兒童文學協會承辦「用故事
　　　說再見——紀念林鍾隆作品討論會」。與會者有邱各容、
　　　邱傑、房瑞美、馮輝岳、傅林統、謝鴻文等。

　　　《文訊》第 277 期製作「給風加上顏色——懷念林鍾
　　　隆」專欄，收錄趙天儀〈林鍾隆的一生及其文學創作〉。

　　　〈寄望於詩人的敏感〉、〈新書介紹〉（《2007 少年詩
　　　集》、永田喜久男的第一本詩集《一半的遊戲》、《幸福空
　　　地》拾寶），童詩〈時間的腳步〉（中日文），刊載於《臺
　　　灣兒童文學季刊》第 57 號。

本年　主動將手稿、作品、書籍等大批文物捐贈國立臺灣文學
　　　館。

2009 年	3 月	最後一期《臺灣兒童文學季刊》出版，本期雜誌收錄李玟臻〈完結篇感言〉一文，除追思林鍾隆之外，亦宣布《臺灣兒童文學季刊》停刊，共發行 58 號。

〈關於《動物們》〉、〈中日雙語詩〉四首，詩遺作〈樹和房屋〉、〈夕陽〉、〈夕陽無限好〉、〈我的心〉、〈名字〉、〈題目？〉、〈媽媽〉、〈世界第一「爬山樂」〉、〈柱子〉、〈凡眾人生〉，翻譯日本千葉兒童文學會同人雜誌『窗』第 15 號的童詩三首、石田道雄（まどみちお）童詩二首及《動物們》中的童詩 19 首，刊載於《臺灣兒童文學季刊》第 58 號。

6 月　《滿天星兒童文學》第 63 期製作「林鍾隆追思專輯」，收錄柚子、文臻、吳訓儀、蔡榮勇的追思文章。

童詩〈心中的哲學家〉、〈房屋〉、〈世界第一　爬山樂〉、〈魔術椅〉、〈雲和山〉，翻譯渡邊結兒童詩〈心中的天空下〉、〈過去〉，刊載於《滿天星兒童文學》第 63 期。

8 月　童詩〈我要給風加上顏色〉收錄於朱自強編《經典兒童文學讀本（小學卷三）》，由北京中國萬卷出版社出版。

本年　童詩〈我要給風加上顏色〉由徐鳴駿譜曲，參加國立臺灣藝術教育館舉辦的「2008 臺灣本土音樂教材創作比賽」獲得入選。

2011 年　3 月　兒童文學《智慧銀行》由臺北小魯文化公司出版。

4 月　8 日，詩作〈臺灣之歌〉刊於美國《臺灣公論報・文學園版》「新世紀臺灣詩選讀」專輯。

8 月　童話〈海裡來的人〉收錄於《蝸牛先生的名言》，由臺北國語日報社出版。

10 月　《思路》由新北螢火蟲出版社出版。

11 月　童話〈會想東想西的毛毛蟲〉收錄於洪志明、陳沛慈、

陳景聰編選之《二〇〇八臺灣兒童文學精華集》，由臺北天衛文化公司出版。

12 月　《養鴨的孩子》入選國立臺灣文學館舉辦的「臺灣圖畫書‧精彩 100」。

2012 年　1 月　兒童文學《智慧存摺》由新北螢火蟲出版社出版。

3 月　《國中作文教學錦囊》（共六冊）由新北螢火蟲出版社出版。

10 月　20 日，李玟臻與謝鴻文舉辦「作家紀念館的經營想像與實踐座談會」，邀集兒童文學工作者、桃園縣文化局等共同討論林鍾隆紀念館的經營方針。

本年　謝鴻文接受桃園大溪仁和國小及李玟臻請託，籌畫於仁和國小內成立「林鍾隆紀念館」。

2013 年　4 月　1 日，林鍾隆紀念館正式對外開放，長期舉辦電影欣賞、繪本閱讀、故事劇場、讀書會、童詩朗讀、兒童劇表演、親子工作坊、兒童文學寫作班、兒童文學樂讀班、二手書市集等諸多活動，推廣兒童文學。

13 日，林鍾隆紀念館舉行開館典禮，謝鴻文正式擔任林鍾隆紀念館執行長，並由 SHOW 影劇團協助經營。與會者有前桃園縣教育局長胡鍊輝、桃園縣機要顧問林逸青、立法委員陳學聖、傅林統、藍祥雲、林煥彰、廖明進、陳正治、蔡榮勇、陳秀枝、褚乃瑛、張捷明、莊華堂、林茵、呂嘉紋、林靜琍、張英珉、林惠珍、謝鴻文等。

8 月　5～9 日，林鍾隆紀念館舉辦第一屆林鍾隆兒童文藝營，由謝鴻文、游文綺、謝佳君、彭瑜亮、李美齡指導。

9 月　27 日，童詩〈雨中的鴨子〉建置於桃園平鎮宋屋國小梅林詩道。

11 月　16 日，林鍾隆紀念館舉辦「從《月光光》到《布穀

鳥》——追憶臺灣童詩的黃金年代」講座活動，由林煥彰主講。

2014 年	14 日、7 月 12 日、8 月 9 日、9 月 13 日、10 月 18 日、11 月 8 日、12 月 13 日，林鍾隆紀念館志工於館內以「紙芝居」形式演出林鍾隆兒童文學《蠻牛的傳奇》。
	30 日，邱各容、邱傑、傅林統、賴添明應邀擔任林鍾隆紀念館顧問。
7 月	26 日，林鍾隆紀念館志工之紙芝居劇場《蠻牛的傳奇》於桃園五色鳥故事屋演出。
	29～31 日，林鍾隆紀念館舉辦第二屆林鍾隆兒童文藝營，由謝鴻文、姜吟芳、趙大鼻指導。
8 月	2 日，林鍾隆紀念館志工之紙芝居劇場《蠻牛的傳奇》於桃園晴耕雨讀小書院演出。
	15 日，林鍾隆紀念館志工之紙芝居劇場《蠻牛的傳奇》於桃園瑯嬛書屋演出。
	28 日，偶偶偶劇團將林鍾隆兒童文學《蠻牛的傳奇》改編為歌舞劇《蠻牛傳奇》（謝鴻文編劇；薛美華導演），於臺北國際藝術村召開演出記者會，與會者有李玟臻、謝鴻文、林亞璘等。
11 月	7～9 日，偶偶偶劇團歌舞劇《蠻牛傳奇》於臺北市政府親子劇場演出。
12 月	13 日，林鍾隆紀念館舉辦「林鍾隆與臺灣兒童文學」講座活動，由邱各容主講。
	30 日、12 月 28 日、2014 年 1 月 25 日，為紀念林鍾隆逝世五週年，SHOW 影劇團將林鍾隆童詩〈我要給風加上顏色〉改編為同名兒童劇，於林鍾隆紀念館演出。
本年	童詩〈我要給風加上顏色〉收入康軒文教事業國民小學

三年級國語教科書。

林鍾隆紀念館於 1 月、5 月、6 月舉辦「林鍾隆童詩插畫展」，分別由阿 Re、Ponga X、小宥等人繪製。

2015 年	3 月	25 日，夫人李玟臻逝世。
	5 月	9 日～7 月 18 日，偶偶偶劇團歌舞劇《蠻牛傳奇》於臺中、宜蘭、花蓮、板橋、新竹、彰化、桃園等地巡迴演出。

因場地問題，林鍾隆紀念館閉館，謝鴻文與館內志工、SHOW 影劇團另籌組「林鍾隆兒童文學推廣工作室」。

	7 月	詩作〈信〉收錄於李敏勇編選《笠 50 年一年一選：臺灣詩風景 1964～2014》，由高雄春暉出版社出版。
	8 月	27 日，林鍾隆兒童文學推廣工作室紙芝居劇場《蠻牛的傳奇》於桃園新星巷弄書屋演出。

28 日，林鍾隆兒童文學推廣工作室於桃園市政府文化局舉辦「從《月光光》開始追尋臺灣兒童詩歌的美好」講座活動，由謝鴻文主講。

	9 月	26 日，偶偶偶劇團將林鍾隆日文繪本《南方小島的故事》改編為同名歌舞劇，於桃園市政府文化局演藝廳演出。
	12 月	12 日，林鍾隆兒童文學推廣工作室紙芝居劇場《蠻牛的傳奇》於桃園毛怪和朋友們的藝術童書工作室演出。
	本年	18 日，為紀念林鍾隆逝世七週年，林鍾隆兒童文學推廣工作室於桃園瑯嬛書屋、晴耕雨讀小書院、南崁 1567 小書店、方圓書房等地舉辦「親近桃園兒童文學講座：追尋山林古道翁——林鍾隆的兒童文學與人生」，由謝鴻文主講。
2016 年	4 月	22 日～2017 年 2 月 5 日，國立臺灣文學館舉辦「純真童

心——兒童文學資深作家與作品展」，展出林鍾隆手稿與
創作。

8 月　27 日，林鍾隆兒童文學推廣工作室團紙芝居劇場《蝸牛
的傳奇》於桃園漂鳥工作室演出。

9 月　林鍾隆兒童文學推廣工作室與臺北也是文創公司／巴巴
文化合作，翻譯林鍾隆兒童文學『みなみのしまのでき
ごと』，出版中譯繪本《南方小島的故事》。

10 月　為紀念林鍾隆逝世八週年，林鍾隆兒童文學推廣工作室
於桃園方圓書房舉辦「林鍾隆與日本兒童文學界的交流
——從繪本《南方小島的故事》說起」講座活動，由謝
鴻文主講。

《南方小島的故事》入圍 2016 誠品書店閱讀職人大賞。

12 月　《林鍾隆全集》（30 冊）由臺南國立臺灣文學館出版。

參考資料：

・《月光光》，共 78 集，1977 年 4 月～1990 年 11 月。

・《臺灣兒童文學季刊》，共 58 號，1991 年 2 月～2009 年 3 月。

・洪米貞編，〈林鍾隆生平寫作年表〉，彭瑞金編，《林鍾隆集》，臺北：前衛出版社，
　1991 年 7 月，頁 333～338。

・邱各容，《臺灣兒童文學作家及作品論》第四章：「林鍾隆——給風加上顏色」，臺
　北：富春文化公司，2008 年 8 月，頁 128～189。

・謝鴻文，〈林鍾隆創作年表〉，林鍾隆紀念館，2013 年。

・國家圖書館——臺灣期刊論文索引系統網站。

輯三◎
研究綜述

猶待開展的林鍾隆研究
《林鍾隆研究資料彙編》

◎徐錦成

前言

　　林鍾隆（1930～2008）是名符其實「著作等身」的作家——而這樣的說法最早是在 1966 年由鍾肇政提出，他如此推崇年僅 36 歲的林鍾隆：

> 戰後方學習中國語文的省籍作家中，林鍾隆是開始寫作最早的一位，他的處女作在他就讀臺北師範學校三年級時就寫成發表，時在民國卅八年。在以後的 17 個年頭的漫長歲月裏，他從來也沒有停過筆，始終如一，而且維持著一定的產量，這種毅力，這種恆心，是今天林鍾隆成功的最好註腳。（略）
> 在寫作上，他大概可以稱之為「全能型」作家，寫詩，也譯詩；寫散文，也譯散文；童話的創作與譯作也不少，小說當然也是寫與譯並行。不過近年以來主要多是小說的創作，短篇為數不少，中長篇作品也偶見發表，此外有關教學的文章也很多。「著作等身」，林鍾隆可以當之無愧。筆者個人以為林鍾隆大概可以歸之於「才子型」的作家。[1]

　　不論是「著作等身」或「全能型作家」或「才子型的作家」，這些稱譽對一位資深作家尚且不易，何況加諸於一位青年作家？如今林鍾隆已仙

---

[1] 鍾肇政，〈著作等身的林鍾隆〉，《自由青年》第 36 卷第 4 期（1966 年 8 月 16 日），頁 21～22。

逝，到了蓋棺論定的時候，可以確認：林鍾隆值得這些稱譽！

　　林鍾隆生前出版的作品，即使不包括他長期從事的翻譯及編輯作品，數量也近百部。他的作品橫跨主流文學（成人文學）及兒童文學。譬如小說，他有一般的小說，及專為兒少所寫的少年小說；又如詩，他寫一般的詩，但寫得更多的是兒童詩；至於評論，他寫過各種評論，但著墨最深的是兒童詩的評論。擁有這麼多項成就的作家，按理說應該是文壇矚目的焦點，其實卻不然。

　　1991 年前衛出版社出版了一套「臺灣作家全集・短篇小說卷」，全套50 卷，林鍾隆獨占一卷《林鍾隆集》，列為「戰後第一代」作家。乍看之下，林鍾隆確實獲得應有的肯定。但這套書在書末附錄有「小說評論引得」及「生平寫作年表」，難堪的是：《林鍾隆集》書末的〈林鍾隆作品評論引得〉（許素蘭編）只列出一筆資料（司馬中原的〈從〈粉拳〉觸探林鍾隆的意境〉），這無疑是整套「臺灣作家全集・短篇小說卷」最貧乏的一篇「評論引得」。至於〈林鍾隆生平寫作年表〉（洪米貞編），雖有五頁半的篇幅，但其中 1951 至 1963 共 13 年（林鍾隆 22 至 34 歲）的資料卻一片空白。從這兩點可知，林鍾隆絕非令人矚目的人氣作家。長期以來，人們知道有這麼一位作家，但少有人認真讀他的作品、進行他的研究。若與他的著作量相較，正確地說，林鍾隆的相關研究相當稀少！

　　鍾肇政說得沒錯，林鍾隆是「全能型」作家。但何謂「全能型」？我們至少可以確定以下幾點：林鍾隆是寫作年資極長的作家、是寫作文類多樣的作家、是讀者年齡層跨度極大的作家、是跨越語言的作家（從日文到中文）。這樣一位重量級作家，至今卻無對他較具全面性的研究與評論，原因為何？或許爬梳既有的林鍾隆研究，可以了解一二。

《林鍾隆集》是了解林鍾隆小說的一扇窗

　　首先，林鍾隆是位小說家，兼擅短篇與長篇。若依臺灣常將主流文學（成人）與兒童文學二分的慣例，則林鍾隆不只有一般的小說創作，在少

年小說（或稱「少兒小說」）上亦成就斐然。

　　小說大師司馬中原對林鍾隆的短篇小說〈粉拳〉甚為肯定：

　　　　作家林鍾隆在小說的墾拓上，一向是辛勤而嚴肅的，他的作品，筆觸清
　　　淡玲瓏，善於掌握現代人在生活上、感情上最細緻的部分作為他抒寫的
　　　題材，表現出多面的人生意趣。通常這一類的題材，如非作者別具慧
　　　眼，以及高度的靈思，是很難捕捉到的，即使捕捉到了，沒有高度純熟
　　　的技巧，也表現不出那種意在言外的情韻來。林鍾隆不愧是箇中高手，
　　　他的作品，確具化平淡為神奇的力量，自然貼切，妙趣橫生，但卻隱藏
　　　在他淡淡的筆墨之中，這種含蓄之美，讀來使人渾然陶醉。
　　　有些人習慣把時代性、社會性強，衝擊力巨大的題材，看成小說作品的
　　　基本重量，這種觀念似是而實非，事實上，凡屬反映人生，深入人性底
　　　層，而在藝術融鑄上夠得上精純的作品，都具有同等的重量，林鍾隆在
　　　這方面的表現，毋寧是更為出色。[2]

　　〈粉拳〉寫的是一位新鰥的中年男子與妻子生前女友（已婚）之間的
互動，情節簡單，也沒有刻意安排的高潮，司馬中原是小說老手，說：
「選出〈粉拳〉這篇上乘的作品，旨在使一般有心從事短篇小說創作的朋
友，能以慧眼擇取生活中看似平凡的題材，以獨運的匠心活化它們，使它
有情致，有意境。林鍾隆的作品，正是最值得學習的。」[3]這是內行人說內
行話，但這樣的內行話，讀者不見得領教，畢竟喜歡平淡作品的讀者應是
少數。

　　彭瑞金對〈粉拳〉也至為推崇：

---

[2]司馬中原，〈從〈粉拳〉探觸林鍾隆的意境〉，《中華文藝》第 111 期（1980 年 5 月），頁
　177。
[3]司馬中原，〈從〈粉拳〉探觸林鍾隆的意境〉，《中華文藝》第 111 期，頁 179。

> 林鍾隆小說的夫妻篇，多采多姿，有夫妻細故爭吵，意氣之爭，從冷戰到
> 和解，有來自生活壓力產生的摩擦，有夫妻生活在不同次元的價值困惑，
> 有老夫少妻的隔閡與妙趣。〈粉拳〉一作，更有集大成之勢……（略）
> 作者藉由一再試探人性的方法，表現人性善的一面，為情字做了最透澈
> 的詮釋，也讓讀者見識了他在文學技法上的精妙。[4]

　　司馬中原及彭瑞金的文章，均收錄在《林鍾隆集》中，該書的主編即
是彭瑞金。這套選集在臺灣文學史上具有一定的地位，林鍾隆獲選入這件
事，可說是他個人小說生涯的高峰。事實上，林鍾隆出版的書雖多，但發
行量都不廣，從 1991 年至今，《林鍾隆集》可能也是他流通最廣的一部
書，是許多讀者了解林鍾隆小說的窗口。

臺灣少年小說的里程碑——《阿輝的心》

　　若說林鍾隆還有另一部廣為人知的書，那無疑應是長篇少年小說《阿
輝的心》（1965 年）了。

　　檢視現有的林鍾隆作品評論，可發現約有三分之一在談《阿輝的心》
（詳見本書附錄的評論編目）。早年有許多人說它是臺灣第一部少年小說，
後來學界（兒童文學界）做出修正，認為有比這本書更早的少年小說，如
鍾肇政的《魯冰花》（1962 年）等。但無論如何，《阿輝的心》堪稱林鍾隆
最重要的代表作。只是，針對《阿輝的心》的論述雖多，觀點卻頗有重
複。早期的《阿輝的心》評論從林良開始，便對該書毫無保留地肯定。林
良替該書寫的〈序〉是這麼說的：

> 這是一部很可愛的少年小說。它描繪的農村，不是單純的外在的形象，
> 是透過一顆少年的心的體會。這樣描繪成功的農村生活，才能具備文學

---

[4]彭瑞金，〈心靈的探險家——《林鍾隆集》序〉，《林鍾隆集》（臺北：前衛出版社，1994 年 3
月），頁 14。

藝術上的價值。

這不是一個兒童故事，因為它已經通過形象和動作的描述，在細心刻畫一顆心。「心的變化」是一切小說的唯一主題，所以這是一部少年小說。

少年小說的寫作，要通過兩種考驗。第一，它必須寫得恰好是那個年齡的少年能感受得到的。第二，從文學藝術的觀點看，它要美，要深刻，要使人動心，要像成人小說一樣經得起欣賞。它並不要求文學評論家降低錄取標準。對少年讀者說，它應該是一部能打動少年心的好小說。對成人讀者說，它應該是一部寫「少年心」寫得能打動「成人心」的文學作品。

《阿輝的心》相當順利地通過這兩種考驗。作者的嘗試可以說是成功了。[5]

可以確信，當年林良認為《阿輝的心》能同時讓少年讀者及成人讀者滿意，但我們知道事實並非如此——因為臺灣文學界的「成人」與「兒童」是涇渭分明的。或許正是《阿輝的心》的成功，讓林鍾隆有了「兒童文學作家」的形象，之後林鍾隆雖然持續創作一般的、主流的、給成人閱讀的小說，但數十年來乏人討論，因為兒童文學界以外的評論者自動將他的小說作品擱下了。跨界（成人與兒童）難能可貴，但反而令林鍾隆吃了虧，主流文學界並不了解林鍾隆的兒童文學成就，兒童文學界對他的成人文學創作亦不甚了了。這不是林鍾隆的錯，只是令人遺憾的事實。

繼林良之後，鍾梅音與傅林統等人也相繼撰文肯定《阿輝的心》，其中傅林統曾多次評論《阿輝的心》，顯見該書是他私心喜愛的一部經典之作。

無論是林良、鍾梅音或傅林統，都可視為與林鍾隆同代，他們的評論出現得比較早，啟發了不少日後的相關評論。但受他們啟發的評論，也同

---

[5]林良，〈一部可愛的少年小說——《阿輝的心》序〉，《阿輝的心》（臺北：小學生雜誌社，1965年12月），頁2。

時受到他們的影響，局限在一定的視野裡。《阿輝的心》於 2001 年獲選由臺東師範學院（今臺東大學）兒童文學研究所主導的「臺灣 1945～1998 兒童文學 100」，其兒童文學經典的地位更加確立。

直到 21 世紀，才有幾位年輕學者在《阿輝的心》成為經典之後，賦予新的重讀角度。作法有兩種，第一種是拿這本書與同時代的少年小說比較，如吳玫瑛曾將它與謝冰瑩的《小冬流浪記》（〈言說「好孩子」與男童氣質建構——以林鍾隆著《阿輝的心》和謝冰瑩著《小冬流浪記》為例〉）及鍾肇政的《魯冰花》比較（〈「頑童」與「完人」——《魯冰花》與《阿輝的心》中的男童形構〉）；黃玉蘭則將它與張彥勳的《兩根草》比較（〈悲情的年代，完人的設計——談《阿輝的心》與《兩根草》〉）。透過比較，吳玫瑛發現：

> 阿輝的沉穩內斂與古阿明的活潑外放呈現鮮明對比，一個循規蹈矩、勤奮好學，自律甚嚴，行為舉止宛如少年老成的「小大人」，另一個則是天真調皮，活潑自在，有自我主張，不受傳統羈絆的「小頑童」。同為 1960 年代作家筆下的男童，阿明與阿輝顯然代表了作家心目中不同的男童形象。[6]

吳玫瑛曾多次以《阿輝的心》為座標，試圖釐清（或重新釐清）兒童文學中的「少年／兒童小說」、「少年」、「好孩子」等概念，其關心所在，已不局限於這本書。

黃玉蘭的〈悲情的年代，完人的設計——談《阿輝的心》與《兩根草》〉比較兩者之異同，但相較其「異」，更著重其「同」，她將兩人的作品視為同一時代的產物：

---

[6] 吳玫瑛，〈「頑童」與「完人」——《魯冰花》與《阿輝的心》中的男童形構〉，《臺灣文學研究集刊》第 8 期（2010 年 8 月），頁 152。

林、張兩位作者，除了以家庭驟變的事件開啟故事情節外，主人翁超人
特質的刻畫，1950、1960 年代南臺灣鄉村生活的艱困背景、主人翁接獲
良師的勉勵與慷慨支助，甚至最後完美結局的安排，無不點化出兩人作
品在悲情年代的大環境中共有的特色。（略）

就小說主要人物應有的立體性（或圓形性）特質來檢視林、張兩人的作
品，或就今日所強調的兒童本位立場，描寫兒童心理或少年問題情境的
敘述與之相比，則可清楚明白的看出，林、張兩人的書寫，在塑造完人
的背後目的，仍不能脫離倚借撰書之名，行訓導之實的教條理念。（略）

《阿輝的心》一書，雖然在「成人票選」之下入圍當下兒童讀物經典，
各方聲譽有加，但卻難以去除成人本位的認知思考。[7]

　　吳玫瑛與黃玉蘭的文章，亦已觸及新世紀重讀《阿輝的心》的第二種
做法，即顛覆固有的評論，重新省思「好孩子」的定義。黃秋芳及王宇清
亦有相同的嘗試。黃秋芳的《兒童文學的遊戲性：臺灣兒童文學初旅》中
有一小段論及《阿輝的心》，她認為：

《阿輝的心》開展出臺灣少年小說文類分化，卻仍然固守在人格教育、
道德教育為表現主題。……具有的是文學史的意義，立足於社會現實，
著眼於成人悲哀，否定黑暗社會，追尋人間光明，內裡的願望無疑是渴
求與呼喚真正兒童時代的來臨，如果仍將它們奉為兒童文學藝術典範，
顯然是某種程度的誤讀。[8]

　　同樣地，王宇清的〈《阿輝的心》──臺灣青少年小說巡禮之一〉也
試圖提出新見解：

---

[7]黃玉蘭，〈悲情的年代、完人的設計──談《阿輝的心》與《兩根草》〉，《林鍾隆先生作品討論
　會論文集》（臺北：富春文化公司，2001 年 10 月），頁 173～174。
[8]黃秋芳，《兒童文學的遊戲性──臺灣兒童文學初旅》（臺北：萬卷樓圖書公司，2005 年 1
　月），頁 324。

以「成長小說」角度來思維，實際上阿輝一開始便是一個成熟圓融的孩子，貫串故事前後，並沒有顯著的「成長」落差。……阿輝的世故圓融，固然展現了他品德上的優點，然而，卻失去了兒童應有的純真；阿輝這個少年角色的性格，亦正因為如此而更加飽滿，富於人性。[9]

　　黃秋芳及王宇清都能跳脫早期《阿輝的心》的評論窠臼，具參考價值，但可惜淺談即止，仍有繼續深入的可能。本書並未收錄這兩篇，僅在此提醒讀者注意。

　　張桂娥的〈臺灣少年小說日譯狀況之研究──林鍾隆的《阿輝的心》〉並不屬於前兩種，而是爬梳《阿輝的心》在日本的傳播狀況。林鍾隆是精通中日文的作家，他的《阿輝的心》被翻為日文，想必是他生前的一大快事。根據張桂娥的整理：「《阿輝的心》，已經成功地擄獲了許多日本讀者的心。」[10]

「林鍾隆先生作品研討會」肯定其畢生兒童文學成就

　　《阿輝的心》之外，林鍾隆其他兒童文學作品的相關研究甚少，但兒童文學界對於林鍾隆的關注，相對來說已比主流（成人）文學界來得熱烈。2001 年 10 月 7 日，中華民國兒童文學學會假臺北市立圖書館，舉辦了「林鍾隆先生作品研討會」（兒童文學資深作家作品研討會系列之三），這場研討會是對林鍾隆畢生兒童文學成就的肯定，可視為他在兒童文學生涯上的高峰。本書有數篇論文選自這場研討會，包括林武憲〈林鍾隆兒童詩探討〉、陳素琳〈試論《我要給風加上顏色》〉、李畹琪〈淺析林鍾隆的翻譯的改寫手法──以柯南道爾三篇小說為例〉（《盜馬記》、《魔術師的傳奇》、《土人的毒箭》）及前述的黃玉蘭的〈悲情的年代，完人的設計──談

---

[9]王宇清，〈《阿輝的心》──臺灣青少年小說巡禮之一〉，《全國新書資訊月刊》第 148 期（2011 年 4 月），頁 47。

[10]張桂娥，〈臺灣少年小說日譯狀況之研究──林鍾隆的《阿輝的心》〉，《少兒文學天地寬──臺灣少年小說學術研討會論文集》（臺北：九歌出版社，2002 年 6 月），頁 124。

《阿輝的心》與《兩根草》〉等。

　　特別值得注意的是李畹琪的〈淺析林鍾隆的翻譯改寫手法——以柯南道爾三篇小說為例〉（《盜馬記》、《魔術師的傳奇》、《土人的毒箭》），取材非常特殊。兒童文學的翻譯，有時候是「譯寫」，林鍾隆曾翻譯福爾摩斯探案，但並未忠實翻譯，而是「改寫」。少有評論會從這個角度來研究，李畹琪另闢蹊徑，透過歸納，得出林鍾隆在翻譯／改寫時「無意中流露出個人寫作風格」[11]的結論，頗具啟發性。

　　林武憲與陳素琳針對林鍾隆的詩立論，由於林鍾隆除了是詩人（兼寫一般的詩與兒童詩）之外，也是重要的詩評家，林、陳二人在評論林鍾隆的兒童詩之時，不忘提醒讀者注意林鍾隆的兒童詩觀。林武憲的論文是對林鍾隆兒童詩較全面的鳥瞰；陳素琳雖僅聚焦於一部《我要給風加上顏色》，但對該作在臺灣兒童詩發展史上做出定位評價。

　　林鍾隆作為「詩評家」，其重要性在臺灣兒童詩的發展史上不亞於「詩人」的身分。幸虧有林鍾隆掀起幾次小型的論戰，替兒童詩推波助瀾，臺灣兒童詩的理論發展才不斷湧入活水。徐錦成〈兒童文學界的「全才烏鴉」——林鍾隆〉一文摘自他的《臺灣兒童詩理論批評史》，敘述林鍾隆在臺灣兒童詩理論與批評上的功過。不可諱言，林鍾隆雖曾在臺灣兒童詩評界吹皺多次春水，隨著時光流逝，許多風風雨雨已成明日黃花，當年爭論的是非，已不再是問題。譬如林鍾隆提出「童詩」（大人為兒童而寫）與「兒童詩」（兒童的創作）的不同，即使有人不以為然，卻不得不承認林鍾隆「先有詩，才有童詩」的見解。有人稱林鍾隆是「兒童文學界的烏鴉」，聽起來或許不雅，但本質上，這個稱謂是對他的肯定。

　　除了以上論文，較具觀點與深度的書評包括陳正治〈讀《醜小鴨看家》——介紹一本優良兒童讀物〉及謝鴻文〈林鍾隆《蠻牛的傳奇》〉

---

[11]李畹琪，〈淺析林鍾隆的翻譯改寫手法——以柯南道爾三篇小說為例〉，《林鍾隆先生作品討論會論文集》，頁142。

等。《醜小鴨看家》是短篇童話集，《蠻牛的傳奇》則是中篇童話，這兩本書均絕版多年，如今讀過的人已少，但兩本其實都是臺灣兒童文學的經典之作。陳正治的書評發表於《醜小鴨看家》初版不久時，與《醜小鴨看家》這本書一起隨著時光被人淡忘。謝鴻文的文章則發表於林鍾隆逝世之後，這跟他擔任「林鍾隆紀念館」（2013～2015）執行長不無關係。「林鍾隆紀念館」曾是臺灣第一座兒童文學作家紀念館，可惜客觀條件不足，沒能永續經營，現已改組為「林鍾隆兒童文學推廣工作室」，仍由謝鴻文擔任執行長。

　　或許，一篇篇論述林鍾隆的文章便是最莊嚴的紀念館。長期鑽研臺灣兒童文學史的邱各容以一篇〈林鍾隆——給風加上顏色〉描繪了林鍾隆的畢生成就，雖然偏重於兒童文學，未能論及林鍾隆在主流文學的表現，但已算相對完備，是了解林鍾隆的兒童文學必讀的參考文獻。

跨世代及跨語境

　　許多人知道，林鍾隆是跨世代與跨語境的作家，具體的證據在於林鍾隆從事翻譯，有大量的日文翻譯經驗。但林鍾隆其實是「最年輕的跨語作家」，他雖受過日文教育，但中學之後也接受完整的中文教育，幾乎沒有語言轉換的困難。在所有關於林鍾隆的論文裡，論及「跨世代」及「跨語境」是很晚近的事，代表性的學者包括余昭玟及郭澤寬。

　　余昭玟挖掘出林鍾隆對於日據時代臺灣人受日本警察荼毒的場面，認為「小說裡透露的，通常是日本人高高在上，耀武揚威，而被殖民的臺灣人則只有忍氣吞聲。」[12]然而，郭澤寬卻提出「語境轉換」的問題，他從「省政文藝叢書」之一的《梨花的婚事》入手，與以往研究者的切入點大不相同，認為：「林鍾隆對國民政府也是有許多嚴厲的批判的，這也出現在語境

---

[12]余昭玟，〈低音主調——《臺灣文藝》的寫實路線〉，《從邊緣發聲——臺灣五、六〇年代崛起的省籍作家群》（臺南：國立臺灣文學館，2012 年 10 月），頁 192。選錄本書改篇名為〈最年輕的跨語作家林鍾隆〉。

轉換後。」[13]他舉的例子包括林鍾隆替黃娟所作的〈序〉，該文明白寫著：

> 二次大戰前，被日本統治，占領過的地方，人民沒有不痛恨日本的，唯
> 有臺灣是個例外。
> ……
> 為什麼臺灣人不會恨日本？
> 我心中有很清楚的答案。
> 是外來政權──國民黨「教育」臺灣人民的自然產物。
> 國民黨在臺灣，從蔣中正到蔣經國，剝削、壓迫、控制、奴役臺灣人，
> 其心之狠毒、惡辣，比之日本對臺灣人，有過之無不及。
> 二二八事件被殘害的臺灣精英不用說，就以楊逵為例。
> ……
> 臺灣人，把日本的壓迫和國民黨的迫害做比較，日本，完全被國民黨比
> 下去了，日本人的迫害已算不了什麼，國民黨政權，兩蔣獨裁，才是更
> 叫臺灣人痛恨的。[14]

　　郭澤寬的結論是：「林鍾隆出生於日治時期，並接受日治時期教育，對
於國民政府來臺初期種種失去民心的作為，使得期待成為落空，而不免認
為在國民政府統治下的臺灣反比日人統治下退步。」[15]是耶？非耶？無論如
何，「語境轉換」應是日後林鍾隆研究尚待開發的角度。

　　有一件更晚近的事，應可替林鍾隆的「跨語」做一個最佳的註腳，那
便是《南方小島的故事》這本繪本在臺灣以中文出版這件事。該書是林鍾
隆在 1976 年 9 月應日本學習研究社邀請所寫，原書名是『みなみのしまの
できごと』，直到 2016 年 9 月才由巴巴文化以中文在臺出版。中文版的書

---

[13]郭澤寬，《官方視角下的鄉土──省政文藝叢書研究》，（高雄：麗文文化公司，2010 年 8
月），頁 251。選錄本書改篇名為〈認同的徘徊〉。
[14]郭澤寬，《官方視角下的鄉土──省政文藝叢書研究》，頁 251。
[15]郭澤寬，《官方視角下的鄉土──省政文藝叢書研究》，頁 252。

末特邀林鍾隆之女林亞璘女士撰文，她提到：

> 父親寫《南方小島的故事》時，是為著自己的喜好而寫，而這本繪本對
> 父親來說深具意義，因為是他第一本全日文童書。當時在日本作家友人
> 協助下出版，得到日本出版界極高的評價，他像個孩子般開心的把書評
> 一則則唸給我聽，只記得他最喜歡的評價是：「作家雖是臺灣人，但文章
> 卻絲毫沒有臺灣味。」對他的日文造詣給予極高推崇。[16]

《南方小島的故事》的日文版與中文版兩書出版日期相差整整 40 年！
我們有理由相信，關於林鍾隆做為「跨語作家」的研究，可能根本尚未開
始！

結語

以林鍾隆的文學成就，臺灣文壇早就該出現一部專屬林鍾隆的「研究
資料彙編」，但因為他的研究資料相對少，這本《林鍾隆研究資料彙編》因
緣際會成為第一部有關林鍾隆評論的集結。

本書收錄了六篇林鍾隆的自述，包括〈艱苦而愉快的歷程〉、〈自我的
偉大精神體現〉、〈我的意識的演變〉、〈《阿輝的心》三版後記〉、〈《現代詩
的解說與評論》後記〉、〈山之戀〉等。林鍾隆自剖創作理念或人生觀的文
章很多，這六篇僅是一斑。亦有兩篇訪談紀錄，一篇是廖素珠〈給兒童文
學加上顏色──林鍾隆專訪〉，集中在兒童文學的話題。另一篇是林麗如
〈向下札根──做什麼像什麼的林鍾隆〉，較具全面性。

幾篇評論出現得較早，是林鍾隆同輩作家們所寫的，篇幅都不長，但
數十年後仍具參考性。包括：鍾肇政〈著作等身的林鍾隆〉、張彥勳〈才氣
縱橫林鍾隆〉、司馬中原〈從〈粉拳〉觸探林鍾隆的意境〉、吳友詩〈中副

---

[16]林亞璘，〈父親和《南方小島的故事》〉，《南方小島的故事》（臺北：也是文創公司／巴巴文
化，2016 年 9 月）。

選集中的〈波蒂〉〉等。一如前文所說，早在 1960 年代，林鍾隆已獲多位
同輩作家的評論肯定，但這樣的光環並未持續。林鍾隆一般的、主流的、
給成人閱讀的小說曾有多年無人討論。彭瑞金在〈心靈的探險家──《林
鍾隆集》序〉中說：

> 林鍾隆的文學長期徜徉此間從事心靈的探險，而頗能自得其樂，也有理
> 由讓人相信期間有無遠弗屆的開闊文學拓展空間，值得作家奔馳一生；
> 不過，情愛世界的空泛，正好又是現實空間中的浮游群落，在熱鬧滾滾
> 的文學紅塵世界裡，恐怕無法避免踽踽獨行的孤寂。數十年來，林鍾隆
> 文學走的是另一種極端。[17]

　　從一些文獻中，我們可知林鍾隆是樂山的仁者，亦是甘於寂寞的人，
若這點屬實，則林鍾隆生前未能享受名利的喧嘩，或許不是件壞事吧？
　　林鍾隆的作品，絕大部分已絕版，慶幸的是，國立臺灣文學館籌備多
年、即將出版《林鍾隆全集》。林鍾隆生前雖未獲得太多關注，但全集問世
後，關於他的研究應會有突破性的開展。
　　然而，全集的發行雖有利於典藏及研究，但更佳的方式應是讓林鍾隆
的作品持續再版，在書市流通。尤其兒童文學書很重視圖文並茂，若是圖
畫書或附有大量插圖的故事書無法依原版本再版，而僅保留林鍾隆的文字
部分收在全集中，那就不是當初那本書了。
　　以《阿輝的心》為例，該書的初版本是小學生雜誌社（1965 年）所
出，插圖是廖未林所繪，極具 1960 年代的臺灣時代氣氛。其後轉為滿天星
兒童詩刊社（1989 年）、臺灣省兒童文學協會出版（1991 年），仍保留原插
圖。但 1999 年該書轉由富春出版，換成洪義男重新繪製插圖，讀起來像一
本新書，古意全失。若僅閱讀《林鍾隆全集》，有些盲點恐怕無法避免，這

---

[17] 彭瑞金，〈心靈的探險家──《林鍾隆集》序〉，《林鍾隆集》，頁 14。

樣的情況必須提醒研究者注意。

　　無論如何，這本《林鍾隆研究資料彙編》僅是一個階段性的逗點，林鍾隆研究猶待開展，期待未來有更豐富的林鍾隆研究成果。

輯四◎
重要評論文章選刊

艱苦而愉快的歷程

寫作，本是一種很艱難的工作，尤其是對一個不見得很有天才的人，特別是對某種條件較差的人，更為艱難。我之所以能三十幾年來持續不斷，支持我的，可以說只有兩樣很寶貴的東西，興趣和毅力。

我並不是個自小就有大志的人，走上寫作，只是人生的腳步自然的、不知不覺的踏上這一條似乎有路，但卻是崎嶇不平、荊棘叢叢的一程。

始自教學刊物與兒童版

臺灣光復後的第二年，考入師範學校，我才開始接受祖國語文教育，從ㄅㄆㄇㄈ學起，一如現在的小學一年級的學生一樣。本來讀的是簡易師範科，兩年就要畢業，就要站上講臺做「小」老師，可是，還未畢業，就先惶恐，只懂得那麼一點點，「國語」都還不能講好，怎麼能教人呢？我和一些同學，向校長建議，希望我們能不畢業，繼續修完普通科的課程，經校長接納，向教育廳建議，又獲得採納，因而有特別的四年制普通科。又由於日本學制與祖國學制的不同，三月到七月，這一個學期不計，我就讀了四年半的祖國語文。

在讀書期間，由於深感語文能力之低劣，每星期都向學校圖書室借二三本書來閱讀。所借閱的書籍，因多選和增進語文能力有幫助的書，不知不覺都偏向於文藝方面的著作，因而愛上了文學。又因自己的同學，對語文能力的追求，沒有人像我這麼積極，也沒有像我讀了這麼多語文方面的書，在班上，作文成績總是很突出，經常甲上，而特別受到國文老師的青

睞和疼愛。其中有一位老師，居然說：到三年級，就可以嘗試投稿了。不幸，將作文本上的文章抄寄學生刊物，居然被言中，刊出來了。大概就是因此認定自己在這方面，或許有些能力，也不知這一條路有多難走，就糊里糊塗地走上這條路了。

　　讀了四年半的「國語」，畢業後，當了老師，除了教書是職業上分內的工作以外，並沒有什麼特長，空閒時，便想以寫作來打發時間，從事有興趣的活動。但是，已不再是學生的身分，要以成人的資格在社會刊物上與人平等競爭，可是，實際上只有「國小五年級」程度的語文能力，怎麼能寫出有辦法與人競爭的文章呢？當然不自量力地試投了，自然都石沉大海（那時不知可以附回郵請退稿）。寫作的路子，幾乎從此碰壁，走到死巷。

　．幸虧有兩扇門，還可以看到曙光若隱若現地閃著，一扇是教學刊物的門。因為不十分滿意古法、成規，加上自己的一點小聰明，在教學上，會有一點發現，或想說的話，就寫一此教學雜感之類的東西，居然敢自視高人一等，寫成文章發表。這種文章，似乎只重內容，和文筆不一定很有關係，因此發表了不少，這發表，自然也滿足了我「寫」的興趣。

　　第二扇門是兒童版。兒童版有成人寫給兒童閱讀的東西。而這一版的稿費，往往只有成人版的半數，所謂「作家」（成名的）都不屑一顧。我經常需要向孩子們講故事，而故事，除了安徒生和烏拉波拉故事集之外，幾乎沒有讀過，即使所讀的，也沒有辦法記憶，因此，常常自己亂編亂講，奇怪的是，兒童們都很容易滿足，表示稱讚又很慷慨，因而以為自己亂講的，也許不壞，就動筆寫下投稿，雖大半被擲入字紙簍，偶爾也會刊出。這大大滿足了發表慾，也使興趣得以持續。

　　不久我又發現《國語日報》的少年版，除了連載的小說外。大部分刊登散文，當然，全是對兒童的「智、德」有用的東西。把自己所知，放膽地筆之於文，或把日文書籍中讀到，有益兒童的文章，翻譯出來投稿。這時候，稿費用來買稿紙、信封、郵票外才有盈餘。在這以前，大概早期的四年，可以說所得稿費還不足支付「業務支出」。

不要判自己的興趣死刑

　　從民國 39 年畢業到 45 年，這六年間，雖然也有向成人刊物投稿而被錄用的，但屈指可數。這六年的不長進，實際上，和自己並未專心十分有關。因這六年，在國小教書，說實在的，國小老師要做得好，會忙得無暇讀書，沒有自己的時間。而且我又一直擔任升學班老師。當時的升學班要夜間補習，幾乎沒有空閒時間，而我又要準備高考，常犧牲睡眠，一日三頁五頁、十頁八頁的苦讀，如此還能在寫作上不忘磨練自己，現在回想起來，也可以說相當難能可貴，成績之有無，倒不是重要的事了。

　　在寫作上真正有突飛猛進的成績，大概是民國 46 年，到初中去教書以後。但開始的一二年，還是不能專心，因為要教古文，又覺自己古文知識十分缺乏，不得不把大部分的餘暇用來研讀古文。這時候所寫的散文，才頻頻在成人的一流刊物上「中獎」。而且無往不利，幾乎任何文藝刊物都有刊出的機會，退稿已大為減少。

　　由於散文之「大發利市」，才開始向小說進軍。說也奇怪，小說不知讀過幾百部，可能上千，但一旦想寫小說，卻茫然不知如何下筆，小說要怎麼寫，完全不知道。這才知道，光只是讀，沒有下工夫去研究，對我這種「不是天才」的聰明人，根本不會有什麼用處。於是到坊間買些《世界短篇名著選集》一篇一篇細心閱讀，自行揣摩其所以為「名著」的成就所在。雖然也有些許寫作指導的書籍可讀，一來不多，二來又自作聰明，認為文在先，法在後，大作家不可能依法畫葫蘆式地寫他的作品，文自有法，而法又因文而自然不同，因此並不想「學」基本方法。當時有文藝函授學校，也不想參加。不是天才，卻想做天才的事。明知中規中矩的作品，容易得到編輯們的青睞，卻不屑為。完全靠自己揣摩所得，想使自己的小說，也能有其成就。

　　有一段時期，發表相當順利，使自己驚異的是，稿費月入曾超過自己薪水的兩倍以上，但好景不長，不知為什麼，才稍有名氣，坎坷的命運就

開始了。大概從我自費印行第一本散文集《大自然的真珠》之後，一向大量刊登我的作品的刊物，突然不再發表我的作品，而其他的刊物，也紛紛出現同樣的情形，不是十投九退，而是十投十退。最嚴重的時候，同一時期中，只有一份刊物會刊出我的作品，其餘，退稿是屢試不爽。這是一種奇怪的現象，作品只能被一個編輯所喜愛，卻無法獲得第二位編者的欣悅，真令人想不通。

　　但如果十投八九退回，還會懷疑自己的能力和作品，除了十投十退的以外，那唯一的一處，仍然百投九十九中，因此我不懷疑自己的能力和作品。我仍然寫我的文章，所不同的是希望寫得更好些，讓不刊我的作品的編輯，看了會後悔。

　　不過，這種情形，對一個寫作者來說，是很大的打擊，也是很大的考驗。有些寫作的朋友，寫來寫去停筆了，我雖然不知道是否和我同樣的原因，我只覺得興趣可以判死刑是很奇怪的。我永遠不會判我的興趣死刑，有生之年，我一定會寫下去。有一年到一所廟寺，有一個老者說要為我算命，以姑妄聽之的心情，坐下來聽他說「道」。有一句話令我瞿然一驚。他說：「你一生事多不順，有阻礙力。」雖然我不知道我寫作的阻礙力是什麼，我只想，名有了，人家不再以無名小卒來看我的文章，而改以「作家」來審視了，自然不能再寫得只像無名小卒那樣了，要寫得夠「作家」的分量，才會被採用了。以後，要是更出名，被視為「名家」、「大家」了，恐怕人家又會以「名」以「大」來審我的稿，不寫得更好，恐怕更難發表了。

　　何以要這樣想呢？因為這一輩子，除了被太太逼著帶她去見過一次編輯外，只有一次因一個長篇被召前去見過一個編者，但作品依其所囑改寫後，12 萬字變成了 24 萬字，他又不登了。除了這次外，不曾去拜訪過任何編輯，連賀年卡都不曾寫過。也許就是因為如此不善交際，被視為傲慢不倨，也說不定。不過，料想編輯不會有這種小氣心理才對。因此，除了編者自動愛護我，向我送人情外，我的作品，是只有達到編輯心中對我所

持的水準，才有辦法見到世面的。這一點，也使我很放心，斷不會有見不得人，有失自己「面子」的文章變成鉛字。

分享對鄉土的愛

另外值得單獨提提的事有二三。一是詩，一是小說，一是兒童文學，一是登山記。

關於詩，從年輕時代就喜歡，而且常攜帶一本自己訂製的小冊子，寫了不知幾千首，可是，在詩刊上發表的，好像只有一篇或兩篇。在非詩刊發表的，可能有十首或二十首。後來還是自知不才，放棄了。但對詩仍然一直關心著，也常閱讀。但不幾年工夫，一般人對詩卻漸漸不讀了，因為和鄧禹平、李莎、紀弦、賈子豪、葛賢寧、墨人……等人的詩不同了，很多人讀不懂了，連我所認識的一位在大學教國文的名教授，也坦白說：「現在的新詩，我也讀不懂！」這種情形，使我對詩人很抱屈，於是發憤研讀詩，一方面解說含義，一方面評論詩成就的好壞，意在讓更多的人來親近現代詩，更希望曾經愛讀詩而已轉背而去的人，再回過頭來讀詩，在一篇篇零星發表之後，聚成一本書《現代詩的解說和評論》，但，除了引起一些想學詩的年輕人及詩人注意外，似乎並沒有引起其他的影響。只能自嘆自己並非能掀起什麼「運動」的風雲、領導人物。不過，這件工作卻對我發生不小的影響。因為我又開始寫詩了，發表千首大概有了，也有的很幸運，被選入選集了，但我自己還未結集出版。我寫詩，另起了一個筆名林外，大多用這筆名發表。

關於小說，大概七、八年前開始，突然對它有一點厭倦起來，就如對戲劇的厭倦一樣。因為小說同戲劇一樣，講究事件，事件必須有衝突，而那衝突，是我這一時期，心理上很不願意寫它的，因此小說未寫出成績，就自己封殺了它。而把時間用在兒童文學上。

兒童文學，本只是寫寫，沒有什麼大志，但自寫了〈阿輝的心〉以後，似又已被認定為兒童文學的一員，更獲錯愛，擔任兒童文學寫作課程

的講席。這一來問題大了，為了先充實自己，下工夫研究，寫信拜託日本朋友，買理論書、買名著譯本寄過來。研究之後，才知自己國家兒童文學之落後，於是好像很容易發願的我，又希望我們的兒童文學能急起直追，而要急起直追，又非知道 20 世紀的新東西不可，於是就翻譯幾本 20 世紀的兒童文學名著，供國人參考，以提升我們的水平。

　　兒童文學中的詩，在臺灣可以說是新興的，沒有人知道兒童詩是什麼樣子，該是什麼樣子，因而和朋友們共同出刊《月光光》雙月刊，展示兒童詩作品，也譯介外國兒童詩、童詩（成人作給兒童看的詩），作為借鏡。《月光光》現在已出版 57 期了，還在勉力維持。

　　兒童文學的倡導工作，現在已新人輩出，有人可接棒了。在不喜歡小說中衝突的「惡」的一面時，兒童文學的「美」，給了我逃避的世外桃源，現在兒童文學的工作告一段落之後，又想重新拾起小說的工作。除了這個因素之外，有些題材，無法不寫成小說，以及還有人沒忘記我曾是「小說家」，要請我寫小說恐怕也有關。

　　最後，再一談登山記。我是個喜歡旅遊的人，曾開車到全省各地遊歷，但仍有名山大山無法「親炙」，同時也為了退休之後不再打球，選上了登山，也愛上登山。每登一座山，心中都充滿快樂，而希望更多的人去爬那座山，於是努力寫登山記，希望更多的人，可以依文去探訪，路程狀況，都能事前完全了解。不會有任何失誤。登山才知道，世界最美的是山。登山才知道，要愛自己所居住的地方，不是要讀歷史，不是要研究科學，而是要認識地理。要認識地理，讀地理書沒用，開車、坐車亂走，也沒用，要和地發生感情，必須一步一步去走它。踏過之後的地理形勢、狀況瞭如指掌，更因親近、了解，而擁有，又因它的美，自然心生喜愛，難怪登山的人禁不住會說：臺灣的山水是最美的。我要把我所得的美的感受，分享給大家，我要把我對鄉土的愛，告訴大家。我每星期至少登一座山，只是無法每星期寫一篇，筆跟不上腳，很覺遺憾。

蛀蟲不蛀木頭怎麼行呢？

回想自己在學習寫作的過程中，除了語文能力上的艱苦之外，還有一種不便，在民國四十幾年，想研讀小說時，因國內沒有翻譯的作品，只好向鄰邦日本想辦法，《白鯨記》、《卡拉馬助夫兄弟們》……這些舊的固不用說，新的，如《北回歸線》……更得仰賴日文。到民國六十幾年，要研究兒童文學，還是不能不借助日本的產品。如果不是日文因不幸在殖民地時代受過 8 年的基礎教育，要接觸世界名著，在我年輕的時代，是無法辦到的，因此，到目前為止，還是不能不告訴年輕的朋友，要從事文學，還是必須懂得一種外文。從閱讀來說，我是讀外國文章比中國文章多，多量的世界級名著的閱讀，也許對我幫了不少忙，只是眼高手低，自己所寫，未能躋於「世界名著」之林，頗有遺憾而已。

有些久未見面的熟人常問我：「最近還寫文章嗎？」我常半開玩笑地回答他們：「蛀蟲不蛀木頭怎麼行呢？」寫出更多有益於世道人心的作品，做更多自己能做。而對人有頁獻的工作，寫出友好的文章，這是命運之路，也是登山者所指望的有基點的山頭。

——原發表於 1987 年 2 月《文訊》第 28 期

——選自封德屏編《文學好因緣》
臺北：文訊雜誌社，2008 年 7 月

自我的偉大精神體現

◎林鍾隆

　　文章不是為取悅讀者而創作的。為取悅讀者，為文章的虛名虛譽而寫作的，是文匠，不是文藝作家。

　　文章是自我的表現，不是自我以外的任何什麼。即使所寫的是社會，所描繪的是自己以外的眾生，如在寫作時努力排除自我，必然成為沒有生命的軀殼，唯有作者的「我」，活生生的在其中，才會有感人的生命。因為，沒有透過作者心靈的，只是一片空無。

　　文學作品，因其對作者以外的人心、社會有用，因而常被誤以為是為自己以外的人所寫的。其實，作者的寫作原動力，不應在此。作者必須對事事物物，在內心先受到它的撞擊，引起震動，或受到感動，因而使自己被拋入內心劇烈的情潮中，非筆之於書不能自已，這樣寫出來的作品，才會有動人之力；曾震動作者自己的，才會轉而震動讀者。

　　作者情緒上、心靈上的激動，必須是超乎常人、高於常人、深於常人，也就是須有「偉大」的特質。把這種「偉大」的「精神」感受，使用文字，繪出其生動的形象——意象，這就是創作的努力。文章絕不是為了要寫文章而寫的。文章是自焚的精神作業。

——選自《幼獅文藝》第 275 期，1976 年 11 月

我的意識的演變

◎林鍾隆

　　我想要寫的這篇文章，是否能符合編者的要求，能不能成為年輕朋友的指路明燈、供寫作的參考。我不知道，至少讓我有一次凝視自己過往的足跡的機會，對自己有了比較清楚的認識就是了。

　　大概在二十幾年前吧，開始想要寫小說的時候，才真正用心「研讀」小說，以前只是隨興閱讀，讀完就拋棄，從未去反省思考過。當然，所研讀的都是有定評的名著。研讀的目標是要了解其所以傑出的地方，然後就憑自以為是的了解，自己也試圖寫一篇有同樣傑出表現的小說。這樣一方面可以了解什麼是小說，小說的基本性質是什麼，又可以產生成功習作的良好的辦法。因此，在這段時期，雖然是初學，其實倒頗為順利。

　　對小說有了粗略的了解之後，材料的尋覓，主題的決定，技巧的表現，就開始擺脫別人的影響，完全憑自己的「人」去感受，去思考，寫作自己的東西。不過，這時候，有兩種考慮，壓迫心思很大，一為作品的銷路，一為讀者的反應。為了作品能銷出去，藉以激勵與寫作的熱力，經常考慮著閱讀的吸引力，甚至於，未下筆之前，已想完成後投往何處，於是該刊物的性質與風格，也清清楚楚地進入寫作的意圖，投讀者所好，邀讀者喜愛的傾向頗濃。雖然，賣稿上相當順適，作品常常有稍稍被自己扭曲、變形的遺憾。

　　為了消除這種作品完成，作品刊出之後，心理上不能爽然的感覺，於是，不再考慮出路了，而完全以作品為主。發現一種素材，就先看看，可以抽釋出怎樣的主題。思考人物的面貌，可以如何使之鮮活突出，印象強

烈些，然後，再依人物個性，看看會演出怎樣的情節，再依以上這些，去透視會引向怎樣必然的結果，最後再考慮，用怎樣的寫法，才可以使這篇小說，寫得生動起來，使人感覺有躍動的生命。

這時期的我，可以說，完全收入作品中，幾乎完全忘了「我」，我已完全被素材，被作品人物所支配，一心只想，如何把那素材，變出最好的面貌，使之成為好小說。

這樣寫出來的，應是很客觀的作品。

由於不善閒聊，又不太喜愛從社會新聞中取材，自我經驗得來的素材有漸漸寫盡的感覺，日漸有小說素材不易得之嘆。再加上，不知為什麼，總覺得，許多事實都難成小說。小說畢竟是虛構的，不是事實的記錄。更覺得，唯有虛構，才有辦法表現自己。

於是，先在腦中浮現的，不再是一段事實，而只是一個詞語。對這個詞語，有了寫作的衝動，腦中、心中的所有的記憶，都像課堂上的小學生爭著舉手要求回答似地，全部從暗處抬起頭來，希望有機會被用上，於是「張冠李戴」、「移花接木」、「亂點鴛鴦譜」一番，一個故事就出來了。

只是，這是完全「虛構」的當然不能叫人斷定完全是「不可能有」的「致有實在性」的故事，因此，如何感到使人以為是「真實故事」，這是我的努力。許多人見了此種文章，常常以為是寫我自己，這是我常內心好笑，又禁不住得意的。

寫作到了這個時期，人已變得非常頑固，賣得出去，賣不出去，都不在乎了。小說是什麼，小說是應該怎樣寫的，也不去管他了。變得「我愛怎麼寫，我就怎麼寫，我愛寫什麼就寫什麼」。好像對自己下了一個很大的賭注：我愛怎麼寫就怎麼寫，這樣寫出來的作品，如果不成小說，那是表示我沒有寫小說的天賦，以前所寫的，只是後天所學的結果而已。還有，文章是「我」的作品，如果沒有這一股任性和執著，永遠寫不出「我」的作品來。除非完全靠自己的個性、愛好、學識、道德……換句話說，不是依自己「品格」的一切，去完成的作品，自己就不會覺得很有價值了。自

己的思想，自己的感情，自己的為人，在作品中，像夏夜的繁星一般，閃耀著不滅的光輝的，才會是自己滿意的作品了。

不過，這樣的作品，在完成之後，究竟投到哪一份刊物才適合，就常常覺得茫然了，因為知道刊物的性質，對照自己的文章，投甲，又覺 A 是它的忌諱，投乙，卻覺 B 是它不喜歡的，因而，偶而會有一段被砍去的悲哀，當然退稿的機會也就比較多了。當然，只要真正寫得好，總會有肯容忍它所不愛的，試投一次不中，再投，多半就會錄用，手頭還是幾乎沒有賣不出去的存稿就是了。

人家寫些什麼，人家怎樣寫，對自己的作品，讀者們怎麼看，怎麼想，這些都不是我現在願意關心的了，甚至是我不屑去分心的。怎樣的事物，會引起自我特別的感動，怎樣的靈感會在自己心頭閃現，我就寫這些為滿足。人家要怎麼寫都可以，我只想寫我思想所決定的方式。寫作是純個人的遊戲，純個人的藝術。別人是否會產生共鳴，不想去考慮，只認為，即使沒有任何共鳴，這種藝術遊戲，已成為終生的愛好，恐怕不會停止的，不過有自信：共鳴者即使不多（不追求大眾性），總會有就是了。此時沒有，將來也會有，別處也會有。沒有這種自信的，就不要勉強提筆了，文筆早已不僅僅是實踐的事了。

──選自《民眾日報》，1979 年 11 月 19 日，12 版

《阿輝的心》三版後記

◎林鍾隆

很高興，也很感謝富春文化公司要印行這本書。也讓我有機會說一說想說的話。

《阿輝的心》的成書。首先要感謝當時不曾謀面的徐曾淵、蘇尚耀、林良三位先生。他們三人是當時行銷最廣的《小學生雜誌》的主腦人物。

有一天，接到蘇尚耀先生的來信，要我為《小學生》寫「閱讀指導」的文章，在我允諾之後，他們三人在開會時又改變主意，由社長徐曾淵先生來信，要我寫長篇小說。這更使我喜出望外，因為寫小說，才是我真正的興趣所在。

於是，決定了書名，也沒有列出大綱，就寫了一章寄去，就這樣開始連載。但是，寫完第一章，我還不知道第二章要寫什麼。然而，要寫什麼，材料並不缺乏，因為我要寫的，地理環境是我小時候居住、生活十幾年的家鄉。人物，是我小時候的同學、玩伴。只是，時代放在寫作當時的年代而已。因此，寫來得心應手，實在有欲罷不能之勢。

不過。因為第一次寫「長篇連載」，怕有人說得到機會就不肯放手，也認為給兒童看的東西，不宜過長，因此，在到可成一本書的分量時，就以一個事件做結束。

連載當時，在國小當老師的朋友及學生，常常自動給我讀者的消息。因為一個班級只有一本《小學生雜誌》（中年級以上都有），人數有五六十名，要輪到手，非常不容易，所以有人一邊捧著雜誌看《阿輝的心》一邊掃地，有人午睡時間擺在腿上偷偷的看。

連載完，出版之後，被當時還是黑白的電視公司，沒有付版稅，甚至沒有告知作者，就「黑白」（臺語）的編成木偶連續劇，在兒童節目中播放。

雖然，《阿輝的心》從開始連載就大受歡迎，可是，不幸的是，《小學生雜誌》不久停刊，出版社的業務也因政策而停止。《阿輝的心》這本書，封存在倉庫，未能普及到社會。

所幸，這本書，在事隔多年之後，並未被遺忘，終於有出版社想要再版，但是，時過境遷，他們要求我把時代移到 20 年後的現代，加以改寫。而我喜歡它的「本來面目」，不想改頭換面，弄得面目全非，沒有答應。

又後來，兒童文學的研究，創作風氣漸開，識者皆認為《阿輝的心》是少年小說的一種創作範例，但是苦於得不到這本書。臺灣省兒童文學協會為了因應需要，由熱心的洪中周先生出資，再版了《阿輝的心》。

之後，對《阿輝的心》，我並未主動向出版社聯絡，任其「命運的安排」，但是，我有自信，它一定不會被埋沒，果然，它又有幸再與更廣大的讀者見面了。

至於新世代的少年讀者會不會和二三十年前的小讀者那樣喜愛《阿輝的心》呢？老實說，我並不擔心。

第一，對可憐的人，如貧窮、殘障、愚笨等等處於劣勢、弱勢的人，加以輕視、欺侮、虐待，這種心理，這種風氣，現在仍然存在，甚至所用的手段、及行為、態度，比「阿輝」的時代，更為殘忍、惡劣。這種有心人希望不會發生的事，很不幸的是，除非大同世界到來，是永遠都會存在的。

第二，如同「阿輝」，受欺凌，受歧視的，現在，不是以暴力相向，就是以自殺收場，這和「阿輝」時代的思想方法很不一樣。在「阿輝」的時代，你看不起我，沒關係，我可以發奮圖強，超越你，讓你刮目相看，不敢再輕視。把別人施予自己的侮辱，變成一種奮發向上的動力，也使自己得到積極的成長，改變自己的人生。

　　因此，《阿輝的心》，對現代的青少年，不僅是另一種可做榜樣的人生，也是照出自己的一面鏡子，會帶給現代的青少年很好的反省、思考和激勵。

　　第三，阿輝雖小，他可是堂堂一個「人物」，他在苦痛的遭遇中，如何思考、如何作為，他的心，如何波動；他的情，如何彈跳，都是活生生的事實。相信讀完這本書，「阿輝」這個人物的形象，會像一尊銅像一般，清楚、分明地留在讀者心中。

　　因此，我還是堅持，不改寫，用原來面目和新世代的讀者見面。

1999 年 5 月 10 日　於龍潭碧波庭

──選自林鍾隆《阿輝的心》

臺北：富春文化公司，1999 年 9 月

《現代詩的解說與評論》後記

◎林鍾隆

　　有一點必須聲明的是，這本書不是「詩選」，只是在這一年內，有機會讀到，讀了之後又發生了些許感想的，作為讀評的資料而已。

　　對詩的了解，我並沒有像大學教授一樣，建立系統的、完整的理論，而只是憑我個人的「直覺」。偏愛我的，也許會稱讚我的聰明，苛責於我的，恐怕會說我是一知半解。不過，詩的了解，固然有時侯，需要靠理論知識的引導，但最重要的還是讀者的「直覺」。就是在看了我的提示、分析之後，如果沒能產生與我同樣的「直覺」，欣賞起來，仍然是沒有什麼情味的。不過，我相信，直覺可以產生知識，知識可以磨練直覺，二者相輔相成的結果，就是欣賞能力的增進。由於自己理論知識之不足，而強調直覺如此。如果我這想法沒錯，我的努力就不是白費；如果我這想法錯了，那我這一年來的努力，真是冤哉枉也了。

　　自己細心地校對過這本小書之後，深深地覺得，所謂議論、意見都是十分偏執的。偏執不是好的修養。不過，酷毒的太陽，也會使植物猛長，嚴冬的冰雪，也會把害蟲掃光，因此希望我的偏執，如果有不能令人喜愛的，也能有炎陽、冰雪的另外一面，那也就心滿意足了。

——選自林鍾隆《現代詩的解說與評論》
彰化：現代潮出版社，1972 年 1 月

山之戀

◎林鍾隆

心情煩悶，不是想去找朋友聊天，而是想到山中、山上去走走。找朋友，朋友並不一定閒著等我，而山，隨時都歡迎我的造訪。

這天，一早就開始工作，但是，心情一直沉沉的，開懷不起來。因此，吃過午飯之後，就開車拜訪山。只有半天時間，只好選半天能上去下來的山，因此再訪曾經去過的下竹林山。

上高速公路奔向臺北天母，沿途所見，桃園矮矮的虎頭山、水汴頭山，南崁的土地公坑山也好，挺然高聳的觀音山也好，或更高的大屯山、面天山、向天山、七星山，心中感覺，這世界最美的，不是別的什麼，是山。山，是有表情的，個個面貌不同，個個情態有別。看了山，就像見到情人一樣興奮愉快。

軒常常問我，你到底愛我的什麼？我的哪一點讓你喜愛？這話常使我不知如何作答，因為，一一分析出情愫來，怎麼分析，不論分成多少成分，似乎都無法表達內心的全貌，而山，就不是這樣茫然，這樣漫漫難於把握，或許是說少、說錯，也不會有傷害的顧慮。似乎，對自己的喜愛，知道得比較清楚。

山，不是柔美，就是雄壯，陽明山旁的紗帽山，是柔美的，七星山是雄壯的；不是龐大，就是嬌小，三峽的熊空，擎天崗背後的磺嘴山是龐大的，內湖的忠勇山、圓覺尖，是嬌小的；不是溫柔，就是挺拔，桃園的虎頭山、萬壽山、山子頂山都是溫柔的，不僅二三千公尺的大山，三四百公尺的小山，自下仰望，都有挺拔之勢。

　　山，有優美的姿態，因此，自天母士東路，走入芝玉路二段時，下竹林山——文化大學南方最高的山頭，在士林到陽明山這一脈山系中，就呈現著不凡的風姿。因此，順 250 巷這通往陽明山而知道的人並不算多的大柏油路，走了差不多一個小時的時間中，一直望著下竹林山，心情就很快樂。因為，我就要去做一件事，不，已經開始做了，下竹林山，彷彿自山上，一直注視著我。彼此之間，已有見面的急迫，已能互通情意。

　　上次走過的路，這次不走它，走過吉禪寺，此處看來應是直登下竹林山最適當的地方，可是並沒有前人的路條，也沒有市建設局立的路牌。一直向上走，已經走過下竹林山的山頭了。不知為什麼，登山口不是在最適當的地方，看來，是要走過頭後，上了山，再走回來。也許就是彷彿要漸漸遠離它的心理吧，當登山口赫然出現時，興奮雀躍，難於形容。

　　拾著石階，開始爬了，爬山，這辛苦的事兒，又會有什麼快樂呢？可以到山頭了，跟情人會面的期待可以滿足了，也許有這種心理。但是，在到達稜線的 20 分鐘爬登的行程中，儘管天氣微涼，細雨霏霏，卻汗流浹背，額頭，汗水如雨，在氣喘呼呼中，心臟卻跳得十分愉快。究竟是什麼事物，使心情這麼愉快呢？今天，我完全明白了。因為登的過程，是奮鬥的持續。人生，原來並不是什麼，只是奮鬥的過程。在奮鬥的過程中，就讓人享受應得的快樂。快樂不是從休閒、娛樂中得來的，快樂是奮鬥的享受。能享受奮鬥的，才能擁有最優美、最可愛的時刻。登山乃不是為享受的奮鬥，而不為享受的奮鬥，卻讓人得到無比的快樂。

　　上了稜線，因兩邊都是高高的白牆，有一個便服人員和一個穿制服的警察站崗，是外國大使官邸，有點像闖入者似的感覺，但，走過屋子，又置身於山中，又很輕爽了。

　　在稜線上，可行牛車的大道上漫步著，這時已不用奮鬥了，但，另一種喜悅又來了。前面的奮鬥是有目標的。現在是尋找目標的時刻。一刻鐘功夫，就看到了上次看過的聯勤在民國 69 年立的內補三等三角點。這座山，還有一顆歷史更久的圖根點，上次沒看到，這次便成了新的目標。繼

續向士林的方向，順脈稜走去。五分鐘，找到了！找到了！如同哥倫布發現新大陸，如同愛迪生的燈泡試驗成功，登 421 公尺的下竹林山，成功了，難怪有人竟然會俯下身去吻那花崗柱，這是目標達成的成功的喜悅。

　　原來登山的哲學很簡單，立一個目標，向目標努力奮鬥，達成了目標，就凱旋而歸。因此，出發，就快樂；走向山，也快樂；向山上爬，很吃力，也快樂；找到了基石，又有成功的快樂；下山，是滿足的快樂。難怪我會感覺登山如此快樂，對登山會這樣入迷。我今天終於發現了這快樂的祕密，也許以後，還會有更大的發現呢！

——選自林鍾隆《天晴好向山》

高雄：派色文化出版社，1990 年 4 月

給兒童文學加上顏色
林鍾隆專訪

◎廖素珠[*]

地點：桃園縣中壢市林鍾隆辦公室

日期：1998 年 11 月 22 日

時間：晚上 8 點～10 點 15 分

訪問者：廖素珠

　　林鍾隆先生，臺灣桃園人，1930 年出生，筆名林外、林岳、豆千山人等。小時曾接受八年日本教育，1950 年從臺北師範學校畢業，歷任國小、初中、高中教師。從事國小教育六年後，高考教育行政人員及格，但沒去做官，後來高中歷史教員試驗檢定合格，轉任初級中學文史教員 12 年，再考高中國文教員試驗檢定及格，轉任省立中壢高中國文教員 12 年，1980 年於服務屆滿 30 年後自請退休，專事寫作及指導中小學生作文。

　　林鍾隆先生在現代文學或兒童文學都有傑出表現，在兒童文學領域的表現尤其出色，無論在少年小說、童話、童詩、理論研究及翻譯各方面都繳出亮麗的成績。曾創辦臺灣第一份兒童詩專刊——《月光光》。作品得過布穀鳥詩獎、最佳童書獎、優良作品獎、金鼎獎等。1964 年（民國 53 年）年所創作的少年小說《阿輝的心》，公認是臺灣少年小說的經典之作。

　　林鍾隆先生退休後，仍寫作不輟。不僅成立「古道語文研究中心」，還編講義、指導作文函授並親自批改。星期天則帶著愛山的大人、小孩爬

[*]臺東師範學院（今臺東大學）兒童文學研究所碩士。發表文章時為臺東師範學院兒童文學研究所碩士生，曾任職於中華電信，現已退休。

山。今年 70 歲，頭髮斑白，精神卻比實際年齡少了一、二十歲，總是活力充沛，幹勁十足地為孩子們寫東西。新近的作品是桃園縣立文化中心出版的童詩集《我要給風加上顏色》、臺灣省政府教育廳出版的《讀山》以及故事詩《大龍崗下的孩子》；至於編輯的作品，則有每季出版的《臺灣兒童文學季刊》。

　　基於林鍾隆先生為兒童文學所做的各種奉獻及努力，臺東師範學院兒童文學研究所八十七學年第二學期，在林文寶教授指導的「臺灣兒童文學史」課程中，選定林鍾隆先生為受訪作家之一，藉由對元老級兒童文學家的訪問，更深入了解臺灣兒童文學發展的過程與演進。

一、爬山的興趣如何烙痕在兒童文學？

　　從林鍾隆的著作中，發現許多與山相關的作品——如《天晴好向山》、《山》、《山中的悄悄話》、《山中的故事》、《爬山樂》、《石頭的生命》等等——可見林鍾隆與山的感情。究竟他何時與山結緣？其中的甘苦如何？

　　林鍾隆說：爬山是為了運動，持續大概已有 20 年。二十多年前，與師母開車到處玩，有一次經過臺東成功的海岸，看見救國團健行隊，便停下來打招呼。心想：「啊！我們這輩子沒辦法啦！」沒想到年輕時的夢竟也實現，而且一爬就是 20 年。其中有很多好玩的事。像要練習走路，他們就推著娃娃車練習走路，二公里、三公里、四公里慢慢加長距離，從平路、小山、再高一點的山，鍛鍊起來的。從軟腳蝦到走一天沒問題。現在，每個星期天都去爬山，從早上八點半，走到下午三點半。林鍾隆盛讚「山上空氣最好」。

　　爬山的確讓林鍾隆產生寫作靈感，所以有這麼多與山有關的作品。他喜歡走沒人爬過的山、沒人走過的路，常自己拿著刀子披荊斬棘，開一條山路。開好之後，自己走過一遍，再帶隊爬山。他說：「沒走過，帶不出來。」山路都是大概看看，就知道怎樣可以走上去，好像是天生的登山好

手，但這是小時候所沒有的經驗。每年他會熱心地排定一年 12 個月的登山
行程，服務山友。他自豪地說：

「我帶的路，別人都不會帶的啦。」

二、怎樣的因緣開始創作兒童文學？

林鍾隆的創作因緣與他從事的職業有密切關係：林鍾隆是臺北師範學
校畢業（他強調不是師專，那時候沒有師專），師範一畢業就在國小教書，
總共教了六年，所以跟小朋友接觸時間很長，那時間就是他練習寫作的時
間。他自承讀國語才四年半，要怎麼寫文章呢？就是慢慢練。當時，小朋
友很喜歡聽故事，常要老師講故事，所以就亂編亂講，覺得可以的，就試
著寫寫看，將它寫下來。

對於林鍾隆創作童話，曾信雄在〈多產作家林鍾隆〉一文中有更多說明：

> 林鍾隆在十幾年前，就已經在童話界嶄露了頭角。據他說，並不是一開
> 始就打算成為「中國的安徒生」，動機裡頭多少還含有「無可奈何」的成
> 分。因為，他是學教育的，又是一個小學教師，學生難免時常鬧著要老
> 師講故事。當故事講得「山窮水盡」時，他就自己編造，講給學生聽了
> 以後，順手就把它寫下來。另外，那時候，他覺得一般學生的語文程度
> 太低，於是就時常把自己發表在報刊的童話故事，用紅筆圈起來，貼在
> 布告欄上，讓學生閱讀，藉以引起他們閱讀的興趣，提高他們的語文能
> 力。由於學生的反應良好，效果也相當顯著，於是，他對童話寫作的興
> 趣就越來越濃厚了。
>
> 照我推想，林鍾隆當時如果沒有受到學生「逼迫」，或者他並不從事教育
> 工作，也許今天他只是一個很成功的小說作家或散文作家，而不「同時
> 也是」一位優秀的兒童文學作家了。
>
> ——《國語日報・兒童文學版》第 12 期，1972 年 6 月 18 日

三、對兒童文學的想法、抱負、理想、使命與創作動力

林鍾隆作品範圍寬廣，可謂全才型的作家，對兒童詩、作文的教學、文學理論、童詩、童話、少年小說的創作，翻譯工作各方面均投入心力，彷彿生來就肩負這偉大的使命。對於訪者提出的「使命感」、認真地從事全方位兒童文學創作，林鍾隆非常謙虛地回應。他說他想做的，就會去做。不管幾個人贊成，贊成多，贊成少，都沒有關係。他認為兒童文學很好，也很喜歡詩，所以會去推廣兒童詩。1987 年林鍾隆設立「彭桂枝兒童詩指導紀念獎」，並以此紀念其妻生前指導兒童寫詩的貢獻。

但曾信雄在〈多產作家林鍾隆〉一文中，卻補充說明了他的「認真」與「使命感」。他說：

> 林鍾隆給《小學生雜誌》（已停刊）寫過一篇文章，說明他對童話創作的態度與方向，裡頭有一段話說：「我寫小說時，我希望我的小說能使我成為小說家。我寫散文時，我希望我的散文會使我成為一個散文作家。我創作童話時，也希望我的童話能在童話界樹立起作家的地位來。」嚴格的說，像他這種幾近「狂妄」的寫作態度是一般人少有的。這點，至少說明了他無論寫什麼樣的作品，都同樣抱著「認真」、「嚴肅」的心情去從事。
>
> ——《國語日報・兒童文學版》第 12 期，1972 年 6 月 18 日

臺東師範學院兒童文學研究所研究生游鎮維在他的論文研究計畫中，對林鍾隆也提出以下的說明：

> 林鍾隆都是以一個認真的態度來進行他的童話創作。這樣認真的態度，是起於他心中的志願：「要做中國的安徒生！」他說當他踏出師範學校時，在就業訓練時聽了當時教育廳副廳長謝東閔的演說，演說中，謝副

廳長勉勵他們要立志做中國的安徒生，從那時起，林鍾隆「常常想要做
中國的安徒生」，而且「這是值得努力的人生目標。」心中有這樣的志
願，林鍾隆自然努力創作。

林鍾隆自己則說：「中國沒有『安徒生』，常認為這是中國孩子的不
幸，想做中國的安徒生。但不敢確信做得成，只是願意為孩子們多寫寫而
已！」又說：「孩子們的需要很多，幾乎對什麼都感興趣，但是，心靈的
美，我想是最先要充實的，因為心靈不美，他們所愛的，往往是不好的；
心靈美的人，他們所愛的，不管是什麼，都將是好的。讓孩子們具有美麗
的心靈，美麗的眼光，去看美麗的景物，去做美麗的事，去過美麗的生
活，在美麗中快活地生長，這就是我在寫這些文章時，心中所想望的。」

對於兒童文學的理想，他認為要活在現實中，能知現實以外的理想世
界，並用來關照現實；努力追求，不為現實所苦，能超離現實，進而擴大
心靈空間。

至於翻譯兒童文學理論，他表示：有一段時期我們在探討兒童詩，但
不知兒童詩的定位在哪裡？有人就像日本幾十年前的詩人北原白秋一樣，
只有想像。其實，作品應落實在實際生活。所以，他將日本較新的作品翻
譯過來，讓大家參考，看他山之石如何？部分也因為以前要到研習會教
課，也就是在兒童讀物寫作班講授「日本兒童文學現況」、「兒童詩歌創
作」、「童話創作」、「少年小說創作」、「童話創作方法」、「童話創作技巧」、
「詩與散文」等課程，必須有些材料，於是就要求日本朋友找尋相關資料
郵寄過來，也買了好多日本兒童文學理論方面的書來念。至於有些作品的
翻譯，則是經濟上的壓力。因為，買房子不夠錢，所以就翻譯啊。似乎有
壓力的時候，也是潛能發揮的時刻。

林鍾隆認為；文章應該是從心裡出來的，很多詩是從胸口吹出來的。
比如看到一幅畫，不能就只是想像那幅畫像什麼？這樣寫，沒有感情，是
從腦袋出來的，很多的詩都是沒經過心，只有想像、比喻、擬人，那樣的

東西不會感人。作品的根本要從心來，一定要有心。你看那朵花，一定要先有感覺，沒感覺寫不出來。有感覺，才寫得出好作品。要先感動自己，別人才會感動。想寫東西，又沒那個感覺時，就得慢慢培養。從你自己內心發出來的，才是自己的。你寫出來的東西，要有你的心，寫詩時，要想詩裡面有沒有你的感覺在。

四、關於《阿輝的心》

從 1962 年（民國 51 年）年起，林鍾隆已出版的作品有：改寫的注音讀物《三劍客》、《亞森羅蘋》，短篇小說集《迷霧》、散文集《大自然的真珠》，以及《愉快的作文課》等。當時，有志於為兒童提升讀物水準的林良、徐曾淵、蘇尚耀等曾鼓勵他創作兒童小說，於是林鍾隆就以童年農村景象、生活經驗為背景，以兒時友伴為模特兒來寫作。《阿輝的心》是 1964 年（民國 53 年）12 月起在《小學生雜誌》連載，單行本於 1965 年（民國 54 年）12 月由「小學生雜誌社」發行。之後，《阿輝的心》曾由馬場與志子女士翻譯成日文，並於 1991 年在水上平吉先生主編的《小旗子》雜誌冬季號中，以 64 頁篇幅，一次刊完。

林鍾隆並不認定每個孩子都要像「阿輝」這樣完美的個性，也自認自己的體育沒「阿輝」那麼棒。他認為「阿輝」並不要求自己非勝過人家不可，因為他條件比人差，是被人家嘲笑的對象。為了不讓人家看不起，他要克服、要奮發、即使無奈、無助，也不與人衝突，很委屈也不哭。他如果沒有比人強，那種身分，一定被嘲笑。他堅韌地承受許多外在的壓力，很堅強，是因為不如此不行。所以，成就一身的好，如勤勞、忍耐、堅強、謹慎、客氣、誠實、知情善解、禮貌又敏銳。因為早熟，能好意待人、把握機會、懂得讀書好、會欣賞大自然、還兼有人文素養的生活美學等。

林鍾隆表示，寫作《阿輝的心》時，並沒考慮到教育意義。他記得鍾梅音提到，「那舅舅雖然兇暴成性，卻是自始至終，巴掌不曾落向阿輝。」

其實那樣的表現，就是他這個人，沒有那麼狠，自然就沒寫到那個程度。如果作者是比較狠心的人，也許就會寫「打」出來。但那時根本沒想到「暴力要不要出現在少年小說」這個問題。林鍾隆表示：聽過別人罵人，但就是寫不出那個口氣，因為回來就忘了，學也學不來。除非當場錄音，再回去揣摩。

關於《阿輝的心》這本少年小說，其他作家是如何傳述呢？

林良認為：「《阿輝的心》這部少年小說可以算是臺灣的兒童讀物工作者走上創作之路的一個真正開始。」

名作家鍾梅音則以為：「林鍾隆以一位優秀的散文作家兼小說家而從事兒童文學工作，為少年小說的創作樹立一座里程碑，也為我們提示了一條嶄新的兒童文學創作路線。可以肯定的是：《阿輝的心》的寫作與出版，的確為少年小說創作點燃了一盞明燈，更多的人則公認為本書是臺灣地區少年小說的經典之作。」

傅林統提到：「在日常生活和遊戲中，編織有趣的冒險活動而十分成功的作品很多、其中值得一提的有：林鍾隆先生的《阿輝的心》、法國盧那爾（J. Renard）的《胡蘿蔔》、瑞典林葛琳（Astrid Lindgren）的《少年偵探》等。」[1]傅林統為「生活小說」舉例時表示：「林鍾隆的《阿輝的心》描寫了兒童們在學校、在田野的遊戲，尤其是帶有鄉土性的遊戲，更是那個時代（光復初期）農村兒童的生活寫照。」[2]

邱各容在他的《兒童文學史料初稿 1945～1989》其中一篇〈林鍾隆與《阿輝的心》〉文中指出：「一部少年小說歷經二十多年的錘鍊，還能讓讀者懷念不已的，當推林鍾隆先生所著的《阿輝的心》。」

鍾肇政在〈著作等身的林鍾隆〉一文中談到：「他的小說多以文字簡鍊流暢，布局明快緊湊，故事曲折動人取勝。讀他的作品，往往都被牢牢地吸引住全神全靈，非一口氣讀完便不忍釋手。特別值得一提的是長篇少年

---

[1]見慈恩兒童文學論叢（一），〈兒童的冒險心理與少年小說的寫作〉，頁 152。
[2]見傅林統《少年小說初探》（臺北：富春文化公司，1994 年 9 月），頁 24。

小說《阿輝的心》……不單書暢銷，而且還被改編成兒童木偶戲，由電視公司長期播演……並且也曾由電臺選播，不管從此書的內容來看，或從風行情形來看，都可以說開創了我國兒童讀物的新局面。」對於《阿輝的心》，林鍾隆除稿費外，未得分文版稅、權益費，甚至連一紙出版契約都未訂；改編成木偶戲時，作者未被知會，也沒支付應有的版權費等事，雖然林鍾隆表示他不在乎，但鍾先生不僅驚詫，也為他抱屈。

五、兒童詩刊《月光光》與《臺灣兒童文學季刊》

《月光光》兒童詩刊創立於 1977 年 4 月。林鍾隆回憶說道，創刊起因於他到板橋研習會講課，有二、三十位受訓的老師說要有個刊物，但沒有人帶頭，他揮揮手表示贊同，就開始啦！關於《月光光》兒童詩刊的命名者及命名由來，就如同〈月光光〉歌謠的作者一樣，時間久遠，已不可考。〈月光光〉這歌謠全省都有，臺灣小孩幾乎都知道，但流傳的版本不太一樣。客家區有、閩南區也有，應該是民間的文學，不是作家文學。大概〈月光光〉是歌謠，大家創辦的是詩刊，基於中國人稱詩為詩歌，歌謠跟詩混在一起，所以當時就拿來命名吧！

《月光光》兒童詩刊創刊的宗旨是：

> 我們不希求孩子們成為詩人，我們也不期望，在孩子們群中，發掘出未來的作家。我們所期望的，只是，讓孩子們有詩可讀，讓孩子們，也能像成人一樣，能以吟詩作樂，並以能作詩為自我高尚的樂趣。[3]

《月光光》在出版 78 期之後，即結束。林鍾隆認為；以「詩刊」出發的《月光光》已光榮完成了任務。從 1991 年起，以《臺灣兒童文學》之名重新出發，並改為季刊，若稿源多，或經費有著落，再改為雙月刊或月

---

[3]見《月光光》詩刊第 1 集（1977 年 4 月），頁 1。

刊，仍然像《月光光》一樣，要仰賴有心人的贊助來維持。《臺灣兒童文學》園地絕對公開，歡迎投稿。關於創作、創作的討論、見解均歡迎，內容包括：創作理論、教學經驗、作品介紹、詩創作、童話創作、中、外兒童創作及文學訊息等。截至 1999 年三月，《臺灣兒童文學》季刊已發行了29 期，均由臺灣國語書店出版。

六、兒童文學的價值與意義何在？

對於兒童文學的意義與價值，林鍾隆表示；兒童文學的價值首要在「文學」的價值。文學的價值，並不在「教育」兒童，而是提供兒童「人生的」、「社會的」、「世界的」、「人類的」反省和憧憬。反省和憧憬，所指的並非「認識」問題。

所謂反省和憧憬，是會讓兒童對自己的過去，對自己的「已有」，能興生認真的省思：對自己的末來，能有憧憬的形象和境界。

反省與憧憬，文學的價值就在此，不能產生這種作用的文學作品，應該說，並沒有文學價值。

如果能使兒童，在閱讀中，閱讀後，心中產生對社會的、對人生的省思，對人生、社會興生某種憧憬，則已達成好的兒童文學的一個條件。

如果能使兒童在閱讀中，愛不釋手，廢寢忘食，又能對人生、社會產生反省和憧憬，那麼，又是達成好的兒童文學的另一個條件。如此，既是文學的，又是兒童的，就是好的兒童文學。

兒童文學，必須是兒童喜歡，才有意義，必須是能激發兒童的自我提昇，兒童文學才會有價值。

也許有人會提出疑問，要兒童有興趣，要兒童能理解怎麼能不迎合兒童呢？

這的確是值得研究的問題。

如果迎合的用意和目的，是為了「討好」兒童，是「降低」自我的水準，甚至為了「討好」只求獲得更多的讀者，只想讓兒童，不必花很多的

心思，那是真正的迎合，這種作者，會改變內容，扭曲內容。

如果，作者所用心的，是對自己所要表達的意念，並沒有任何妥協，他所用心的，只是如何把自己所要表達的，在表達上下功夫，如古人所謂「深入淺出」，淺到兒童能懂，但其深依舊，只是，從其表面的「淺」，可以窺見內涵之「深」而已。這樣的經營，不算迎合，因此，作品的純度，不但能保持，而且很高。

兒童文學之所以被譏為小兒科，就是作者缺乏「自重」，製造出很多「迎合」兒童的作品招來的必然結果。只要兒童文學工作者，能有從事文學工作的自重，兒童文學自然會得到尊重，並能夠與成人文學並駕齊驅。

七、對兒童詩歌與兒歌分界的想法？

林鍾隆認為兒童詩與兒歌應分開，沒有錯。他表示：在日本，謠是可以譜曲，變成音樂的。詩就很少有人會拿去譜曲的！謠跟詩混在一起，把謠當作詩，詩也當做謠，這樣看法不是很正確，因為有的唸起來，根本就是謠，有的唸起來，根本就不是謠，而是詩！詩本來就是唸的、看的，謠是唱的。詩是社會的跟作家的，謠是偏向非作家的，屬於比較民間的。詩是作者有感而發，為自己寫的！謠是為別人寫的，還沒寫，就先想到，是要給小朋友唸或唱，為人家在先。詩則不管這些外在因素。兩個要分開啊！古人吟詩，現代白話詩也有人吟，但林鍾隆很不習慣這樣，唱不像唱，唸又不像唸。他說很多詩人覺得有意思，他並不覺得。

八、與日本、國際兒童文學作家的交流、接觸之想法與影響

林鍾隆認為：在兒童文學上，亞洲各國互相的交流很少，希望建立友誼，更進一步交流。而兒童文學在文學圈的地位，尚未取得和成人文學平等的看待，這也是大家要努力的。除此之外，他覺得從人生的「成長」這一方向來觀察，在兒童時期所接觸的兒童文學，對個人的成長，作用之大，也許要超過成人文學，這是我們要勉勵的。

　　對於曾經參與的國際交流，林鍾隆不僅謙卑地說自己渺小，也感嘆臺灣是個渺小的國家。這「渺小」和土地的大小、人民的多寡，都沒有關係；關鍵在於「人的氣度」，也就是面對問題應有的態度。林鍾隆自認一向崇尚誠實，也認為文學工作者更應當以誠實為信念。在一次國際會議中，討論主題是：兒童文學在自己國家的「現狀」及「未來的發展」。他看到各國的報告大多能本此良心發言，談各自的陰影、衰象、困難和苦境等等。但卻感嘆地說，我們在這一個評判的尺度上，可能殿末。因為在他出國之前，就有人表示「關心」，希望他不要說「我們的不好的地方」。看見人家是這樣「誠實」，我們是如此「粉飾太平」的心態，如何能「成其大」，他實在很懷疑，這種心態，又如何能與人平起平坐呢？對於這種「粉飾太平」的心態，是何時開始，又如何養成的呢？他非常感慨，也深感遺憾。他期盼在往後的國際會議上，臺灣的代表能一改既往，誠實地面對問題，以誠實的態度，讓國際友人知道自己國家的「實況」。

九、創作與評論的關聯如何？

　　林鍾隆輕描淡寫地說，也許兩者之間有所幫忙，也許沒有幫忙。因為，每個人狀況不同。對於感受力很強、有能力接受新的創作方向的作家，當然能客觀評論。但是，作家卻不能僅以自己創作標準的那把尺，來度量所有的作品。創作，可以只寫出自己內心的感覺、想法。評論則要懂得多，對兒童文學要有深刻的基本認識。

十、自認印象最深刻、最喜歡、最得意的作品？

　　對於自己的作品沒有喜不喜歡的疑問。只要人家喜歡，就喜歡。有一本《蠻牛的傳奇》，林鍾隆覺得還不錯，但一直不見別人提起。他說，剛出版時，曾寄給李喬，他誇過。之後，便沒聽到人家稱讚了。但上次在靜宜大學一個研討會中，遇見留德的梁景峯手上拿了那本書，他好奇地問：「你怎麼有這本書？」才知梁也欣賞這本書。其實林鍾隆自覺《蠻牛的傳奇》

寫得還不錯。只是有人可能不相信那是事實。而很多事實人家常常不相信，假的人家卻認為是真的。

　　林鍾隆也愉快地分享了〈我要給風加上顏色〉的創作經驗。對於這首曾經榮獲《布穀鳥》第一屆「紀念楊喚兒童詩獎」的詩，他娓娓說道：「想像，可以帶來樂趣。有一天我在房間裡抽菸，無意中看到煙飄向窗口。接近窗口時，卻被風吹了回來。但是，窗是關著的。忽然，煙又向窗口飄去。這回是從窗框交疊的縫裡，被吸了出去。關著窗，仍然有風進出；看那煙，就知道風的出入情形。我於是想到如果風有長相，能被看見，會是怎樣的情景，因而沉醉在自己的想像中了。」

　　林鍾隆藉顏色的想像把風加以形象化。把自己想像的過程，一一呈現出來，供大家欣賞。把自己的快樂，提供出來，要大家跟他同樂。用豐富的想像力把我們引入他的詩中，真有引人入勝的魔力，使我們能與他同樂，並且產生共鳴，這是詩很難得的成就。

十一、對自己未來的展望

　　林鍾隆表示，他寫作沒有計畫。不像很多人家計畫寫作，或擬定專寫某一系列主題的。他隨興、隨意，高興怎麼寫就怎麼寫，高興怎麼做，就這樣做。把寫作當成很愉快的一件事情。雖然寫作時辛苦了點，但辛勤勞動後，心情卻變愉快了。

　　雖然林鍾隆已經七十高壽了，卻仍努力不懈地勤奮寫作。曾經林鍾隆想學電腦，但打字、看螢幕要眼力，敲鍵盤要記憶，眼睛不方便，還挺麻煩，就放棄了。他心想：如果電腦會聽語音就更方便了。這語音輸入法，只消說話，電腦就將語音轉換為文字，多好！就像有些對講機，人離開時用聲音控制即可。有一段時間，他手不能寫字，又幫幾家出版社連續翻譯作品，過度勞累，結果手無法執筆。有兩三年，他口述錄音，讓學生謄稿打工，真是辛苦！林老師慶幸地說，還好現在可以寫啦。

十二、對臺東師院兒童文學研究所的期許

林鍾隆認為：我們臺灣的兒童文學，很需要有臺灣人本身的創作，也就是本土的作家與作品，來提高我們的文學水準。對於臺東師院兒童文學研究所，林老師關心同學是否從事創作？但也謙虛地表示不敢指教，倒是認為大家都為兒童文學而努力，就值得安慰了。

不過，他願意將自己心目中兒童文學「成功的決定性條件」，與有志者分享。這「成功的決定性條件」有四個，一是獻身的熱誠，不誠無物，不誠，不動人。二是對兒童的了解與愛心：了解愈多愈深，愈能打動兒童的心；愛心不僅是動力之源，更是成就境界的原動力。三是個性的發揮，對於題材的處理、表達的技巧、文體……樣樣都要有與人不同的個人風格。最後是民族性格，要成就世界文學的高度境界，絕不能和任何外國作品相似，必須有所不同，而所不同的，必須有民族的特性，才能代表國家，並進軍世界。

林鍾隆先生接受訪問的時間是星期天晚上。白天，他照例去爬了山，走了近二十公里的山路，這也是他持續二十幾年的興趣。之於文學，遠從民國 38 年處女作的發表至今，也已經有半個世紀了。即使已經 70 歲了，林鍾隆還孜孜矻矻地為兒童文學這塊園地盡心盡力。無論是爬山或寫作，他所呈現出來的恆心、毅力，是早期臺灣人勤奮的典型寫照。誠如前輩作家鍾肇政、彭瑞金所稱許，這是他成功的地方。

也許是心中那份理想的執著、對自我的要求與生活的體悟，讓他努力不懈地自我充實，始終以一顆年輕、冒險的心，向前積極邁進。開路登山如此，少年小說的寫作如此，兒童文學的推廣也是如此，他總是爬沒人爬過的山，走沒人走過的路，一步一腳印，這樣踏實，這樣堅定。一路行來，點點滴滴在心頭，卻也彷彿山頂上吹拂過的天風，有一份奇異的感受。

其實，這位愛爬山的詩人，創作是很生活的。在他七十幾本的創作中，你可以在其中認識「林鍾隆」這個人。因為，作家的心就流露在作品中。謙卑的「全能型」作家，有詩人的溫文儒雅，有長者的風範，有成為「中國安徒生」的抱負，有教育家的理想，除了戀戀山情，更有一套山人哲學。

相對於林鍾隆的廣博深邃，這篇訪問當然無法窺見他的全貌，但相信已可見到一些風采。雖然林鍾隆不習慣人家幫他做生日，但是，我仍忍不住想以此文敬賀林鍾隆七十壽辰，恭祝他平安健康。

——選自林文寶編《兒童文學工作者訪問稿》
臺北：萬卷樓圖書公司，2001 年 6 月

向下札根
做什麼像什麼的林鍾隆

◎林麗如[*]

　　尋找林鍾隆的家，過程有點曲折，心情像是去深山中尋訪隱者，訪談過程說不上是求道，但與挖掘寶藏的精神略有相似。一頭皤皤白髮的林鍾隆精神奕奕說起文學因緣，在龍潭這個安靜小鎮，我們有了一場興致高昂的對話。

一腳踩進寫作

　　民國 19 年出生的林鍾隆，甫入小學就歷經七七抗戰、太平洋戰爭，在物資生活無法充裕的狀況下，遑論精神生活、文學環境。林鍾隆自陳他的文學是無師自通，從小成長環境沒有機會接觸文學，高等科畢業的他在光復後考進臺北師範，在師範求學期間，閱讀的興趣及知識的渴望，他把學校圖書館內的書全讀光了，三年級時受到國文老師的鼓勵投稿，才開始提筆，就這樣，林鍾隆一腳踩進寫作天地。

　　他的第一篇投稿文章是散文，在《戰鬥青年》刊出後，首嘗發表快感，後來持續的投稿漸漸滿足他的發表欲，寫多了，文類自然而然就多面向開發起來了。他的創作中，散文、童詩較早，小說較慢，至去年為止，他恰恰出版了 80 本書，綜觀他的寫作文類，計有：童話、散文、小說、教材、翻譯、詩論，他自喻自己的創作像雜貨店，什麼都有、什麼都賣。在小孩（兒童文學）、青少年（作文指導）、成人（散文、小說）的世界多面

[*]發表文章時為《聯合報》編輯，現為議員助理、文字工作者。

而深入的探討，如何面面俱到？他說：寫作應該是一種天性吧！創作者顏炳耀就曾說林鍾隆做什麼像什麼，雖然貨品繁多，但他自己最喜歡的創作類型還是兒童文學。他的寫作經驗中，成人小說好比戲劇，有很多的衝突，尤其人性的糾葛往往令他下筆沉重，後來偏向兒文創作是非常自然的事，他喜歡沒有勾心鬥角的兒童世界，他在這個領域辛勤耕耘，一轉眼 50載。

林鍾隆老家在楊梅，小時候家開雜貨店，師範畢業後從事卅年教職後退休，誠如《暗夜》書序他提及：在書中再現了自己。小說《暗夜》、《太陽的悲劇》中約略可見他的生活經驗。《暗夜》內的人物充分吐露在惡劣環境下優劣立見的人性，小說中有逢迎當權者、有數典忘祖者，也有在杯水車薪的物資中，還能大方分送他人急難的小人物，即便我們可能在父執輩當中聽過類似的片段故事，但攤開這本背景清楚、敘述明白的小說，還是深感文字的力量；《太陽的悲劇》則鋪陳了心胸狹窄人物，為了非常微不足道的事情有深重的妒忌，而最後惹得書中人即便有陽光似的未來，也在瞬間破滅了。林鍾隆看過去的作品，有許多的記憶已不那麼鮮明，但肯定的是故事中都有真實人物，只是材料變造多少而已。

懷念黃金歲月

師範生涯是他一生中的黃金歲月，他一直很想記錄這段僅有一次的印記，不管是快樂的、痛苦的、辛酸的，都是他想用文字再走過一次的生命。所有的故事已在他腦子裡轉了又轉，只是礙於部分人事他還在考慮方不方便公諸於世，下筆的熱力無法完全爆發，他只好把它們一擱再擱。

師範畢業後就在國小服務的他，常說故事給學生聽，當時兒童讀物的中國故事很少，大多數是外國故事，他就自己編故事，講多了遂興起寫下來的念頭。小學教了六年之後，他在初中、高中共教了廿四年。其間，為了指導學生寫作文，他寫了《思路》、《作文講話》、《愉快的作文課》等等，有的是上課教材，有的是課後心得，也有寫給同行老師參考的：像

《作文教學研究》、《國文教學談叢》，這方面的創作結合了教學工作，對他而言，絲毫沒有創作與理論之間的牴觸，反而有相輔相成之效。

　　跨年前後，許多的年度書評大量在報章大張旗鼓，兒童文學也好整以暇攻佔不少版面，在我們看似熱鬧滾滾，一年比一年蓬勃的兒童文學創作氛圍，在林鍾隆的眼中又是怎樣的一個光景？他說：雖然以前的《小學生雜誌》繪本沒有現在如此專業，但臺灣目前這個領域人才顯然還是不夠，加上發表園地有所限制，基本上，他對臺灣兒童文學創作環境是悲觀的。

　　林鍾隆分析雜誌、報紙對創作者而言，有篇幅限制，所以這類作品多是直接送出版社出書，基於商業掛帥的出版環境和家長愈來愈重視兒童啟蒙，繪本創作是一定會有商機的，只是它很難提升文學素養，更談不上有什麼思想感情。大體來看，低年級的讀物沒有文學性，而高年級以上讀物則接近人文學內涵，臺灣的兒童讀物有一些已經與以往不同，以前多多少少隱含教育、教訓意味，而今大量趣味、討好兒童的寫法，膚淺、缺乏深度的毛病一一浮現。

　　儘管有地域上的不便，林鍾隆仍持續不斷地創作兒童文學、觀察兒文環境、選擇參與有意義的座談、研討，去年由文建會主辦、臺東師院兒文所承辦的「臺灣兒童文學 100」評選暨研討會，林鍾隆受邀擔任諮詢委員之一，這項檢視臺灣地區自 1945 年以來兒童文學成果的文壇大事，從去年七月開始，整個下半年緊鑼密鼓進行彙集書目的工作，今年二月將在臺北市立圖書總館舉辦研討會。雖然臺灣愈來愈重視兒文創作環境，也期許兩千年是兒童閱讀年，但如果用世界水準來看我們的東西，林鍾隆不諱言：有些時候還是不行的，像兒童文學獎的評審、優良讀物的篩選，就不免時有爭議。

重視啟發過程

　　他提醒想為兒文領域書寫者，如果沒有研究成人文學就從事兒童文學是無法進步的，而且討好的寫法會降低文學的純度、精密度，他舉安徒生

為例，安徒生寫這麼多成功的童話故事，也寫成人詩，他的作品兒童不盡然全懂，但重要的是閱讀過程。好比小孩背唐詩，小時候不懂，讀高中大學時就了解了，重要的就是那個啟發過程。林鍾隆堅持我們的兒童絕對不能沒有自己人創作的童話，他說：「不能只沉浸在國外的童話故事中，也不能只沉迷於中國的故事裡，就像山野長的草木，不能只仰賴工廠製造的化學肥料，最最重要的是扎根的泥土中的養分。」

基於這樣的覺醒，即使這是寂寞的一行，他還是喜歡兒童創作。他也寫詩，但童詩在他心中比重又大過成人詩。創作兒童文學對他最大意義在於帶給小孩閱讀上的快樂，他希望透過閱讀讓小孩產生心靈活動。因為這樣的理念，他曾在亞洲兒童文學大會上發言：「兒童文學創作若有主義，那絕不是教訓主義、快樂主義，應該是感動主義。」他說，大大小小的感動中，正可以帶給小讀者們很多東西。他不喜歡創作中有任何一點意識形態，即使他的文類廣而多元，但他認為只是對象的不同，文學純度、精密度其實都是一樣，不同的只是讀者接受度、思想成熟的問題而已。

民國 54 年，林鍾隆出版《阿輝的心》，這部少年小說中的人物、背景與《暗夜》大致相似，林鍾隆所熟悉的農村、稻田、水圳；貧苦、辛勤的老百姓，一一在筆下躍出。不同於《暗夜》的人性凶狠，《阿輝的心》有少年不經慘綠便逕邁入成人世界的思考，乖舛的命運讓少年阿輝懂得揣摩人心，應對進退優先思慮他人想法，作家林良稱此書已通過兩大考驗：一是寫得恰好是那個年齡的人所能感受到的；二是從藝術的觀點來看，它要美、要深刻、要使人動心、要像成人小說一樣禁得起欣賞，林良認為林鍾隆的嘗試可以說是成功了。

林鍾隆笑談當年，民國 53 年 12 月起，這部在《小學生雜誌》連載的故事，是寫完上一章，還不知下一章要寫什麼，如此熱騰騰的故事，他的素材隨手可及，他說家鄉的人事、地理環境寫來得心應手，往往欲罷不能。《阿輝的心》可說是臺灣少年小說創作的肇端，出版後被譽為臺灣少年小說重要作品，目前臺灣兒文相關院所，也不忽視對這本書的研究。

　　除《阿輝的心》被推崇之外，林鍾隆在兒文領域的努力迭受肯定：《我要給風加上顏色》獲得紀念楊喚的第一屆布穀鳥兒童詩獎；《星星的母親》獲得新聞局金鼎獎；《山中的故事》被選入臺灣書店優良寫作獎、中國時報最佳童書獎；《可敬可愛的楊梅》一書獲教育廳中華兒童叢書優良著作獎；詩作《露珠》被日本翻譯入選世界名詩選集《自然之歌》中。去年創作也沒交白卷，出版了童話故事集《水底學校》。

　　他記得師範最後一年的國文老師在畢業紀念冊上送他八個字：「素處與默，妙機其微」。他很佩服老師在短短的相處時間就看穿他的個性，他一直不懂與人打交道，自知性格上很難跨出去，不光是求學階段，一直到現在還是如此。作品發表至今，他形容自己投稿是「硬投」，他從不與人攀感情，未與任何一個媒體人有過刻意的接觸，稿子寫好投出去，被退回來就擺在抽屜內，長期下來，他的書稿還有一、二十本的量未發表。

創辦兒文刊物

　　早期，他一有機會就翻介日本兒童詩，他說臺灣當時屈指可數的童詩中，只是大人寫比較有兒童味的作品，嚴格地與日本相較，恐怕臺灣是缺乏兒童詩的。曾有一次在研習會上，與會人士大力鼓吹創辦兒童詩刊物，他心有同感，就自告奮勇說若有人出力，自己願意出來帶頭，在大家的共識下，同仁紛紛自動出錢，民國 66 年 4 月《月光光》創刊號出版。風氣一起，後來林煥彰也辦了《布穀鳥》雜誌，《月光光》對兒童詩的開發功不可沒，兒童詩因為篇幅小，報章可以接受刊登，階段性任務完成，林鍾隆與同仁決定將《月光光》範疇再擴大，1992 年 2 月《月光光》全新改版更名為《臺灣兒童文學》季刊，除鼓勵創作、獎勵成人、介紹日本文學理論，也指導小朋友作詩，林鍾隆目前還是持續為讀者義務服務，每期固定編選《臺灣兒童文學》季刊。

　　他提醒研究兒童文學作品的人，不要光靠理論來支撐，因為創作畢竟是走在理論之前。曾有一說：兒童文學不能寫心理描述，林鍾隆便用作品去印

證這個說法的不足。他認為光以兒童文學理論對作品進行分析,想做得完善可能是不太夠的。

教職退休後,他的生活重心走向大自然,每個星期天固定去爬山。因為爬山,他寫出了兩本有關登山的散文:一是民國 75 年的《初學登山記》,二是民國 79 年的《天晴好向山》,他自比這是「戀山札記」,是熱愛登山者的哲學體認。林鍾隆喜歡自己一人隨性地探訪山林,他不一定要登名山,也無須透過登山加入團體,他要的是靜靜與山溝通的感覺。他尋幽訪勝,自己找尋目標,一旦克服障礙找到心之所屬,好比哥倫布發現新大陸、愛迪生試驗成功般的快樂。

不喜歡作品中有意識形態的林鍾隆,特別喜歡閱讀名人傳記,他說偉人傳記是價值已被肯定的,從中可以獲得啟發,貝多芬、羅曼・羅蘭、佛蘭克林傳記都是他很喜歡的作品,學生時代他甚至有比報的習慣,他會把不同報紙上同一則新聞從不同角度去判斷,藉此探討事情的真相。他說這一輩子最大的兩個興趣,就是教書和寫作,他很喜歡與學生在一起,國文課堂上,許多國文老師都只教文字、文法,沒有教文學,自己則慣以文學眼光分析作品,對教學很有幫助,也豐富了他的寫作。有了以前的閱讀經驗,現在只要作品質量較差,他就沒有讀的欲望。生活的比重上,他的寫與讀還是前者較重。

時序邁入兩千年,人們跨年的激情漸漸平靜,林鍾隆則說,時間的瓜分都是人為製造出來的,每一天每一年的朝陽在他看來,都是一樣的,迎接新的一年,只要每個人能比自己過去一年更進步就好了。退休後探山生涯洗滌他的心靈,臺中以北至宜蘭大大小小的山都有他的一步一腳印,這樣的墾山精神,與他爬格子的專注,不正如出一轍?

(原刊於《文訊》第 172 期,2000 年 2 月)

——選自林麗如《走訪文學僧:資深作家訪問錄》
臺北:文訊雜誌社,2004 年 10 月

才氣縱橫林鍾隆

◎張彥勳*

一

　　說林鍾隆是才氣縱橫的多產作家一點兒不為過；因為在省籍作家群中，除鍾肇政之外，他的著作最多，題材涉及的範圍也最廣。他寫作的題材，從鄉土人物直到婦女、愛情、婚姻、兒童問題，以至語文研究一類的專門論述無所不包。這樣龐雜的題材使他在 20 年之中有小說、散文、兒童文學、詩論和語文各方面的著作共有二、三十冊之多。

　　儘管如此，林鍾隆才華還是表現在小說上面的。這也難怪。他的文學生涯，最先耕耘而且努力最多的就是小說；由於他的語文基礎深厚，加上行文之徹底口語化，使人容易接受，易於引起讀者的共鳴。他寫小說，最大的特點是對話簡潔明快，從不拖泥帶水，其次是敘述、描寫之不誇張、不矯飾、不晦澀、不說教，完全是出於真實感情的流露；而這種毫不雕飾的行文，卻造成了他特殊的語言世界，使他的小說有異於別人。是的！如若要從林鍾隆的小說中，尋找美麗的詞藻或者驚人的句子，那是白費力氣；因為那些詞句正是他最忌諱的東西。

　　那麼，他的小說，儘管人物、故事或者情節的進展都很平凡，何以竟能這樣吸引人呢？據我了解，就是靠其特殊的語言感受和微妙的心理剖析。這樣的分析，大概不會有多大的出入吧，我想。

*張彥勳（1925～1995），臺中后里人。詩人、小說家、兒童文學家。1942 年與朱實、許世清等人創辦「銀鈴會」，並主編同人雜誌《緣草》（1948 年更名為《潮流》）。

我認識林鍾隆是民國 52 年底，在《野風》雜誌創立 14 週年慶祝大會上。那時候，我在《野風》寫過幾篇小說，跟主編很熟但未曾見面，為了見他，從遙遠的臺中趕到臺北去。開會那天晚上，我跟綠蒂先到水源路的會場忙亂一陣子，然後獨自跑到馬路上去看夜市。

夜晚的臺北市真是五花八門，才七點多鐘，大馬路已披上了一襲夜的舞衣，在冬天的夜晚裡顫動著，像一個賣淫婦似地，撩撥著每個人的心弦。

兩旁人行道上，早已萬家燈火了，五光十彩的霓虹燈在立體的建築物上迸裂著燦爛的火花，各式各樣的小轎車、摩托車銜接著在烏黑的瀝青馬路上爬行，雖然寒冷，街道上行人仍然很多，三三兩兩的打我身旁擦過去。大都市——臺北之夜，又是一度活躍了。

正看得眼花撩亂，忽然有輛三輪車停靠在大門口，一個身材魁梧、戴有近視眼鏡的男子從車子裡鑽了出來。

咦——這個人好熟，好像在哪兒見過？我把記憶集中，拚命想從我的朋友中找出答案來，想了半晌，終於讓我想出來了。他就是林鍾隆。原來，我是看了他照片的。

其實，這以前我們已經通過幾次信，只是還沒有見過面而已。民國 52 年秋天，我出版第一本小說集《芒果樹下》，向《中央日報》的孫如陵先生打聽鍾肇政和林鍾隆的住址。鍾、林二人那時候就很活躍，我經常在報端上拜讀作品，對他們倆的成就由衷地欽慕。

書寄出去，回信很快就來了。鍾肇政來信鼓勵我再接再厲；林鍾隆則稱讚我的默默耕耘。作一個作家，他們倆都很厚道，很喜歡交朋友，對於提拔後進更是不遺餘力；我這個無名小卒，他們看得起，給予我不少的友情。這期間，林鍾隆還跟我交換照片，不斷地和我溫暖了珍貴的情誼。他那一幀有寬寬的臉、戴著黑框近視眼鏡的照片，給我的印象奇深，我一眼之下，便斷定他是位厚實的作家。

果然沒錯！第一次見面就證實了我的推斷完全正確，這位朋友，雖然

身材高大卻非常的謙和，從他那寬寬的臉頰上，不時的流露出一副柔暖的
微笑。

「什麼時候到？」

「剛剛。你呢？」

「昨天就來了，在綠蒂家過一夜。」我說。

「好，進去再說。」

我們相偕進去，會場裡來了不少客人：后希鎧來了、穆中南來了，不
久謝冰瑩、趙友培兩位教授也相繼來到。片刻間，會場裡爆出了歡笑，一
片熱鬧的氣氛驅逐了冬天的寒意，溫暖了每個人的心窩。

「來！在這裡聊聊。」他把我帶到一個角落：「讓他們開會去，咱們聊
咱們的。」

「好！能夠在這兒見到你真是意外，比什麼都高興。」我掩不住心中
的喜悅說：「今天晚上，咱們來談個痛快！」

「那麼何不乾脆就到外面去？這兒不方便。」

「也好！」

就這樣，將熱鬧的歡笑聲拋之身後，我和他偷偷地溜出了會場。

二

「文如其人」一點兒不錯。林鍾隆的文章一如其人，一向以樸實、細
膩著稱。他寫作，一直用謹慎、平穩的文體敘述，用探討的匕首解剖人
性，以展開他的觀念。在他的小說裡，我們讀不到教人陶醉的詞藻，看不
到有驚人的結構；儘管如此，讀他的小說卻有一股吸引人的力量在牽住
你，使你有欲罷不能的感受。這是不可思議的。他的文字的魔力，像巫師
的法術令你著迷，深深地扣住了你的心。讀他的小說，在我們心中就有一
種小小的感悟，而這份感悟隨著情節的推移，會在我們心中慢慢擴展，成
為喜悅。是的！讀他的小說，是一種喜悅——這就是他文字的魅力。

他的文字，樸實無華，平穩紮實，為什麼會有這樣的魔力呢？這兒，

以《愛的畫像》一書為例，舉出數點：

「早上你去了學校嗎？」

「去了！」

「你沒有到辦公室去，是不是？」

「嗯。」

「你在哪裡？」

「在教室。」

「是不是這邊算去第二間？」

「是的。」

志良極力忍著痛苦，春琴卻轉看眼珠打量著他。

「你跟誰在裡面講話？」

春琴稍微感到躊躇了。但是，她好像以為志良既然知道，瞞他也沒有意思似地，很快地有了決定。

「你自己知道嘛！」她說。

——《愛的畫像》，頁 271

　　從這段對話裡，我們可以看出幾個特點來：第一是對話簡潔明快。第二是節奏快速，不拖泥帶水。第三是省略了許多連接詞，使文字更加活潑。第四就是行文的徹底口語化。

「怎麼辦？春琴是計畫擺脫他了，他不能不面對這個問題。如果他能離開她，而心裡不會痛苦的話，那就沒有煩惱了。如果他對春琴沒有發生肉體的關係，離開了她，也許不會有道德與責任的重壓落在心上。如果他厭棄她，離開她，也不會有留戀之情，那也罷了。不幸的，都不是。」

——《愛的畫像》，頁 264

　　從這段敘述，我們又可以看出作者的感覺之銳敏和細膩，又有極其微妙的心理剖析。

　　以上是以《愛的畫像》一書為例所摘錄出來幾個特點。這些特點，在林鍾隆的每本小說裡，隨時都可以撿拾。

　　林鍾隆在寫作生涯的開端，雖然寫下了不少鄉土色彩濃厚的小說，但我認為最能表現他才能的莫過於那些以「愛」為題的作品了。正如他的《愛的畫像》、《錯愛》、《愛的花束》、《蜜月事件》、《夢樣的愛》這一系列的書一樣，他的文學興趣似乎在於探討愛的真諦和人的本性。他那麼執拗地追求著愛的本質，那麼不厭其煩地探討著人性問題，幾乎成為他的文學使命，成了他作品的風格。那麼，他何以要如此的執念於「愛」的問題而緊抓著不放呢？我想，人類的執念最赤裸的莫過於男女間的愛情問題了；因此，林鍾隆之所以要如此一再的追求它，探討它，剖析它，挖掘它：甚至為它縮短睡眠，我們似乎也可以理解了。

　　林鍾隆到目前為止，一共寫了二十餘部書。僅僅 20 年間有如此成就，的確驚人。他的書大致可分為小說、散文、詩論、兒童文學、語文研究和名著改寫。小說方面有《外鄉來的姑娘》、《愛的畫像》、《暗夜》、《梨花的婚事》等長篇和《迷霧》、《錯愛》、《蜜月事件》等短篇集。散文方面有《大自然的真珠》、《愛的花束》、《繁星集》、《夢樣的愛》等散文集。兒童文學方面有《阿輝的心》、《醜小鴨看家》、《好夢成真》、《美玉和小狗》、《蠻牛傳奇》、《最美的花朵》等童話和少年小說集。

　　另方面有《勵志詩》的翻譯和《現代詩的解說與評論》等書；而語文研究則有《愉快的作文課》、《作文講話》和《作文教學研究》等有關中、小學作文指導方面的著作。其他也有五本屬於由世界名著改寫的兒童讀物。

三

　　《愛的畫像》是一部長達二十餘萬字的長篇小說，分上下冊由水牛出

版社出版。這本書一如他的一系列有關追求「愛」的問題的書，作者所要表現的是愛情的偉大。它告訴我們，真正的愛是什麼？——那就是「犧牲」而不是「占有」。這個主題似乎太陳舊了，自古以來不知有多少人針對這問題探討過，實在也不值得再提的；然而作者則以他的文字的魔力和敏銳的心理分析手法，把一對男女間的愛之真諦，毫無保留的呈現在我們眼前。他那支解剖的匕首相當銳利，這把短刀，將一個女孩子的自私、愚蠢、無恥和虛榮，赤裸裸地剖解出來。

這是一部可怕的書，可怕得教人幾乎不敢相信天下間竟然會有這麼一個男子。我從來沒有見過比這本更教我震撼的書，當第一次讀它的時候，我驚訝於男主角志良的忍耐之功夫。容忍畢竟有限度，超過了限度，誰也忍受不了；然而志良卻一再的容忍了，一次次的寬恕了她對他的背叛。我說可怕就是指這一點。他是那麼愛她，為了她，他什麼都遷就她，討好她，滿足她，為她犧牲一切。這就是真正的愛——只有犧牲，不求別的。

原來，女主角春琴是個愛情不專的女孩子，她不僅自私而且倔強，又很愛慕虛榮，把愛情當兒戲。她愛上志良，與他發生肉體關係之後，先是在盲腸炎開刀住院時愛上了一個醫生，調到四維國校去又愛上一個同事，參加救國團活動又戀起一個中學教員來，後來被保送就學 T 大專修班時竟然又愛上了班上的同學，可真是所謂命裡帶桃花的女人，水性楊花，淫蕩得可以。然而志良不但沒責備她，明知她背叛他去愛別人，卻繼續供給她學費，為了她犧牲一切都在所不惜。終於一星期給她兩封信還是維繫不住她的心，他仍然要說：

「春琴！這兩年間認真念書吧！兩年學業完成以後，如果碰上比我更好的對象，妳可以不必考慮我。……不過，若沒有更好的人，就和我結婚吧！」

多麼偉大的愛情呀！像志良這樣能夠懂得真正愛情的人可真不多。不過，我總覺得一個男人應該要有適度的自尊。忍耐固然必要，但當這自尊被損傷時，做男子的應該為自己爭回面子，否則就太沒出息了。

　　《外鄉來的姑娘》係林氏的第一部長篇小說，於民國 54 年由作者自印出版。林鍾隆在寫作生涯的開頭，寫了不少鄉土文學作品，這一部是他較早期的小說，所以字裡行間充溢著濃厚的鄉土色彩，故事就是發生在臺灣光復前後那一年。女主角滿嬌是個苦命的女子，命中似乎帶著剋夫命，凡是愛上她的男人都會因她而死。

　　臺灣光復那一年她住在南部，由於屋子中了炸彈，全家人死得只剩下她一個，不得已才投靠阿兔家隔壁的遠親。阿兔愛上了她，為了要娶她做老婆才去礦場做苦工，拚命籌措聘金；到了洞房夜，發現他所愛的人並非處女時，阿兔發怒了，決心不再理她。原來，滿嬌在即將光復之前，為要救她父親去請求日本警察畠山釋放的時候，被畠山凌辱失身了，她不願意向阿兔解釋，卻自己默默地忍受這痛苦。阿兔的態度完全變了，百般的為難她，折磨她，罵她是賤貨。滿嬌受不了丈夫的冷待，終於在回娘家時跳火車自殺死了。

　　「阿兔畏懼地丟開報紙，走出去。他不知道他要去哪裡。他走出市區，走到市郊，像一個失魂落魄的人。他什麼也不想了，只知道他要到一個地方去，但不知道那地方在哪一個方位，在哪一個地方。……」

　　接著，阿兔也發瘋了，當人們注意到他時，他是在青草湖東面的山中，在一棵並不很粗的相思樹上，用皮帶吊著脖子，硬冷在空氣中了。

　　這是一齣被統治者的悲劇，第二次世界大戰末期，在臺灣，這樣的悲劇發生過不少。可是作者並沒有吶喊，只借一個農夫的嘴裡說：

　　「被日本仔管，那麼苦的日子都挨過來了，還死幹嘛！光復了咧！就有好日子過了咧，還會有什麼原因不死不成？那麼傻？有福享了，還來死！」

　　作者以這幾句話來作結束是挺聰明的，總比千百萬次的吶喊更來得有力，更加扣人心弦。真的！那麼苦的日子都挨過來了，還死幹嘛！什麼事情都可以解決的。

　　另外，在本書裡頗值得一提的，是作者以方言作對話的根基，更是增

加了這本書的鄉土色彩。方言,在鄉土文學是不可缺少的工具,適當的使用,會使人物愈加活潑。

《梨花的婚事》是作者應省新聞處之邀撰寫的長篇小說,著重於心理描寫,是林氏作品中筆致最細膩的一部。本書為鄉土小說,敘述本省農人的實際生活及所發生的真實事件等等,故事真實而沒有著意渲染的矯揉做作,是真情實意的反應,有濃厚的鄉土色彩與風味。

李坤田是本地最先讀高中以上學校的知識份子,不幸當他讀完師範學校以後,不喜歡自己那個偏僻落後的鄉村,便留在臺北教書。他每年教升學班,惡性補習,一年有好幾萬元的進款。後來九年國民教育公布實施了,沒有惡性補習了,沒有大錢可賺,只好回來故鄉教書。他在十年前就和同鄉孫思明的公主梨花相愛;不過,孫思明反對這一件事。李家和孫家,因細故爭吵,冤上加仇,眼看這一對青年人的愛情將無法圓滿解決,就在這個時侯,社區建設決定了,李坤田一心想要改造地方,為一股熱情所驅使,自動地奔走遊說,終於協助政府完成了故鄉的社區建設。這一對有情人,就這麼幸福地結成了夫婦。

本書以男女主角的愛情為貫串全書的骨幹,闡揚農民純樸的人生觀、鄉土愛、愛情觀、及睦鄰、堅貞等美德,並展示出生活進步情況,道出新社區建設,九年國民教育的實施帶給地方人民之福惠,其故事因其真實而感人,又因其深刻而動人。

《暗夜》係一部以日本投降前一年的社會、政治情形為背景的長篇小說,於民國 58 年 5 月由正中書局出版,因筆者手頭上缺欠資料,故在此不予評述。

四

嚴格地說,林鍾隆並不屬於長篇小說的作家,雖然他長篇寫得很不錯,但在他的短篇作品裡,我們更可以看出他的才華。他高度的寫作技巧及深度的思想意境,在這方面更是表現無遺。他的短篇小說已經結集的有

《迷霧》、《錯愛》、《蜜月事件》等，大致上屬於愛情一類的題材較多。

　　《迷霧》繼《錯愛》之後，於民國 53 年 6 月間由野風出版社出版，收錄了他在 1962、1963 年間的作品 18 篇。其中〈波蒂〉一作發表於《中央日報》副刊，後又被選入在《中央選集》第一集。〈波蒂〉是一篇寫狗的故事。在太平洋戰爭時，他養了隻叫波蒂的狗，又因缺乏糧食而不得不放走牠。戰爭結束後，他扛起了那枝生鏽的槍，獨自走入深山去尋找。隔了四年之久，波蒂對他很不友善，但後來為了救他，竟然和野豬搏鬥起來；誰知，反而被他誤殺了。這篇故事不僅感人，更具有高度的教育價值，讀後很教人深思。作者以平鋪直敘的筆調，使用了最經濟的手法，出以最嚴肅的態度，將心頭的一股重壓感表達出來，進而達成了其藝術效果；難怪乎吳友詩讚它為──不是摻雜了各種味道的「雞尾酒」，而是陳年的「醇醪」。〈外婆家〉一作，故事性濃郁而情感特豐，對於人性的掘發有獨到的功力。〈睡不著的女人〉沒有多餘的筆墨，語句簡鍊，把睡不著的夫婦的心理狀態，描繪得淋漓盡致。

　　《錯愛》一書於民國 54 年 3 月由作者自印出版，共收錄 30 篇他至民國 50 年以前的最早期的作品。這一本小說集，篇篇小巧玲瓏，好比小玉般的可愛，作者把它比作小時候的照片，實在是很適當的比喻。小時候的照片，誰都珍惜，在朋友或客人來訪時，總喜歡把自己的相冊拿出來讓朋友看看自己小時候的傻憨樣子，作者就是喜歡讓人看看他「吃奶時代」是個什麼樣相。無疑的，這是一本可愛又珍貴的小冊子，是作者將日常生活中的感受煉成小珠子，一串串的串起來的。

　　《蜜月事件》於民國 57 年 11 月間由商務印書館出版，列入人人文庫，收錄他另 18 篇作品。〈蜜月事件〉敘述一個女職員與她的頭頂上司結婚，在蜜月旅行的第一夜，丈夫因發現新娘沒有戴上結婚戒指而懷疑妻子對他的愛。後來，在家裡她又耐不住寂寞，可是丈夫買給她的一本書──《怎樣做個好妻子》──她卻又不喜歡看，使得她丈夫越發埋怨妻子的不專情。本來，這些小事情在女人也許無關緊要，但是對男人來說就不同

了；男人——尤其做丈夫的，總要他的妻子多關心這些事，因為唯有如此，才是對丈夫之愛的保證。〈局外人〉寫的是一對夫婦，因丈夫患腎臟炎，臥床一年，積蓄用盡，病不但沒有起色，反而益形嚴重，妻子受不住性的飢渴，紅杏出牆，愛上了丈夫的朋友。病癒之後，病夫跑遍臺灣各地，到處尋找這位朋友要報仇。經過三年終於找到了仇人，卻發覺三年前叛他的是妻子而不是他的朋友。至此，故事急轉直下，有著意外的發展。這對狗男女在一場爭吵中雙雙躺下在血泊中，然而躲在床下伺機報仇的這位病夫，卻因殺人罪嫌而被戴上手銬。這篇作品在布局上，使我們憶起了奧亨利的短篇小說，有意想不到的結局。

散文方面，作者已經結集了《大自然的真珠》、《愛的花束》、《繁星集》和《夢樣的愛》四本。這四本書，寫作者日常生活中的種種感受，文筆樸實親切，令你讀後會由衷地散發出小小的喜悅、溫暖與慰藉。

《繁星集》記錄著作者的思想、感情、生活和理想的片段，這 50 篇作品，都是在作者那顆平凡忠實的心靈上，受到震顫而閃爍出來的光芒，就像是在遙遠的天幕上。閃爍看點點微光。作者以「繁星」做為書名，就與另一本名字叫做《大自然的真珠》散文集一樣，立論正確，意境極高。

《愛的花束》和《夢樣的愛》均由水牛出版社出版，前者於民國 56 年，後者則於民國 60 年問世，都是有關愛情，家庭問題的散文。以愛情、婚姻、家庭為題材的文字，林鍾隆寫過不少，也可以說是貫串他大部分作品的基本題材，而且這類文章，他寫來頗為輕鬆，已有得心應手之感；不過，我認為一個作家如果把同樣的題材寫多了，會令人覺得在浪費才華，不知道作者以為然否？

在兒童文學的領域裡，林鍾隆的造詣頗高。兒童文學包括的體裁很多，童話是其中最重要的一種，就童話與兒童文學的關係說，它是兒童文學的主流。童話的精神是真善美的具體表現，一篇優良的童話，不論為純正的童話或者創作的童話，而能為世人所重視，傳譯成各國文字，都是由於它具有真善美的精神。一般人的觀念，以為童話只是大人們講給孩子們

聽，或者寫給孩子們看的故事，其實這種認識並不正確；一篇理想的童話，除了要具有一般故事的趣味之外，應該是先要有一個健康的題材，以美好的事物或正確的思想和智識為基礎，然後配合豐富的想像，透過文學的技巧，以描述一個富有教育意味而適於兒童閱讀的故事。

林鍾隆的童話，便是符合了這種條件，他寫童話，多半以動物為主角，題材健康，故事有趣，見解正確，想像豐富，意境精深，並且富有教育意義。他的三本童話集《美玉和小狗》、《醜小鴨看家》和《最美的花朵》中的許多故事，便是在這樣的情況下誕生的。另外，又有《阿輝的心》、《好夢成真》和《蠻牛傳奇》三本少年小說；其中《蠻牛傳奇》一書，根據板橋國小閱讀調查，是五年級兒童讀物中最受小朋友歡迎的作品。

《阿輝的心》是一部長篇少年小說，民國 54 年於《小學生雜誌》連載期間，曾經轟動一時，甚受小朋友的歡迎，廣播電臺也曾選播過這部作品。這部極為轟動的少年小說，把阿輝的寄人籬下以及忍辱受負的心理描寫得非常成功也很細膩。作者雖以眼淚寫出此作，全書又充滿著同情阿輝的遭遇，卻毫無說教意味，予人有無比嶄新之感，不落俗套，構成他文筆的獨特風格。無可置疑的，這是一部開拓兒童文學走上新途徑的作品，而林鍾隆的努力並沒有白費，自從這部作品問世以後，兒童文學的削作便如茶如火的展開了。

語文研究也是林鍾隆孜孜經營的一個部門，我們經常都會在《中國語文》、《教育輔導月刊》等雜誌上看見他那精確的論述。他的有關作文指導的書都很暢銷，《愉快的作文課》印了七版，《作文講話》印了三版，就是最近出版的《作文教學研究》一書，聽說銷路也很不錯。

五

最近一年來，林鍾隆開始寫詩了。《笠》、《臺灣文藝》上，我們經常都會看到他的詩作，林外、林風、風鈴便是他的筆名。原來，自從去年（民

國 61 年）出版《現代詩的解說和評論》以來，作者對新詩的興趣似乎越發濃厚，他不僅寫詩評，居然也寫起新詩來了，這對於熟稔他的朋友而言，實在很意外，可是當我們曉得他在兩年前就默默地做著這件工作時，也就不以為奇了。老實說，《現代詩的解說和評論》這本書，他寫得很賣力，也頗為公正，雖然這並不是一本洋洋大觀的評論集，而只是一本作者對現代詩的看法以及讀評和詩集的讀後感，但可喜的是作者並不落入俗套，以他自己所了解的，所感覺到的，憑他個人的直覺誠誠實實的呈現在讀者面前，這樣已經是很難得了。這兒，他不必存心去攻訐誰，也不用存心去袒護任何人，完全以超然的態度處之，怪不得這本書那麼的受人推讚了。

　　詩在文學的領域裡，是一門很深奧的學問，新詩在我國，從萌芽滋長以迄今日，差不多已有半世紀的歷史，可是在 50 年的過程中，它不斷地在變動。因為，新詩的世界是一個深遂的、無垠的、茫茫一片的空曠世界，在今天，它還需要新生代一群的人來從事不斷的發掘耕耘和開採。作為一個新時代的詩人，應該要接著古人的腳步開拓新路，不要照著古人的舊路回頭走；更要珍重外人的心血作借鏡，不要跟在外人的背後拾牙慧。那麼，林鍾隆在寫了 20 年的散文（小說）之後，猝然，以新兵的姿態努力於詩創作，這對他個人而言，只有長處沒有損失；因為他畢竟有了 20 年的文學基礎。目前，林鍾隆已經是個寫作面最廣的作家，如今又多了一項，他的新詩究竟寫得如何我們暫且不去論它，我們似乎可以預料，今後在文壇上，他會因此而更加大放異彩。

（民國 62 年 8 月脫稿）

——民國 63 年 1 月 1 日刊於《臺灣文藝》

——選自張彥勳《淚的抗議》

臺北：益群書店，1975 年 2 月

著作等身的林鍾隆

◎鍾肇政*

　　戰後方學習中國語文的省籍作家當中，林鍾隆是開始寫作最早的一位，他的處女作在他就讀臺北師範學校三年級時就寫成發表，時在民國卅八年。在以後的 17 個年頭的漫長歲月裡，他從來也沒有停過筆，始終如一，而且維持著一定的產量，這種毅力，這種恆心，是今天林鍾隆成功的最好註腳。

　　他是桃園縣楊梅人，曾當了幾年國校教師，高考（教育行政人員）及格後就改任中學教員，以後並參加試驗檢定取得高中歷史教員資格。在寫作上，他大概可以稱之為「全能型」作家，寫詩，也譯詩；寫散文，也譯散文；童話的創作與譯作也不少，小說當然也是寫與譯並行。不過近年以來主要多是小說的創作，短篇為數不少，中長篇作品也偶見發表，此外有關教學的文章也很多。「著作等身」，林鍾隆可以當之無愧。

　　筆者個人以為林鍾隆大概可以歸之於「才子型」的作家，他的小說大多以文字簡鍊流暢，布局明快緊湊，故事曲折動人取勝。讀他的作品，往往都被牢牢地吸引住全神全靈，非一口氣讀完便不忍釋手。我們讀他的有關作文教學的指導性文字，分析技巧，剖解義理，另具隻眼，可見他的造詣深湛，實在不同凡響。特別值得一提的是長篇少年小說《阿輝的心》，此文曾在《小學生月刊》連載，刊完後由該社印行單行本，大為轟動，不單

*小說家、翻譯家、評論家。曾主編《文友通訊》、《臺灣文藝》、《民眾日報·副刊》等刊物，曾任臺灣文藝出版社發行人、臺灣筆會會長、臺北市客家文化基金會董事長，長期致力於推展臺灣文學、客家文化之藝文與公眾事務，領導客家文化傳承及社會運動，進而催生行政院客家委員會。發表文章時為臺灣客家公共事務協會創會理事長。

書暢銷，而且還被改編成兒童木偶戲，由電視公司長期播演，吸引住無數的老少觀衆，並且也曾由電臺選播，不管從此書的內容來看，或從風行情形來看，都可以說開創了我國兒童讀物的新局面。

　　林鍾隆尚有一篇短篇小說〈波蒂〉，寫的是一隻狗的故事，在《中央日報》發表。林語堂和鍾梅音曾分別為文公開發表言論，特別加以推許，可以說是林鍾隆的短篇代表作了。但是，也有人認為此作題材雖好，但發揮得並不充分。對一篇作品有仁智之見，本來也是極平常的事，不過這也恰巧代表了觀察者所看到的林鍾隆的文風的兩個面。其一是如前面所述的文字簡鍊流暢，布局明快緊湊，故事曲折動人，另一則為對人心的剖析的未能深入。從本質上而言，文學的問題並不僅僅止於文字、布局、故事等要素──甚且可以說，這些都只不過是技術上的，非必需的。筆者不能，也無意在這篇小文裡強調或詳述這一點，不過應該一談的是林鍾隆已經注意到這些，從〈死亡邊緣〉，我們很容易地就可以看出林鍾隆正在努力的方向。

　　林鍾隆在中學教歷史，也教國文，工作相當繁重，不過他有美麗而賢慧的好內助，她也是一位站在教育崗位上的老師，唱隨之樂是可以想見的，膝下已有三個小孩了。他目前正當盛年，由許多往例來看，也應該是創造力最旺盛的時候，更好更多的作品必定會源源產生。

　　最後，不能已於附帶一言的是關於《阿輝的心》的出版情形。最近筆者有幸在一個座談會上與林太太同席。我問她《阿輝的心》一定得了不少版稅吧，她竟說分文未得，改編電視木偶戲也沒有應有的版權費。後來鍾隆把〈死亡邊緣〉稿及一些資料寄來，我便去信詢問有關此事的詳情。我以為這不僅僅是鍾隆個人的事，是不能不寄予最大關切的。承他函告，《阿》書只連載時得過並不算十分優厚的稿費，以後就沒有任何權益費了，甚至連一紙出版契約都未訂，詢問銷售情形也不得要領。這情形真令人驚詫，咱們出版界不付版稅者有之（即所謂買斷者），盜印猖獗，付版稅的也為數戔戔，故隱銷售量者亦頗不乏其例，紊亂情形到了不堪聞問的地

步，但《阿》書出版情形卻似乎又開創了一種新例。鍾隆說他不在乎這些，然而刊物也好，出版社也好，作品是他們所以賴以成立的首要條件，對供應作品的作者出以這樣的態度，是十分令人驚異的。目前我們的出版物由於市場有限，作家們如果斤斤於此，反而有失風度，並且我們傳統觀念上似乎也不宜多所爭取。然而當我們想到將來一旦市場擴展到百倍千倍於目前的時候，我們便不能等閒視之了。

再者：關於改編電視木偶戲，鍾隆也說事前毫不知情，到底是電視公司主動地看上了《阿》書，然後加以改編，抑或是有人自動地改編了，投寄給電視公司，他也不明白，權益費更是分文未得。電臺廣播，甚至事先連向作者說一聲都沒有，遑論權益費了！看樣子，電視與廣播界似乎認為改編或播放某一部文學作品，乃是對作者的一種施惠，作者們應該感激涕零，引為光榮的。寫到這兒，似乎也沒話可講下去了，還是打住吧。

——選自彭瑞金編《林鍾隆集》

臺北：前衛出版社，1991 年 7 月

林鍾隆——給風加上顏色

◎邱各容[*]

一、緒論

　　林鍾隆（1930～2008）臺灣桃園縣人，生於楊梅，父林元福，母巫三妹，兄弟三人，排行老三。1937 年入草南坡公學校。1943 年入楊梅公學校高等科，1945 年臺灣光復前，曾接受八年的日本教育。1946 年考取省立臺北師範學校，1950 年 8 月開始國小教師的教學生涯。1956 年高考教育行政人員及格，復經高中歷史教員檢定合格，轉任初中教員 12 年，又通過高中國文教員檢定合格，轉任省立中壢高中 12 年，於 1980 年退休。

　　在臺灣文學發展史上，林鍾隆被定位為戰後第一代的臺灣本土作家。1960 年代的臺灣文壇基本上是以現代主義文學與反共文學為主流。但是，事實上此時已隱然有一伏流在緩緩滋長，此即以臺灣本土作家為主的鄉土書寫逐漸在抬頭。1960 年代之初，鍾肇政、廖清秀、林鍾隆、施翠峰等1950 年代出發的戰後第一代，繼續展現他們更成熟的作品。也因此，當戰後臺灣兒童文學發展之初，林鍾隆即以小說家及詩人的身分，投入戰後臺灣兒童文學的草創期。

　　林鍾隆兼具小說家、詩人、散文家及兒童文學家的多重身分，在臺灣文壇，像林鍾隆這樣多棲的作家並不多見。他悠游在現代文學（現代詩、小說及散文）與兒童文學（少年小說、童話及童詩）；他既創作，又翻譯，

[*]兒童文學史料研究工作者。發表文章時為富春文化公司發行人、靜宜大學通識教育中心兼任講師，現為靜宜大學通識教育中心兼任助理教授。

兼擅理論研究，作品多達八十餘種。他在戰後第一代作家中，多產和作品類別繁多是他創作上最為突出之處。他也是戰後第一代作家中，中文寫作起步較早的一位，1949 年就讀臺北師範時，已經開始寫作。

在從事文學活動之餘，退休後，成立「古道語文研究中心」，自稱「古道翁」，自編講義，指導作文函授並親自批注。

林鍾隆的詩作可分為現代詩與童詩兩大類。現代詩作多發表於《笠詩刊》前 300 期中，總共發表近一百五十餘首，署名除林鍾隆外，還包括林外、南星等筆名。至於童詩則自《月光光》兒童詩刊於 1977 年 4 月創刊，該刊是臺灣第一份兒童詩專刊，提供給從事童詩教學的同好一個共同的舞臺。《月光光》兒童詩刊不但是林鍾隆的個人文學舞臺，也是其他兒童文學同好，尤其是童詩作家的共同舞臺，經常在該刊發表作品的同好計有黃基博、蔡榮勇、林美娥、鄭文山、廖明進、謝新福、周伯陽等人。其中又以黃基博的作品居多（有童話、生活故事、兒童劇等……）。

林鍾隆在《月光光》時期，作了一件大事。他將日治時期臺灣兒童作品翻譯成《臺灣童謠傑作選集》（以林容為筆名）。該選集的翻譯問世，正足以顯示臺灣兒童文學的發展可上溯到日治時期，而非自 1949 年政府播遷來臺才有的。換句話說，由於《臺灣童謠傑作選集》的中譯，使得日治時期臺灣兒童作品不至於湮滅，同時也為臺灣兒童文學史留下有力的見證。這段異族統治下的臺灣兒童文學發展，透露出當時臺灣兒童在童謠方面的表現。

林鍾隆不但長於創作，又擅長理論的鑽研。他既屬於跨越語言的一代，同時也是戰後第一代的臺灣本土作家。他是《臺灣文藝》的同仁，同時在早期也是吳濁流文學獎（新詩類）的評審委員。他既是一位兒童文學工作者，又是一位致力於推廣兒童文學教育的有心人。他先後在板橋的臺灣省國校教師研習會兒童讀物寫作研究科講授「日本兒童文學現況」（第 171 期）、「兒童詩歌創作」（第 177 期）、「童話創作」（第 183、198、209、238、380 等期）、「少年小說創作」（第 177、198、209、225、238、263 等

期)、「少年小說名著評析」（第 263 期）、「兒童文學創作過程分析」（第 380 期）、「兒童詩的創作欣賞與批評」（第 380）、「詩與散文」（第 238 期）等課程。就講授課程內容而言，研習會顯然借重林鍾隆在童詩、童話、少年小說三方面的成就，而這三項本來就是林鍾隆最擅長的。

二、小說家、詩人、兒童文學家的多重身分

身為臺灣戰後第一代本土作家之一的林鍾隆，真的是一位多棲作家。從其已出版的作品類別多達 11 類即可得知一二。分別是論著（4）、小說（9）、散文（11）、詩（2）、少年小說（2）、童話（12）、童詩（9）、翻譯（18）、改寫（3）、圖畫故事（2）、作文指導，教學（8）等。其被稱為「全能型」作家，應可當之無愧。

以上文類，大致可分成小說、詩、兒童文學三大區塊。而林鍾隆則以小說家、詩人、兒童文學家的多重身分，悠游在成人文學與兒童文學之間。

（一）就小說家而言：

彭瑞金形容林鍾隆是一位「心靈的探險家」。基本上，戰後臺灣第一代本土作家都經歷過時代與環境急驟變遷的衝擊；在創作上都有不由自主地、或深或淺走向歷史、涉入現實的經驗，對時空變動的感應敏銳是其共同的特色。而林鍾隆卻是相當獨特的例外，在他的作品裡幾乎看不到時間與周遭環境的變遷。也就是說，林鍾隆的文學，是建立在純粹的文學嗜慾和普遍人性探討的基礎之上，因此，林鍾隆整個作品的發展，並不具備時光段落的痕跡，只看得到由青澀到老練的軌輒。

在小說創作方面，計有短篇小說集《迷霧》、《錯愛》、《蜜月事件》等。長篇小說集《外鄉來的姑娘》、《愛的畫像》、《暗夜》、《梨花的婚事》、《太陽的悲劇》等。

（二）就詩人而言：

1964 年 6 月當《笠詩刊》創刊時，林鍾隆已經出版有個人詩集《勵志

詩》（1964 年 4 月）。自《笠詩刊》第 50 期開始，林鍾隆以筆名「林外」和本名持續在該詩刊發表詩作。而其詩作集中發表在第 50 到 132 期，從 1972 年 8 月到 1986 年 4 月止，長達 14 年的時間發表近 110 篇，其中還包括有關兒童詩方面的論述性文章在內。在整個出版著作而言，詩集出版只有兩種，除《勵志詩》外，只有笠詩社出版的《戒指》（1990 年 4 月）而已，屬於比較弱勢的區塊。這兩本詩集出版時間相隔長達 26 年之久。

（三）就兒童文學家而言：

挨諸臺灣兒童文學界像林鍾隆這樣多產多棲的兒童文學家並不多見。就他個人而言，小說創作的多產正好彌補少年小說的不足，童詩創作的多產也正好彌補詩創作的不足。在他生長的年代，能夠跨越語言的藩籬，重新學習中文，再以中文書寫兒童文學作品，而後開創自己的一片天，林鍾隆無論在少年小說、童話、童詩等都有非常亮麗的作品表現。對一個兒童文學家而言，林鍾隆的確也當之無愧。他在兒童文學的三大主流文體——少年小說、童話、童詩的書寫，畢竟有其過人之處，再加上受過日本教育的教育背景，使得他也悠游在創作和翻譯之間。透過翻譯，協助讀者閱讀外國兒童文學作家作品，增長或擴大閱讀的視域。

基本上，同時兼具小說家、詩人、兒童文學家三重身分的林鍾隆，彼此之間並未牴觸，而且相容相生。

三、《月光光》與《臺灣兒童文學》

（一）《月光光》雙月刊

1969 年以前，臺灣的兒童詩運始終停留在啟蒙階段（或稱播種時期）。1970 年屏東的黃基博率先在其服務的仙吉國小開始嘗試指導學生寫作兒童詩。自此而後，全省各地國小紛紛加入童詩指導寫作的行列（或稱萌芽時期）。1972 年 4 月 2 日《國語日報・兒童文學周刊》創刊，同年 10 月 15 日該刊第 29 期刊載「徵求兒童詩啟事」，自此而後，有關兒童詩的創作、指導和理論的探討，遂成為該刊主要的論題之一。1973 年，「洪建全

兒童文學創作獎」設立後，兒童詩就進入了「成長時期」。

　　但這畢竟還缺少一份真正屬於兒童詩的專刊，直到 1977 年，林鍾隆一馬當先，結合顏炳耀、陳正治、范姜春枝等二十餘位關心兒童詩教學的朋友，在當年的 4 月成立「月光光」兒童詩社，並創辦《月光光》雙月刊（4 月 1 日創刊，24 開），林鍾隆負責主編。《月光光》是臺灣第一份兒童詩刊，由於它的出刊，揭開了往後兒童詩刊此起彼落的序幕。

> 我們有一股熱誠，想推展兒童詩運動，但是，國內刊兒童詩的園地太少、太小，而且所選的詩不能叫人滿意。因此，我們想創辦兒童詩的專刊，刊出更多的詩作，使作品有地方發表，藉作品的發表，激起創作的熱誠。

　　從創刊宗旨可以看出，《月光光》的終極目標是在藉由童詩作品的發表，達到激起創作熱誠的祝願。《月光光》的定名，是以臺灣最為普遍的兒歌——「月光光」為名。該兒歌家喻戶曉，以此為名，很能打破「詩，只有詩人才懂」的觀念；其最終目的，則是希望讓一般人也來看詩、讀詩、欣賞詩。

　　又從《月光光》的刊名看來，可見它是希望成為一種大眾性刊物，而非只有詩人才懂的小眾刊物。林鍾隆創辦《月光光》的宗旨，在使兒童從小就接受「詩」的陶冶，不但使他們享受到讀「詩」的喜悅，更要使他們真正體會到創作「詩」的快樂。

　　《月光光》自創刊以來，始終是林鍾隆一人獨撐大局，也是他在臺灣兒童文學，尤其是兒童詩方面主要的揮灑舞臺。不但供自己，也供同好們發表有關兒童詩的觀點和詩論。「詩話」是有關兒童詩的輿論廣場，凡是國內從事詩教育推廣、從事兒童詩創作、從事兒童詩評論的，都是「詩話」的主人；在這個專欄中，大家各抒己見，異中求同，同中有異。固然是見仁見智，但並無礙於大家對兒童詩的關注與熱誠。

　　《月光光》的創辦，對為兒童寫作的作者與國小教師指導學生寫作，具有很大的精神鼓勵。《月光光》兒童詩社曾舉辦過「月光光童詩獎」與「兒童詩指導紀念獎」，特別是後者，是林鍾隆為紀念其妻彭桂枝老師生前指導學生寫詩的貢獻而設立的。

　　日治時期宮尾進主編的《童謠傑作選集》經林鍾隆翻譯成《臺灣童謠傑作選集》，是林鍾隆與《月光光》兒童詩刊對臺灣兒童文學界很大的貢獻。這使得臺灣兒童文學的發展探源可以上溯到日治時期，也可說，林鍾隆與《月光光》兒童詩刊燃起了研究日治時期臺灣兒童文學的另一盞明燈。

　　作為當代臺灣有史以來第一份兒童詩刊，在臺灣兒童文學發展，特別是兒童詩的發展，自有其一定的歷史定位與評價。唯一可惜的是《月光光》比較缺乏整體性的規畫，篇幅不定。在沒有雄厚財力支持下，能夠持續出刊，就憑這份堅持，《月光光》在 1970 年代的臺灣兒童文學界，依然是一顆耀眼的「珍珠」。它自願肩負起促進臺灣日本兒童文學界交流的文化使命，這種使命感會讓人更加珍惜文化交流的永續經營。

　　林鍾隆主編的《月光光》在臺灣兒童詩運的推展上，扮演開路先鋒的角色，對整個兒童詩教育的推廣，具有相當的貢獻。而《月光光》在第 78 期刊出啟事，聲明該刊「已完成任務，明年 1 月起，將以《臺灣兒童文學》之名重新出發。」

（二）《臺灣兒童文學》季刊

　　《月光光》在出了 78 期以後，即做個結束，因為以「詩刊」出發的《月光光》已光榮地完成了任務。

> 自 1991 年 3 月起，改以《臺灣兒童文學》之名重新出發，並改為季刊，若稿源多，或經費有著落，在改為雙月刊或月刊，本刊仍然像《月光光》，要仰賴有心人的贊助來維持。

　　以上是《臺灣兒童文學》季刊創刊號所刊登的啟事。林鍾隆在故事中明白交代《臺灣兒童文學》的創刊緣起，他也再度表示這是一份需要有心人繼續贊助的刊物。

　　有趣的是，《月光光》第 78 期的啟事，表明從明年「1 月」（1991 年）起改名，而《臺灣兒童文學》季刊創刊號啟事所說的是自「3 月」起改名，但是該創刊號出刊日期既不是「1 月」，也不是「3 月」，版權頁上標明的是「2 月」15 日。

　　《臺灣兒童文學》從 1991 年 2 月 15 日出刊到現在，到目前已經出到第 50 號，期間又經過 14 年光景，14 年，不算短的歲月，林鍾隆一路走來，始終如一。這 14 年當中，《臺灣兒童文學》在林鍾隆的經營下，又搭建起臺日兒童文學交流的「橋梁」。透過《臺灣兒童文學》的報導，透過林鍾隆的譯介，讀者還是能夠繼續獲得日本兒童文學近況，還是能夠欣賞日本兒童文學工作者在童話、年度少年詩集、兒童詩等作品。

　　林鍾隆在《臺灣兒童文學》出滿四個年頭的第 16 號〈編者的話〉指出：

> 《月光光》是看天田，《臺灣兒童文學》同樣也是看天田，不過《月光光》是一般地方的看天田，《臺灣兒童文學》卻是乾旱地方的看天田。
>
> 由大眾走上專門，水的來源自然會更為欠缺，但是，很幸運，四年來並未逢到旱災，所以這塊看天田一播種，就收割了四年。
>
> 四年來非常感謝不斷供應水源的朋友，《臺灣兒童文學》的播種、收割都是他們的功勞。

　　林鍾隆飲水思源，他衷心感激四年來一直贊助《臺灣兒童文學》的有心人，因此，他將功勞都歸之於這些熱心贊助《臺灣兒童文學》的有心人。緊接著，他也提到對這份刊物的看中與期許。

一個國家，需要有一份像《臺灣兒童文學》這一種刊物，但不是很豪
華，三兩期就不見蹤影的，而必須有持續不斷能有長久生命的，在亞洲
（其他國家還不敢說），《臺灣兒童文學》是代表臺灣的兒童文學刊物，
國際友人，識與不識，都瞪大眼睛在看這份刊物。

《臺灣兒童文學》是代表臺灣的兒童文學刊物，這是多麼大的自我期
許。十多年來的臺日交流，林鍾隆的心血沒有白流，誠如他所說的，不
論識與不識的國際友人，都瞪大眼睛關注這份刊物。

因此，我們雖然仍是出一年看一年，（經費上如此），卻很希望能持續不
斷地出下去，更希望外表與內涵都能日益茁壯。

盼望這份刊物的精神意涵，能得到更多的認同，更多的投注，有更多的
心來關心，維護這個小草，使它更壯大，來灌溉、施肥、使它開出奇
葩。

顯然林鍾隆已經把《臺灣兒童文學》視為屬於大家的兒童文學刊物，
希望大家能夠更加認同這份刊物的精神內涵。

的確，十餘年下來，《臺灣兒童文學》與《月光光》比較顯著的不同是
篇幅增加，持續力更為旺盛。

四、臺日兒童文學交流的橋梁

由於特殊的成長背景，使得林鍾隆長時期浸淫在中日文學的領域，特
別是在日本童詩與少年詩的譯介，以及和日本兒童文學名家的交流，更是
不遺餘力。《日本兒童詩選集》、《北海道兒童詩選集》就是長年譯介的結
晶。林鍾隆長時期從事臺日兒童文學界的交流，數十年如一日。

與林鍾隆交往的二十餘名日本兒童文學界的同好，彼此透過書信和作
品交流結為文學之交。如次：詩人：大久保テイ子、保坂登志子、重清良
吉、水橋晉、窗道雄、西川夏代、高橋惠子、高崎乃理子、江口あけみ、
秋原秀夫、秋原英夫、清水なみ子；童話家：長崎源之助、水上多世、星

乃ミミナ、後藤楢根（日本童話會長）；童謠詩人：山本櫻子、宮田滋子、永窪綾子、武鹿悅子；小說家：中尾明。

　　林鍾隆與日本兒童文學界「以文會友」的交流活動迄今未曾中斷。他不斷地從日本的《サイロ》、《小さい旗》、《こたま》、《銀鈴通信》、《年度少年詩集》、《木曜手帖》、《日本兒童文學》、《あたかの學校》、《まつぼつくい》、《回聲》等相關兒童文學雜誌譯介日本作家作品，以及日本小朋友的兒童詩作。《年度少年詩集》自 1994 年起，每年刊行一回，這是在日本全國各地創作少年詩的詩人們，每人選出一首能代表自己年度成就的詩作，由現代少年詩集編輯委員會編輯而成。

　　林鍾隆在與日本文化界交流過程中，由於個人的努力與堅持，曾經留下若干值得一提的事。

　　1.他在《月光光》發表的日文詩作「冬之歌」，被選入《現代少年詩集85》，由藝風書院出版，自此而後，應邀每年一首列為年度少年詩集。

　　2.詩作〈露珠〉經日本女詩人保坂登志子譯成日文，在岩崎書店主編池田春子和編者川崎洋的賞識下，被列入《自然之歌──贈給你的世界名詩》，和哥德（德國）、波爾（法國）、狄金遜（美國）等世界名詩人並列。

　　3.他的少年小說《阿輝的心》經日本女作家馬場与志子譯成日文，在其主編的《小さい旗》雜誌以 64 頁的篇幅一次刊完。馬場往後陸續翻譯林鍾隆的童話作品在該刊發表，這是臺灣兒童文學作品首次被譯成日文。

　　4.以日文創作繪本，書名為《みなみのしまのできごと》，中文書名為《南方海島上的故事》，由日本學習研究社（簡稱學研社）出版，一版 13 萬冊。林鍾隆可說是臺灣兒童文學作家首開以外文直接創作的紀錄者之一，又因此書的出版而與該社幼兒讀物部的水橋晉相識，復透過水橋晉與童話作家長崎源之助、詩人重清良吉交往，在重清良吉邀約之下，林鍾隆遂每年提供一首日文詩在日本詩刊發表，以一個外國詩人的身分受邀每年在該詩刊發表詩作，的確是一項殊榮。

　　5.與日本榮獲 1994 年國際安徒生獎的石田道雄（又名窗道雄）交往，

在這之前，林鍾隆是臺灣第一位和這位日本兒童文學界的長者相識的人。這個獎不僅是日本人第一次獲得，也是亞洲黃種人第一次得到的榮耀。對於能夠認識這樣一位既友好又親切的異國文友，林鍾隆認為石田道雄雖然是日本人，但是，臺灣也是他的第二故鄉，他一直關心臺灣，是臺灣真正的朋友。

不論童謠選集或童詩選集，石田道雄的作品，往往都是被選入最多的一位。後藤楢根在 1980 年代初期，曾經當面告訴前去拜訪他的林鍾隆，石田道雄是日本第一的童謠、童詩人。石田道雄寫謠，也寫詩，兩者同樣受推崇，而他寫這兩種不同的東西，給低中年級閱讀的謠，和給高年級、中學生閱讀的詩，分得清清楚楚，絕不含糊。其實，國內已經有石田道雄的作品被譯成中文出版，諸如：向陽譯的《大象的鼻子長》（時報出版）、陳秀鳳（米雅）的《另一雙眼睛》（信誼基金出版社出版）。

6.1993 年亞洲兒童文學大會在日本九州福岡市舉行，大會指定林鍾隆以臺灣代表團團長的身分與會，足見大會肯定他在兒童文學上的努力。那次受邀參加的，除林鍾隆外，還有洪文瓊、李潼兩位。

7.長期的交往，使得林鍾隆對日本作家的兒童文學思想與詩觀有非常深刻的印象，這種種的印象，足以反映在他所主編的《月光光》及《臺灣兒童文學》這兩份雜誌上。

8.1990 年 11 月 1 日當《月光光》出滿第 78 期後，林鍾隆認為以「詩刊」出發的《月光光》已經光榮地完成任務。自 1991 年 3 月起，改以《臺灣兒童文學》之名重新出發並改為季刊。

林鍾隆數十年來，以個人單薄的力量，獨自維持一份刊物，實非易事。那只是一份同仁性質的小眾刊物，並未在一般書市流通，一般讀者很難有機會閱讀到。但是，林鍾隆依然不改初衷，從《月光光》到《臺灣兒童文學》，他的筆力不減，仍然汲汲於臺日文學的交流，在每期的《臺灣兒童文學》都刊有日本兒童文學作家的作品。

文學無國界，從林鍾隆與日本兒童文學界的交往，無論是童謠作家、

童詩作家、童話作家、小說家，都有他們「以文會友」的痕跡。透過互相贈書、書信往還等方式，維繫彼此友好的關係。

林鍾隆就是憑著這份堅持，才能透過共同的語言（日文），和日本兒童文學界的朋友始終保持聯繫。雖然，《月光光》和《臺灣兒童文學》只是一份發行數量不多的同仁刊物；雖然它們沒有在市面上流通，雖然它們不若一般翻譯成書的日本兒童文學作品那樣的受歡迎，但是，林鍾隆卻以個人力量默默的在進行臺日兩國的兒童文學交流。他不需要掌聲，他只是在做他認為應該去做的事。

就憑這樣的精神，才足以擔當「臺日兒童文學交流的橋梁」。這和臺中的陳千武，透過《海流》與日本的保坂登志子、安田學對譯臺日童詩的情形，可說是異曲而同工，殊途而同歸。

本來應該是由政府或是民間文學團體進行的兒童文化交流活動，卻因為政治因素無法如願，臺日兒童文學交流就是在這種情況下改由個人默默進行。雖然缺乏對口的平臺，林鍾隆卻能善用自己所擁有的小眾刊物——《月光光》兒童詩刊、《臺灣兒童文學》季刊，在前後將近三十年的歲月，他以個人的力量投入意義深遠的兒童文化交流工作。

無論這種兒童文化交流工作所能發揮的影響有多大，無論是否有人願意繼續接棒從事這種兒童文化交流工作，林鍾隆長期投身臺日兒童文學作品的譯介，這份發自內心的堅持，不但贏得日本兒童文學家們的敬重，同時也贏得國內兒童文學界的肯定與支持。當然，對林鍾隆而言，敬重、肯定與支持固然讓他感到稍許的安慰，但更重要的是，他始終相信自己所從事的是一件非常有意義的事。「知所應為，為所當為。」這就是林鍾隆的行事風格。

林鍾隆創辦《月光光》兒童詩誌是在中年以後，是以，趙天儀認為「林鍾隆在中年以後，才熱心於詩的創作，尤其是童詩的創作。」茲舉〈我要給風加上顏色〉一詩為例。

風的臉，是什麼樣子？
風的身體，是什麼形狀？
想知道，卻沒辦法。
如果給風加上顏色，
就可以知道了。

如果風有了顏色，
她奔跑的時候，就可看到：
是什麼樣的面孔。就可欣賞：
她的表情，是什麼個樣子。
她的裙裾，是怎樣的飄動。

微風，就塗上淡清色，
強風，就染上濃黃色，
狂風，就彩上紫色，
空氣，就會出現鮮彩，
太陽照射下來，
天空不知該多美麗！

如果空氣有了色彩，就可欣賞：
她怎樣從窗口進來，
怎樣從另一個窗口出去。
更可以欣賞，她怎樣
在身邊圍繞、愛撫、戀戀不去。
如果風有了色彩，就可以知道。

　　這首童詩，分四段書寫「風」的千變萬化。前兩段各五行，後兩段各六行。第一段以「假設語氣」道出如果給風加上顏色，就可以知道它的臉

和形狀；第二段以「被動語氣」描寫一旦風有了顏色，就可以欣賞它奔跑的情景；第三段是形容不同顏色的風所代表的意涵；第四段形容透過色彩欣賞風的阿娜多姿。

總之，這是一首意象非常鮮明的童詩。風是空氣因冷熱漲縮而流動的現象，它是無所不在；作者透過顏色的添加，賦予原本無色的風有了鮮明的色彩，讓讀者更加清楚風的流動表現與曼妙的舞姿。

原本無所不在而無色的風，經過詩人加上「顏色」，不同的色彩，代表不同程度的「風」；也讓「空氣」穿上不同的彩衣，天空多美麗。由「抽象」而「具象」，由「無色」而「彩色」，林鍾隆這首〈我要給風加上顏色〉童詩，賦予了「風」更為精采的生命。

這首童詩曾獲第三屆「月光光獎」（1979 年 4 月）、第一屆「布穀鳥紀念楊喚兒童詩獎」（1981 年 4 月）、選入《兒童文學詩歌選集》、選入《臺灣童詩創作 110》（1989 年 5 月）、選入《我要給風加上顏色》（1997 年 5 月）。

再以另一首〈冬之歌〉為例，詩人如何透過詩作表現冬的寒冷。

風把電線當提琴
咭哩哩　咭哩哩
用弓拉著
像剛學提琴的小孩
單調的聲音，一遍又一遍
不知厭倦的拉著

風把牆壁當工具
呼嚕嚕　呼嚕嚕
用拳頭槌著
像練習的拳擊手

　　用盡氣力　一拳又一拳
　　試著自己的力量

　　風把樹葉當玩具
　　沙拉拉　　沙拉拉
　　玩弄著
　　像發洩無聊的野人
　　任性作弄　一次再一次
　　享受遊戲的快樂

　　這首詩分成三段，每段六行，結構大體一致。和前首（給風加上顏色）一樣，主題都跟「風」有關。

　　全詩以風當主角，三位配角分別為電線、牆壁、樹葉；作者用三段音樂來配合，分別為咭哩哩、呼嚕嚕、沙拉拉。全詩都在音樂的演奏下，把冬的景象表現出來。

　　蔡榮勇以「音樂性」來詮釋林鍾隆這首〈冬之歌〉，基本上很貼切，既富有旋律，又頗有節奏，更重要的是透過詩的旋律和節奏，將冬的寒冷表現無遺；透過賞讀，也能感受到冬的寒意。

　　該詩除了「音樂性」，還兼具「人格化」，諸如第一段學提琴的小孩、第二段練拳的拳擊手、第三段發洩無聊的野人。這三種不同屬性的人，以動作譜出清晰的「冬之歌」。

　　〈冬之歌〉這首童詩曾獲第八屆「月光光獎」（1984 年 4 月）、選入日本《1985 年現代少年詩集》（1985 年）、以及蔡榮勇的《兒童詩需要穿怎樣的衣服：兼論兒童詩指導》（2000 年 11 月）。

五、《阿輝的心》與本土少年成長小說

　　1964 年 12 月起，林鍾隆的長篇小說作品〈阿輝的心〉開始在當時的《小學生雜誌》第 285 期起連載，成為小讀者最喜愛的長篇，該雜誌社為了方便讀者欣賞和保存，第二年特地出版單行本，同時列為「小學生叢書」之一。這是一部以臺灣農村為背景，以臺灣兒童為主角的少年小說創作，富有濃厚的鄉土氣息，被視為一部有價值的兒童文學創作。

　　《阿輝的心》出版後，中國廣播公司隨即選為「廣播故事」，在兒童節目時段播出。另一方面臺灣電視公司並將該書改編為電視木偶劇，按期播映。

　　當年負責主編《小學生雜誌》之一的林良在〈一部可愛的少年小說——《阿輝的心》序〉中，提到：

　　為這本書執筆畫插圖的是畫家廖未林先生。他把小說作者筆下的畫意，化成清新的畫面，格調上和原作者非常吻合，這是最成功的地方。……本書作者林鍾隆先生是一位文藝作家，他的文筆的特色是一種無法比擬的清新感、潔淨感。他落筆謹慎，文句中沒有雜質，形成他散文的風格，……

　　這本寫得好、畫得好的少年小說，可以算是我們兒童讀物工作者走上創作之路的一個真正開始。

　　身為「臺灣本土創作的第一本少年小說」紀錄的締造者，他本是一位優秀的散文兼小說作家，女作家鍾梅音對林鍾隆有過如下的稱許：

　　這是我第一次看見一位已有成就的作家挾其多年卓越的修養，清新的風格，悄悄地走進了兒童文學的領域，悄悄地賺走了無數兒童的心——也包括成人的心。

　　1960 年代臺灣本土創作的兒童讀物非常少，林鍾隆以一位被視為「卓越」的作家從事少年小說創作，可說是在臺灣少年小說發展史上，豎立了一座里程碑。一方面在翻譯作品充斥的兒童書市，注入了一股清新的少年小說創作，林鍾隆及《阿輝的心》的適時出現，的確為當時的兒童文學界和兒童讀物出版界提示了一條嶄新的兒童文學創作的路線。

　　林鍾隆與《阿輝的心》是作家與作品的結合。他讓它成為臺灣本土創作的少年小說經典之作；它也讓他成為豎立臺灣少年小說創作里程碑的締造者。之所以說它是經典之作，是因為它從 1964 年 12 月起，一版再版，直到 1999 年 9 月由富春出版第三版，中間相隔達 35 年而不墜。

　　在 1960 年代一片翻譯作品充斥的年代，《小學生雜誌》提供了作家與作品發表的園地和機會，如果說林鍾隆是一匹千里馬，那負責主編其事的林良就是伯樂。在翻譯作品充斥的年代，林鍾隆的出線，未嘗不可視為是另闢一條蹊徑；同時也激起了其他作家寫少年小說的志願，像傅林統就是在閱讀《阿輝的心》之後才興起寫少年小說的念頭，如今，傅林統已是臺灣著名的少年小說作家之一。

　　《阿輝的心》的背景是臺灣秀麗的農村，主角是一個純真深思的鄉下小孩。書中的水碑、竹林、寺廟、山色、稻香等，會讓成年讀者喚起兒時回憶。傅林統對本書有如下的評語：

> 它是一本值得一讀再讀的小說，不但適合於兒童和少年們閱讀，同時也適合於成人閱讀。相信不同年齡的人，讀了都會有很深的感受，因為它是有深度、有文學價值，而又引人入勝的小說。

　　屏東大學徐守濤教授於 2001 年 10 月在「林鍾隆先生作品討論會」上，以〈從《阿輝的心》看林鍾隆先生少年小說之創作特色〉一文，指出《阿輝的心》的五大特色：

　　1.以寫實手法突顯民國五十年代臺灣農村生活

　　2.充滿生命力的成長小說

　　3.人物刻畫細膩深入

　　4.文筆清新自然動人

　　5.深入孩子世界，觸動孩子感情

　　從林良、鍾梅音到徐守濤對《阿輝的心》都有一個共同的感覺，那就是「清新」。日本的兒童文學家小川未明說：「人的一生當中，最純潔的是他的少年期，那實行力的旺盛，行動的表現一致，果敢的精神，都不是成人期所能比擬的。」林鍾隆在《阿輝的心》中所呈現出來的，不就是這種精神的再現。

　　此外，林鍾隆在《阿輝的心》的書寫也為往後少年小說的鄉土書寫，開拓一條路線。雖然他在少年小說創作的作品並不多，但這無礙於他在臺灣少年小說發展史上的開路先鋒角色和歷史定位。「對少年讀者來說，它應該是一部能打動少年心的好小說。對成年讀者來說，它應該是一部寫『少年心』寫得能打動成人心的文學作品。」林良的這兩段話，等於給《阿輝的心》下了個最佳的註腳。

六、童話創作的心路歷程

　　臺灣兒童文學界的常青樹之一，對林鍾隆而言，當之無愧。除了少年小說、童詩之外，童話在他的兒童文學事業也是不可或缺的一環。自 1966 年出版第一本童話集《醜小鴨看家》（自印本）到 1999 年 7 月出版《水底學校》為止，總計有 13 本 98 篇的童話作品，目前還在持續創作中。不但是少年小說創作為臺灣本土少年小說豎立可資紀念的里程碑，其在童話創作上，也是居於開路先鋒的角色之一，在臺灣童話發展史上，也有其一定的歷史定位。

　　當同屬戰後第一代臺灣作家幾乎都往成人文學發展之際，林鍾隆卻在

兒童文學領域發展出自已的一片天。他的童話創作背景與臺灣近數十年來的童話發展具有密不可分的關係。

　　1950 年 6 月林鍾隆自省立臺北師範學校畢業後，在臺北市立女子學校接受為期兩週的「就業訓練」時，受到時任臺灣省教育廳副廳長謝東閔的影響，要立志做中國的安徒生，他始終認為「做中國的安徒生」是一個值得努力的人生目標。

　　常言道：「聽君一席話，勝讀十年書。」就因為聽了謝東閔的演講，讓林鍾隆的童話書寫產生極大的轉變。被稱為「童話之王」的安徒生，對林鍾隆而言，是童話創作的標竿；走「創作」的路，數十年來，林鍾隆始終秉持這樣的理念。

　　同為桃園人的傅林統在《豐收的期待——少年小說‧童話評論集》一書中，對林鍾隆如何由成人文學的創作背景轉變到兒童文學，進而從事童話創作，有如下的詮釋：

> 由於他成功的小說和散文寫作背景，當時有志於為兒童提升讀物水準的徐增淵、林良、蘇尚耀乃勸他創作兒童小說，於是有了〈阿輝的心〉連載於《小學生雜誌》。原本寫成人路向的林鍾隆在此刻有了重大的改變，讀者對〈阿輝的心〉的期待更讓他信心大增，繼而以旺盛的創作力發表了篇篇童話，這些作品即是他後來以自印方式出版的《醜小鴨看家》。他並在本書序論中表達了期望自己成為「臺灣的安徒生」的真成心願。

　　從傅林統這段敘述中，可以看出林鍾隆創作路線轉變的端倪。從「做中國的安徒生」（1950 年）到「臺灣的安徒生」（1999 年），這樣的堅持信念，數十年來並沒有改變。也讓我們了解到《阿輝的心》是林鍾隆創作路線轉變的關鍵性作品，也是他開創童話創作的里程。《醜小鴨看家》為林鍾隆打響童話創作的第一砲，該書也入選了臺東師院兒童文學研究所承辦的「臺灣（1945～1989）兒童文學 100」童話類 15 本之一。其童話創作依出

版先後，計有《醜小鴨看家》（1966 年）、《養鴨的孩子》（1966 年）、《蝸牛傳奇》（1970 年）、《毛哥兒和季先生》（1973 年）、《最美的花朵》（1973 年）、《奇妙的故事》（1975 年）、《爸爸的冒險》（1978 年）、《奇異的友情》（1978 年）、《小小象的想法》（1981 年）、《明天的希望》（1982 年）、《蔬菜水果的故事》（1990 年）、《山中的故事》（1996 年）、《水底學校》（1999 年）等。

林鍾隆在〈談兒童小說的創作〉一文中表達了一個希望，這個希望就是：

> 外國人批評中國近代的詩、小說，都是外國詩和小說的翻版。國人所寫的兒童小說、童話，也有人批評說是「洋罐頭改裝」。這種話，創作的人聽了，雖不免心生懊惱，但是，與其說應該憤怒，不如說應該慚愧；與其予以反擊，不如深自反省。
>
> 創作，本來就不是該模仿的東西，既是模仿，就不算是創作了。現在該是國人看中自己，也叫外人看中自己的時候了。從事兒童小說創作的人，但願也有這種抱負。

其實，不只是兒童小說創作需要如此的抱負，童話創作又何嘗不是需要如此。基於這樣的體認，使得林鍾隆無論是少年小說也好，童話創作也好，都抱持「創作重於模仿」的態度。

林鍾隆的童話創作理念主要見於他所創辦主編的兩份兒童文學刊物，一為《月光光》，一為《臺灣兒童文學》。綜合而言，林鍾隆的童話創作理念大致具有以下五種特點：

（一）　重視文學性

林鍾隆在〈兒童文學的意義與價值〉一文中提到，兒童文學的價值，首要在文學的價值。一篇兒童文學作品，如果只有趣味而沒有文學性，這就不稱為「兒童文學」。

（二）文學生命來自趣味和幻想

　　一般所謂創作童話，係指作家從心靈中發揮高度的感性，為兒童所寫的，富於詩意的故事。至於林鍾隆的童話，則來自於自己的心靈和生活的創作；而這些作品的文學生命則來自於趣味和幻想。

（三）兒童文學的感動主義

　　兒童文學創作若有主義，那絕不是教訓主義、快樂主義，應該是感動主義。這是林鍾隆在第二屆亞洲兒童文學大會上所發表的敘述。1999 年 8 月 8 日在臺北市舉行的第五屆亞洲兒童文學大會上，林鍾隆覺得心靈荒蕪，是嚴重的現實；價值觀顛倒錯亂，是可怕的事實。怎樣藉文學的「感動」，使兒童「自覺」人生的意義，人生的價值，這種「心理建設」的工作是當今及今後兒童文學工作者的藝術考驗和挑戰，也是神聖而龐大的急追的任務。從在第二屆亞洲兒童文學大會主張的「感動主義」，到第五屆亞洲兒童文學大會的「感動的心理建設」，而衍變成他所認為的「當前兒童文學的急務」。

（四）生動活潑的人物刻畫技巧

　　林鍾隆慣常將少年小說的寫作技巧，特別是心理描寫技巧融入童話之中。在他的童話作品中，往往可以閱讀到他透過人物生動活潑的刻畫技巧，營造或勾勒出富趣味或幻想性的內容。

（五）生態意識的淺移默化：

　　透過童話作品，深入淺出的提醒讀者注意環境生態的維護，無論人與動物都應和自然維持良好的互動，以免造成自然的反撲。

七、結語

　　林鍾隆的作品豐富而多元，多產又多棲。除了已經出版著作成書的 81 本之外，尚有許多未成品極待整理。據他表示已寫好未發表的以「寓言」居多，而已發表未出版的則以「翻譯」居多。

　　在長時期的寫作生涯中，他的作品其實蠻受重視，除了首開臺灣本土

創作少年小說先例，以《阿輝的心》獲臺灣少年小說的經典名著的美譽之外，他在童話、童詩、散文等方面的創作也迭獲佳績。《醜小鴨看家》是他的第一本童話集，《我要給風加上顏色》（童詩集）兩種都入選臺東師院兒童文學研究所承辦的「臺灣（1945～1998）兒童文學 100」，《蔬菜水果的故事》（童話集）獲中國時報開卷版十大年度童書獎，《水底學校》（童話集）入選行政院文建會好書大家讀。

　　林鍾隆以作家的身分深深認為作者要有社會道德責任，兒童文學作品應該強調光明的、善的部分。至於晦暗的、惡的部分不是不能寫，而是要有很高明的技巧，很好的作家才可以做到這一點，否則會產生錯誤的示範作用；換句話說，千萬不能讓自己成為別人錯誤的學習對象。

　　林鍾隆對文學的堅持，數十年如一日，對兒童文學亦復如是。他在《初學登山記》一書出版，自教育崗位退休後，才開始從事與「山」有關的題材，爬山是一種例行的健身活動，但從此也與「山」結下不解之緣，二十多年來的爬山生涯，也為他留下了一系列有關「山」的作品，前後計有《山》（1980 年）、《爬山樂》（1994 年）、《山中的悄悄話》（1995 年）、《山中的故事》（1996 年）、《讀山》（1997 年）等。上述各書都是由臺灣省教育廳兒童讀物編輯小組出版的童詩集。從這些童詩作品中，讓林鍾隆對生命有深刻的印象和莫大的啟示，也因此形塑了「豆千山人」的山人哲學。

　　作家的文學生命不因時間的消長而變異，這一點是值得後生晚輩學習的。更因為長期從事臺日兒童文學的譯介交流，幾乎每一期都有譯介日本當代兒童文學作家，特別是有關少年詩、童詩、童謠等作品更是情有獨鍾。就憑這一份絕不輕言放棄的堅持與耐力，使得林鍾隆在臺日兒童文學交流上，交出亮麗的成績表現。而與林鍾隆同樣懷有同樣堅持的兒童文學界，還有陳千武、藍祥雲等人。

　　每個人總希望擁有屬於自己的舞臺，林鍾隆何其有幸先後擁有《月光光》、《臺灣兒童文學》這兩份非常特出的小眾刊物，只因為它們沒有對外

發行,除了兒童文學界之外,很少人知道。即便如此,林鍾隆還是滿懷熱情的經營這兩份稀有的刊物。透過林鍾隆的譯介與刊物的流通,至少對日本兒童文學作家,尤其是童謠詩人或童詩詩人的近作不會感到陌生;以一個民間人士長期默默的從事臺日兒童文學的交流,雖然無法產生立竿見影的即刻性效果,雖然明知道個人的力量終究有限,就是那一份的堅持,讓林鍾隆數十年如一日,甘之如飴的從事臺日兒童文學的交流。

打從 1960 年代以來,林鍾隆長期悠游在成人文學與兒童文學之間,而且都有所成就。無獨有偶,目前旅居美國的嚴友梅,也是如此。在他們那個年代,能夠兩者兼顧的童話作家並不多,而林鍾隆和嚴友梅兩人卻是其中的佼佼者。

更有甚者,林鍾隆不僅在創作、改寫、翻譯都有不錯的表現之外,他在有關兒童文學理論方面也多所鑽研,除了《月光光》和《臺灣兒童文學》每期都有他所撰寫的文章,《國語日報‧兒童文學周刊》、《海洋兒童文學》季刊、《笠詩刊》也是他經常發表的園地。

2001 年 10 月中華民國兒童文學學會與臺北市立圖書館共同主辦的「林鍾隆先生作品討論會」,就少年小說、兒童詩、童話等三個面向探討林鍾隆的創作理念和作品特色;同時也就其翻譯層面加以淺析。

這個作品討論會無疑是對林鍾隆長期以來在兒童文學創作與翻譯上進行綜合性的探討,也是對他在這個領域的努力予以肯定。只可惜討論會並沒有針對他所刻意經營的《月光光》和《臺灣兒童文學》兩份兒童文學刊物進行探討,是唯一美中不足之處。

成人文學與兒童文學構成林鍾隆的文學舞臺,創作、改寫、翻譯三者構成林鍾隆文學生命的三大支柱,小說家、詩人、兒童文學家三者形塑林鍾隆的文壇定位。

參考書目

一、作品

・林鍾隆,《蔬菜水果的故事》,臺北:民生報社,1990 年 5 月。

・林鍾隆,《爬山樂》,臺中:臺灣省教育廳,1994 年 4 月。

・林鍾隆,《山中的悄悄話》,臺中:臺灣省教育廳,1995 年 4 月。

・林鍾隆,《我要給風加上顏色》,桃園:桃園縣立文化中心,1997 年 5 月。

・林鍾隆,《讀山》,臺中:臺灣省教育廳,1997 年 10 月。

・林鍾隆,《水底學校》,臺北:富春文化公司,1999 年 7 月。

・林鍾隆,《阿輝的心》,臺北:富春文化公司,1999 年 9 月。

二、翻譯

・林鍾隆譯,《日本兒童詩選集》,桃園:自印本,1976 年 1 月。

・松谷みよ子著;林鍾隆譯,《龍子太郎》,臺北:學生圖書供應社,1976 年 7 月。

・林鍾隆譯,《短篇童話傑作選》,臺北:水牛出版社,1979 年 4 月。

三、論述

・張雪門等著,《兒童文學讀物研究》第一輯,臺北:小學生雜誌社,1965 年 4 月。

・許義宗,《兒童詩的理論與發展》,臺北:自印本,1979 年 7 月。

・臺灣作家全集編委會編,《臺灣作家全集──短篇小說卷別冊》,臺北:前衛出版社,1994 年 3 月。

・傅林統,《少年小說初探》,臺北:富春文化公司,1994 年 4 月。

・傅林統,《豐收的期待──少年小說・童話評論集》,臺北:富春文化公司,1999 年 4 月。

・許建崑編,《林鍾隆先生作品討論會論文集》,臺北:富春文化公司,2001 年 10 月。

‧邱各容,《播種希望的人們──臺灣兒童文學工作者群像》,臺北:富春
文化公司,2002 年 8 月。

‧徐錦成,《臺灣兒童詩理論批評史》,彰化:彰化縣文化局,2003 年 9
月。

‧邱各容,《臺灣兒童文學史》,臺北:五南圖書出版公司,2005 年 6 月。

‧邱各容,《臺灣兒童文學年表》,臺北:五南圖書出版公司,2007 年 1
月。

四、期刊

‧林鍾隆編,《月光光》,1990 年 11 月。

‧林鍾隆編,《臺灣兒童文學》創刊號,1991 年 2 月。

‧林鍾隆編,《臺灣兒童文學》第 16 期,1995 年 1 月。

‧林鍾隆編,《臺灣兒童文學》第 28 期,1998 年 12 月。

──選自邱各容《臺灣兒童文學作家及作品論》

臺北:富春文化公司,2008 年 8 月

最年輕的跨語作家林鍾隆[*]

◎余昭玟^{**}

　　林鍾隆（1963～2008），桃園縣楊梅人。是跨語一代作家中最年輕的一位，但他開始寫作卻很早，1949 年就讀臺北師範學校三年級時即發表處女作，可能是光復時年僅 16 歲，受日語的牽絆較少，他學中文沒有其他跨語作家那麼辛苦。創作始終沒間斷，發表詩作時使用筆名「林外」，四十年間作品數量極多，鍾肇政將他歸之為「才子型」的作家，[1]1950 年至 1980 年，30 年間在小學、國中、高中任教，以餘暇從事創作。著作將近七十本，文類有長短篇小說、詩、散文、譯作、評論、兒童文學及兒童詩等。1960 年代是他的小說創作高峰期，長篇小說《愛的畫像》（1967 年）、《暗夜》（1969 年）為其代表作。其他小說著作尚有：《錯愛》（1965 年）、《外鄉來的姑娘》（1965 年）、《太陽的悲劇》（1967 年）、《梨花的婚事》（1968 年）、《蜜月事件》（1968 年）、《夢樣的愛》（1972 年）等。

　　《暗夜》全書以黑暗的夜晚影射戰爭時期不見天日的生活，詳盡描寫日治末期社會百況，其中最多篇幅用來描寫戰爭時期日式教育對臺灣小孩的荼毒。15 歲的國璊因為已熟習日文，所以拒絕讀漢文漢書。張哲明成為日本刑警，改姓名、棄家不顧。可見年輕人已被日式教育徹底改造，一味認同統治者的價值觀，願意為「聖戰」犧牲，努力變成「皇民」，而鄙視自

[*]編按：本文選自余昭玟《從邊緣發聲──臺灣五、六○年代崛起的省籍作家群》（臺南：國立臺灣文學館，2012 年 10 月）第五章「低音主調──《臺灣文藝》的寫實路線」第三節「戰後第一代作家」第三小節「最年輕的跨語作家林鍾隆」，頁 188～192。
^{**}發表文章時為屏東教育大學中國語文學系副教授，現為屏東教育大學中國語文學系教授。
[1]鍾肇政，〈著作等身的林鍾隆〉，林鍾隆，《林鍾隆集》（臺北：前衛出版社，1991 年 7 月），頁323。

己的姓氏、出身,甚至主動與父親脫離父子關係。小說呈現出國家取代了家族,政治取代了血緣的事實,殖民政府罔顧親情倫理,「皇民化」的目的就在於摧毀臺灣人的民族意識,令其為日本發動的戰爭效命。《暗夜》更揭露殘酷的神風特攻隊實情,這些隊員被堂皇地當做戰爭的祭品,作者以深沉的人道精神加以譴責,神風特攻隊的被迫做自殺攻擊,是一種野蠻不過的凌虐,日本人卻荒謬地加以讚頌。小說道出日本獨具的死亡觀、戰爭觀,並對之激烈批判。在作者的敘述脈絡裡,彌漫著凝重、憂傷的情調,而情境那麼自然,不管貫穿多少場面,造成情節多麼迂迴、波瀾起伏,仍然讓讀者感到那就是人性、那就是生活。

　　《愛的畫像》是極細膩描寫愛情的一部長篇小說,內容寫的是光復後四、五年,桃園鄉間一所小學男女教師間的愛情故事。情節一再周折反復,不斷臨摹這幅「愛的畫像」。處理小說情境,林鍾隆有時粗線勾勒,有時工筆細描,整體看來,情節的密度極大,而故事性也強。小說是一種敘事文學,其主題、人物的表現端賴情節,就此而言,林鍾隆所設計的情境可說是最善於把握人物行動與生活矛盾的,他運用藝術手法將故事呈現得極具美感。

　　《梨花的婚事》以梨花為媒介,將村子裡的人事紛爭,化解於無形,她有知識有見解,待人謙虛有禮,是完美的女性形象。〈賊〉讚頌村婦阿盡被日本刑事毒打,仍不認罪的氣節。她被誣為賊,在惡勢力下原可屈服以求苟安,但她不願含冤而活,出獄一個月後,即死於刑求造成的重傷,村婦阿盡以其超出男性的生命韌性,使那位堂堂男子的真正小偷慚愧不已。這兩篇小說的女性,一反常態,處在社會的中心位置,已全然顛覆了一向被淘汰、被排擠到邊緣的女性角色,性別差異再也不是權力政治運作所能決定的,而歸結在「人」本身的才能,及他對世界產生的影響力。林鍾隆的男性觀點與思考角度重新肯定女性為社會文化的護衛者,不論背景是臺灣歷史的哪一個階段,這些女性面對性別、階級、殖民各層面的歧視,而能使主體性自父權罅隙中自然流露出來,掌控自己的身體及前途。

　　〈微笑〉、〈裝蝦〉以一個鄉野老人的處世哲學來反襯殖民者的不義。作者以緩慢的節奏，不慍不火地表現老人言行，在亂世中那宛如清芬的花朵，消褪了戰爭的可怖面貌，整部小說彷彿一個寓言。老人一生都受日本人統治，但樂觀豁達的性情將殖民的苦狀消除於無形，在挨餓時期他帶領孫子去摘柿子賣，抓蝦子吃，讓子孫認識土地和生活的意義。不管世局如何，能享受時就好好享受，並全心相信好日子就快來了。於是在戰爭中，孫子反而被訓練得更強壯，更具求生的能力了。老人說：「晚霞正好看，我們卻背著它走路。」一句深富哲理的話，暗示生活再惡劣，也應當找出美好的景致去欣賞，小說裡充滿一老一少的對話，更具有薪傳的涵意。

　　另有一類短篇小說的題材集中的親情或愛情，寫夫妻間的齟齬及欲情，各式各樣的愛情內涵，林鍾隆都能拿捏準確，並且用簡潔俐落的手法表達出來，在爭端的背後，隱隱透露著真愛。〈雙人床〉、〈夫婦〉、〈天女〉、〈希望〉、〈幸福〉、〈遲歸〉都是這一類的小品，他最擅長的是將日常瑣事寫得晶瑩有光彩，對人物的心理描寫更引人入勝。他的小說都熨貼著細緻的人情，對親人之間的情愛體會深刻，他由此切入點去透視人性，肯定了天倫之樂、夫妻之情的可貴。所以他的創作題材數十年不變，致力發掘人倫溫馨及可貴的一面。這也與他所主張的文學觀相投合，他曾說：

> 文學本是追求美的，可是，現代的文學，卻走上了發掘醜惡之途，讀了，不是令人悠然神往，而是叫人內心沉重，甚至於把一個小小黑點，抹成漫天烏雲，而自鳴得意，文學的美遠了，離我們遠去已多時了。
> 就文藝的使命而言，其可貴處應是能予人生積極的啟發、提示，對心情上有所撫慰或振奮的作用。因此，人性、人生的優美的一面，是更為可貴的題材。[2]

---

[2] 林鍾隆，〈感〉，《臺灣文藝》第 38 期（1973 年 1 月），頁 8。

　　由於看重人生優美的一面，所以他寫作不少自傳性色彩濃厚的小說，其中的人物瀝盡了凡俗的渣滓，留存人性最醇美的部分，形象遂帶著傳奇性，林鍾隆用欣賞的眼光，將這些對象當珍美藝術品來模擬刻畫。

　　對人欲橫流的世俗，林鍾隆保持批判的態度，〈一個男人〉、〈那時候〉各寫男女的婚外性行為，批評其逾越了道德、背叛了感情。和其他作者比較，林鍾隆是理性、開朗、自制力強的人，他將寫作看作自己與這個世界的一種連繫管道：

　　　一心想去捕捉那真實的，稍縱即逝的形象，一心只想把那形象的真實，
　　　描繪出來；一心只是想從那形象的欣賞中，注視自己心靈顫動的情狀，
　　　執著地要把那動貌記錄下來，傳達給別人。[3]

　　這就是他的創作觀，欣賞並記錄事物美好的一面，所以他的小說題材看似平凡無奇，在他的刻意描繪下，卻能顯現不凡的韻味與意境。

　　　　　　　　　　　　——選自余昭玟《從邊緣發聲——臺灣五、六〇年代崛起的省籍作家群》
　　　　　　　　　　　　臺南：國立臺灣文學館，2012 年 10 月

---

[3]林鍾隆，〈自序〉，《情緒人》（臺北：水牛出版社，1987 年 9 月），頁 2。

一部可愛的少年小說

《阿輝的心》序

◎林良[*]

　　《阿輝的心》的背景，是臺灣秀麗的農村。那些稻田，那些水圳，那些竹林，那些廟宇，那些三七五減租以後新蓋的紅磚屋，都在小說的銀幕上出現，在白紙黑字中間，閃爍動人的七彩。

　　《阿輝的心》的主角，是一個純真深思的鄉下孩子，伴著他周圍的人物，在這個很美的天地裡呼吸、流淚、憤怒、同情、寬恕。慈愛堅強的母親，聲色俱厲的舅舅，會打架的舅母，懦怯的表弟「大海」，善良順從的長工「石金」，愛妒忌的同學「水牛」，寂寞的女孩兒「桂蘭」，關心學生的女教員「劉老師」，體育教員「阿茂先生」，生病的女人「阿韭姊」，許許多多的人物，在真實背景裡自自然然地走動，說話，攪動了「阿輝的心」。

　　農村生活的情趣，打窯仔烤番薯、池塘裡趕鴨子，這些平凡的小事，讓作者一枝筆描過，都美得使人著迷。

　　從許多角度看，這是一部很可愛的少年小說。它描繪的農村，不是單純的外在的形象，是透過一顆少年的心的體會。這樣描繪成功的農村生活，才能具備文學藝術上的價值。

　　這不是一個兒童故事，因為它已經通過形象和動作的描述，在細心刻畫一顆心。「心的變化」是一切小說的唯一主題，所以這是一部少年小說。

　　少年小說的寫作，要通過兩種考驗。第一，它必須寫得恰好是那個年齡的少年能感受得到的。第二，從文學藝術的觀點看，它要美，要深刻，

[*]散文家、兒童文學家。曾任國語日報社發行人兼董事長、中華民國兒童文學學會理事長，發表文章時為《小學生雜誌》主編，現已退休。

要使人動心，要像成人小說一樣經得起欣賞。它並不要求文學評論家降低錄取標準。對少年讀者說，它應該是一部能打動少年心的好小說。對成人讀者說，它應該是一部寫「少年心」寫得能打動「成人心」的文學作品。

《阿輝的心》相當順利地通過這兩種考驗。作者的嘗試可以說是成功了。

本書作者林鍾隆先生，是一位文藝作家。他的文筆的特色是一種無法比擬的清新感、潔淨感。他落筆謹慎，文句中沒有雜質，形成他散文的風格，小溪細流，或者百里大江，它的水都是清澈的。在它逼人的時候，更形成一種「逼人的清澈」。

為這本書執筆畫插圖的是畫家廖未林先生。他把小說作者筆下的畫意，化成清新的畫面，格調上和原作非常吻合，這是最成功的地方。農村的山水房屋、室內布置，農村人物的服飾動作、面貌表情，都給人很深的感受，值得欣賞。

《阿輝的心》全書 20 章，從民國 53 年 12 月起，在《小學生雜誌》上連載，成為讀者最喜愛的長篇。現在我們為了讀者欣賞和保存的方便，特地出版單行本，列為「小學生叢書」之一。

這本寫得好，畫得好的少年小說，可以算是我們兒童讀物工作者走上創作之路的一個真正開始。

祝福這位兒童文學作家！

祝福這位兒童讀物畫家！

民國 54 年 9 月 28 日

——選自林鍾隆《阿輝的心》
臺北：小學生雜誌社，1965 年 12 月

談《阿輝的心》
介紹一本優良兒童讀物

◎鍾梅音[*]

　　最近讀了一本可愛的少年故事《阿輝的心》，是由小學生雜誌社印行的「小學生叢書」之一。作者林鍾隆，是一位優秀的散文兼小說作家，繪圖廖未林，則是一位早著盛譽的畫家，可謂珠聯璧合；前面並有兒童文學家林良先生的序文，更是錦上添花，美不勝收了。

　　這是我第一次看見一位已有成就的作家的挾其多年卓越的修養，清新的風格，悄悄地走進了兒童文學的領域，悄悄地賺走了無數兒童的心──也包括成人的心。

　　這本兩百多頁，一共 20 章的著作，有如下的特點：

　　1.它擺脫了公主王子與仙女魔鬼的陳腔濫調，而以一種寫實的，充滿鄉土風味的故事與讀者見面。由於作者本成長於農村，許多鋪陳的小事都是他最熟悉的，也最感興趣的，因此寫來趣味盎然，引人入勝。農村的孩子喜歡它，因為有親切感；都市的孩子更喜歡，因為那是他們做夢也想不到的賞心樂事。

　　2.全書貫注著一種生命的力量，雖然寫的都是平凡小事，但它吸引著你看了第一章，又想看第二章，一章一章地直到看完。在以平凡小事寫成的文學名著中只有《小婦人》與《愛的教育》具有這種力量。作者是位終年潛心寫作的中學教師，經常與可愛的孩子們相處，自己更充滿了愛心，這是使他產生這種力量的最大原因，只靠「寫作技巧」是辦不到的。

---

[*]鍾梅音（1922～1984），福建上杭人。散文家、小說家。

3.人們常有一種錯覺,以為兒童文學容易因為孩子們對語文的領略程度不高,無須字斟句酌,鏤心挖肝。而且孩子們要求的只是「講故事」,至於其他的感情與深度等等,反正豬八戒吃人參果,不必去浪費精神。《阿輝的心》的作者卻並不這麼想,自始至終,他是小心翼翼,一筆不苟地從事編織,惟其要遷就少年兒童的語文程度,在寫感情與深度方面格外吃力,但他做得好。其實現在的孩子早熟,五六年級小學生讀《阿輝的心》已毫無問題,如果再淺一點,他們反而覺得索然無味。

4.惟其如此「講故事」對於這樣的小讀者,已不能滿足他們的需要,他們也像成人似的,特別欣賞組成小說的重要成分——人物的造型。譬如阿輝,就是最成功的一個,他雖然失去了父親,念小學五年級時被迫往依舅父,可是在此之前,是成長於慈母的愛撫之下,清苦的生活,反而養成他善於適應環境的能力。他很會做事,也很懂得玩耍,更知道如何保衛自己;當阿韭姊怕他為舅母作偽證,非常不安地探問他將如何答覆派出所的傳訊時,他明明知道是舅母不對,也不擬作偽證,「但是,阿輝不敢把這種心理說出來,只怕傳了出去,被舅舅知道,對他不利。」

他雖受盡折磨,但生性善良、樂天,就在辛勞的工作中,也不忘隨時隨地欣賞自然的美麗,鵝仔的可愛,這是童心、愛心,與智慧混合起來鑄成的性格,有血有肉,近情近理。而每當他正耽於欣賞的喜樂中時,便會忽然想到必須快快回家,「否則舅舅要不高興的」,這時讀者也正和他一同「玩的高興」,真想留他多玩一會。但是當他不得不離去時悵然之餘,就不禁格外憐愛這位小主人翁。

5.第二個成功的造型是大海,他是舅舅的獨生子,由於父母的卑鄙、貪婪,而又兇暴成性,在這樣的環境裡,使他長得矮小孤僻,懦弱遲鈍,對於阿輝的進入他們家庭,他最初是無所謂的,可是漸漸地他就十分喜歡阿輝。友愛使他產生勇氣,看見同學欺侮阿輝,居然路見不平,揮拳相助。

甚至愛心也使他變聰明了,當他看見連阿輝溫習功課的時間也被爸爸

剝奪時，便藉口要阿輝指導他做功課而把阿輝留下了。「愛」是這樣神奇不可思議，但這種轉變下只有心理學上的根據，也是你我從經驗上可以體會的；一位有修養的作家，在從事兒童文學時，落筆與眾不同之處在此。當他們烤番薯時，才只及全書之半，我便想到，一旦阿輝離開這個家庭時，最傷心的就是大海；阿輝不但使他嘗到做孩子的樂趣，也使他學會如何去愛人。能愛，人生才有意義，大海雖不知所以然，但他確是從阿輝來到以後才開始喜歡這個世界的。

6.另一落筆與眾不同之處，是舅父舅母雖然兇暴成性，卻是自始至終，巴掌不曾落向阿輝。但作者所造成的一種冷酷的低氣壓，時常包圍著阿輝，令人為阿輝提心吊膽，每次因阿輝的伶俐乖巧與逆來順受，安然度過。我不知這是否是作者故意的安排？只要曾經打下去過一次，便會反而減輕後來的壓力，因為舅父一直存心找碴兒，想發一頓脾氣，卻苦鑽不到縫。

全書高潮在第 20 章，由於阿輝在許多事的表現上都是如此純潔，如此誠懇，如此對人性充滿一廂情願的信賴，卻又不願去作偽證，我們不禁擔憂他舅母本來揮向阿韭姊的那一鋤頭會不會向他「扣」下去？每一次舅父向他的叮囑都是咄咄逼人，這種功力，決非那些動輒教人皮破血流，鬼哭神號的俗筆可比。

7.這也是一本有益於兒童品格薰陶的修身讀物，其功用遠勝過正面說教的公民課本。它的教育意義潛藏在書中人物的生活與思想裡，阿輝的一舉一動，都是小朋友們喜愛的、也樂於效法的模範。

還有那些插圖，畢竟是名家之作，每一幅都值得細細欣賞，可見無論畫家作家，切勿以為大材「小」用，只要本來有成就，從任何方向落筆都是不平凡的。兒童文學在我國還是一片廣闊的「處女地」，多年以來，雖有國語日報和幾個書局的努力，仍以譯著居多，創作甚少。現在喜見已有這麼一位卓越的作家，豎立了這麼一座里程碑。我曾擔任過兩次教育部優良兒童讀物的評選委員，一次在六年前，一次在三年前，這兩次之間，看到

似乎在創作方面沒有多大進步。可是三年後的今天，從《阿輝的心》這本書看來，已進步很多。這事實證明作家進入這一園地的顯著影響；同時，《阿輝的心》也為我們提示了一條嶄新的兒童文學創作的路線。

──選自林鍾隆《阿輝的心》

臺中：滿天星兒童詩刊社，1989 年 8 月

臺灣五十年代的兒童像
《阿輝的心》

◎傅林統*

時代背景

臺灣的五十年代——1945 年臺灣光復到 1960 年代的十多年間,是個多變的時代,卻也是個淳樸的時代;是個前瞻的時代,卻也是個懷舊的年代。

光復和國民政府遷臺,帶給臺灣的是欣喜與憂慮、興奮與失望、期待與不安交集的情感;然而民間的質樸和社會力量,卻仍然默默的成長。從文化人的觀點來看,這個時代的社會中堅分子——青壯年,都是跨越兩種語言和兩種政體統治的人們,而這些人正是影響著當代兒童最深的年齡層,因為他們是當代兒童的父母、導師、兄長、前輩。這些人因為語言的障礙,除了少數對政治有使命、對仕途有興趣外,大多數是在農村默默的耕耘、在工商業勤奮的經營。這種「安分」的態度和人生觀,無形中也薰陶著當代的兒童。

當時眾多臺灣人盼望的「安居樂業」,是經過一場又一場的經濟風暴、物價上漲、失業壓力等「社會不安」而強化的期盼和需求。這種心理使大多數臺灣人表現了堅韌的、勤奮的、積極的工作態度和生活方式。因此當代的兒童如果生活在農村,是跟田園連在一起的;如果生活在工人之家,是跟手工藝結在一起的;如果生於商賈之家,是跟小差使混在一起的。

*兒童文學家、評論家。曾任國小校長,現已退休。

五十年代有許多外省人的子女生在臺灣。但無論官家子弟或軍人眷屬,基本上他們是跟本省兒童隔離的,於是有所謂「竹籬笆裡的世界」。直到後蔣經國時代,竹籬笆才明顯的消失,大家也才感覺到族群的融合,在這個島上是何等的重要了。不過《阿輝的心》描寫的顯然是竹籬芭外較廣闊、較具代表性的臺灣兒童的生活現象。

五十年代令人記憶猶新的事格外多,從兒童的觀點來說,穿美援麵粉袋縫製的衣褲,可窺見當時臺灣的經濟概況及中美關係;在學校背「講臺灣話」的牌子,象徵著當時的教育政策和母語的喪失;從小學生到大學生都接受反共歌曲的教唱,可想見當時的大陸政策和兩岸關係;從升學補習的「善性」到「惡性」,可見中小學生的課業負擔。

五十年代沒有見過「兒童文學」這門學問,只有「兒童讀物」的稱呼。但那也是「真平・四郎」此類漫畫占據市場的年代。當時較具文學性而值得屈指一數的,就是《國語日報》、《小學生雜誌》、《小學生畫刊》、《新生兒童》、《正聲兒童》等少數刊物。而《阿輝的心》就是在小學生雜誌連載後,於 1965 年發行單行本。

寫作緣起

林鍾隆,1930 年生,桃園楊梅人,臺北師範畢業,歷任小學、初中、高中教師 30 年,退休後從事寫作、作文教學等工作。著有小說、童詩、散文、作文指導、翻譯名著等,至目前已出版七十餘本著作。

這位出身臺灣客家庄的教師,在北師就讀時,同學們對他靈敏的數學頭腦和科學的思維印象深刻,可誰也沒有看出深藏在他心中炙熱的愛和執著的正義感,且日後成了著名的作家。

他最先嘗試的是散文和小說。在當時頗負盛名的純文學刊物——《文壇》連續發表作品。當時他已跨越了兩種語言,能精闢的駕馭語言文字,字裡行間流露豐富的智慧。散文傾向於理性的、深邃的思維;小說則描述青年男女純真的、動人的感情。爾後陸續出版短篇小說集《迷霧》、散文集

《大自然的真珠》及長篇小說《外鄉來的姑娘》。

　　由於他成功的小說和散文寫作背景，當時有志於為兒童提升讀物水準的林良、徐曾淵、蘇尚耀乃力勸他創作兒童小說，於是有了《阿輝的心》連載於《小學生雜誌》。原本寫成人文學路向的林鍾隆在此刻有了重大的改變，讀者對《阿輝的心》的期待更讓他信心大增，繼而以旺盛的創作力發表了篇篇童話，這些作品即是後來他以自印方式出版的《醜小鴨看家》，他並在本書序論中表達了期望自己成為「臺灣的安徒生」的真誠心願。從這個時候開始，他展現了多元化的兒童文學創作，包括童話、小說、童詩、散文、理論和評論等作品。

　　歷經小學和初中教職的林氏，對農村的兒童和少年了解很深，尤其對長期居於經濟劣勢的佃農及鄉城間的交流互動知之甚稔。林氏處事耿介，為人熱誠，擇善固執，尤其在創作理念和文字思想上，有他獨自的風格和見解。這種個性貫穿他的一生，在他的小說人物刻畫上可見端倪。

《阿輝的心》刻畫的兒童像

　　《阿輝的心》在臺灣的兒童文學仍處於「寂寞的一行」時問世，不但擄獲兒童讀者的心，學者專家讚譽之聲更不絕於耳（參看《阿輝的心》序言）。直到七十年代李潼的《天鷹翱翔》獲洪健全兒童文學創作獎少年小說首獎時，當時的評審張水金譽為繼《阿輝的心》後，一部夠水準之作。可見林鍾隆除了開風氣之先外，此作更經得起時間的考驗，尤其是「阿輝」這一角色活生生的身影，更是鏤刻了臺灣五十年代的兒童像，具有深刻的時代意義。現在僅就其人物像和背景，作一概略的論述：

栩栩如生的人物刻畫

　　林鍾隆的人物刻畫，造就了「阿輝」這一個代表時代的兒童，他慣用的手法是多種的，是精緻的。如：

1. 一邊描寫情景，一邊投入人物，且間接的使人物浮現，將人物和情景完全融合在一起。

> 桂蘭的身影從視野消失後，阿輝才和大海一道回家去。他雖然沒曾忘掉桂蘭的婆婆給了他心理的傷害，仍覺得今天是到大海家幾個星期來最愉快的一次。
> 由於心情愉快吧，阿輝不知不覺地吹起口哨來了，大海也吹著和他。
> 兩人都很快活。
> 但是，快到家時，阿輝把口哨停了，他怕舅舅看不過他那快活的樣子。

阿輝的心情如何隨著情景移動，由事件的襯托、人物的陪襯，寫得自然而動人。

2. 在人物個性的描寫方面，間接的刻畫和直接的心理描寫同時並行。

> 舅舅的兩眼，冷冷地在阿輝臉上逡巡，他好像努力在觀察著什麼。阿輝心裡很不高興被當做試驗的工具。寄人籬下，本來就是可憐的，阿輝心裡明白。他決心留在這裡，他也準備忍受些許凌辱、欺負、痛苦。

藉著間接及直接的描述，呈現了舅舅的刻薄，阿輝的倔強和堅忍。

3. 從生活片段的描述，表現人物的心理和涵養。

> ……太陽似乎已從山頭跌下去了。田野上，樹頂已升起了灰不灰、青不青的暮靄。風，歇息去了，地面上，除了人之外，山、禾苗、林木，都靜靜的，只有天空的霞光在變。
> 阿輝真想蹲下來，或坐在田陌上，平靜地欣賞……。

林鍾隆很細心的描述情景，也描繪了人物的內心，更捕捉了人物內部

的複雜性，於是，這一劃時代的兒童像，就在讀者心中產生了立體感和生命力。

理想的兒童像

「阿輝」是臺灣五十年代成人冀求的兒童像，也是所有兒童嚮往的、崇拜的偶像。他純真、深思、善良、樂天，心中有一把秤；他早熟，小小年紀已經有自己的人生觀、價值觀。這種情況在即將邁入 21 世紀的青少年是無法想像的。可是在那艱苦的時代，作者塑造如此理想的人物，卻人人可接受，甚至真實感十足。

時代在轉變，兒童文學的理念也在變化，帶有浪漫氣息的理想主義是五十年代兒童文學的主流。曾幾何時，思想和情意早熟的孩子不見了，青少年的幼稚期加長了，很多人像彼得潘一般成為永遠的小孩子。有人說這是兒童的幸福，也有人為青少年的 EQ 成長緩慢而擔憂；的確，像「阿輝」這樣高 EQ 的兒童已不多見了。

因為作者刻意塑造理想的兒童，描繪他心智的成熟，所以在性格方面採用心理描寫的場合相當多。有人總以為兒童理智的發展未臻完全，對較有深度的理性的了解與情感的體會格外吃力，因此盡量避免心理描寫，而以活潑的行動描寫取代。就如鍾梅音女士所說，《阿輝的心》在這方面拿捏得很好，如果再淺一點，兒童們反而覺得索然無味了。

「阿輝」的早熟表現在思想與情意的領域。五十年代的兒童升學管道很窄，小學或初中畢業大部分人就踏出社會，幾年後就在職場上成為熟手，他們沒有多少「幼稚期」可享受，更沒有充足的「準備期」，早熟是勢所必然的。

或許有人要說：現今的兒童才是早熟，但知識管道的多元刺激所產生的早熟，反造成 IQ 提升而 EQ 偏低的現象。何者才是對兒童、對社會、對人類有益？歷經青少年問題的嚴重偏差，孰是孰非已判然可知。

「阿輝」這理想的、可愛的兒童像，正是臺灣數十年來遺失了的瑰

寶，在這個事事講究「顛覆」、把傳統的理念道德棄之如蔽屣的時代，當我們發現人類的前程黯淡下來的時候，或許會發覺那遺失了的，正是應該尋回的美德呢！

「教養」與「自然兒」

在農業社會裡成長的兒童，無形中接受著群體的「教養」、「養不教，父之過」的觀念深植人們心中。當故事裡的桂蘭和祖母罵阿輝「沒爹沒娘，沒人教養的……」時，洪中周認為這話是夠狠毒的，以當時的社會情況衡之，的確也是如此。

每個人，每個孩子都要有「教養」，這是傳統的、根基很深的思想。可是如同有人對傳統質疑一般。「教養」也免不了遭遇「顛覆」的命運。

馬克吐溫創造的「赫克」，就是對教養的造作、虛偽提出徹底諷刺的「自然兒」，更是對「父權」的反抗和排斥，就連「湯姆」也是為躲避姑媽的「教養」而逃亡的。論者以象徵的觀點說：赫克與湯姆若要爭取自由，重享亞當墮落前的幸福，就必須規避「教養」的權威，回歸於自然。這種反人性的、超自我之壓迫性的專制，以及殘忍的拘繫的教養，我國自古也有「禮教吃人」的諷刺。《阿輝的心》故事中的桂蘭，也是在很有「教養」的家庭成長，可是她的幸福卻在規避祖母的「教養」。

阿輝的「教養」跟湯姆、赫克乃至於桂蘭都有很大的異質性。那是發自他純真的心，受之於淳樸的農村生活，滋長於困厄境遇的性格。呈現在心理層面的是自我省察、思考與容忍、鎮定與上進、自信與自尊；呈現在行為的是有為有守、進退得宜，說該說的話、做該做的事，完全是在生活環境中自我形成的。

我們再試著從故事中檢視阿輝的涵養——阿輝是個多麼心細如縷的孩子啊！當長工石金認為阿輝受舅舅歧視時，他是那麼用心的掩蓋自己的表情，惟恐自己的處境會因出言不慎而更加困難；悄悄的思念父母，不欲別人為他操心；他更是個有骨氣的孩子，不願免費補習功課；不記恨，明知

水牛妒忌他，仍然邀大海去訪問水牛，化解水牛的敵意，冒險為水牛頂罪，遭水牛辱罵，也不會以牙還牙。

從近代兒童文學大師的作品，如維斯達的《長腿叔叔》描寫的露西亞，以至凱斯多納的《小偵探愛彌兒》，描寫的都是作者和讀者共有的理想兒童像。阿輝那真誠的「涵養」，是跟許多名作一脈相承的、理想主義傾向的形象。

對人性與社會的諷刺

「阿輝」理想的形象樹立了當代好兒童的樣板，然在這部小說裡，也不難發現作者以諷刺人性與社會來襯托阿輝的形象。

阿輝寄人籬下，舅舅和舅媽矛盾的、複雜的態度就是一例。他們並不喜歡收留阿輝，只礙於社會輿論和情面而勉強留下了阿輝。當母親要上臺北時，阿輝送媽媽一段路，舅母以為阿輝要走了，不禁喜上眉梢，後來知道不是，失望之情立即形之於色。

故事中還有一個令人不齒的老婆婆——桂蘭的祖母，她對阿輝侮辱、對孫女壓制，是個不可理喻的老頑固。令人嘆息的是，這人竟然是「村莊裡最有錢的人，我們村子裡的大人都怕她，我們小孩也不敢惹她。如果氣了她，她告訴了爸爸媽媽，我們準被打得半死。」作者諷刺貧窮人無緣無故的驕縱有錢人，自己蔑視自己、踐踏自己，太可悲了。

在貧困的農村裡，令人不解的是「煮飯仔」竟是個被輕視、侮蔑的職業。貧窮的農家婦女到都市為人幫傭，有何可議？是母職的疏失嗎？是大男人沙文主義作祟嗎？林鍾隆以「煮飯仔的孩子」。做為水牛侮辱阿輝的話語，並且當做批判社會價值觀的話語，現在的孩子聽起來或許無法理解，可是在五十年代卻十分傳神。

除了以諷刺人性與社會突顯阿輝的個性，更以成人的狡詐來襯托他的耿直與堅定。當舅舅、舅母想要阿輝為他們做偽證時，卻可說盡好話，甚至情義、恩德都搬了出來，讓讀者為人性的卑鄙而嘆息。「反派角色」的渲

染，更突顯、更強烈的襯托了阿輝理想的形象。

　　事實上，作者刻畫阿輝的筆法也採取了「冒險故事」的技巧；不同的是，一般冒險是「離家出走」、邁向黑暗的危險境地，而阿輝的冒險卻是「走入家庭」。向一個陌生的、險象叢生的「家」走去。故事的開頭即顯現母子情深、別離的哀愁加上舅家的冷峻，使讀者深感就要有「險境」呈現；此後一個個人物的出現，如憨厚的大海、魯直的石金、善妒的水牛、受教養束縛的桂蘭、充滿教育愛的劉老師……等，無非都在彰顯阿輝智仁勇三達德俱全的理想形象。

期盼阿輝再現

　　《阿輝的心》令人一讀即欲罷不能，那緊密的結構、清晰的人物像、深邃的描述，確實魅力十足。林鍾隆發表「阿輝」至今已四十載，幾近半世紀中，他展現了旺盛的創作力、多元化的路線，然而人們盼望的是第二個阿輝，或阿輝的續集，能以更大格局出現在讀者面前，我們虔誠的期待。

——選自傅林統《豐收的期待──少年小説・童話評論集》

臺北：富春文化公司，1999 年 4 月

悲情的年代、完人的設計

談《阿輝的心》與《兩根草》

◎黃玉蘭[*]

一、前言

張榮翼在《文學理論新視野》中談述文學〈反映論〉時指出：

> 文學作品無論是直接反映社會生活還是間接地、曲折地反映社會生活，
> 都是以社會生活為參照、依據，客觀的社會生活是文學創作的唯一源
> 泉。文學作品中的題材、人物形象、生活情境、思想感情、審美傾向、
> 主題宗旨的變化，都與社會生活的狀況和變化緊密相關。作家的思想感
> 情、作家在作品中表現的理想、追求以及對現實生活的評價，都產生於
> 現實生活並且是對現實生活的反映。社會生活制約，決定著作家的創作
> 願望和創作內容。總之，文學是用語言塑造藝術形象以反映社會生活本
> 質的特殊的意識型態。[1]

以張榮翼之說反觀 1950、1960 年代的臺灣，由於社會、政治、經濟等各種
因素，兒童文學作品也跟成人作品一樣，往往可以看到兒童文學作家描述
當時鄉村居民貧困悲苦的一面。而在傳統價值理念影響及作者精心策畫之
下，面對這樣不堪的外在環境，作品中的主人翁，也就格外的需要具備異
於常人的超凡個性與特質，以克服生活中的困苦艱難。1960 年代林鍾隆在
《阿輝的心》[2]一書中所塑造的阿輝，以及張彥勳《兩根草》[3]中的黎明，就

---

[*]發表文章時為育達商業技術學院應用英語系專任講師，現為育達科技大學應用英語系副教授。
[1]參見張榮翼《文學理論新視野》（臺北：新銳文創，2012 年），頁 301～302。
[2]《阿輝的心》最早於 1964 年 12 月起在《小學生雜誌》連載刊登，至 1965 年 9 月止，並於 1965

是兩個有力的例證。

二、林鍾隆《阿輝的心》

　　林鍾隆，1930 年出生於桃園，筆名有林外、林岳等，曾受日本教育，是臺灣著名的兒童文學作家，歷任小學、初中及高中教師，長期致力於文學創作與教學。1960 年代以少年小說《阿輝的心》成名，爾後陸續出版《醜小鴨看家》、《養鴨的孩子》、《蝸牛的傳奇》等書。童詩集《星星的母親》榮獲金鼎獎外，1990 年另一本童詩集《山》也獲得《中國時報》最佳開卷書的殊榮，其創作作品類型多元，曾自稱「開雜貨舖」，而有臺灣文學之母稱號的客籍文學作家鍾肇政，則譽之為「全能型」、「才子型」作家。林鍾隆一生著作，除了小說、童話及童詩外，尚有作文教學教材（《思路》、《國中作文講話》、《愉快的作文課》等）、創辦雜誌（《月光光》、《臺灣兒童文學季刊》）、散文集（《初學登山記》、《天晴好向山》等）及翻譯等，著作作品多達一百餘冊。

　　《阿輝的心》一書，向來是臺灣兒童文學界公認為林鍾隆問鼎臺灣少年小說的作品。許建崑在主編《林鍾隆先生作品討論會論文集》的序文中開門見山直指：「林鍾隆先生……36 歲寫下臺灣第一本少年小說《阿輝的心》。」[4]素來以研究臺灣兒童文學史著稱學界的邱各容，在《臺灣兒童文學史》一書的前言中也指出：「若欲了解臺灣少年小說的發展，則開創臺灣本土少年小說創作的林鍾隆不可不知。」[5]而在他另一本《兒童文學史料初稿 1945～1989》一書中更曾載述：

年 12 月由小學生雜誌社出版。1989 年滿天星詩刊社亦曾結集出版，其後，臺灣省兒童文學協會於 1991 年再版；富春文化公司亦於 1999 年再次出版。

[3]《兩根草》初次出版日期為 1973 年 8 月，臺南聞道出版社所出版。臺北富春文化公司於 2000 年 3 月再行出版。

[4]參見《林鍾隆先生作品討論會論文集》（臺北：富春文化公司，2001 年）之〈編者序〉，頁 4。

[5]參見《臺灣兒童文學史》（臺北：五南圖書出版公司，2005 年）一書之〈前言〉，頁 8。

一部少年小說歷經二十多年的錘鍊，還能讓讀者懷念不已的，當推林鍾隆先生所著的《阿輝的心》。

……

林良先生認為《阿輝的心》可以算是兒童讀物工作者走上創作之路的一個真正開始。名作家鍾梅音則認為林鍾隆以一位優秀的散文兼小說家而從事兒童文學工作，為少年小說的創作豎立一座里程碑，也為我們提示了一條嶄新的兒童文學創作路線。可以肯定的是：《阿輝的心》的寫作與出版，的確為少年小說創作點燃了一盞明燈，更多的人則公認為本書是臺灣地區少年小說的經典之作。[6]

而打開《阿輝的心》一書，讀者隨即發現，書中主角阿輝，在父親因腎臟病去世後，

生活完全要靠母親給人做工來維持。有時候，雖然連續數天都有工作，也有時候十天八天沒有人請她做事。有好幾次，米都沒錢買，吃蕃薯；蕃薯都沒有辦法吃飽，一餐只能吃一條。在鄉村裡，不能天天有工作做，沒有工作的日子太多了，就沒辦法生活。昨夜，躺在床上，媽媽就向他說過，她要去大城市裡，找一個天天都有工做的工作。[7]

迫於現實生活中經濟與物質極度缺乏的無奈，阿輝的母親不得已將心中唯一的至愛寄人籬下，遠赴北部異地幫傭，以維持母子兩人的生計。接著，讀者可清楚的看出，當阿輝在離開母親安全的保護範圍之後，作者安排了其他配襯角色，以突顯主人翁超凡的完人特色。

大海的膽怯、內縮，映襯出阿輝的勇敢、執著；石金頭私下抱怨自己的母親，引來阿輝的指正，顯示出阿輝對親長的孝敬；阿輝在校傑出的表

---

[6]參見邱各容《兒童文學史料初稿 1945～1989》（臺北：富春文化公司，1990 年），頁 274。
[7]參見《阿輝的心》（臺北：富春文化公司，1999 年），頁 24。

現，遭到水牛的忌妒與不友善，不但沒有讓阿輝對他怯步，反而讓阿輝想與他示好親近，從中可以看出阿輝與人和睦相處仿若謙謙君子的胸襟；面對桂蘭祖母無理的鞭打與辱罵時，阿輝強忍心中的不滿與怨懟，更透露出阿輝的堅忍與毅力；最後，雖然阿輝寄人籬下，對於舅父母近似虐待的種種苦楚，卻都能逆來順受，用功向上；而即使是在舅父母不斷的權威利誘之下，仍然拒絕為他們做偽證，表現出主人翁不但無懼強權，能夠超然事理並具備明斷是非之心。

刻意的人物對比安排，作者明顯意圖從其他人物的缺點與錯誤中，呈現出阿輝的「孝心」、「細心」、「耐心」、「善心」、「良心」、及「友愛之心」等各種傳統的優良美德及人格。換言之，阿輝雖然生活在物質極為缺乏的悲情年代與親人不在身旁的孤苦環境之下，以一個小學五年級的學童現身，卻能吃苦耐勞，品學兼優，體現一個「吃得苦中苦，成為人上人」超凡的完人典型。

三、張彥勳《兩根草》

和林鍾隆同屬跨越語言一代的作家張彥勳，1925 年出生於臺中，也曾擔任小學教師，也是活躍於現代文學與兒童文學兩界的作家，[8]並曾主編同人雜誌《緣草》。[9]他的創作相當多，重要的兒童文學作品有《兩根草》、《阿民的雨鞋》等。其他代表著作如：《捕蛙父子》、《葬列》、《夜霧》、《鑼鼓陣》等。曾獲得第一屆臺灣文學獎、中國語文獎章，以及教育部兒童文學獎。

而相較於林鍾隆《阿輝的心》一書，張彥勳的《兩根草》雖然內容顯得短略，但兩者的情節安排並無二致。作者以「兩根草」影射書中失去雙親後不得不投靠舅父的一對姊弟孤兒。草的韌性與生命力，象徵著姊弟兩

---

[8]參見臺中市政府文化局──張彥勳網頁。
[9]《緣草》一度停刊。1948 年，張彥勳等人重整「銀鈴會」，並邀請楊逵擔任顧問，《緣草》也改名為《潮流》而復刊。

人無懼於外在艱難的境遇；尤其，扮演大姊角色的黎明，身扛母親病危時託負照顧幼弟的職責，雖然僅是一名小學高年級的學童，卻能深明大義，除了品學兼優之外，更能吃苦耐勞，求學之餘，設法賺取外快，以實現幼弟想買玩具的心願。

在人物對比之下，雖然《兩根草》缺少《阿輝的心》書中那麼多的陪襯人物，但從同班同學的養尊處優及愛慕虛榮表現中，黎明優秀的課業，突顯出「寒門狀元」的難得與清高。當同班孩童隨意較勁零錢之際，黎明卻必須辛苦打工賺取零用，這樣的情節安排，反映出黎明生活的辛酸；而吃苦賺得的零錢卻被師生懷疑偷竊而無法申辯的同時，更彰顯出黎明身處的窘境；身受質疑，卻能不卑不亢，凡此種種，黎明優越他人的品性與特質，在作者的妙筆之下，俯拾皆是。

四、《阿輝的心》vs.《兩根草》

縱觀林鍾隆《阿輝的心》和張彥勳《兩根草》，兩相對照之下，讀者可以看出，兩位作者以同樣悲情的背景，同樣相仿的年紀，以及同類型的性格人物──黎明的乖巧聰慧等優良品性道德，有如阿輝典範人物的再造，不管環境有多惡劣，只要腳根紮得穩，小草定能成長茁壯，不懼風吹雨打，作品內容處處充滿主人翁人性的「明亮」與「光輝」。

黎明與阿輝，儘管性別有異，環境遭遇有所不同，但在寄人籬下的情節下，同顯出早期少年小說作品中「孤兒」的意象。也因為兩位作者於「孤」、「寡」上的刻意安排，主人翁超越其他平凡人物的「完人」特質，更能顯現出來。

林、張兩位作者，除了以家庭驟變的事件開啟故事情節外，主人翁超人特質的刻畫，1950、1960 年代南臺灣鄉村生活的艱困背景、主人翁接獲良師的勉勵與慷慨支助，甚至最後完美結局的安排，無不點化出兩人作品在悲情年代的大環境中共有的特色。

多年從事研究少年小說創作的傅林統在《少年小說初探》一書中談論

《阿輝的心》時提到：

> 《阿輝的心》是以本省鄉村的景色為背景的。當我一頁頁的讀下去，那
> 水埤、竹林、寺廟、山色、稻香，便一幕幕的浮現腦際。我自己兒時的
> 情景，也油然的湧上心頭，跟書中的情節揉合在一起了。
> 《阿輝的心》雖然是給少年們寫的小說，但成人的我讀起來也愛不釋手
> 啊，因為我也經歷過童年和少年的時光，這本小說恰好喚起了我兒時回
> 憶，和一陣陣似酸似甜的鄉愁。[10]

提到鄉愁，傅林統接著引述日本作家北原白秋及小川未明的理念：
「鄉愁是人類原本所具有的純真的靈性」、「人的一生當中，最純潔的是
他的少年期，那實行力的旺盛，行動的表現一致、果敢的精神，都不是成
人期所比擬的。」接著，作者又提到：

> 《阿輝的心》產生的背景，是作者美麗的「故鄉」，它很容易的使我回
> 到了童年，回到了仍舊是那樣純樸，那樣翠綠，那樣溫馨的「故鄉」，
> 於是我的心跟作者的心，發生了共鳴，或許這就是北原白秋所說的「純
> 真的靈性」互相接觸吧？

顯然的，作者的作品之於讀者能引起「鄉愁」、引發「共鳴」，主因
在於作者與讀者的時代背景擁有共時性，「那些書中的人物：水牛、桂
蘭、大海、劉老師等」對傅林統而言，熟悉到「好像只要一呼喚就會應聲
回答似的」。然而，對大多數今日年少讀者而言，1950、1960 年代的農村
生活場景早已時過境遷，西洋建築、高樓大廈到處林立，所謂的鄉愁、所
謂的共鳴，能否流連現今兒少讀者們呢？我想答案是很明顯的。

---

[10] 參見傅林統《少年小說初探》（臺北：富春文化公司，1994 年），頁 224～225。

　　此外，就小說主要人物應有的立體性（或圓形性）特質來檢視林、張兩人的作品，或就今日所強調的兒童本位立場，描寫兒童心理或少年問題情境的敘述與之相比，則可清楚明白的看出，林、張兩人的書寫，在塑造完人的背後目的，仍不能脫離倚借撰書之名，行訓導之實的教條理念。

五、結論

　　臺灣少年小說的肇始，很顯然的，1962 年鍾肇政所出版的《魯冰花》更早於 1964 至 1965 年林鍾隆在《小學生雜誌》上刊行的《阿輝的心》；而如果從跨越語言藩籬的視角而論，筆者於〈巫永福與張文環短篇小說作品風格比較——兒童敘述分析〉一文中，也點出巫永福和張文環在 1930 年代日文創作中，即有少年小說作品。[11]

　　而姑且不論《阿輝的心》為臺灣第一本少年小說的論述是否成立，今日，零缺點般的超凡人物，已不易取得兒童的信任；充滿悲苦的情節及教訓味濃厚、缺乏趣味性的故事內容，更不容易吸引兒童細心的咀嚼；巢臼式的故事結構，在充滿誘惑及日新月異的現代社會裡，無法遮掩脫離現代社會時空的距離與經典之陳舊。《阿輝的心》一書，雖然在「成人票選」之下入圍當下兒童讀物經典，各方聲響有加，但卻難以去除成人本位的認知思考。

　　不同的時空，造就不同的人文社會；不同的人文社會，孕育作家創造不同的作品；當前兒童遭遇的問題與心境，也決非 1950、1960 年代的南臺灣鄉村生活所能概括。今天，作家作品應如何調整新的視角洞察，深入處理兒童心理及兒童問題，而不是做為作家傳述道理教訓的媒介，應是有心的作者該細心處理的重要議題。

---

[11]發表於「2005 南投文學——巫永福與張文環創作學術研討會」，收錄於《2005 南投文學——巫永福與張文環創作學術研討會論文集》（南投：南投縣文化局，2006 年）。

參考資料

- 林鍾隆，《阿輝的心》，臺北：富春文化公司，1999 年。
- 邱各容，《兒童文學史料初稿 1945～1989》，臺北：富春文化公司，1990 年。
- 邱各容，《臺灣兒童文學史》，臺北：五南圖書出版公司，2005 年。
- 許建崑主編，《林鍾隆先生作品討論會論文集》，臺北：富春文化公司，2001 年。
- 張彥勳，《兩根草》，臺北：富春文化公司，2000 年。
- 張榮翼，《文學理論新視野》，臺北：新銳文創，2012 年。
- 傅林統，《少年小說初探》，臺北：富春文化公司，1994 年。
- 鍾肇政，《魯冰花》，臺北：明志出版社，1962 年。
- 《2005 南投文學──巫永福與張文環創作學術研討會論文集》，南投：南投縣文化局，2006 年。
- 邱各容，〈臺灣兒童文學界的「全能型作家」──林鍾隆〉，《臺灣文學館通訊》第 21 期，2008 年，頁 62～63。

參考網站

- 林鍾隆兒童文學推廣工作室：
  https://www.facebook.com/LinZhongLongMemorial/photos/a.615205365172517.155837.615185348507852/1199309356762112/?type=1&theater
- 2007 臺灣作家作品目錄──張彥勳：
  http://www3.nmtl.gov.tw/Writer2/writer_detail.php?id=1286
- 臺中市政府文化局──張彥勳：
  http://www.culture.taichung.gov.tw/WritersIntroductionContent.aspx?id=1813&key1=&forewordTypeID=0

──選自許建崑主編《林鍾隆先生作品討論會論文集》

　　臺北：富春文化公司，2001 年 10 月

──修改於 2016 年 11 月

臺灣少年小說日譯狀況之研究

林鍾隆的《阿輝的心》（節錄與補遺）[*]

◎張桂娥[**]

原論文摘要

　　研究者於本論文概觀目前經由日本譯者翻譯介紹（包括出版成書）至日本的臺灣兒童文學作家、作品譯介狀況；並針對臺灣少年小說作家的作品譯介（刊載）狀況、譯介背景做深入的剖析。希望藉由解析譯者發表之導讀與說明文字、出版社的文宣資料、專家學者的研究批評以及散見於各報章媒體的書評與讀者閱讀心得，逐步探討日本譯者如何選擇作家及作品？其譯介標準與條件為何？讀者如何解讀這些作品？而日本兒童文學界如何評價這些來自臺灣的少年小說？研究者對這些作品有無深入的研究與探討？他們的看法與本土研究者的意見有何異同等問題，從而具體掌握日本兒童文學工作者對現代臺灣少年小說作品認識的深度與廣度。

　　另外，透過逐字檢視少年小說日譯作品之譯文表現，探討日本譯者如何詮釋這些作品？如何呈現作品原貌？譯者們在翻譯作品之際，曾遭遇到哪些困難？如何解決？本文將列舉一些在譯文中常出現的問題，進而提供建言，讓今後日本譯者在翻譯介紹現代臺灣少年小說作品時有所參考。最後，研究者再根據綜合分析的結果，提出個人對日本譯介臺灣少年小說作品成果的一些看法與對未來的展望；並嘗試規畫一些具體而實質的途徑，讓日本兒童文學工作者對 21 世紀臺灣少年小說作家、作品有更深入的認識與了解。

---

[*]編按：本章節錄論文「二、林鍾隆的《阿輝的心》」部分，由原作者補遺相關資料並大幅改寫。
[**]發表文章時為日本東京學藝大學大學院博士候選人，現為東吳大學日本語文學系副教授。

二、林鍾隆的《阿輝的心》

（一）譯介狀況與譯介背景分析

　　資深兒童文學家林鍾隆的鄉土寫實小說《阿輝的心》是繼黃春明的〈魚〉之後，第二篇被譯介到日本的臺灣少年小說。

　　《阿輝的心》是林鍾隆小說中最具代表性的作品，自 1964 年 12 月起在《小學生雜誌》上連載後旋即獲得廣大讀者的熱烈回響，1965 年 12 月由小學生雜誌社集結出版，可惜不久後面臨絕版命運。1989 年 8 月在臺灣省兒童文學協會以及洪中周等人的贊助下，由臺中滿天星詩刊社發行再版；1999 年 9 月再由富春文化公司策畫第三版，將本書列入「臺灣兒童文學經典」系列第二冊，被有識者認為是本土少年小說的一種創作範例[1]。

　　這篇長篇少年成長小說，主要描寫 1960 年代臺灣農村社會的生活。故事的主角阿輝因家庭因素被迫寄養在舅舅家，「作者除了以事件交代阿輝的生活外，更以傳神的對話讓人物活靈活現的出現眼前。作者對場景的描述，氛圍的製造，內心的刻畫，在在都令人感動」[2]，被譽為臺灣少年小說經典之作。

　　將這部經典之作譯介到日本的馬場与志子是一位鑽研中國文學的大學教授[3]，與臺灣兒童文學結緣始於 1990 年 12 月加入北九州兒童文學同人組織「《小旗子》會」[4]。她在入會後，旋即透過該會召集人水上平吉引薦，

---

[1] 參閱林鍾隆〈三版後記〉，《阿輝的心》（臺北：富春文化公司，1999 年），頁 275～279。
[2] 參閱徐守濤〈從《阿輝的心》看林鍾隆先生少年小說之創作特色〉，許建崑主編，《林鍾隆先生作品討論會論文集》（臺北：富春文化公司，2001 年），頁 10。
[3] 馬場与志子，1935 年出生於中國遼寧省撫順市，畢業於九州大學中國文學科，譯有：蘇淑陽著《故土》（北京：中國書店，1989 年）；高明著《琵琶記》（福岡：小郡市圖書館，1993 年）。
[4] 北九州市兒童文學創作同好會「《小旗子》會」由白仁田宗太發起成立，於 1955 年 11 月發行創刊號，1956 年 1 月起由水上平吉擔任召集人至今。原隸屬於日本兒童文學者協會北九州支部，1962 年 5 月發行第 17 號《小旗子》之後，暫時停刊約六年。1968 年復刊後，以兒童文學創作者同好會「《小旗子》會」為名（實質上仍隸屬於日本兒童文學者協會北九州支部，但正式名稱將之省略），發行《小旗子》復刊號——通卷第 18 號「1968.夏」，爾來至 2016 年現在為止，已發行到第 140 號。其餘相關介紹參閱拙論：〈日本的華文兒童文學作品譯介概況——以兒童文學研究團體與創作同人組織出版之期刊雜誌為中心〉，《兒童文學學刊》第 6 期下卷（臺東：臺東師範學院，2001 年 11 月），頁 218～220。

認識作家林鍾隆以及他的創作。

　　被林鍾隆獨樹一格的作品世界深深吸引的馬場与志子，一連在《小旗子》雜誌第 86 至 88 期譯介了三篇短篇童話〈植物人〉（譯自《奇妙的故事》）、〈爸爸的冒險〉與〈白鼻子的故事〉（譯自《爸爸的冒險》）[5]，緊接著挑戰他的長篇小説代表作《阿輝的心》，將之一氣呵成。

　　作品來源取自於林鍾隆為推廣並實踐臺日兒童文學界之實質交流，親自寄贈給「《小旗子》會」的幾部創作中。「《小旗子》會」的召集人水上平吉向來十分關心亞洲兒童文學的發展，經常在同人刊物中呼籲會員要留意亞洲兒童文學作品的動態；他深信能從亞洲兒童文學作品中學習到不少寶貴經驗[6]。

　　因此，在水上平吉的理念支持下，《小旗子》雜誌編輯小組特地安排一整期會刊雜誌的版面，專門介紹《阿輝的心》；把這篇長篇小説的譯文完整收藏在第 89 期《小旗子》雜誌（1991 年 12 月 15 日）上，一次刊載完畢。讓關心亞洲兒童文學的會員與忠實讀者們能一口氣將《阿輝的心》讀完。

（二）作品評價與讀者反應

　　這篇曾經感動無數臺灣少年兒童們的《阿輝的心》，果然在日本引起了許多回響。《小旗子》雜誌第 90 期（1992 年 3 月 29 日）的「讀者通信」欄（頁 75）裡就選介了五篇來自全國會員的讀後心得與感想。緊接著，日本兒童文學者協會發行的全國版月刊《日本兒童文學》1992 年 5 月號，也刊載了日本兒童文學知名作家竹田真瑜美（筆名：竹田まゆみ）的引介與短評[7]。

---

[5]林鍾隆與《小旗子》會、水上平吉、馬場与志子間的交流活動請參閱《小旗子》第 84～93 期（1989 年 9 月～1993 年 5 月）及拙論：〈日本的華文兒童文學作品譯介概況──以兒童文學研究團體與創作同人組織出版之期刊雜誌為中心〉，《兒童文學學刊》第 6 期下卷，頁 246。

[6]參閱水上平吉〈讓我們放眼注視亞洲的兒童文學吧！〉，《小旗子》第 89 期（1991 年 12 月 15 日），頁 1。

[7]收錄於月刊《日本兒童文學》1992 年 5 月號同人誌評論專欄「同人誌評・あなたの"エチュード"を」（中文暫譯：〈同人誌評・您的「習作」〉）。

　　日後，林鍾隆本人也特別將日本讀者的反應翻譯整理為〈日譯《阿輝的心》的回響〉一文，於 1992 年 10 月刊登在其本人創刊發行的雜誌《臺灣兒童文學季刊》第 7 號[8]，跟臺灣的讀者們分享。

　　研究者將引用上述林鍾隆譯介〈日譯《阿輝的心》的回響〉一文之讀者回響，再參閱《小旗子》雜誌第 90 期的「讀者通信」欄日文原始資料，從中管窺日本讀者對本篇作品的評價與反應，並逐項詳論如下。

　　首先，日本兒童文學家木暮正夫寫道：

　　　『小さい旗』89 號，謝謝。翻譯水上多世的詩，童話給臺灣的孩子們閱讀的林鍾隆君的創作《阿輝的心》，這回是由馬場與志子[9]譯出，全文一舉刊載。這才是真正的交流，感銘很深。現代的臺灣的創作，幾乎沒有介紹過來，我將靜靜地用心閱讀……。[10]

　　木暮正夫在文中特別強調：在日本幾乎從未曾有人正式介紹現代臺灣兒童文學的創作，對「《小旗子》會」能以翻譯作品的實際行動來推動真正的兒童文學交流而表示讚揚，並祝福該會推動亞洲兒童文學大會之舉能順利成功[11]。

　　值得注目的是：木暮正夫本身也是兒童文學作家，創作領域多元，其輕快幽默的作品風格與林鍾隆相同之處甚多；同樣深具熱情，積極參與兒童文學推廣事務。木暮正夫於 1992 年開始長期擔任財團法人日本兒童文學者協會理事長，爾後於 2006 年 5 月榮任第 14 代會長，也是長期牽引日本

---

[8]詳見〈日譯《阿輝的心》的回響〉，《臺灣兒童文學季刊》第 7 號（編輯部撰，臺灣國語書店，1992 年 10 月），頁 51～54。經過多次交流之後，林鍾隆定期將自己創辦的《臺灣兒童文學季刊》寄贈予「《小旗子》會」，直到 2008 年《小旗子》晚秋號還有記載收到第 54～56 期《臺灣兒童文學季刊》的訊息（參閱《小旗子》雜誌第 126 期，2008 年 11 月 20 日，頁 17）。
[9]尊重引用文獻原始文字表記，將馬場与志子名字標示為：馬場與志子。以下同。
[10]〈日譯《阿輝的心》的回響〉，《臺灣兒童文學季刊》第 7 號，頁 52。
[11]參閱《小旗子》雜誌第 90 期的「讀者通信」欄（1992 年 3 月 29 日），頁 75。

兒童文學作家展開國際交流的重要成員之一。

　　研究者感到疑問的是：當木暮正夫先生靜靜用心閱讀完《阿輝的心》之後，對現代臺灣兒童文學創作——尤其是兒童小説抱持何種印象？而這些印象對其日後推廣臺日兒童文學家的相互交流，是否產生某種程度的影響力？仔細考察「讀者通信」欄所刊載其短短幾數行的讀者回應之中並沒有敘述到這部分，留待後進研究者繼續深入探討吧！

　　來自東京都東久留米市的兒童詩人黑木アリ子則來信表示：

> 　　臺灣的兒童文學《阿輝的心》，是非常精彩的故事，主角的阿輝少年，雖然只是五年級，卻有很穩重的思想，使我十分感動。有一天，突然喪失父親，和母親分離，到名分上是親戚的家，被舅舅、舅母，當做不歡迎的人，卻對周圍的人，仔細用心，溫和而堅強地成長的狀貌，心裡受到很大的震憾。（略）阿輝少年，最後終於到母親所在的臺北，母子能好好地生活在一起，更使我放下心中的石頭，鬆了一口氣。[12]

　　這篇精采的作品令黑木アリ子回想起自己窮困的童年——雖然貧窮透頂，家族卻相依為命地生活的往事，對小説中阿輝能與母親重逢，共度甘苦歲月而感到欣慰[13]。

　　對於擁有類似成長背景的黑木アリ子而言，這篇小説作品的故事背景與主角人物的心境描寫與周遭人物的刻畫，讓她產生深刻的共鳴。

　　埼玉縣浦和市的廿千芳子[14]（はたちよしこ）透過《小旗子》雜誌，先

---

[12] 〈日譯《阿輝的心》的回響〉，《臺灣兒童文學季刊》第 7 號，頁 52～53。譯文中林鍾隆將讀者出身地與姓名標示為：宮崎縣里木アリ子；而震憾的憾字忠於引用譯文，以編者林鍾隆原譯語詞呈現。

[13] 《小旗子》雜誌第 90 期的「讀者通信」欄，頁 75。

[14] はたちよしこ（本名：廿千芳子）1984 年榮獲第一回現代少年詩集新人賞，2007 年以『います

後閱讀了前述馬場与志子在第 86 至 88 期譯介的三篇短篇童話〈植物人〉、
〈爸爸的冒險〉與〈白鼻子的故事〉，尤其對白鼻心的故事感到印象深刻，
還特地去函編輯部分享愉快的閱讀經驗[15]。

閱讀完《阿輝的心》之後，她同樣投函抒發感想：

> 阿輝周圍的各種各樣的人的人物象，鮮明地浮在眼前，使我感覺到為了
> 生活的人際關係的重量和關連。真正的惡人，不是沒有嗎？阿輝的舅
> 舅、舅媽，終究還是為活下去而拚老命……只是堅強，端正地生活的清
> 新，通過阿輝，讓我再一次感覺到。這是時代、國家不同也不會變的。
> 作者素直的視點的美，也使我深思。[16]

著名兒童詩人廿千芳子透過《阿輝的心》，從少年阿輝的待人處世中體
認到：能夠既堅強又正直地活著是一件多麼神清氣爽的事！對作者用誠摯
的觀點所醞釀出的美感表示深受感動[17]。而對於「終究還是為活下去而拚老
命」的舅舅與舅媽超脫常軌的偏差行徑，充滿人文關懷與擅於凝視人性深
層闇部的詩人，則充分展現了高度寬容理解的同理心。

當然，這或許也是始終相信人性本善，樂意設身處地體諒他人的日本
特殊文化風土，所蘊涵出的獨特兒童文學觀吧！

福岡縣北九州市的柳生じゅん子也是透過《小旗子》雜誌讀過林鍾隆
的〈白鼻子的故事〉的讀者之一，亦曾發函盛讚〈白鼻子的故事〉是一篇
深具魄力而且擁有瞬間擄獲人心之驚人魅力的短篇佳作[18]。

ぐがいい」《最好是現在馬上開始》榮獲「赤鳥文學賞」。
[15] 參閱《小旗子》雜誌第 89 期的「讀者通信」欄（1991 年 12 月 15 日），頁 75。
[16] 〈日譯《阿輝的心》的回響〉，《臺灣兒童文學季刊》第 7 號，頁 53。人物象的象字忠於引用譯
　　文，以編者林鍾隆原譯語詞呈現。
[17] 《小旗子》雜誌第 90 期的「讀者通信」欄，頁 75。
[18] 《小旗子》雜誌第 89 期的「讀者通信」欄，頁 75。

　　讀完長篇小說《阿輝的心》之後，她認為：作者將兒童自我思索、自我啟發以及透過生活經驗建立自我認同的過程描繪地十分詳盡，讓她禁不住一邊讀一邊畫線，重拾童心，閱讀得不亦樂乎[19]。

　　和廿千芳子一樣身為著名兒童詩創作者柳生じゅん子，在品味《阿輝的心》的作品世界之際，一邊在字裡行間撿拾細膩描寫的詞彙語境，一邊享受同樣擅長寫詩的林鍾隆所精心刻畫的主角心境變化與營造的故事氛圍。

　　而深受感動的九州宮崎市的岩切祐子則發表感觸甚深的長文：

> 我想《阿輝的心》，是寫貧窮的少年，在勞苦中，仍然勇敢的活下去的作品。讀著讀著，不知不覺湧起戀舊的心情。好像是很古老的日本兒童的世界，日本人曾有過的了不起的東西，而現在喪失的，就在裡面，使我想起吉野源三郎的著作《你們要怎樣活》。現在孩子們的社會（學校、地域、家庭），使我最擔心的，是做為一個人最要緊的道德修養的育成沒有做好。這篇作品讓我再一次想起這件事。[20]

　　岩切祐子藉由《阿輝的心》緬懷失落已久的兒時情景，追思早昔日本人曾經擁有而如今卻已消失無蹤的美好事物（或精神），讓她對今日日本社會在兒童道德養成方面的成果不甚樂觀而感到十分憂心。

　　寓居神奈川縣橫濱市的詩人與童話作家重清良吉，在透過《小旗子》雜誌首度閱讀林鍾隆的童話作品〈白鼻子的故事〉之前，已經讀過了林鍾隆寫的詩，對其詩作有某種程度的熟悉感。不過對詩以外的童話作品卻相當陌生，因此而感到印象特別深刻，也曾發函編輯部，分享其閱讀〈白鼻

---

[19]《小旗子》雜誌第 90 期的「讀者通信」欄，頁 75。
[20]〈日譯《阿輝的心》的回響〉，《臺灣兒童文學季刊》第 7 號，頁 54。

子的故事〉的愉快經驗[21]。

　　讀完這篇讓他非常感動的《阿輝的心》，他以略帶感性的筆觸闡述：

　　　　小孩子能思考自己的心，自我的萌芽，從各種各樣的經驗，確立自己的
　　　　過程，描寫得非常細心而細膩，禁不住用鉛筆畫著讀。主角的勇敢與心
　　　　理的動向都可以共感，讓我回到了童年的心，讀得非常愉快。[22]

　　與柳生じゅん子一樣，重清良吉也是忍不住一邊畫線，一邊閱讀。由
此可知道林鍾隆在堆砌《阿輝的心》的作品世界之際，將擅長的細膩描寫
功力發揮得淋漓盡致，讓感受性敏銳的日本童詩詩人與兒童文學創作者都
能深刻感受到。

　　最後要分析的——前述兒童文學知名作家竹田真瑜美刊載於《日本兒
童文學》月刊 1992 年 5 月號的引介與短評[23]：

　　　　本期臺灣的兒童文學《阿輝的心》（林鍾隆作，馬場與志子譯）占了 64
　　　　頁。貧窮、勞動、進學、友情、家族，這些問題，嚴肅而熱情地形成故
　　　　事。和所謂國民總（分）中流意識的現代日本的兒童，有著完全不同的
　　　　生活的狀貌。孤陋寡聞的我，是第一次看到臺灣的作品，完全被壓倒了
　　　　（非常驚異、佩服之意——編者林鍾隆譯註）。向孩子們述說的大人就在
　　　　這裡，也被這樣的感動所搖憾。我衷心期盼這部作品，能得到很多人閱
　　　　讀。[24]

---

[21] 《小旗子》雜誌第 89 期的「讀者通信」欄，頁 75。

[22] 〈日譯《阿輝的心》的回響〉，《臺灣兒童文學季刊》第 7 號，頁 53～54。

[23] 原文出處請參閱同人誌評論專欄「同人誌評・あなたの"エチュード"を 」，《日本兒童文學》月刊
　　1992 年 5 月號，頁數不詳。在此引用〈日譯《阿輝的心》的回響〉譯文，《臺灣兒童文學季刊》
　　第 7 號，頁 51～52。

[24] 〈日譯《阿輝的心》的回響〉，《臺灣兒童文學季刊》第 7 號，頁 51～52。搖憾的憾字忠於引用譯
　　文，以編者林鍾隆原譯語詞呈現；馬場与志子名字也忠於原譯文，標示為：馬場與志子。

　　從上述竹田真瑜美的短評可得知：這篇嚴肅而熱情的勵志兒童小說描寫的貧窮兒童困苦的生活樣貌，與已經進步到中流社會的先進國家日本的兒童生活型態有著顯著的差距，讓日本讀者感受到不一樣的閱讀經驗。而竹田真瑜美本人則對於林鍾隆採取以「大人」的角度「向孩子們述說」的創作手法，特別感動而引發震撼的情緒。

　　綜上所述，研究者發現手邊可以收集到的作品評價，幾乎全部出自於兒童文學界相關創作者之手，也就是以同樣身為詩人或童話作家的專業角度的深度賞析居多。

　　這些日本專家級讀者的所感所見，基本上與我國學者趙天儀教授的解讀：「《阿輝的心》也是一部苦兒努力記，在他那堅毅不屈的性格中，可以看出他的言行有一種自我鞭策與向上奮發的意味」[25]是相互呼應的。品味著一篇篇來自日本各地讀者的肺腑之言，不但讓研究者對這篇作品的卓越成就佩服不已；更證實了兒童文學研究者傅林統所言不假：「《阿輝的心》令人一讀即欲罷不能，那緊密的結構，清晰的人物像，深邃的描述，確實魅力十足」[26]。

　　因為林鍾隆的《阿輝的心》，就是這麼一部既真實又生動的少年小說，所以才能跨越不同種族與國籍的思想藩籬，引起所有讀者的共鳴。

　　據水上平吉表示，還有很多的感動因篇幅有限而未能全部刊載，足見這部「曾經被譽為早期臺灣最有代表性而且令人懷念的一部少年小說」[27]《阿輝的心》，已經成功地擄獲了許多日本讀者的心。

（三）譯文表現評析——建議與期許

　　將《阿輝的心》成功譯介到日本的馬場与志子是一位熱心的華文兒童文學翻譯者，除了林鍾隆的作品外，還譯介過林海音（三篇）、李潼（一

[25]參閱趙天儀，《兒童文學與美感教育》（臺北：富春文化公司，1999年），頁119。
[26]參閱傅林統，《豐收的期待：少年小說‧童話評論集》（臺北：富春文化公司，1999年），頁53。
[27]參閱趙天儀《兒童文學與美感教育》，頁119。

篇）、林良（一篇）、杜紫楓（一篇）等人的童話、散文作品[28]；可謂是第一位將現代臺灣兒童文學作家的創作，大量介紹到日本的兒童文學工作者。

　　她透過作品的翻譯與作家紙上交流；並帶領「《小旗子》會」的成員與讀者共同欣賞她精心推薦的譯作，讓臺灣兒童文學有更多感動日本讀者心弦的機會，對臺灣少年小說日譯成果貢獻非凡。

　　至於《阿輝的心》的譯文表現如何，經研究者逐字檢視譯文，與原著詳細比對的結果，發現《小旗子》版的內容要精簡許多，有 67 段（每段一至六行不等）原文被刪除；被省略或漏譯的語句約有一百二十餘處，而其中絕大部分都是屬於刻畫故事人物心理狀態與感情思維的細膩描寫。另外，比較醒目的誤譯例有三個，而明顯遭到改寫的地方只有一處[29]。

　　由於《小旗子》雜誌每一期平均發行 60 頁左右（40 頁～80 頁間），要將《阿輝的心》原封不動呈現出來，估計要一百頁左右，遠超出「《小旗子》會」的發行經費預算，所以馬場与志子接受水上平吉的建議，在不影響故事情節發展以及損及作品原味的情況下，酌情予以刪減，將譯文篇幅控制在不超過《小旗子》雜誌所能接受的上限（80 頁），因此才會造成上述大刀闊斧刪除原文的情形出現[30]。

　　避開刪文與漏譯問題不談，她的譯文表現其實相當沉穩、平實，行文雅致內斂，文風真誠動人，把林鍾隆的作品風格表達得十分傳神；同時她也盡量將譯作的氛圍營造得和原作一樣溫馨感人。基本上說來，她的譯文藝術成就是相當優秀的。

　　雖然當年馬場与志子因為某種原因，致使無法將作品百分之百完美的詮釋出來，不過慶幸的是日譯本還沒有正式出版。期許不久的將來。她能重拾譯筆，將刪除之處補遺並重新檢閱舊稿，再積極尋訪願意推廣閱讀臺

---

[28] 林海音（《林海音童話集》中的三篇短篇〈哈哈哈〉、〈蔡家的老屋〉、〈爸爸的花椒糖〉）、李潼（一篇〈水柳村的抱抱樹〉）、林良（一篇〈丟〉）、杜紫楓（一篇〈動物語言翻譯機〉）。

[29] 三處誤譯出現在譯文第 20 頁中段、第 49 頁下段、第 72 頁中段；第 33 頁下段有部分被改寫。

[30] 研究者於 2001 至 2002 年間曾數次親赴北九州市訪談水上平吉與馬場与志子，事後再利用電子郵件針對本作品的翻譯策略與增刪原則向翻譯者本人請益討論，經反覆後確認上述事項無誤。

灣兒童文學的出版社，讓這本臺灣鄉土少年小說經典之作《阿輝的心》能更上層樓，以單行本的形式出現在現代日本青少年及兒童讀者的眼前。

　　至於譯文與原稿逐字逐句的比對考察與分析，因為篇幅的關係暫時予以割愛，期待日後有機會再另撰他稿，具體列舉各類譯文例句，詳細論述其優缺點。

　　　　　——選自林文寶主編《少兒文學天地寬——臺灣少年小說學術研討會論文集》

　　　　　臺北：九歌出版社，2002 年 6 月

　　　　　——2016 年 10 月增補相關資料，加以大幅改寫。

「頑童」與「完人」

《魯冰花》與《阿輝的心》中的男童形構

◎吳玫瑛[*]

一、前言

在各式女性主義思潮影響之下，與兒童讀物相關的性別研究大多以探討女性的樣貌為焦點，這並不足為奇，君不見過去二十多年來女性主義思潮對兒童文學和文化所造成的衝擊。女性主義者汲汲營營的目標，便是對父權體制如何透過社會結構和文本結構宰制女性的身體和行為進行了解，並力圖改變。然而，關乎男性的身體和行為如何同受父權意識形態宰制的問題似乎較無關緊要，直到最近才浮出檯面。[1]

上面這段引文出自《為男之道》（暫譯，*Ways of Being Male: Representing Masculinities in Children's Literature and Film*），該書出版於2002 年，一般咸認為是結合兒童文學、兒童文化、以及男性／男童研究的先驅。主編史蒂文斯（John Stephens）在前言簡述了男性研究的來龍去脈，他觀察（西方）自 1970 年代女性主義運動蓬勃發展以來，性別研究的重心乃在於發掘、再現、重塑女性主體與經驗，影響所及，兒童文學與性別相關的研究仍大多以女性／女童／陰性主體為關注焦點。較著名的例子有泰瑞慈（Roberta Seelinger Trites）的《喚醒睡美人》（暫譯，*Waking*

---

[*]成功大學臺灣文學系副教授。

[1]引自 John Stephens, ed. *Ways of Being Male: Representting Masculinities in Children's Literature and Film*（New York: Routledge, 2002），頁 x。這段譯文以及本文中其他英文中譯皆由筆者自譯。

Sleeping Beauty: Feminist Voices in Children's Novels) 以及維爾基史蒂柏
（Christine Wilkie-Stibbs）的《兒童文學的陰性主體》（暫譯，*The Feminine
Subject in Children's Literature*)。然而，誠如史蒂文斯所言，男性研究近年
來已逐漸受到重視，成為性別研究新興的關注場域。過往，在女性主義巨
浪的掀引之下，女性的多元面貌紛紛顯露開展。如今，在女性主義餘波的
衝擊之下，男性看似自然而然或普遍皆然的面貌開始受到質疑與挑戰，男
性氣概已不再是個容易定義或不辯自明的統稱，男性氣質隨著歷史、文
化、政治、社會結構的嬗變與推迭，乃呈現不同的風貌，或有不同的解
讀。甚或，以往不覺有疑／異的說法，諸如「男兒本色」（在西方則常謂
"boys will be boys"）這類標舉男孩固有（陽剛）特質，或認為男孩的特質
清晰可辨或一成不變的論調，如今受酷兒理論等新式學說之詰問與批判，
也逐漸模糊、游移、或變調，男性以及男童的諸多特質和複雜樣貌正待一
一細究。

　　史蒂文斯在《為男之道》的前言表達了他對當時（西方）兒童文學研
究領域漠視「男性研究」，或對此議題的遲緩反應感到不解。他直陳兒童文
學的批評論述對於童書如何描寫、再現男性氣質的相關研究寥寥可數，因
而剴切呼籲兒童文學研究者對此予以正視。史蒂文斯所言觀諸臺灣文學及
文化研究之現況，尤其對臺灣兒童文學研究面向之開展仍有幾分振聾啟聵
之效。雖然臺灣近年來有關男性研究的專書、論文已質量漸增，[2]然而以男
童為研究焦點，尤其，試圖探勘臺灣（兒童）文學的文本當中如何形塑男

---

[2]例如，碩士論文有林珞帆的〈男性形象重塑：《法國中尉的女人》中之男性本質〉（1998 年）、劉
添喜的〈大衛馬魅戲劇中的語言：語言和權力、意識型態與男性氣概的關係〉（2000 年）、邱春煌
的〈壓抑與認同：繪製《霸王別姬》中的中國男性本質〉（2003 年）、葉允凱的〈你是男子漢？愛
倫坡和柯南道爾偵探故事中男性意識之重塑〉（2004 年）、以及王惠玲的〈成男之道：析論《地海
傳說》中格得的男性認同〉（2008 年）。然而以男童文化為研究主題之相關文獻仍寥寥無幾，相近
研究有王穎〈公校男童與帝國：《蒼蠅王》的政治化閱讀〉（2003 年）。對於男童研究稍有著墨
的，多半限於教育相關課題，如高醫性別所陳琇芳的〈卡通《火影忍者》：男童的陽剛氣質建構與
性騷擾防治教育〉（2006）以及羅健霖的〈泰雅族男童的世界觀：兼論其教育意義〉（2002 年），
前者側重教育防治工作之提倡，後者則針對泰雅族男童進行質性研究，以了解受訪男童對世界的
看法與想法，進而解析其中的教育意涵。

童面貌以及建構男童文化的相關論述仍不多見。是以,本文乃著眼於臺灣男童文化(boyhood)之初步探析,欲以臺灣早期出版的少年小說文本為關注場域,[3]希冀藉由梳理臺灣文學少兒小說的經典作品《魯冰花》和《阿輝的心》中的男童形構,一窺臺灣作家筆下所形塑的男童樣貌,以此初步勾勒並研析臺灣早期小說作品中的男童性別建構意涵。

《魯冰花》是臺灣戰後第一代本土作家鍾肇政以「鍾正」為筆名所發表的第一部長篇小說,於 1960 年 3 月底開始在《聯合報‧副刊》上連載,同年 6 月 15 日刊完,1962 年由明志出版社結集成書。此後,鍾肇政共計發表二十多部長篇小說,包括知名的「濁流三部曲」(《濁流》、《江山萬里》和《流雲》)以及「臺灣人三部曲」(《沉淪》、《滄溟行》和《插天山之歌》)等大河小說作品,另外也出版九本短篇小說集,堪稱「戰後作品最豐富的本土小說家」。[4]在他眾多的小說作品中,雖以大河小說的系列作品受到研究學者較多的關注與討論,然而,無可否認的,《魯冰花》是鍾氏在文壇上所發表的第一部長篇小說,後經成功改編成電影,至今已是家喻戶曉的經典作品。[5]《阿輝的心》則是同屬戰後第一代的臺灣本土作家[6]林鍾隆受

---

[3]本文所指的「少年小說」乃是以兒童文學學界慣常指稱專為少兒創作或是少兒適讀的小說文本。臺灣「少年小說」文類主要生成於 1960 年代,其因有二:一是臺灣省政府教育廳於 1964 年成立「兒童讀物編輯小組」,開始籌編「中華兒童叢書」,此舉開啟了作家創作少年小說之契機。其二,戰後紛立專門發行兒童讀物的報刊及出版社,如「國語日報」(創設於 1948 年)、「小學生雜誌社」(創設於 1951 年)、「學友」(創設於 1953 年)、「東方少年」(創設於 1954 年)等,因刊稿之需要,頻頻邀約成人文壇作家「跨界」為少兒書寫,對於「少年小說」此一文類的生成亦有推波助瀾之效。關於臺灣少年小說此一文類之生成背景與發展情形參見洪文珍所撰寫之《兒童文學小說選集》前言,尤其關於「臺灣地區四十年來的少年小說」一節。

[4]引自彭瑞金,《臺灣文學 50 家》(臺北:玉山社,2005 年),頁 290。

[5]戴華萱在〈蒙蔽終要開啟──鍾肇政《魯冰花》的成長論述〉一文中也指出鍾肇政的作品中首先獲得讀者喜愛的「當是 1960 年連載於聯副的長篇小說《魯冰花》」(頁 95)。另外,傅林統在《豐收的期待》中特別指出《魯冰花》這部作品於 1960 年代問世時,臺灣文壇盛行「反共文學」,《魯冰花》這部書寫鄉土的作品在當時宛如一股清流湧現,「感動了很多喜愛文學的青年」(頁 55)。例如,張良澤便是受這部作品啟發而「決心要走鄉土文學的路了」(轉引自傅林統,《豐收的期待──少年小說‧童話評論集》(臺北:富春文化公司,1999 年 4 月),頁 54)。

[6]邱各容在《臺灣兒童文學作家及作品論》中指出「在臺灣文學發展史上,林鍾隆被定位為戰後第一代的臺灣本土作家」(頁 129),然而在《臺灣兒童文學史》一書中,他則強調林鍾隆受過日本教育是屬於「跨越語言的一代」(頁 9)。另外,彭瑞金在《臺灣文學 50 家》中認為鍾肇政雖與葉石濤同齡,但是在戰後開始學習中文後才投入文學創作,屬「典型的戰後新生一代」作家(頁 290)。關於「跨越語言一代」的指涉意涵,施懿琳在《跨語、漂泊、釘根》一書中有較詳盡的說

林良、蘇尚耀等人之邀，專為少年讀者而寫，於 1964 年 12 月起在《小學生雜誌》上連載，翌年由小學生雜誌社結集出版。[7]兩部作品分別寫成於1960 年代初期和中期，可視為戰後臺灣少年小說創作之始。[8]兩者皆臚列於《臺灣（1945～1998）兒童文學 100》的小說評選推薦書單中，堪稱少年小說的經典之作。[9]

循此，本文擬以《魯冰花》與《阿輝的心》為研究文本，初步探究臺灣 1960 年代少年小說中的男童形構，試圖爬梳於此時期生成的文本如何展現和再現男童文化與男童主體。囿於臺灣男童文化研究尚屬新興議題，相關論述典範（paradigm）仍待萌發與建立，本文將援引西方男性／男童研

明，她指出所謂的「跨語」，原本是指臺籍作家從日治時期使用日語創作，到戰後改為使用中文書寫的創作歷程。然而施懿琳表示「跨語」也可以廣泛地涵括與「跨語作家」約莫同時代者。亦即，曾接受過日式教育但在戰後才以中文書寫的創作者，亦可廣泛指稱為「跨語的一代」（頁 I）。不論鍾肇政和林鍾隆是屬「戰後新生一代」的作家，或是「跨越語言一代」的作家，無可否認地，兩人皆屬戰後初期臺灣重要的本土文學作家。

[7]《小學生雜誌》創刊於 1951 年，由吳英荃擔任發行人，李畊任編輯。1953 年徐曾淵出任社長，《小學生》分為「雜誌」和「畫刊」兩個出版路線，《小學生雜誌》以小學中高年級學生為閱讀對象，《小學生畫刊》則以小學低年級學生為主，前者仍由李畊任主編，後者則由林良統籌。《小學生雜誌》和《小學生畫刊》於 1966 年先後停刊，出版歷時約十五年，前者共發行 394 期，後者則有 332 期，屬 1950 年代初至 1960 年代中期重要的兒童期刊（參見林文寶，〈臺灣兒童文學的歷史與記憶〉，頁 9。）另外，洪文珍在〈影響 20 世紀後半臺灣少年小說發展的 13 樁大事〉一文中引述洪文瓊的說法，認為《小學生雜誌》的創刊是「影響臺灣近半世紀兒童文學發展的一件大事」，而該雜誌社於 1965 年將《阿輝的心》輯成專書出版，「也是影響臺灣少年小說發展的大事之一」（頁 67）。

[8]洪文珍在《兒童文學小說選集》前言中指出，林鍾隆的長篇小說《阿輝的心》是「作家創作少年小說的真正開始」（頁 23）。許建崑在〈六○年代臺灣中長篇少年小說作品評析〉一文中也認為林鍾隆的《阿輝的心》是第一部「真正率先寫出孩子精神的少年小說」（頁 309）。論者咸以為《阿輝的心》是少年小說創作的發端。至於《魯冰花》是否屬少年小說，學界說法不一。書中主角郭雲天是個初出社會的青年，故事主軸環繞在他擔任國小代課老師時所遭遇的人事糾葛、權力鬥爭、愛情波折等已屬成人階段的生活經歷，然而傅林統認為鍾肇政《魯冰花》雖然「並不是以兒童為閱讀的對象」，可是故事當中兒童的角色占有相當份量，頗能吸引年少讀者，「所以是一部為兒童攬入他們閱讀範圍，藉以窺伺成人的少年小說」（《豐收的期待》，頁 54）。趙天儀亦將《魯冰花》視為少年小說文本，然而他也說明鍾肇政書寫該部小說時僅以創作小說為目的，並未將其自許為少年小說的創作，但綜觀全書，仍可以將其當作一部少年小說來看待（頁 116）。戴華萱用以社會新鮮人的成長為關注焦點，認為故事主角郭雲天仍就讀於大學美術系，以代課老師的身分進入學校職場，書中細膩刻畫出「青少年初入社會時普遍面對的個人理想與社會現實衝突的成長困境」，應可視為一部探討青少年面臨各種成長難題的「成長小說」（頁 96）。

[9]文建會「臺灣兒童文學 100」評選活動於 1999 年舉辦，一共選出 102 本自 1945 年至 1998 年期間在臺灣出版的優良兒童文學作品，其中少年小說類的入選作品共計 13 部，相關內容參見林文寶編，《臺灣（1945～1998）兒童文學 100》，頁 60。

究中影響較深遠的「霸權陽剛特質」論述作為主要理論架構，並且採擷西方經典男童故事作為參照，嘗試以此初步探析臺灣少年小說文本中之男童性別建構。是以，本文擬探討以下問題：（一）《魯冰花》與《阿輝的心》這兩本書寫臺灣男童故事的文本，在其不同的敘事脈絡中，究竟構築了甚麼樣的男童形貌和男童文化？彰顯了什麼樣的男童霸權陽剛氣質？或問，這兩部書寫於臺灣 1960 年代的少年小說作品，其中所隱含或具現的「理想化」男童形貌為何？（二）兩部作品一則刻畫男童主角因父歿母離而寄人籬下的孤苦際遇，另一描摹貧苦農家男童成長的悲歡歲月，故事內容縱或有別，其中的理想男童構型是否彼此呼應，相連一氣？男童的「典型」（normative images）是否樣貌如一，清晰可辨？抑或，兩部作品雖皆於1960 年代問世，但其中的理想男童形構卻（可能）樣貌殊異，各有所倚？本文將聚焦探討《魯冰花》與《阿輝的心》兩部作品中男童主角的形構，並輔以其他次要男童角色的對比分析，以此探看並細究臺灣早期少年小說文本中所形塑的男童文化梗概。

二、男童的「霸權陽剛特質」

「霸權陽剛特質」（hegemonic masculinity）一詞，或譯「霸權男性氣慨」或「王道陽剛氣質」，是澳洲知名性別研究學者柯乃爾（R. W. Connell）在《性別與權力》（Gender and Power）這本討論性別權力結構關係的專書中創先提出的觀點，至今已是性別研究學者經常引述，尤其是研究男性／男童論述者所熟知並廣為運用的概念。[10]在《性別與權力》中，柯乃爾初步指出霸權陽剛特質「總是建構在與各種附屬的男性氣慨

---

[10] 例如，麥庫非（C. Shawn McGuffey）和李奇（B. Lindsay Rich）在 "Playing in the Gender Transgression Zone: Race, Class, and Hegemonic Masculinity in Middle Childhood" 一文中便明白表示：「柯乃爾所提出的『霸權陽剛特質』概念至今已在性別研究者間傳播開來」（頁 73）。他們兩人也運用此一概念分析男童世界的性別結構關係，指出霸權陽剛特質「是公開用來維持高階（high-status）男性的權利，以便凌駕於具有次等男性氣慨的男童，而男童又凌駕於女童之上」（頁 77）。

（subordinated masculinities）以及和女性的關係上」。[11]柯乃爾在《男性氣概》（暫譯，*Masculinities: Knowledge, Power and Social Change*）中進一步申論，「霸權式陽剛特質」乃是「父系社會慣用的性別實踐（gender practices）之道，用以合理化並鞏固男性的主導地位以及女性的附屬地位」。[12]值得注意的是，柯乃爾提出「霸權陽剛特質」的說法，並非專指或強調傳統定義的男性陽剛氣概，如勇猛、慓悍、強壯等。[13]柯乃爾提出霸權陽剛特質的說法，乃參酌葛蘭西（Antonio Gramsci）闡述階級關係的霸權理論。葛蘭西學派所闡述之霸權（hegemony）與由上而下以武力或暴力脅迫的集權式霸權並不相同，強調霸權概念之形成與運作，主要是透過隱微精巧的滲透方式，在日常生活的言談與思想之中植入或置入特定的意識形態，以此形塑集體認知並產生對他人的影響。

因此，葛蘭西學派所闡釋的霸權應屬文化霸權的產製，強調的是「共識」（common sense）的形成與形塑作用，使一般大眾在不知不覺或難以察覺的狀況下，自然服膺、遵行、內化、甚或複製特定理念。這樣的共識必然隱含社會機制的操作以及集體意識的運作，這樣的共識所指涉的或強化的往往是「理想化」（idealized）或「標準化」（normalized）主體的定型想像。例如，對於男孩主體的定型概念，常見的有「男孩就是男孩」（boys will be boys）或「男孩不哭」（boys don't cry）這類說法，然而這些「男孩（不）是什麼」或 「男孩（不）該如何」的說法或假設，往往是社會大眾（大宗）集體意識的產製與再現，或是透過話語機制（discursive mechanism），或是透過文本機制（textual mechanism），以隱微、細密、浸潤的方式，形塑為「人人皆以為是」的共識。簡單說，「霸權」所指乃是社

---

[11]引自 R. W. Connell, *Gender and Power* (Stanford, CA: Stanford UP, 1987)，頁 183.

[12]引自 R. W. Connell, *Masculinities: Knowledge, Power and Social Change* (Berkeley: University of California Press, 1995)，頁 77。

[13]John Stephens, ed. *Ways of Being Male: Representtiing Masculinities in Children's Literature and Film*，頁 ix。

會大眾（大宗）的集體意識或想像。[14]柯乃爾在《男人與男孩》（*Men and Boys*）中更進一步闡明霸權陽剛特質的意義與內涵，強調霸權陽剛特質在男性世界裡其實並非普遍現象，而是「最受推崇或最受渴慕的」（the most honored or desired）性別表徵。[15]換句話說，霸權式陽剛特質並非最常見的男性（男童）特質，而是社會文化所認可或期待的「理想化」男性（男童）性別表現。

此外，男性的「理想化」性別表現，或者說男性的霸權陽剛氣質的展現，並非單一且穩固，而是因時制宜「在變動的關係結構中」形塑而成的。[16]是以，柯乃爾在《男性氣概》中提出了「男性氣概關繫」（relations among masculinitles）的說法，他舉出「男性氣概關繫」至少包含了霸權（hegemony）、附屬（subordination）、共謀（complicity）與邊緣（marginalization）四種不同男性氣概交互作用的關係。[17]換言之，霸權式陽剛特質是眾多男性（男童）特質當中的一種，其樣態會隨著歷史、文化、社會、族群之變易交雜而有所變貌。另一方面，若無其他次等、附屬或邊緣的男性氣質與之形成對比、拉鋸、排擠、相斥、或相屬的關係，霸權式陽剛特質也無由彰顯或存在。須留意的是，康乃爾在《男性氣概》一書中探討男性的霸權文化時，即強調男性氣概的「正規標準」（normative standards）對大多數男人而言其實是難以企及的。[18]而他也說明這些用來指稱不同男性氣質的特定用語，諸如「霸權式陽剛氣質」（hegemonic masculinity）以及「邊緣化男性氣質」（marginalized masculinity）並非固定的性別分類，而是在特定的場域中以及在不斷變動的關係中所呈現的性別

---

[14] 有關葛蘭西霸權理論的相關討論，參見 Antonio Gramsci, *Selections from the Prison Notebooks*; Raymond Williams, *Marxism and Literature*, pp. 108-114; Terry Eagleton, *Ideology: an Introduction*, pp. 112-123.

[15] 引自 R. W. Connell, *The Men and the Boys* (Berkeley: University of Califor-nia Press, 2000)，頁 10。

[16] R. W. Connell, *Masculinities: Knowledge, Power and Social Change*，頁 81。

[17] 柯乃爾在書中多次申明，這些性屬關係不僅指涉性別結構（gender order）的內部關係，也涉及陽剛主體和其他社會結構諸如階級和種族之間的建構關係。引自 R. W. Connell, *Masculinities: Knowledge, Power and Social Change*，頁 76～81。

[18] R. W. Connell, *Masculinities: Knowledge, Power and Social Change*，頁 79。

樣態。亦即，這些性屬關係可能隨著社會情境的移轉或話語體系的置換，而呈現不同的樣貌與意涵。

三、古阿明的「頑童」形貌

傅林統曾說：「讀《魯冰花》有兩個人物令人永遠難忘，其一是耿介而富有藝術浪漫氣質的郭雲天，其二是天才兒童——古阿明」。[19]古阿明的令人難忘除了他繪畫上的獨特表現，以及悲劇性的短暫人生，另外，就是他那副 「天真調皮」的模樣。[20]在《魯冰花》故事一開始，古阿明便以好奇的模樣出現在讀者眼前：

> 「姊姊，那個人又在畫畫呢。去看看吧。」
>
> 「不行！晚回去又要給爸爸罵。」
>
> 「一下子就好吧，姊姊。」一個十歲大小的男孩在央求著。他伸出手把姊姊肩上扛著兩隻茶簍的竹棍使勁拉住。
>
> 「別拉！哎哎，真是……」她無可奈何地說。[21]

在這幾句簡短的對話當中，古阿明的頑童形象即已依稀可見：他對畫畫感興趣，對新鮮事物充滿好奇，寧願冒著晚歸被父親責罵的風險，也要對令他感興趣的事物探個究竟。相對於姊姊的被動、柔順、不敢（違抗父令）或不願輕易冒險，古阿明則展露了主動、頑強、與堅持到底的自主精神。從這段簡短的對話即可看出，古阿明與古茶妹的性別角色刻畫乃呈現了傳統性別刻板印象。具體而言，兩者的性別形塑反映了傳統社會文化所認可的「男孩陽剛，女孩陰柔」、「男孩主動，女孩被動」、「男孩勇敢，女孩膽怯」等男女二元對立的性別意識。這片段的描述充分顯明了古阿明自

---

[19]引自傅林統，《豐收的期待：少年小說・童話評論集》，頁 59。
[20]引自鍾肇政，《魯冰花》（臺北：遠景文化公司，2004 [1962] 年），頁 30。
[21]鍾肇政，《魯冰花》，頁 8～9。

主、積極、不受拘束的陽剛特質。若援引柯乃爾的性別權力結構觀點來分析，從這段描繪古茶妹與古阿明的姊弟互動關係中，不難看出，相較於古茶妹的「依從」，古阿明的「自主」乃是霸權陽剛特質的寫照。如果以西方經典男童故事《彼得兔》作為參照，[22]小兔彼得不聽母親的勸誡，勇闖麥桂格農夫的田地，歷險歸來的故事，和《魯冰花》這段情節描述，雖然內容大異其趣，但是男童主動、好奇的冒險精神，以及拒絕聽命於女性的違抗姿態倒有幾分類似。

　　古阿明的自主精神，最具體的呈現就在他對繪畫的執著與主張上。古阿明自小就展露對書畫的喜好：

　　說起畫畫，再沒有使弟弟更喜歡的事情了。茶妹記得六年前入學後有了蠟筆圖畫紙等東西，從那時候起，弟弟就懂得了有件叫做「畫畫」這麼回事。那時他才四歲，見了東西就要，而且到了手就一定要玩個夠，非到那東西支離破碎不肯放手……。起始是撕下日曆來塗，到後來，牆壁，地面上、桌椅上，到處都要畫上那些圓圓方方的古怪圖樣。[23]

　　然而，古阿明的畫在姊姊、父親以及一般師長的眼裡卻是怪異難解，因為他的畫「每張都稀哩古怪的，叫人一看就禁不住大笑」。[24]他有自己獨特的作畫方式，「老要把蠟筆用力地塗，滿張圖紙都要塗上厚厚一層。且顏色的配合更怪，有時把樹木塗上大紅色，有時水牛變成一條大綠牛」。[25]雖然父親以傳統制式的眼光評判阿明的畫，認為「畫畫總要畫得像」，而要姊姊茶妹教他如何作畫，可是阿明堅持：「我要怎麼畫便怎麼畫，老師教的我都不愛聽呢，姊姊更不行啦！」。[26]書中也頻頻以「調皮」形塑古阿明，例

---

[22]參見 Beatrix Potter, *The Tale of Peter Rabbit* (1902) 一書。
[23]鍾肇政，《魯冰花》，頁 15～16。
[24]鍾肇政，《魯冰花》，頁 18。
[25]鍾肇政，《魯冰花》，頁 16。
[26]鍾肇政，《魯冰花》，頁 17。

如，古阿明對繪畫的自我主張看在認命又謹守本分的父親眼裡「真是個調皮蛋」。[27]阿明對畫畫的看法與堅持，一方面強烈展現了他獨立自主的個性與主張，另一方面則顯露了他活潑自在，不拘泥於規條，強調自我風格，不受傳統束縛的「頑童」面貌。可以說，古阿明勇於表達自我，不願受他人規範與教化，獨特而不從／流俗的繪畫風格與堅持，乃是霸權式陽剛特質的展現。

古阿明的活潑調皮也可從他與動物的緊密關係中看出端倪。古阿明是個愛動物成痴的男孩，在書中有這段描述：

> 阿明愛貓愛得出奇。不止是貓，凡是四腳的動物，不論大到牛羊，或者狗兔，就連髒豬，他都一樣地喜歡。尤其狗是他特別喜愛的。[28]

在男童的成長故事中，動物通常扮演著重要的角色。在西方經典童書中不乏這類描寫男童與動物密不可分的關係。諾德曼（Perry Nodelman）在〈男童現身〉（暫譯，"Making Boys Appear: The Masculinity of Children's Fiction"）中便明白指出，在西方傳統觀念上男孩向來被認定像動物一樣「野」（wild），例如有一首古老的童謠就傳誦著男孩是「青蛙、蛇、小狗的尾巴」，在文中清楚以動物或動物的肢體比喻男孩，也難怪許多書寫男童的故事，比如《彼得兔》和《野獸國》[29]主角經常是動物，要不就是喬裝成動物的模樣。[30]換句話說，以動物來形塑男童的陽剛氣質是童書作者常用的手法，動物因此也經常成為男童故事中的要角。在《魯冰花》裡，阿明雖然最愛的是狗，但因家裡貧窮，只有貓與他為伴。阿明與貓常是形影不離，書中描寫他經常抱著貓，連外出看戲也堅持帶貓去。後來，小貓因誤

---

[27]鍾肇政，《魯冰花》，頁 17。
[28]鍾肇政，《魯冰花》，頁 41。
[29]參見 Maurice Sendak, *Where the Wild Things Are* (1963) 一書。
[30]參見 Perry Nodelman, "Making Boys Appear: The Masculinity of Children's Fiction." *Ways of Being Male: Representing Masculinities in Children's Literature and Film.* Ed. John Stephens (New York: Routledge, 2002)，頁 1-14。

觸毒物在風雨中喪命，阿明也因愛貓心切，拚命在滂沱大雨中追逐奔逃的小貓，因此受了風寒，染病而亡。古阿明與動物的相依相伴，在故事的鋪陳之下，雖帶有幾分悲劇色彩，但男童的生活乃至生命與動物的緊密相繫，彼此難分難離，在此不言可喻。在文本的形塑之下，阿明除了愛動物，也幾乎成了動物的化身。比如，阿明聽到姊姊阿茶喊他吃飯了，作者如是描寫：「阿明答應了一聲，一條小狗也似地奔向門口」。[31]男孩身邊經常少不了動物，男孩的舉動如動物般矯捷奔放，就像女孩的世界滿是花，女孩總是和花牽連一起，性別刻板印象的模塑在此清晰可見。

若說，動物乃是形塑理想男童／頑童（wild boys）樣貌不可或缺的一環，那麼，男孩會／愛玩球則是構築男童霸權陽剛氣質的另一重要符碼。古阿明在操場上善於玩球的活躍表現在以下這段描述中展露無遺：

〔郭雲天〕在樹下站著……泛著微笑目送那些生龍活虎般的小朋友們遠去。他在他們當中找剛才狠狠地擲了他的小朋友。很快就被他的視線捉住了，那個小朋友很活躍，衣服上有幾個補釘，正是三年級生古阿明。[32]

這段簡單的描述，鮮明刻畫了古阿明活潑、好動、矯捷、奔放的形象。在傳統的認知上，打球或玩球向來「是男孩子做的事」，[33]古阿明「自然」也不例外。阿明不只會玩球，還是箇中好手，以他擲球的狠勁，在操場上生龍活虎的表現，阿明陽剛氣質的模塑在此分明可辨。巧妙的是，美國著名圖畫書作家狄咆勒（Tomie dePaola）的自傳性作品《奧力佛是個娘

---

[31]鍾肇政，《魯冰花》，頁 43。
[32]鍾肇政，《魯冰花》，頁 111～112。
[33]引自 Michael A. Messner, "Boyhood, Organized Sports, and the Construction of Masculinities." Men's Lives, 5th ed. Eds. M. S. Kimmel and M. A. Messner (Boston: Allyn and Bacon, 2001)，頁 92。性別研究學者對於運動和男童陽剛氣質的形塑關係已有不少討論，相關專書參見 M. A. Messner 與 D. F. Sabo 合編之 Sport, Men, and the Gender Order: Critical Feminist Perspectives（1990）；另參見威特森（David Whitson）"Sport in the Social Construction of Masculinity"一文，文中舉出「運動能力的展現」乃是男孩社群中指認（陽剛）身分地位的重要指標（頁 303）。

娘腔》(*Oliver Button is a Sissy*)裡也描繪了一位如古阿明般愛畫畫的男
童,不同的是,奧力佛喜愛拈花惹草、讀書作畫、跳踢踏舞,卻不擅長打
球,因而備受同學的排擠、欺壓與訕笑。同學笑他是個娘娘腔,因為他
「不喜歡做男孩子該做的事」。[34]雖然《奧力佛是個娘娘腔》這本圖畫書的
內文並未說明什麼是男孩子該做的事,然而同頁插圖清楚描繪了一群男孩
正在玩美式足球。奧力佛的父親對於兒子的喜好也十分不以為然,極力勸
他「到外面去玩籃球、踢足球或是打棒球,什麼球都可以」。[35]無疑地,「男
孩玩球」在該書中一再被形塑為男童霸權陽剛氣質的典例,奧力佛因不擅
／喜玩球,而成為男性(男童)世界的他者。相較之下,阿明不但展露繪
畫上的天分,在球場上也是生龍活虎般極為活躍,堪稱允文允武。在與西
方男童故事互為參照之下,不難看出,《魯冰花》所形塑的男童「霸權陽剛
特質」,或說古阿明所代表的理想男童形貌,明顯呼應或承載了中國傳統文
化上對男孩寄予「文武雙全」的期待。雖然《魯冰花》一書並未如《奧力
佛是個娘娘腔》那般極力鋪張(或質疑)男孩玩球的正當性,然而,藉由
「男孩玩球」這個表彰傳統男童陽剛氣質的性別符碼在文本中的構置,阿
明的霸權陽剛氣質適得以突顯。

若說,男性霸權陽剛氣質的彰顯必然牽連或關聯與之相對或相襯的附
屬男性氣概,那麼,阿明的理想化男童形貌絕大部分是建構在和書中另一
男童角色林志鴻的鮮明對比上。論外型,林志鴻看起來「蒼白,孱弱,一
看就知道是聰明但不很活潑」,和古阿明「黑臉天真調皮」的模樣恰成明顯
對比。[36]林志鴻雖然出身富裕的家庭,可是「在家是倔強、固執、易怒、儼

---

[34]引自 Tomie dePaola;余治瑩譯,《奧力佛是個娘娘腔》(臺北:三之三文化事業公司,2001 [1979]
年),原文無頁碼。本文援引《奧力佛是個娘娘腔》做為參照,乃著眼於該書在歐美男童研究以
及性別教育上屬重要的文化文本(cultural artifact),尤其書中對於男童性別氣質的顛覆與重構,
向來被視為另類男童故事的經典之作(參見筆者另篇論文〈男孩‧娃娃‧舞蹈:經典圖畫書中的
另類男童形構〉)。該書男童主角喜愛作畫卻不擅玩球,此一男童性別模塑明顯呈現二元分化或對
立的性別概念,這點顯然與臺灣男童故事中古阿明所代表的文武雙全的理想男童典型極為不同,
足茲兩相比較。
[35]Tomie dePaola 著;余治瑩譯,《奧力佛是個娘娘腔》,原文無頁碼。
[36]鍾肇政,《魯冰花》,頁 30。

然一個小暴君。不過一旦到了外面，可又顯得十分膽怯、軟弱」，他性格上內外不一的「不正常」發展主要是從小受到父母溺愛之故。[37]而古阿明雖然生長在貧苦的農家，卻自在大方，即使在苦難中成長也「沒有失去天真，也沒有變得乖戾」，而且還「懂得如何為父母分勞」。[38]兩人性格表現差異如此懸殊，也難怪傅林統會認為「古阿明是個乖孩子，難得的理想兒童」。[39]兩人氣質明顯的差別在圖畫的表現上最能看出究竟。有別於古阿明作畫時「有自己的眼光，怎樣感覺，便怎樣畫」，[40]林志鴻的畫因循傳統，雖然模仿得唯妙唯肖，但是「沒有個性，沒有創意，沒有自我主張，也沒有一絲一毫兒童們所應該有的幻想成分」。[41]簡單說，材志鴻雖然聰明、努力，但創意不足，缺乏自信與自主的想法，無法跳脫傳統框架的束縛。相形之下，古阿明勇於表達自我，不受傳統羈絆的靈活樣貌才是（作者一再強調並且不斷建構的）理想男童的面貌。古阿明不僅在繪畫上有自我主張，身手如動物般活潑矯捷，在操場上玩球也是恣意而活躍，透過文本細膩的描繪，阿明的理想男童／頑童形貌一一具現。

四、阿輝的「完人」造像

相較於古阿明喜怒哀樂形於色的自在奔放，阿輝的內斂克己以及幾近聖人的完美塑形，則是臺灣 1960 年代少年小說男童主角的另一寫照。同樣生長於貧苦的農村，但不同於古阿明父母俱在，還有姊姊的照顧和小貓的陪伴，阿輝的童年因父親早歿，母親為了家計必須北上幫傭，而面臨了父亡母離的孤苦境遇。因著這段遭遇，阿輝在 12 歲的年紀就必須寄人籬下，獨自在陌生的環境中奮鬥、成長。也因著這寄人籬下的現實與曲折，《阿輝的心》寫盡了故事主人翁阿輝勤奮克己、自尊自重、不屈不撓、謙恭有禮

---

[37]鍾肇政，《魯冰花》，頁 102。
[38]鍾肇政，《魯冰花》，頁 40。
[39]傅林統，《豐收的期待：少年小說・童話評論集》，頁 59。
[40]鍾肇政，《魯冰花》，頁 28。
[41]鍾肇政，《魯冰花》，頁 51～52。

的一面，他的良善與正直，寧願人負我、不願我負人的處世態度，清楚勾勒了他的「完人」形象。阿輝的理想男童面貌，或說阿輝「霸權式陽剛氣質」的展現，主要可從兩方面窺其究竟：一是建構在「男兒當自強」以及「男兒有淚不輕彈」的「勇者」形象之中，另一則是強調他在面對他人的屈辱、同儕的挑釁、以及種種不公平的待遇之下，皆能以超凡的「理智」思考勝過環境的挑戰與誘惑。以下將分別以阿輝的「勇者」塑形，以及他的「理智」表現探討書中男童主角「霸權式陽剛氣質」的形構。

　　在《阿輝的心》故事發展之初，阿輝「勤奮克己」以及「勇者無懼」的模樣即已清楚映入讀者眼簾。例如，在寄宿表舅家之初，面對表舅的惡言威嚇與冷眼相待，阿輝即表現出勇敢的模樣，鎮定沉著以對，因為「他不願被舅父看做怯弱的人」。[42]阿輝在校的表現也是積極勇為不落人後，對自我的完美期許在到新學校上學的第一天就已明白表露：

> 今天的一切表現，是他給人的第一印象，即使人家不笑話他，他也不願意把壞印象刻在別人——新老師、新同學的腦子裡。他最不願意被人瞧不起，他能做的，他要盡量做得好些，令人敬佩。[43]

　　阿輝這番自我惕勵一方面顯現他求好心切的內在渴望，另一方面也展現了他不願受人恥笑、不願意被人瞧不起的強烈自尊心理。因此，阿輝轉學後第一天上學，一早到教室便立即主動拿出課本預習，書中如是強調：雖然「玩樂，也是他所喜歡的，只是，他深知現在不是時候」。[44]相較於一心只想玩樂的大海，一進教室就調皮搞笑的蘇宏範，以及多數在旁嬉戲或看閒書的同學，阿輝勤奮、自律、克己的樣貌在此清晰可辨，顯然與眾不同。

---

[42]引自林鍾隆，《阿輝的心》（臺北：富春文化公司，1999 [1965] 年），頁 40。
[43]林鍾隆，《阿輝的心》，頁 65～66。
[44]林鍾隆，《阿輝的心》，頁 73。

　　阿輝的理想男童氣質展現，另一清楚的描摩是在他初見水牛時，雖然內心並不樂見水牛對大海的熱情招呼顯出冷漠高傲的態度，然而，他依然主動和水牛打招呼，因為「他不喜歡與人衝突，也不愛與人作對，自己喜歡的人、不喜歡的人，他都願同樣好意待他」。[45]有別於《魯冰花》中古阿明的活潑自在、不受他人擺布、與不拘泥於傳統規範，《阿輝的心》所形塑的男童主角則是循規蹈矩、沉穩內斂、深思熟慮、隨處反躬自省，又極力與人為善，幾可謂「集所有美德之大成」，展現了「幾近完美的人格形象」。[46]無論在家或在外，阿輝的言行舉止以及內在思維皆顯露其慎重、沉穩、剛強的一面。若說，男童的霸權陽剛氣質並非最常見的或最普遍的男童氣質，而是最受推崇的男童性別特質，那麼，在《阿輝的心》當中，透過文本的反覆建構，阿輝自立自強的「勇者」形象顯然是構築阿輝霸權陽剛特質的最佳寫照。以此觀之，《阿輝的心》所標舉的理想男童形貌，並非如古阿明般自在調皮的頑童模樣，而是規行矩步，成熟懂事，近乎少年老成的「小大人」樣貌。這樣的霸權陽剛特質所彰顯或強調的是「勇者無懼」以及「有為者亦若是」的強人風範。

　　除此之外，男孩「有淚不輕彈」也是建構阿輝「勇者」形象，或突顯阿輝霸權陽剛特質的另一鮮明意符。在《阿輝的心》故事一開始就明白寫出阿輝是個「不喜歡流淚的孩子」。[47]寄宿表舅家的第一晚，表舅冷酷地命令阿輝和睡在牛欄隔壁房間的長工石金頭同住，對於石金頭直截的探問，他雖覺委屈，卻也強忍著淚水，因為「他不能在石金頭面前哭」。[48]阿輝不能在其他男孩面前落淚，因為哭泣乃弱者的表現。之後阿輝輕聲嘆息引來石金頭的關切，書中如是描述：

　　　石金頭的關切，使阿輝的心頭熱起來，他的溫情使他很感動……真使他

---

[45]林鍾隆，《阿輝的心》，頁67～68。
[46]引自徐錦成，〈《阿輝的心》──少年小說里程碑〉，《國文天地》第176期（2000年），頁106。
[47]林鍾隆，《阿輝的心》，頁21。
[48]林鍾隆，《阿輝的心》，頁55。

禁不住要倒在石金頭的懷裡，抱住他哭個痛快。但是，他知道，他不能這樣軟弱，他要堅強些，所以他忍著……。[49]

　　這段敘述清楚說明了男孩哭泣乃是軟弱的表現，男孩不流淚才是「堅強」的勇者表徵。[50]另外，大海當晚央求和阿輝同睡，遭到父親的嚴詞拒斥，彷彿受了莫大的委屈而傷心落淚時，「阿輝看他是很可憐，很同情他，卻沒有什麼辦法」，只能對他說：「大海！堅強些……這樣軟弱，你爸爸會不喜歡你的！……」。[51]阿輝對大海的安慰話語，再次強調了哭泣是弱者的表現，因為男孩落淚並不符合父權社會所期待的男性陽剛氣質的展現。男孩與眼淚的互不相屬說明了一個文化的霸權意識：眼淚是弱者的表徵，流淚乃是懦弱的表現。由此，大海的軟弱正也烘托出阿輝勇敢堅強的形象。藉由「男孩不哭」傳統陽剛性別符碼的一再鋪陳，阿輝的霸權陽剛氣質也益形彰顯。

　　若說，霸權陽剛氣質的展現並非單獨存在，必須構築在與其他次等或附屬男童氣概的相互關係上，那麼，故事主角阿輝所呈現的理想男孩典型和書中另一男童角色蘇宏範之間亦成鮮明對比。不同於阿輝的成熟和穩重，蘇宏範予人的第一印象即為「一個頑皮的孩子」。[52]書中如是描述：

這個頑皮的孩子，那大大的眼睛，小小的有點鉤的鼻子，像兔子一般的大而挺的耳朵，在阿輝心裡留下了很深刻的印象。後來才知道，他的名字叫蘇宏範。名字叫大模範的人，所做的事情卻一點也不能做人的模範，想來真是好笑。[53]

---

[49]林鍾隆，《阿輝的心》，頁 57。

[50]王浩威在《臺灣查甫人》中論及男人的完美形象，也有如下說法：「男人的定義就是堅強，就是沒有任何傷口……臺灣的男人幾乎是沒有眼淚的」（頁 77）。

[51]林鍾隆，《阿輝的心》，頁 51～52。

[52]林鍾隆，《阿輝的心》，頁 73。

[53]林鍾隆，《阿輝的心》，頁 73。

　　顯然，蘇宏範所代表的活潑、調皮。不拘泥於傳統的頑童形象，充其量僅是諧星之流，或供人取笑之輩，在文本的塑形之下並非理想男童典型。一如書中所強調的，無法成其為「模範」。相較之下，美國經典男童書《湯姆歷險記》和《哈克歷險記》[54]中的兩名男童主角湯姆和哈克，兩者所代表的男童典範並非循規蹈矩或知書達禮的好孩子樣貌，而是鮮活表現叛逆精神，強調與傳統相頡頏的「壞」男孩形象。眾所周知，兩者所彰顯的「壞好男孩」（good bad boys）形貌已成為美國男童文化的典例。[55]然而在《阿輝的心》這部臺灣少年小說的經典作品中，如蘇宏範之屬的頑童並非良範，無法視之為勇於挑戰威權、不受傳統規範的典範人物。他的「頑童」樣貌在文本的構形下僅屬陪襯或附屬的角色，主要用以突顯阿輝沉穩自制、克己復禮的理想男童氣質。

　　論及阿輝的完美，文評者有如下的說法：阿輝是「心細如縷的好孩子」、「有骨氣的孩子」、「不記恨的好孩子」。[56]阿輝的思慮周到，「己所不欲，勿施於人」的完美典範最具體的例子則可從傅林統細微的分析中看出：

> 阿輝更是個有思想的孩子，水牛笑他是「煮飯仔的兒子」，大海教他反譏水牛是「煮飯仔的弟弟」，可是阿輝不是容易受慫恿的孩子，他反覆思考，這樣以牙還牙，以毒攻毒，對嗎？終於想定了要征服這條蠻牛，以樣樣勝過他來征服。水牛會翻滾，會單槓，阿輝也勇敢的表演了。但他又想，這樣表面上的征服，是贏了嗎？眼看水牛憤怒的眼神，阿輝知道

---

[54] 參見馬克吐溫（Mark Twain）所著 *The Adventures of Tom Sawyer* (1876) 以及 *The Adventures of Huckleberry Finn* (1855) 兩部作品。*The Adventures of Huckleberry Finn* 另有《哈克流浪記》及《頑童流浪記》等譯名。

[55] 相關討論參見 Kenneth Kidd, *Making American Boy: Boyology and the Feral Tale* (2004); Lorinda Cohoon, *Serialized Citizenships: Periodicals, Books, and American Boys, 1840-1911* (2006); 以及 Ken Parille, *Boys at Home: Discipline, Masculinity, and "the Boy-Problem" in Nineteem-Century American Literature* (2009).

[56] 引自傅林統，《兒童文學的思想與技巧》（臺北：富春文化公司，1990 年），頁 254。

並沒有征服他的心。阿輝就是這樣，會一層層深入思考的理想好孩子。[57]

　　理智思考能力（the power of reason）也是形塑霸權陽剛氣質的重要特徵之一，這點柯乃爾在《男性氣概》中已清楚陳明，如同他在該書中一再強調的：「霸權陽剛氣質之所以成其為霸權（hegemony），是因為這樣的氣質符合了社會文化的認可及期待，若僅以身強力壯來定義霸權陽剛氣質實為謬誤」。[58]阿輝與同班同學水牛兩人無論在功課、體育等各方面的表現一直不相上下，勢均力敵，在書中兩人儼然成了彼此「爭雄」的競爭對手。[59]但水牛深懷嫉妒心理，最後變成常以口頭或傲慢態度等「武力」來挑釁、攻擊他人的霸凌。對此，大海憑著衝動教阿輝反唇相譏。阿輝卻不為所動，因為他「不是容易受慫恿的孩子」，他能「反覆思考」。阿輝正是因為多了這分理智思考能力，顯然具備了理想的男童氣質，或者說具備了較受社會文化推崇的霸權陽剛氣質。相較於《阿輝的心》書中的其他男童，如膽小但容易衝動的大海、聰明但恃才傲物的水牛、以及調皮但欠缺思慮的蘇宏範，阿輝的勝出就在於他善於運用理智思考。阿輝與這群男孩之間最大的不同，就在於他常能冷靜思索，以理智克服情感上的衝動。阿輝能運用理智反覆思考，因而能有成熟智慧的表現，這是林鍾隆書寫阿輝這位生長於臺灣早期貧苦農村社會的少年奮發向上的故事中，著墨最多，一再申明，並且不斷建構的理想男童氣質之所在。

　　值得一提的是，男孩間的肢體衝突在男孩的故事中是經常可見的題材。[60]以歐美經典男童書《湯姆求學記》（*Tom Brown's Schooldays*）以及風靡全球的男童故事《哈利波特》（*Harry Potter*）為例，[61]前者頻頻標舉男孩

---

[57]林鍾隆，《阿輝的心》，頁254。
[58]R. W. Connell, *Masculinities: Knowledge, Power and Social Change*，頁164。
[59]林鍾隆，《阿輝的心》，頁83。
[60]參見道爾森（Andrew Tolson）"Boys will be Boys" 一文。
[61]參見 Thomas Hughes, *Tom Brown's Schooldays* (1857) 以及羅琳（J. K. Rowling）的《哈利波特》系列作品。羅琳的《哈利波特》雖是奇幻小說，但故事內容主要描述主角哈利及其友伴在巫師學校霍格華茲求學生活的概況以及所遭遇的連串事件，敘述架構大體沿襲英國校園故事（school

（間）應有的打鬥精神（fighting spirits），而後者主角哈利以及他的伙伴與敵手跩哥馬分和他的同黨之間的打鬥則充斥著整個故事，這使專研兒童文學和兒童文化的學者齊普斯（Jack Zipes）誇張地表示羅琳所寫的《哈利波特》「幾乎每頁都在歡慶（celebrate）男人世界的爭鬥」。[62]林鍾隆所寫的《阿輝的心》雖然不若《湯姆求學記》這般強調打鬥精神，或如《哈利波特》般環繞男人／男孩之間的衝突大做文章，比方說作者不斷強調阿輝「不願和任何人衝突」。[63]然而，書中也有一段男孩之間肢體衝突的描述。就在阿輝連連為同班同學水牛受罪未得回報，還連遭水牛的奚落與嘲諷，使原本想勸和的副班長趙光南也因看不慣水牛的蠻橫無理而出手打人。特別的是，或許是為了突顯阿輝的良善性格，或保留阿輝「打不還手，罵不還口」的完美形象，原本受水牛一再的挑釁，阿輝看似與水牛避免不了的肢體衝突，卻落到副班長趙光南身上，由趙生動手打了水牛，欲以此制止水牛的凌霸態度。即便後來阿輝為了水牛一再遭到老師的誤解，無法成為老師心目中的「好學生」，這一連串的打擊使阿輝在悲憤中已近忍無可忍，極可能造成彼此衝突的場面，作者也巧妙地讓水牛在最後一刻目睹了阿輝淚流滿面的悲憤之情，[64]不再口出惡言，只是拔腿狂奔離去。故事至此，阿輝的「完人」形貌終得以保全，阿輝兼具「勇敢」與「理智」的雙重特點，遂成為貫串全書以建構其理想男童氣質的鮮明標誌。

　　許建崑在〈阿輝，你今年幾歲？──林鍾隆《阿輝的心》評議〉一文中語帶調侃地道出他的細膩觀察：

---

stories）的敘事傳統，實可納入歐美校園故事經典作品的一環。另外，《哈利波特》的故事內容，雖有妙麗等較為突出的女性角色，大多仍以男童／男性為著墨焦點，可視為男童故事的代表作品。相關討論參見 David K. Steege, "Harry Potter, Tom Brown, and the British School Story: Lost in Transit?" 一文，以及 Susan Lehr, "The Anomalous Female and the Ubiquitous Male." 一文。本文援引歐美經典男童（校園）故事《湯姆求學記》以及《哈利波特》作為參照，旨在指陳男童故事常見的敘事模式，並試圖比較或突顯《阿輝的心》作為臺灣早期男童（校園）故事的代表作品，其敘事內容與歐美經典校園故事之間的異同。

[62]引自 Jack Zipes, *Sticks and Stones: The Troublesome Success of Children's Literature from Slovenly Peter to Harry Potter* (New York: Routledge, 2001)，頁 183。

[63]林鍾隆，《阿輝的心》，頁 163。

[64]阿輝此處的落淚較似勇武之士的義憤或悲懷之情，與前述男孩因軟弱而哭泣的陰柔表現不同。

> 處理童年經驗的作家大概有兩種傾向：一是以幼稚觀點表現，使自己回
> 到童年的型態，誇張頑皮搗蛋、瞎鬧瞎玩的經驗；另種是以倚老賣老的
> 口吻，述說當年的乖巧與努力，務期為現代孩童的榜樣。[65]

　　雖然《魯冰花》與《阿輝的心》兩書作者不至於在書中以幼稚觀點呈
現孩童的頑皮嬉鬧，也無意以倚老賣老的口吻盡說些訓斥意味濃厚的大道
理，但許建崑此一分析倒也貼切地說明了童書作家往往（不免）在文本中
灌輸、模塑、強化、或建構「理想兒童」的典範。許氏之言清楚勾勒了
（兒童）文學作家書寫兒童、再現兒童的大體概況。有趣的是，他的說法
適巧一語道盡了 1960 年代臺灣兩位重要本土作家筆下男童截然不同的性別
氣質。

五、結語

　　不論是懂事、明理、幾近完人形象的阿輝，還是天真、自在、稚氣未
脫的阿明，在文本的形塑之下，兩人的樣貌雖不盡（或盡不）相同，然而
兩者皆彰顯了男童的霸權陽剛氣質。男童的霸權陽剛特質並非單指強壯威
武或孔武有力的強者形象，男童的霸權陽剛特質也可以是具有活潑討喜的
頑童模樣（如阿明），或是沉穩內斂備受推舉的完人形貌（如阿輝）。換句
話說，男童的霸權式陽剛特質所呈現的是社會文化所形塑的男童理想氣
質，更明確地說，男童的霸權式陽剛特質所彰顯的是社會文化所認可、企
求、或標舉的（但非男孩皆具）的「理想化」男童特質。阿明可愛討喜的
頑童模樣，以及阿輝盡善盡美的完人形象，在兩部少年小說的形塑之下，
皆屬深受推崇、備受期待、或廣為表彰的男童氣概，可謂理想男童之典
範。相較之下，像林志鴻那般蒼白孱弱、聰明但不活潑的男童，喜愛玩耍
卻膽小懦弱的大海，聰明優秀但高傲無理的水牛，調皮搗蛋卻無擔當的蘇

---

[65]許建崑，〈阿輝，你今年幾歲？──林鍾隆《阿輝的心》評議〉，《中華民國兒童文學學會會訊》
　　第 17 卷第 6 期（2001 年），頁 6。

宏範，這些男孩在文本的形構之中顯然代表了男童的附屬或次等陽剛氣質（subordinate masculinities），並非傳統社會文化所認可或期許的理想男童典例。藉由這些附屬或次等陽剛氣質的描摹，亦即這些男孩角色與男童主角之間或對比、或陪襯、或競逐、或較量關係的鋪陳，更可彰顯或強化男（童）主角的霸權陽剛特質或理想化的性別特質。換句話說，在《魯冰花》裡的林志鴻以及《阿輝的心》當中的大海、蘇宏範、乃至水牛等男童，在文本的構築之下僅屬陪襯的角色（foil characters），他們所代表的男童面貌或各有不同，但在文本的構形之下，主要還是用以彰顯或烘托阿明與阿輝兩位男童主角的獨特之處。

　　阿輝的沉穩內斂與古阿明的活潑外放呈現鮮明對比，一個循規蹈矩、勤奮好學、自律甚嚴，行為舉止宛如少年老成的「小大人」，另一個則是天真調皮，活潑自在，有自我主張，不受傳統羈絆的「小頑童」。同為 1960 年代作家筆下的男童，阿明與阿輝顯然代表了作家心目中不同的理想男童典型。古阿明與阿輝兩者的行為舉止、個性樣態容或有別，卻皆反映了當時社會文化所認可、所期待、所標舉的理想男童形貌。從兩書男童主角所呈現的截然不同的性別氣質，或可一窺臺灣 1960 年代少年小說文本所形塑的男童文化面貌之一二。兩書中的次要男童角色如阿海、水牛、蘇宏範以及林志鴻等所構築的男童群像也具體而微地呈現了臺灣 1960 年代少年小說文本中男童氣質建構的複雜樣貌。這也說明了 1960 年代臺灣少年小說以男童為敘事焦點的文本，其所呈現的男童主體與男童文化，已然具備多元面貌的雛形。

引用書目

一、中文書目

（一）專書

・王浩威，《臺灣查甫人》，臺北：聯合文學，1998 年。
・林文寶編，《臺灣（1945～1998）兒童文學 100》，臺北：文建會，2000 年。

- 林鍾隆,《阿輝的心》,臺北:富春文化公司,1999 [1965] 年。
- 邱各容,《臺灣兒童文學史》,臺北:五南圖書公司,2005 年。
- 邱各容,《臺灣兒童文學作家及作品論》,臺北:富春文化公司,2008 年。
- 施懿琳,《跨語、漂泊、釘根:臺灣新文學研究論集》,高雄:春暉出版社,2000 年。
- 洪文珍編,《兒童文學小說選集》,臺北:幼獅文化,1989 年。
- 許建崑,〈六○年代臺灣中長篇少年小說作品評析〉,東海大學中國文學系編,《戰後初期臺灣文學與思潮國際學術研討會論文集》,臺中:東海大學,2003 年,頁 291～313。
- 傅林統,《兒童文學的思想與技巧》,臺北:富春文化公司,1990 年。
- 傅林統,《豐收的期待:少年小說‧童話評論集》,臺北:富春文化公司,1999 年。
- 彭瑞金,《臺灣文學 50 家》,臺北:玉山社,2005 年。
- 趙天儀,〈少年小說的現實性與鄉土性——以戰後早期臺灣少年小說創作為例〉,《兒童文學與美感教育》,臺北:富春文化公司,1999 年,頁 106～125。
- 鍾肇政,《魯冰花》,臺北:遠景文化公司,2004 [1962] 年。
- dePaola, Tomie 著;余治瑩譯,《奧力佛是個娘娘腔》,臺北:三之三文化公司,2001 [1979] 年。

(二)期刊
- 吳玫瑛,〈男孩‧娃娃‧舞蹈:經典圖畫書中的另類男童形構〉,《婦研縱橫》第 86 期,2008 年,頁 24～32。
- 林文寶,〈臺灣兒童文學的歷史與記憶〉,《全國新書資訊月刊》第 128 期,2009 年 8 月,頁 4～14。
- 洪文珍,〈影響 20 世紀後半臺灣少年小說發展的 13 樁大事〉,《兒童文學學刊》第 3 期,2000 年,頁 66～84。

- 徐錦成，〈《阿輝的心》——少年小說里程碑〉，《國文天地》第 176 期，2000 年 1 月，頁 105～107。
- 許建崑，〈阿輝，你今年幾歲？——林鍾隆《阿輝的心》評議〉，《中華民國兒童文學學會會訊》第 17 卷第 6 期，2001 年 11 月，頁 5～7。
- 戴華萱，〈蒙蔽終要開啟——鍾肇政《魯冰花》的成長論述〉，《臺灣文學評論》第 8 卷第 4 期，2008 年 10 月，頁 95～106。

（三）學位論文
- 王惠玲，〈成男之道：析論〈地海傳說〉中格得的男性認同〉，臺東：臺東大學兒童文學研究所碩士論文，2008 年。
- 王　穎，〈公校男童與帝國：《蒼蠅王》的政治化閱讀〉，臺北：臺灣大學外國語文學研究所碩士論文，2003 年。
- 林珞帆，〈男性形象重塑：《法國中尉的女人》中之男性本質〉，臺中：靜宜大學英國語文學系碩士論文，1998 年。
- 邱春煌，〈壓抑與認同：繪製《霸王別姬》中的中國男性本質〉，臺中：靜宜大學英國語文學系研究所碩士論文，2003 年。
- 陳誘芳，〈卡通《火影忍者》：男童的陽剛氣質建構與性騷擾防治教育〉，高雄：高雄醫學大學性別研究所碩士班碩士論文，2006 年。
- 葉允凱，〈你是男子漢？愛倫坡和柯南道爾偵探故事中男性意識之重塑〉，新北：淡江大學英文學系碩士班碩士論文，2004 年。
- 劉添喜，〈大衛馬魅戲劇中的語言：語言和權力、意識型態與男性氣概的關係〉，臺北：臺灣師範大學英語研究所碩士論文，2000 年。
- 羅健霖，〈泰雅族男童的世界觀：兼論其教育意義〉，花蓮：花蓮師範學院多元文化研究所碩士論文，2001 年。

二、英文書目
- Cohoon, Lorinda B. *Serialized Citizenships: Periodicals, Books, and American Boys, 1840-1911*. Lanham, Maryland: Scarecrow, 2006.
- Connell, R.W. *Gender and Power*. Stanford, CA: Stanford UP, 1987.

• ——, *Masculinities: Knowledge, Power and Social Change*. Berkeley: University of California Press, 1995.

• ——, *The Men and the Boys*. Berkeley: University of California Press, 2000.

• Eagleton, Terry. *Ideology: an Introduction*. London: Verso, 1991.

• Gramsci, Antonio. *Selections from the Prison Notebooks*. New York: International, 1999 [1971].

• Hughes, Thomas. *Tom Brown's Schooldays*. London: Macmillan, 1969 [1857].

• Kidd, Kenneth. *Making American Boys: Boyology and the Feral Tale*. Minneapolis: University of Minneapolis Press, 2004.

• Lehr, Susan. "The Anomalous Female and the Ubiquitous Male." *Beauty, Brains, and Brawn: The Construction of Gender in Children's Literature*. Ed. Susan Lehr. Portsmouth, NH: Heinemann, 2001. pp. 193-207.

• McGuffey, C. Shawn and B. Lindsay Rich. "Playing in the Gender Transgression Zone: Race, Class, and Hegemonic Masculinity in Middle Childhood." *Men's Lives*. 5th ed. Eds. M. S. Kimmel and M. A. Messner. Boston: Allyn and Bacon, 2001. pp. 73-87.

• Messner, Michael A. "Boyhood, Organized Sports, and the Construction of Masculinities." *Men's Lives*. 5th ed. Eds. M. S. Kimmel and M. A. Messner. Boston: Allyn and Bacon, 2001. pp. 88-99.

• Messner, M. A. and D. F. Sabo, eds. *Sport, Men, and the Gender Order: Critical Feminist Perspectives*. Champaign, Illinois: Human Kinetics, 1990.

• Nodelman, Perry. "Making Boys Appear: The Masculinity of Children's Fiction." *Ways of Being Male: Representing Masculinities in Children's Literature and Film*. Ed. John Stephens. New York: Routledge, 2002. pp. 1-14.

• Parille, Ken. *Boys at Home: Discipline, Masculinity, and "the Boy-Problem" in Nineteenth-Century American Literature*. Knoxville: The University of Tennessee Press, 2009.

• Potter, Beatrix. *The Tale of Peter Rabbit.* London: Frederick Warne, 2002 [1902] . Rowling, J. K. *Harry Potter and the Sorcerer's Stone.* New York: Scholastic, 1997. Sendak, Maurice. *Where the Wild Things Are.* New York: Harper Collins, 1988 [1963] .

• Steege, David K. "Harry Potter, Tom Brown, and the British School Story: Lost in Transit?" *The Ivory Tower and Harry Potter: Perspectives on a Literary Phenomenon.* Columbis: University of Missouri Press, 2002. pp. 140- 156.

• Stephens, John. "Preface." *Ways of Being Male: Respresenting Masculinities in Children's Literature and Film.* Ed. John Stephens. New York: Routledge, 2002. pp. ix-xiv.

• ——, ed. Ways of Being Male: Representing Masculinities in Children's Literature and Film. New York: Routledge, 2002.

• Tolson, Andrew. "Boys will be Boys." *Men and Masculinities: Critical Concepts in Sociology.* Ed. Stephen M. Whitehead. New York: Routledge, 2006. pp. 121-139.

• Trites, Roberta Seelinger. *Waking Sleeping Beauty: Feminist Voices in Children's Novels.* Iowa City: University of Iowa Press, 1997.

• Twain, Mark. *The Adventures of Tom Sawyer.* New York: Penguin, 1994 [1876] .

• ——. *The Adventures of Huckleberry Finn.* New York: St. Martin's, 1995 [1885] .

• Whitson, David. "Sport in the Social Construction of Masculinity." Men and Masculinities: Critical Concepts in Sociology. Ed. Stephen M. Whitehead. New York: Routledge, 2006. pp. 303-316.

• Wilkie-Stibbs, Christine. The Feminine Subject in Children's Literature. New York: Routledge, 2002.

· Williams, Raymond. *Marxism and Literature.* Oxford UP, 1992 [1997] .

· Zipes, Jack. *Sticks and Stones: The Troublesome Success of Children's Literature from Slovenly Peter to Harry Potter.* New York: Routledge, 2001.

——選自《臺灣文學研究集刊》第 8 期，2010 年 8 月

讀《醜小鴨看家》

介紹一本優良兒童讀物

◎陳正治[*]

　　《醜小鴨看家》是林鍾隆先生最近出版的一本童話集。如果拿糖來比喻這本童話集，可說最妙不過。糖甜而好吃，孩子愛吃；這本童話集好看，孩子們愛看。糖除了甜，還有營養；這本童話集除了可以給孩子們快樂外，也像他們吃糖一樣，在不知不覺中也可以獲得一點兒營養。作者林鍾隆先生，除了是一位出色的散文兼小說家外，對於兒童文學的寫作，也有十多年的歷史。去年《小學生雜誌》刊登他一篇兒童長篇小說——《阿輝的心》，除受到成人、兒童的好評外，還被搬上電視。今年八月，他把 14 年來所寫的童話創作，從中精選出 35 篇，印成一本林鍾隆童話集——《醜小鴨看家》。

　　這本兩百多頁，35 篇文章的童話集，有下列幾個特點：

　　1.取材擺脫了王子、公主，巫婆一類的老套，而以兒童生活領域內的故事與讀者見面：嚴友梅女士研究中外常見的童話舊作中，發現有一個「老三公式」。如果是外國的王子，則所表現的是：大王子奸詐；二王子陰險，三王子又仁厚又聰慧。如果是中國的傻女婿，則大女婿能文，二女婿能武，三女婿既愚且癡，又如三兄弟：大哥不好，二哥不好，三弟最好。三姊妹呢？大姊醜陋，二姊難看，三妹最漂亮。作者既拋棄了這種為人所熟知的「老三公式」，也捨掉巫婆的施用法術；下凡的仙女委身於窮苦而勤奮的農人或樵夫；美麗的公主巧妙地選到駙馬……這類，而以兒童生活領

---

[*]兒童文學家，發表文章時於臺南師專（今臺南大學）進修，現為臺北市立大學中國語文學系退休教授。

域內所能見到、聽到的事物，編成童話。如〈聰明的海鷗〉一文，海鷗用牠科學的頭腦，打開了海貝的硬殼，快樂地吃到了鮮美的肉；〈黃蝴蝶和白蝴蝶〉，雖然有一個頑皮的男孩子要捕捉牠們，但是牠們為了傳播花粉，還是冒險飛進男孩子的花園。又如〈來萊的生日〉、〈朋友之間〉、〈借錢〉、〈小魯借書的故事〉……取材都與兒童有關，容易受兒童的歡迎。因此他的童話可說是現代的、中國的、健康的作品。

2.作品富有教育作用的暗示：一篇童話，如果不是要告訴兒童一些「什麼」（趣味性的童話也屬於此），則童話本身就失去永恆的價值。可是如果在童話中板起臉孔向兒童正面說教，那效果的低微，兒童興趣的低落，就可想而知了。作者每一篇童話，都沒有說教，可是卻可以使兒童在無窮的趣味和歡笑中，得到某些知識和行為的啟示與陶冶。例如〈友誼的花園〉，描寫小女孩孟姝以美好的愛心對待醜陋討厭的小毛蟲。後來小毛蟲變成了美麗的蝴蝶，但是牠並不因為牠美麗了就不喜歡小女孩。故事表面雖然讚美孟姝、蝴蝶她們都有美麗的外表，也有善良的心，可是這篇文章還有一個用意，那就是作者拿蝴蝶生長史的知識，把它編成童話，供兒童閱讀，使兒童除了行為的薰陶外，還獲得知識。又如〈一朵小黃花〉，是以蜜蜂採花蜜，以及傳播花粉做題材。其他如〈風雨中的梧桐葉〉和〈曠野上的一棵樅〉，描寫它們雖然處在惡劣的環境中，可是具有堅忍的心，能夠與環境搏鬥，而終於成功。作者在每一篇故事，都把一個正確的主題，如機智、友愛、行善、勇敢、改過……的心性，融於作品的感情中，使兒童引起效法的作用。

3.作品富有愛心和美感：愛與同情心是寫作童話的最大本源。能夠發揮「愛」，作品才有人情味，才是美麗的「童話世界」。而他的作品，就富有豐富的愛心。如：一隻「美麗的鴨子」變成了跛腳的鴨子後，很傷心，很難過，但是由於作者的愛與同情心，使牠變成會飛而了不起的鴨子。〈醜小鴨看家〉一文，描寫醜小鴨很醜，得不到媽媽、姊姊的愛。可是作者發揮「愛心」，利用媽媽帶著漂亮的姊姊們去朋友家玩，而醜小鴨乖乖地聽媽

媽的話，好好的看家，媽媽、姊姊回來了，果然很高興的疼愛起她來了。〈松鼠醫生意外的歡樂〉一文，描寫松鼠醫生富有同情心，覺得為善最樂。牠都不收貧困病人的醫藥費，因此沒有積蓄。生日到了，牠發愁不知如何來過。但是在牠生日那天，卻獲得了意外的歡樂。原來作者安排上從前受牠恩惠的人，聯合為牠辦了一桌生日壽宴，使牠過了一個快樂的生日。

　　4.注意兒童的閱讀能力與興趣：兒童所認識的詞彙有限，如果童話作者不具備這種常識，而像往日面臨成人讀者，炫耀才學，一味舞文弄墨，結果一定弄巧成拙。又如以為孩子們對語文的領略程度不高，寫給兒童看的作品，無須字字句句的斟酌，信手寫來，只要沒有生字，兒童看得懂就好，不必去管文章的用詞用字，那又是一大錯誤。《醜小鴨看家》的作者，很注意兒童語文這方面的用字遣詞。他除了注意文章的寫得生動有趣外，對於字句的處理，是深入淺出而符合口語化，因此兒童讀來親切有味。而他不得不描寫靜態的景物時，常不直接說出來，而是利用「擬人格」來表現。如〈友誼的花園〉一文，描寫早晨美麗的花園是這樣的：「微笑的陽光，愛撫著挺挺的，展得大大的葉子，綠葉子也高興地笑出綠色的光芒。紅橙橙的陽光，替從酣夢裡醒來的花朵，披上了彩衣，把花朵裝扮得像新娘一般嬌豔。花瓣上，綠葉上的露珠，像眉開顏笑的小寶寶，不停地轉動著眼珠，看陽光，看花叢，看明媚的天空。」從他這個描寫，我們彷彿是看到「童話詩」呢！他又怕部分較低年級的小朋友，不能全讀出字音來，因此又在文章裡，全部加以注音。

　　14 年來，林鍾隆先生創作了許多童話，現在他把這些一滴滴的汗珠，集合成一串的珍珠，獻給孩子們，我想孩子們的高興，是不用言述的。而從許多角度來看，這是一本不可多得的優良兒童讀物，因此我樂於向家長、老師、小朋友們推薦。

　　市面上，書店所擺的兒童讀物，大部分是安徒生童話、格林童話或王爾德童話、貝洛爾童話等外國作品的翻譯或改寫，而我們自己的作品卻很

少（其實中國古代有很多的童話材料，只是沒有人去卸下它們的外裝，還其本來童話的面目）。我們童話的園地，可說是徒有一片沃壤，而缺乏園丁。林鍾隆先生在作者的話裡說：「中國沒有『安徒生』，常認為這是中國孩子們的不幸，想做中國的安徒生，但不敢確認做得成，只是願意為孩子們多寫寫而已！」我們虔誠的祝福林先生，做到「中國的安徒生」；也盼望有志從事中國童話創作的作家們，共同努力播種，綠化這塊園地，使這塊肥美的園地裡，出現成蔭的大樹、鮮美的花蕾、肥碩的果實。

——選自《國教之友半月刊》第 327 期，1966 年 11 月 1 日

中副選集中的〈波蒂〉

◎吳友詩[*]

　　〈波蒂〉是一篇感人的故事；看起來是平鋪直敘，但唯有這種平實的筆調，才能傳達出作者心頭的沉重之感。這種不賣弄文筆的文體，也許不為一般愛讀布局奇詭的流行傳奇小說之讀者所喜；而其成功處。正是作者使用了最經濟的手法，出以最嚴肅的態度，達成了藝術的效果——使人讀來，猶如己身遭遇之事。作者用字遣詞，悉由心出，不事炫耀誇張；這篇小說，不是摻雜了各種味道的「雞尾酒」，而是陳年的「醇醪」。

　　它是敘述作者（敘述者）少年時代與一頭名叫「波蒂」的狗之間的故事。雖然是人和狗的故事，但其內涵，卻隱藏著人生各種遭際不可強求的哲理。孩子與狗原是推誠相與的「好朋友」，他對牠處處出於一片好心，牠也對他處處表現一片忠誠。但不可捉摸的命運擺弄他們，使他們之間的故事趨向一個「悲劇的結束」。人生中的悲歡離合，有許多情況不也正是這樣：他們不期而遇；外在的環境卻逼使他們離散。他們發生誤會，無法解釋。他們顧念前情，永不能忘；都想再見，而命運之神偏會作弄人，給他們安排了一個想不到的結局。……作者林鍾隆先生所創造的這個故事，雖然簡短，卻是對人生好些方面的體驗。這篇小說的「調子」（Mood），原本就是沉重的；是反映人生的殘酷現實，很有它的深度。這一點也許要細心的讀者去領會，不然就很容易忽略了作者在主觀立場與客觀環境的對峙局面下所孕育起來的那份心情。

　　通常我們的作文規格，有所謂起、承、轉、合。小說的結構也大率分

[*]吳友詩（1920～2006），本名吳詠九，字友詩，筆名宋瑞、郁士等，廣東番禺人。作家、翻譯家。

為頭、中、尾三部。〈波蒂〉這篇用第一人稱來寫的短篇小說，十分流暢，很「自然」地分作四段。開頭第「一」段，是敘述故事中的主人公——那位少年（敘述者）在讀完小學那年（還是在日據時期），沒考上中學，由於父親在林班做事，便到山中與父同住。山中無他事可為，孩子要求父親給他買了一支獵槍來消遣。於是林中射鳥，樂在其中。但為了搜尋獵物不易，他又想要一隻狗作伴，山中無人家，狗吠聲都聽不到，須趁半月後父親趁假期下山回家之便，才能帶一頭上山來。人世間往往就有這種不期而來的奇妙事情：「說也奇怪，父親的假期還未到，突然一隻灰褐色的大狼狗出現在我們木屋後門。……」這一來，就帶出「敘述者」和那頭他給取名叫做「波蒂」的狗的「生離死別」的故事。

孩子有了狗之後，內心應該是多麼喜悅，然而作者為顧全整篇故事的「調子」，也只是在這上面輕輕著筆：「……我時常帶牠出去狩獵。牠懂得山中的情況，牠會帶我到有鳥有獸的地方去，每射殺了鳥獸，牠能十分迅捷的啣回來，而且有牠陪著，走在山林中，也不再感到冷清寂寞。」

接著作者在第「二」段中寫情況的「變」。太平洋戰事爆發，物資奇缺，人也一天只能分到十二臺兩的配給米，一個月配不到一斤肉，雖不禁獵，但彈藥無處買，過年過節放爆竹都不行。於是，孩子也只好聽從父親，把狗放到山上去。這一段是故事發展的高潮，作者描寫那個和「波蒂」分離場面，一定很下了點工夫，他用全力去刻畫、反襯那種傷感的情景，但仍是使用簡潔的筆觸，汰蕪存菁，不提不必要的瑣碎感情，所謂文章巧拙，全在調度，我們且讀以下這一段大可以作為寫作示範的文字：

> 我叫牠來到面前，我癡情地告訴牠：
> 「戰爭起了，我再沒有什麼東西給你飽腹，如果你再跟著我，你會餓死。不是我要趕你，是不得已才如此！」
> 然後，我揮牠走開，牠卻回到小茅舍去了。
> 我沒有東西給牠吃，我想：餓一兩天之後，牠總會自己走掉的。

餓了一天，牠沒有走；兩天，牠仍舊沒有走。我看到牠的眼光已經黯淡
無光，身體也消瘦了，毛也褪了光澤，我擔心牠這樣下去，會餓死的。
如果離開我，牠總有辦法活下去。

我拆掉了小茅屋，放火燒了那一堆草。牠沒有居住的地方了，卻進到我
的小木屋裡，躺在地板上。牠以前是不喜歡住在木屋裡的，如今卻安然
賴在那裡不走。

我不能眼看著牠餓死在家中，狠狠地拿起一根木棍，在牠身邊的木桌
上，死命地打了一下，木棍斷了，整個屋子都動盪起來。波蒂一驚，逃
出屋外。

我握著半橛木棍，隨著牠奔出屋子，牠驚異地瞪著我，眼光閃爍，牠顯
然沒有想到會有這樣的結果。

我的眼睛發射出兇狠的冷光。牠的猶疑使我痛恨，我舉起木棍向牠揮
去。

啊！──我驚叫一聲，眼看木棍打在牠身上。

牠負痛叫了一聲，仍舊立在那裡，牠的眼裡好像有淚光。

啊！牠不知傷了哪裡？傷得如何？我恨，我竟對牠如此狠心！

我走向牠，將靠近牠時，牠卻拔腳狂奔起來。

牠很快就在草叢裡消失了。我拾起那半橛木棍，眼淚禁不住落了下來。

　　作者的這段描寫，沒有加上一點冗詞贅語，手法何等乾淨，像這樣的
場面能寫到此般境界，作者實非沉得住氣不可。這種「調子」，遠非妄用綺
麗突出的形容詞句來誇張情感的「流行傳奇」作家所能辦得到的。

　　第「三」段寫他們的離而復合，又是一「轉」，但文章的調子仍舊一
貫。那時大戰結束，和平重臨，他要尋找波蒂，獨入深山，五六天來找遍
了木屋附近的山林，杳無牠的影蹤。作者在此表露其懊悔心情的也只是用
側筆淡淡勾勒的一句：「我懷疑牠或許是那次被我木棍打傷，默默地死
了。」縱然說上千百句痛苦、後悔的話，能比得上這句話中所含蘊的心情

嗎?作者的描寫技巧,可說是經濟極了。終於,在他心灰意懶,為發洩鬱悶射下一隻倒楣的山鳩墜落谷底,下山走回木屋橫過一塊草原時,「突然聽到一聲狗叫,定睛一看,波蒂叼著適才打落谷底的山鳩站在我面前。」以下的故事情節,如果我要引錄下來,就非抄到底不行;它的節奏一拍緊似一拍;狗念故主,但又忘不了那「無情」的一棒;牠始終在他左右附近,一再替他叼來射下的獵物,但他對牠所作的,要喚回牠的友誼的呼喚與招手,卻完全失敗。最後,人的一生中那種與其說是偶然的「疏失」,毋寧說是無可避免的錯誤造成了:他突然遭受野豬的突襲,斜刺裡跑來了波蒂,向野豬衝去;波蒂要救他,他要救波蒂;他匆促間舉槍射野豬,那枚子彈卻不偏不倚地射進了正躍向野豬的波蒂的頭,以後野豬雖被他連發三槍殺死,但波蒂受到的那致命的一槍便註定要他抱憾終身了。

　　這篇小說的感人處,不是叫人灑幾滴眼淚就完,讀了它,有一種壓在你心頭的沉重感。因為作者傳達給你的,在故事情節以外,還有深一層的意義:主角們的天生性格,早就範鑄了個人歸宿。譬如志士殉道,烈婦死節,不也是生性使然而有的一定歸趨麼?當然,小說的主題,不是以一些浮面的陳腔濫調去誇張為能事的,高明的小說作家,決不表露一點主觀的意見,他只是客觀地去勾勒場面,讓讀者去體味。這才是文藝。這篇小說,就隱隱含有一種扣人心弦的力量,作者在這裡的文筆,拿簡鍊樸實四字來形容它,似乎最為貼切。你看它的第「四」段,寥寥數行,只百餘字,兔起鶻落,戛然而止,毫不牽絲扳籐,拖泥帶水,若非功力,焉能臻此:

> 我把牠埋在木屋後牠所住的小茅屋的遺址上,願牠像從前住在小茅屋時一樣安樂。
> 我傷心地告訴爸爸,爸爸說:「大概是你們小孩子跟動物之間才會有這樣不可思議的事。」
> 父親最不喜歡小孩子悲傷,他不要我再留在山裡,他要我忘記這件事。

　　我又回到了平地，但對埋屍山中的波蒂，總是不能忘情。這事太痛苦了，所以我再也激不起養狗的興趣。

　　這個短篇的風格，頗有朱自清的散文那種清淡雋永的筆觸，使人讀後，饒有餘味。它在「中副選集」中入圍，無疑是應得的。我也佩服中副編者的眼光，將它先納入第一輯，由於這點表揚鼓勵作用，我相信作者此後還會寫出更多像這樣夠水準的小說來。

　　　　　　　　　　　　　　　——選自《中央日報》，1963 年 7 月 9 日，6 版

從〈粉拳〉觸探林鍾隆的意境

◎司馬中原*

　　作家林鍾隆在小說的墾拓上，一向是辛勤而嚴肅的，他的作品，筆觸清淡玲瓏，善於掌握現代人在生活上、感情上最細緻的部分作為他抒寫的題材，表現出多面的人生意趣。通常這一類的題材，如非作者別具慧眼，以及高度的靈思，是很難捕捉到的，即使捕捉到了，沒有高度純熟的技巧，也表現不出那種意在言外的情韻來。林鍾隆不愧是箇中高手，他的作品，確具化平淡為神奇的力量，自然貼切，妙趣橫生，但卻隱藏在他淡淡的筆墨之中，這種含蓄之美，讀來使人渾然陶醉。

　　有些人習慣把時代性、社會性強，衝擊力巨大的題材，看成小說作品的基本重量，這種觀念似是而實非，事實上，凡屬反映人生，深入人性底層，而在藝術融鑄上夠得上精純的作品，都具有同等的重量，林鍾隆在這方面的表現，毋寧是更為出色。〈粉拳〉這個短篇，寫一個鰥夫，在失去妻子後的寂寞，他妻子生前的女友淑芳——已婚，常來照顧他的生活起居，淑芳只緣於關心和同情，男主人報以感激，一切都很正常，並有著友誼的芬芳，他和她之間似乎存在著極為微妙的情愫，但都緊守著界限，僅僅在有意無意間，湧溢出一些涓滴來，這些涓滴都是基本人性的湧現，作者不去誇張它、品評它，只透過一些生活上嘈嘈切切的喧嗽，自然的顯呈了它，從語言情態，去反映和暗示人生的生活和心理，技巧之高妙令人擊節。

　　〈粉拳〉自始至終，見不到正面的、著力的心理描寫，但人物的意識和隱隱流露的感情，都隨著墨瀋流溢，使人心領神會。

---

* 本名吳延玫，作家、著名小說家，著有《荒原》、《狂風沙》、《狼煙》、《靈河》等數十部小說，曾 主持廣播、電視節目《午夜奇譚》、《今夜鬼未眠》、《驚夜嚇嚇叫》等。

女主角淑芳，是個真純、多感而略帶嬌憨的女孩，婚後的平凡生活，常有些小小的微瀾，因此，常向她已死女友的丈夫吐訴，更由於同情對方喪偶寡歡，產生了一絲暗暗的移情心理，對方承受了這份感情的溫慰，卻抑制著它，使這份情愫不逾規矩，不悖乎禮義。

我們看男主人的愛妻逝世後，淑芳來他家。幫他整理雜物，清洗堆積的碗筷，她穿著紅色絲絨旗袍，男主人怕她衣服弄髒，摘了圍裙，彎手從她前面繞過去，抓住帶手，從後面替她繫上。在他是無心的，而她內心情潮起伏竟然掉下淚來，更憤怒的回望著他，對他說：

「你怎麼可以這個樣子?你太太是我最好的朋友，我是有丈夫的女人。你怎麼可以對我這個樣子！」

所謂這個樣子是什麼樣子呢？——也不過替她繫上圍裙而已，並沒碰到她一點，當男主人愕然時，她竟然奔過來，舉起粉拳，播他的胸口，一面叫說：

「你怎麼可以對我這個樣子嘛！你怎麼可以對我這個樣子嘛！」

我們看到的，是她內在激越的情潮，起伏成發洩性的一片嬌柔，但男主人木然承受了粉拳，銘心刻骨有之，卻無行為的反應，如此高絕的意境，在作者不經意中勾勒而出，真是字字珠璣了。

在那之前，淑芳的丈夫撕了她昔年男友的情書，她來找他傾訴過，她和丈夫拌嘴，跑來找他傾訴過，他為了調解，親自打電話給她丈夫，要他來接她回去，她和男主人黃先生在一起，細微之處，無一字不動情，作者在處理上穩沉細緻，不慍不火，尤見其對題旨掌握的功夫。

我們選出〈粉拳〉這篇上乘的作品，旨在使一般有心從事短篇小說創作的朋友，能以慧眼擇取生活中看似平凡的題材，以獨運的匠心活化它們，使它有情致，有意境。

林鍾隆的作品，正是最值得學習的。

——選自彭瑞金編《林鍾隆集》

臺北：前衛出版社，1991 年 7 月

心靈的探險家

《林鍾隆集》序

◎彭瑞金[*]

　　林鍾隆在戰後第一代作家中，多產和產品類別繁多是他創作上最突出的地方，已出版著作洋洋大觀，將近七十種，有長、短篇小說創作，詩、散文創作，作文指導、兒童文學，有譯作，被稱為「全能型」作家，應可當之無愧。

　　出生於 1930 年的林鍾隆，小時候接受的是日本教育，也屬於跨越語言的一代，雖然因故未參加《文友通訊》，但較之通訊的成員，年紀都輕，受日文的羈絆，相對地也較少，因此他是第一代作家中，中文寫作起步較早的一位，1949 年，就讀臺北師範時，已開始寫作。

　　在戰後本土第一代作家群中，林鍾隆的寫作態度和文學觀點，與廖清秀相當接近，他們都接受比較寬泛的文學觀點，有廣袤的文學視野，沒有一定的執著，卻有堅毅的寫作意志，始終以穩定的步伐在寫作的路上前進，四十餘年如一日，從不間斷，累積了可觀的創作量。不過。廖清秀的文字雖也不乏偶有的嘲諷幽默，但本質上更接近古典主義，而林鍾隆擁有的詩人氣質，則是兩人比較明確的分野。

　　詩人特有的浪漫情懷，以及縝密的思維，使得林鍾隆的文學在人際與感情細微的地方，有他人不能及的表現，基本上林鍾隆的文學，是建立在純粹的文學嗜慾與普遍人性探討的基礎上的，因此，整個作品的發展，並不具備時光段落的痕跡，只看得到由青澀到老練的軌轍。師範學校畢業以

---

[*]文學評論家。發表文章時為《文學臺灣》主編，現為靜宜大學臺灣文學系教授暨臺灣研究中心主任。

後，歷任國校、初中、高中教師，參加高考、檢定考試，創作之餘，也致力語文教學、兒童文學之研究，這些履歷與經驗，顯然有助於了解他在文學創作上表現出中規中矩的文學教養的理由，不過，這顯然也是自我設限與極端自制的文學觀，時代的風波、文學潮流的風信，好像都不曾在林鍾隆的創作歷程中留下波痕。

小說創作方面，曾出版有《迷霧》、《錯愛》、《蜜月事件》等短篇小說集，及《愛的畫像》、《暗夜》、《梨花的婚事》、《太陽的悲劇》等長篇小說，夾雜在他繁多的寫作品類中，小說創作的成果，還是凸顯了他綿密有緻的創作力。

收集在這本集子裡的廿五篇作品，從 1960 年代到 1980 年代都有，橫跨了近三十年的作品風貌，〈暖流〉、〈蠅〉、〈夫婦〉、〈靈魂出竅〉屬於 1960 年代，〈那一天〉、〈寡母〉、〈天女〉、〈冰姑〉、〈裝蝦〉、〈粉拳〉依序出現於 1970 年代，〈女仙人〉、〈仙醫〉、〈一個男人〉、〈三等人〉、〈雙人床〉、〈最尖端的精神病〉則是 1980 年代的作品。這些作品從夫妻生活、親情、教育、鄉野傳奇、人物回憶，除了對人性與生活的觀察、由抽象趨於具象，生活的定義更具現實感外，近三十年的創作流程中，並不具備階段性變化的特徵。

在心靈上，第一代臺灣作家都歷經時代、環境急遽變遷的衝擊，在創作上都有不由自主地、或深或淺走向歷史、涉入現實的經驗，對時空變動的感應敏銳是其共同的特色；林鍾隆卻是相當獨特的例外，時間與周遭環境的變遷，與他的作品幾乎毫不相應，即使回憶裡的、兒時童年的人與事——與爺爺一起砍竹、做筍子（蝦籠）裝蝦、躲空襲——〈裝蝦〉，當醫生、吸鴉片的外祖父——〈仙醫〉，探訪晚景淒涼的奶媽——〈阿球嫂〉，瘦小勤於勞動的外婆——〈女仙人〉，都不例外是塵封記憶中定點的觀照，不外是被截斷的人與事的斷面，與時空的對應關係接近於零；不過，一旦拋棄文學與社會現實對應的執著，把這些作品放在文學是個人內在世界或主觀世界模擬的定位上，則毫無疑問都是技法圓熟、老於事故的佳構了。

其中，描寫夫妻感情的微妙、細緻，堪稱妙手，各種不同年代、階層、年齡、形式的夫妻或男女之情，林鍾隆的筆，總能探得其奧祕動人的一面來。〈最尖端的精神病〉，顯然就是作者有意提醒別人注意他在這方面刻畫才能的作品；當教員的妻子要找尋自我，而得了最尖端的精神病，求醫得不著要領，丈夫決心會同子女用家庭療法，卻治癒了妻子，過程的每一個環節都扣緊了新舊女性蛻化過程的困惑。相形之下，〈仙醫〉裡，古早時代的夫妻情。或者，寫小夫妻口角的〈希望〉，寫夫妻冷戰的〈雙人床〉，藉仙女與樵夫的故事、寫不讓丈夫幫忙做家事的〈天女〉；所表現的寫情感的細膩，不過是牛刀小試了。

林鍾隆小說的夫妻篇，多采多姿，有夫妻細故爭吵，意氣之爭，從冷戰到和解，有來自生活壓力產生的摩擦，有夫妻生活在不同次元的價值困惑，有老夫少妻的隔閡與妙趣。〈粉拳〉一作，更有集大成之勢，新鰥的中年男子，受到亡妻之友的照拂，似有似無的愛意，奇妙的友情夾雜著受到世道人情關防的男女之情，道盡人間情愛的奧妙，似乎和丈夫之間存著某些芥蒂的有夫之婦，關心、安慰亡友的鰥夫，掃地、洗碗、整理房間，付出的是友誼的延長，當自己的婚姻出現了齟齬，自己反而成為尋求被安慰的對象，當安慰與被安慰交錯，同情與愛情的界線正趨模糊，雙方又能互動地緊守理智的大防。作者藉由一再試探人性韌力的方法，表現人性善的一面，為情字做了最透澈的詮釋，也讓讀者見識了他在文學技法上的精妙。

由此，也隱約可以看到，林鍾隆的文學長期倘佯此間從事心靈的探險，而頗能自得其樂，也有理由讓人相信其間有無遠弗界的開闊文學拓展空間，值得作家奔馳一生；不過，情愛世界的空泛，正好又是現實空間上的浮游群落，在熱鬧滾滾的文學紅塵世界裡，恐怕無法避免踽踽獨行的孤寂。數十年來，林鍾隆文學走的是另一種極端。

——選自彭瑞金編《林鍾隆集》

臺北：前衛出版社，1991 年 7 月

認同的徘徊[*]

◎郭澤寬[**]

　　另外一位省籍作家林鍾隆，在《梨花的婚事》中，主人公李坤田和孫梨花有情人終成眷屬，社區建設也完成，是在叢書中常見的「建設加愛情」的敘述模式，建設與愛情同臻完美。整個故事結束在省主席親自到土窩來頒發社區建設有功人士的獎項，並且親自為他們證婚。當然，作品中是肯定政府的建設，就如作品中透過鄉長的話說：

> 「講到這裡，我可以下一個結論這麼說：沒有九年國民義務教育，李坤田老師就不會回到土窩來。沒有李坤田老師回來，本鄉新社區就沒有辦法在土窩這個地方建設。沒有李坤田老師，土窩社區建設遭到的最大困難就無法解決。沒有社區建設，李孫兩家的仇怨也沒有辦法解。有社區建設，李孫兩家才能冤家變成親家。一對有情人才能成為眷屬。新社區的建設和孫李聯姻，這是分不開的兩件事，可以說是一回事，所以，徵得男女雙方的同意，和落成典禮一併舉行，這是在別處所見不到的，土窩獨有的光榮。」[1]

在這部作品中肯定了九年國教，解除了學生升學枷鎖，也讓作品中的坤田找回為教育奉獻的精神；也肯定了政府推動社區建設的用心，改造了農

---

[*]編按：本文節錄自郭澤寬《官方視角下的鄉土──省政文藝叢書研究》（高雄：麗文文化公司，2010 年 8 月）第六章「省政文藝叢書裡的族群與書寫（二）──省籍作家作品中的本土」第三節「語境的轉換與話語的差異」頁 250～252 部分內容，標題為原作者新命名。
[**]發表文章時為東華大學臺灣文化學系助理教授，現為東華大學臺灣文化學系教授。
[1]林鍾隆，《梨花的婚事》（南投：臺灣省新聞處，1969 年），頁 252。

村,使農村成為有著現代化的新樣貌。

而我們也可以發現,其實林鍾隆對國民政府也是有許多嚴厲的批判的,這也出現在語境轉換後。在一篇為黃娟作品所作的序,就有:

> 二次大戰前,被日本統治,占領過的地方,人民沒有不痛恨日本的,唯有臺灣是個例外。
>
> ……
>
> 為什麼臺灣人不會恨日本?
>
> 我心中有很清楚的答案。
>
> 是外來政權——國民黨「教育」臺灣人民的自然產物。
>
> 國民黨在臺灣,從蔣中正到蔣經國,剝削、壓迫、控制、奴役臺灣人,其心之狠毒、惡辣,比之日本對臺灣人,有過之無不及。
>
> 二二八事件被殘害的臺灣精英不用說,就以楊逵為例。
>
> ……
>
> 臺灣人,把日本的壓迫和國民黨的迫害做比較,日本,完全被國民黨比下去了,日本人的迫害已算不了什麼,國民黨政權,兩蔣獨裁,才是更叫臺灣人痛恨的。[2]

而在另外一篇〈K 郎丫〉的隨筆中,也說明了他當年對國民政府的失望:

> 那是在二二八事件之後。我們曾全村老老少少到大路邊,迎接來的祖國的人,在二二八事件之後,徹底的讓臺灣人失望了,對祖國的期待完全幻滅了。
>
> 臺灣人,不論福佬人、客家人、原住民,都清清楚楚意識到,外省人,

---

[2] 林鍾隆,〈歪斜的島——序黃娟的小說集《失落的影子》、《媳婦》〉,《文學臺灣》第 37 期(2001年),頁 11。

是臺灣人的共同敵人。[3]

　　林鍾隆出生於日治時期，並接受日治時期教育，對於國民政府來臺初期種種失去民心的作為，使得期待成為落空，而不免認為在國民政府統治下的臺灣反比日人統治下退步。

　　其實，在林鍾隆早期的作品《暗夜》中，也說明了處於政權交替過程中，所產生的認同矛盾。《暗夜》裡的主人公是一位日治時期的中學生，他接受日本的教育，也深信日本的大東亞戰爭終究會成功。但他的爺爺卻有著強烈漢族文化傳統思想，祖孫兩人感情甚篤，但爺爺阿理卻常以「日本將敗」為話題，與自己的孫子國瓌抬槓，認為日本終將失敗，臺灣終有一日會回歸華夏，而孫子總是不以為然。戰爭結束了，如爺爺所說，臺灣要回歸華夏了，還直說：叫你們讀漢書、漢文，你們說沒有用，「現在有用了吧」。然聽到日本戰敗，這位孫子毫無欣喜之情，反而有種莫名的愁緒縈繞心頭。就如作品中所描述的：

　　看他神情悽傷，阿理諷嘲地說了一句：
　　「日本人輸，又不是我們輸，你擔心什麼！」
　　「你不知道！」國瓌說。[4]

　　這或許是在政權交替中成長的那一代的人，都曾經面對過的矛盾心理與痛苦。

——選自郭澤寬《官方視角下的鄉土——省政文藝叢書研究》
高雄：麗文文化公司，2010 年 8 月

---

[3]林鍾隆，〈Ｋ郎Ｙ〉，《文學臺灣》第 53 期（2005 年），頁 15。
[4]林鍾隆，《暗夜》（臺北：正中書局，1969 年），頁 378。

林鍾隆兒童詩探討

◎林武憲*

前言

　　兒童詩是臺灣兒童文學發展的先鋒，帶領臺灣的兒童文學向前邁進。林鍾隆創辦臺灣第一本兒童詩刊《月光光》，出版臺灣第一本探討兒童詩的專論《兒童詩研究》，他還從事兒童詩的創作、教學、翻譯、評論、理論建設和推廣工作，對臺灣兒童文學的發展，有很大的貢獻，是臺灣兒童文學界的代表人物之一，曾應邀到日本參加亞洲兒童文學大會。

　　林先生有八十本左右的著作，跟兒童詩有關的占 14 本，他的作品編入國語實驗教材，他的《我要給風加上顏色》在趙天儀院長的力薦之下，列入臺灣兒童文學 100，成為臺灣五十年來兒童詩發展的代表作之一。他的詩〈我要給風加上顏色〉，曾獲第一屆楊喚兒童詩獎，詩集《星星的母親》曾獲金鼎獎，詩集《山》，榮獲 1990 年中國時報最佳童書獎。本文想要探討他的兒童詩觀，分析其題材、內容、押韻、表現手法與特色。

林鍾隆的兒童詩資料[1]

1.《日本兒童詩選集》　　翻譯　自印　民國 65 年 1 月

2.《北海道兒童詩選》　　翻譯　笠詩刊社　民國 66 年 1 月

---

*兒童文學家、詩人、臺語文作家、語文教育研究者、編輯。曾任教育部國臺語教材編寫委員、國藝會審查委員、中華民國兒童文學學會常務監事等，曾任顧問於信誼基金會、遠流出版公司、洪建全教育文化基金會等。

[1]根據林鍾隆《我要給風加上顏色》所附寫作年表增訂。

3.《兒童詩研究》　論述　益智書局　民國 66 年 1 月

4.《星星的母親》（72 首）　詩集　成文出版社　民國 68 年 12 月

5.《兒童詩指導》　快樂兒童漫畫週刊社　民國 69 年 11 月

6.《兒童詩觀察》　理論　益智書局　民國 71 年 9 月

7.《老師也會有哭的時候》　翻譯　民生報社　民國 77 年 8 月

8.《山》（27 首）　詩集　臺灣省政府教育廳　民國 79 年 4 月

9.《作文小百科（童詩篇）》　正生出版社　民國 81 年 1 月

10.《爬山樂》（61 則詩札記）　詩集　臺灣省政府教育廳　民國 83 年 4 月

11.《山中的悄悄話》　詩集　臺灣省政府教育廳　民國 84 年 4 月

12.《我要給風加上顏色》（56 首）　詩集　桃園縣立文化中心　民國 86 年 5 月

13.《讀山》（15 首）　詩集　臺灣省政府教育廳　民國 86 年 10 月

14.《大龍崗下的孩子》　故事詩　臺灣省政府教育廳　民國 87 年 12 月

　　這 14 本跟兒童詩有關的書，除翻譯、論述、理論、童詩指導外，創作有七本。《我要給風加上顏色》是民國 65 年到 85 年間的精選集，是經過「大刀闊斧」後留下的「只有十分之一的五十六首」[2]，所以林鍾隆發表過的兒童詩，已經超過七百首了，數量實在很多。

林鍾隆的兒童詩觀

　　林鍾隆認為，兒童詩有兩個要素：1.詩，2.兒童的。也就是它必須是詩，而且要合乎「兒童」這特定的讀者能欣賞的。[3]他又說：「詩，是『感動』的產物。是從『心』裡吐出來的，是從胸口吹出來的，不是靠腦袋想出來的，更不是靠智慧編出來的。因此，詩中必須有心的影子。」[4]他比較

注重兒童內心情意的表現，以感性、感覺為基礎。他說：「寫兒童詩的大朋友，必須把自己變成兒童，以兒童的眼睛去看，以兒童的心去感，以兒童的腦子去想，才能寫出切合兒童的詩。」[5]他認為「會寫詩，不一定會寫兒童詩，了解兒童，不一定會寫兒童詩；要了解兒童，又會作詩，才能寫兒童詩。」[6]

　　林鍾隆在〈臺灣兒童詩的形成與現況〉[7]中說「日本的兒童詩，不是寫『物像』的，是寫『生活』的；不是以『想像』去作的，而是寫『感覺的』，和我們的比起來，他們的更像詩，更接近詩，彷彿才是真正的詩。」所以林鍾隆主張「我們教兒童作詩，不要憑著想像去作詩，要讓兒童把感覺寫成詩，才是正確的方法。」[8]林鍾隆認為，寫生活、寫感覺的詩比較好，用「想像」去作，靠腦袋想，靠智慧編出來的詩不好。

林鍾隆兒童詩的類型

　　林鍾隆的童詩，就其題材、內容、主題來分析，歸納、整合成下列幾種類型，可以約略看出他對題材的把握和創作的方向。

　　1.童話的、故事的：如〈俊蝴蝶討新娘〉、〈星星的母親〉、〈兩個有趣的朋友〉、〈公雞和狗〉、〈兔子的故事〉、〈蓮花池的戲劇〉以及《大龍崗下的孩子》等，有的數十行，有的近兩百行，有想像的、有寫實的故事，用詩歌來說故事。

　　2.自然的：歌詠大自然中的風雨、四季、花樹、山河等景色，有的藉景抒情，有的有所發現。寫山的詩特別多。除了幾本跟山有關的專集外，《星星的母親》有〈山〉、〈夏天的山〉、〈山路〉，《我要給風加上顏色》有〈山在微笑〉、〈雲和山〉等八首。

　　3.生活的：寫兒童生活中接觸的人物、事物，如〈祖母〉、〈爸！不要

---

[5]見《兒童詩研究》頁23。
[6]見《兒童詩研究》頁23。
[7]見《笠》詩刊第132期。
[8]見〈怎樣指導兒童作詩〉，《中國語文》第344期。

生病〉、〈哥哥〉、〈跳繩〉、〈獎〉、〈遠足之歌〉等，比較寫實，表現親情友情等生活的韻味。

4.感覺的、心裡的：生活中的人物、事物，有的注重其事件，如第三類，有的較偏重人物的心理、感覺，如〈橘子〉、〈會伸縮的哥哥〉、〈下棋〉、〈感情〉、〈十萬元〉、〈小妹妹〉、〈名字〉等不少。

5.思想的：除了前面幾種訴諸感受、感覺，偏重感性的詩以外，林鍾隆的詩作，也有偏重知性的、批判的、論說的，如〈醜〉、〈老鼠了不起〉、〈鹽巴〉、〈太陽〉、〈保〉、〈道理〉、〈山的思想〉、〈山的悲劇〉等，他用詩來說道理、批判。

6.想像的：林鍾隆的童詩作品，有偏重寫實、事件、感覺的，也有偏重想像的、有天馬行空、行雲流水之美的，如〈我要給風加上顏色〉、〈歌聲的翅膀〉、〈書的理想〉等。

林鍾隆兒童詩的押韻

林鍾隆的童詩，在《星星的母親》裡，比較講究押韻，到了《山》或《我要給風加上顏色》，押韻似乎少了很多，比較順乎自然。艾青說過：「沒有韻的詩比較難寫，他必須實打實地都是真貨色。」（答《中國青年報》記者問）所以押韻少或不押韻，有時候也許是一種進步，更注意內在的韻律、節奏。歸納整理林鍾隆童詩的押韻，就韻的位置來說，尾韻、頭韻、行中韻都有；如果就韻的組織方式來說，有連珠韻（甲甲甲甲式）、有交錯韻（甲乙甲乙式）、有雙疊韻（甲甲乙乙式）、有連環韻（甲乙乙甲式）、有各類韻式相雜的雜體韻，可以說是多姿多樣。

・頭韻、行中韻、尾韻

名字

　。　。　　　　　△
很多山沒有名字

很多小河沒有名字

很多池塘沒有名字

我有名字

很多樹叫不出名字

很多草叫不出名字

很多魚叫不出名字

有很多人會叫我的名字

很多地名不好聽

很多東西的名字怪里怪氣

很多公司的名字沒有意思

我的名字很好聽

　　這首詩，每一節都有頭韻和尾韻，而且還是多字韻（連著兩字以上押韻，如〈谷風〉裡的「嘻嘻嘻嘻地笑著，哇哇哇哇地叫著。」）第三節還有行中韻。中國呂晴飛編著的《新詩用韻手冊》[9]無支韻，併入衣韻，在中華新韻裡，齊韻通支韻及兒韻，所以「氣」、「意」和「字、司、思」算通押同韻。「多」和「河」、「的」也算通押。

　　在尾韻方面，第一二節是連珠韻，第三節是連環韻（抱韻）。第三節的行中韻，像首行、末行的「名」和「聽」，第二行的「西、字、里、氣」都

---

[9]呂晴飛，《新詩用韻手冊》（北京：中國婦女出版社，1987 年）。

是同韻。

上課

老師不要生氣，

生氣會長白頭髮！

老師不要罵人，

罵人會長豬哥牙。

老師和藹可親，

會忘掉媽媽！

老師不笑了，

就想回家！

在這首詩裡，無論頭韻或尾韻的韻式，都是隔行韻，頭韻是單數行入韻，尾韻是偶數行入韻。第四行的「罵」和「牙」，第七行的「老」和「笑」是行中韻。

我的朋友

我的朋友　很可憐

要跟我好　又愛跟我吵

忍一下就好　他偏偏做不到

好好講就沒事　他卻禁不住要發脾氣（下略）

這也是頭韻、尾韻、行中韻都有的例子。

· **雜體韻**

下棋

我喜歡同你下棋，

但不要總是贏我；

盤盤都輸，不能快活。

我喜歡同你下棋，

但不要總是輸我；

看你輸得可憐，

我也不能快活。

我喜歡同你下棋，

因為你總想贏我；

我不願輸你，

就緊張快樂。

我喜歡同你下棋，

　　　　　　　　　△
　因為我總想贏你；
　　　　　　。
　終於贏了，
　　　　。
　的確快樂。

　　〈下棋〉這首詩，前三節都有頭韻和尾韻。第二節頭韻的韻式是連環
韻，第三節的尾韻是交錯韻，一三行的「棋」「你」押韻，二四行的「我」
「樂」通押。第四節的尾韻是雙疊韻，一二行押「齊」韻，三四行押
「歌」韻。這是一首詩有好幾種韻式的例子。

　　剛剛提到的雙疊韻，例子還很多，例如〈歌聲的翅膀〉前四行或〈秋
風〉的後四行等都是。

歌聲的翅膀

　　　　　　　　　　　。
　歌聲是有翅膀的小精靈，
　　　　。
　她的翅膀很軟很輕。
　　　　　　　　　△
　你不曾感覺她的翅膀怎麼拍動，
　　　　　△
　她已經飛進你的耳中。
　她的翅膀在飛行時，
　一定伴著優美的樂音。
　我想乘上歌聲的翅膀，
　你想那會是怎樣美好的旅程？

秋風

（前略）

大家討厭秋風的惡作劇，

秋風就呼呼叫屈。

沒有人知道它只是對「過冬」提出警惕，

完全是一片好意。

林鍾隆童詩的表現手法

林鍾隆童詩的表現手法，主要的有下列幾種：

1. 白描法

抓住事物的特徵，用簡潔的文字，樸實的進行描寫，沒有粉飾，渲染的，如〈橘子〉：

橘子

總以為沒有兩個一樣大的橘子。

每一次分橘子的時候，

都覺得給姊姊的那個比我大。

讓我自己先拿的時候，

明明是抓了大的，

看姊姊很滿意，

又彷彿自己抓錯了小的。

跟姊姊交換過來，

姊姊的又變大，我的又變小。

2. 擬人法

用擬人法寫的很多，如〈電扇〉、〈蛇〉、〈蘆花〉等。

盤子

架子上的盤子，

不知道自己擺在那裡，

有什麼用處，

傻楞楞地，

張著大口。

飯後桌上的盤子，

張著大眼睛，茫茫然。

很驚訝：

好容易才裝到香噴噴的菜，

怎麼一會兒功夫就被搶光了？

樹的臉

樹有腳藏在泥土裡，

有壯實的身體挺然矗立；

也有無數的手舉向天空，

還有茂密的頭髮又青又綠。

可是，它美麗的臉，

究竟藏在那兒？

什麼才是樹的臉呢？

3. 比喻法

〈山像什麼〉、〈河水〉、〈自來水〉、〈古厝〉、〈懷念〉、〈自然美〉等都是用比喻法寫的，有明喻，有暗喻。

鹽巴

鹽巴
是一種隱形人
溶在水裡
再也看不見他的影子
鹽巴
是一種超人
消滅他的
身上到處是他的味兒

4. 對話法

〈小貝貝的發明〉、〈公雞和狗〉、〈麻雀〉、〈河流之歌〉等是用對話法
寫的。

河流之歌

為什麼要不停的流
　　這是我們天生的性格
　　不流　很快就會腐臭

為什麼要千里迢迢那麼辛苦呢？
　　我們不知道什麼叫辛苦
　　我們不知道什麼叫困難
　　探尋新的世界
　　克服重重阻礙　就是我們的快樂

日夜奔流　那麼辛苦究竟是為了什麼？
　　我們不為什麼
　　只想結合更多的同伴

　　　一同歌唱生活的歌
　　不停地奔波
　　你知道　最後的目標嗎？
　　　會到那裡
　　　我們不知道
　　　但我們心中明白
　　　結合更多的伙伴
　　　就會成就更廣大的世界
　　　就能同唱更雄壯的歌

5. 層遞法

　　昨天　今天　明天
　　昨天　我們玩什麼
　　不記得了
　　玩一玩　就吵架了

　　今天　我們怎麼玩
　　不知道啊
　　很想玩　不好意思

　　明天　我們怎麼辦
　　一起玩吧
　　玩一玩　就相好了

　　這首詩，時間上從昨天到明天，事件從吵架到相好，在時間的推進中，同學間的友誼日增，層層遞升，很有層次感。《我要給風加上顏色》中的〈山〉也用此法。

6. 想像法

〈歌聲的翅膀〉、〈我要給風加上顏色〉都是。

我要給風加上顏色

風的臉，是什麼樣子？
風的身體是什麼形狀？
想知道　卻沒有辦法。
如果給風加上顏色，
就可以知道了。

如果風有了顏色，
她奔跑的時候，就可看到：
是什麼樣的面孔，就可欣賞：
她的表情，是什麼個樣子；
她的裙裾，是怎樣的飄動。

微風，就塗上淡青色，
強風，就染上濃黃色，
狂風，就彩上紫色，
空氣，就會出現鮮彩，
太陽照射下來，
天空不知該多美麗！

如果空氣有了色彩，就可欣賞：
她怎樣從窗口進來，
怎樣從另一個窗口出去。
更可以欣賞，她怎樣
在身邊圍繞、愛撫、戀戀不去。

如果風有了色彩，就可以知道：
她吹過冷冷的河面，怎樣的驚異；
她吹過山嶺，是怎樣越過；
她吹過樹葉間，
怎樣巧妙地鑽過去。
也可以欣賞：她吹過花叢時，
怎樣帶走花的香氣。

如果能看到風的表情，
風也一定能看到我的表情；
和風互相表達心中情意，
不知該多麼有趣！

這首詩發表在《月光光》第 17 集，編入《我要給風加上顏色》時，少了後面十行，據筆者查證，不是作者有意刪掉，是疏忽遺漏了。

7. 對比法

山

山
很無情
常使對它陌生的人
失去方向感
迷路

山
很熱情
常讓熟悉它的人
在它懷中徜徉

乘興而來
盡興而歸

又一首：

山
以傲然的姿態
擺出一副
　　冷峻面孔
擺出一副
　　輕蔑表情
拒弱者
於千里之外

山
以親切的招呼
露出
　　和藹微笑
露出
　　期待眼神
把強者
　　擁入懷抱

8. 疑問法

　　林鍾隆有不少詩是用提出問題或故作驚疑，引起注意的方式來寫作的。如〈風〉：

風

風是從那裡來的呢？

要吹到那裡呢？

是在飛呢？

還是在走呢？

風的身體很大呢？

還是很小呢？

是從松樹針葉間鑽過去的呢？

還是被刺得全身傷痕呢？

撞在牆壁上

是像球一樣彈回來呢？

還是像鳥一樣掉下去呢？

風一定可以看到我

我不能看見他

不是很不公平嗎？

什麼時候才能看到他的真面目呢？

怎樣才能叫他來一同玩兒呢？

他最喜歡玩什麼呢？（下略）

這首詩提出一連串的問題，跟故作驚疑，引起注意的設問不同。

9. 繪聲法

雨的奏鳴曲

嘻嘻、嘻嘻、嘻嘻，

小草活潑地笑著；

沙沙、沙沙、沙沙，

樹木享受冷水浴；

吱喳、吱喳、糟了，糟了，

歇吧、歇吧，吱喳，吱喳，

小鳥可煩透了。

哈哈、哈哈、嘩啦、嘩啦，

小河樂得大笑；

呵呵、呵呵、呵呵、呵呵，

大河高興得發狂。

苦啊、苦啊、苦啊、苦啊，

小孩兒的雨靴聲聲地叫著。

雨打在屋頂上，

殺、殺、殺、殺。

雨傘上的雨不停地叫嚷：

不、不、不、不。

窗戶關起來了，

雨嘲笑地叫著：

劈拍、劈拍，怕了、怕了，

簷水聽了吹響喇叭：

滴答、滴答、滴答。

10. 自述法（直述法）

設想自己是描述的對象，把自己的感覺、感受，不藉助其他方法，直接講述出來。如《星星的母親》裡有〈門的話〉、〈枯葉的話〉、〈楓樹的話〉，另外，還有〈花的話〉、〈豬的話〉等。

林鍾隆童詩的特色

1. 長於敘事，篇幅較大

林鍾隆擅於寫童話和小說，長於敘事，寫詩也不例外，所以他的童

詩，敘事詩很多，寫童話、寫生活故事、寫寓言，詩行超過二十行的不少，像〈星星的母親〉有 29 行，〈我要給風加上顏色〉有 32 行，〈兔子的故事〉42 行，〈感情〉43 行，〈白紙〉50 行，〈俊蝴蝶討新娘〉超過一百行，〈兩個有趣的朋友〉接近兩百行，其中有一行是 28 字。

2. 語言自然，不避方言

林鍾隆的詩語言，自然流暢，沒有雕章琢句，他不用美麗、空泛的詞語來迷惑讀者。他也以方言詞語、句法入詩，如「小佳佳拿起畫圖筆」（〈白紙〉），「罵人會長豬哥牙」（〈上課〉），「他們會擱上幾根木條／把寸斷的柔腸手術好」（〈山路〉），「比別的星好幾倍亮」（〈那顆星〉）等，讀起來有鄉土味、親切感。不過，有時候也讓人覺得，比較隨意，琢磨推敲不足，不夠純淨、精練，有點散文化。

3. 注重生活，強調感覺

林鍾隆的詩，多寫兒童生活中的人、事、物，從生活中捕捉形象、意象，真切的表現人物內心的情意、感覺，比較寫實。他認為，寫感覺的詩比用想像去作的詩更像詩，更接近詩。

4. 注意用韻，音樂性強

從前面的分析、舉例中，可以了解林鍾隆頗注意用韻，尾韻以外，還有頭韻、行中韻，韻的組成方式，有連珠韻、交錯韻、雙疊韻、連環韻，還有雜體韻、多字韻的情況，吟誦的效果不錯。

5. 用詩說理，表現理趣

林鍾隆的詩，不只是敘事抒情，也有論說批判的，情趣之外有理趣，感性之外有理性（知性）。他從意象到想像之間，或意念到表現之間，透過比喻、擬人或象徵的表現，而有哲學的意味。像〈白紙〉裡說人的心和頭腦也是一張白紙，像〈鹽巴〉──「消滅他的／身上到處是他的味兒」或〈道理〉中的寓言都是，以下是說理的例子：

太陽

太陽只有兩種財富

——光明和溫暖；

太陽只有兩種能力

——放熱和發光。

它只是放熱和發光，

它只是給人光明和溫暖。

不要求報答，

自己也沒有損傷，

就獲得無限感激，

也得到無窮的歡唱。

太陽不曾要求更多的能力

太陽不曾要求更多的財富，

太陽的心卻最為富裕。

醜

醜陋的東西　沒有人喜歡

骯髒的東西　沒有人喜愛

為什麼還會有醜陋的呢？

為什麼還會有骯髒的呢？

是否因為他自己不知道是那樣？

如果知道自己的醜陋，骯髒

是否仍堅持那樣？

不喜歡那樣

厭惡那樣

不知道自己是那樣

要是知道

那該多傷心呀

6. 有幽默感，有戲劇性

在情趣、理趣之外，有的詩有戲劇性、幽默感。如〈蓮花池的戲劇〉寫群蛙大叫，像戰鼓擂動，嚇得水蛇爬出池塘，拚命逃亡。像〈俊蝴蝶討新娘〉裡，蜜蜂對蝴蝶說她是最勤勞最合適的新娘。蝴蝶說：「你的話很有道理／只是我不敢惹妳／妳有一根刺／我不喜歡新娘帶武器。」類似的不少。

7. 其他

林鍾隆的童詩，有時候用空格代替標點，或低幾格延緩節奏，不隨便分行，跨句少，有一行 17 字、18 字的。在《爬山樂》裡，有 61 則爬山的札記、筆記，有一則可以獨立的，有幾則是有關聯的，有的詩意淡薄，讓人覺得太單薄。在《山》裡，分行、排列上則有很大的突破，值得稱許。有時候，詩人似乎比較隨意、隨性，不夠用心，對詩意、形象、語言的選擇、處理上，缺乏錘鍊，以致輕逸有餘，厚實不足，像〈白鶴林〉應是〈鷺鷥林〉之誤。看〈山〉：

山

結語

　　從民國六十年代開始，林鍾隆在兒童詩園耕耘了近三十年，他從翻譯到創作，從創辦詩刊、評論、研究到理論建設，付出了非常多的心血，他認為「為『兒童』的事業，是人生最有意義的一種工作。」他多方面的努力成果，大家有目共睹。在兒童詩的創作方面，他活到老，寫到老，是「兒童詩壇的長青樹」，「為兒童詩歌的寫作立下一個形象鮮明的典範」[10]，他寫出各種不同題材、類型的童詩，吸收日本童詩的特點，加上自己寫童話、小說的敘事專長，寫出有生命力，有獨特風格，有自己特色的童詩來。他用詩抒情之外，還用詩來說童話、說生活故事，甚至說理、議論、批判，他「不取悅兒童」，也「非兒童的代言人」走出自己的路，值得大家好好的探討、研究！

引用及參考資料

- 廖素珠，〈給兒童文學如上顏色——林鍾隆專訪〉，林文寶主編，《兒童文學工作者訪問稿》，臺北：萬卷樓圖書公司，2001 年 6 月。
- 陳正治，《兒童詩寫作研究》，臺北：五南圖書公司，1995 年 5 月。
- 洪志明主編，《童詩萬花筒》，臺北：幼獅文化公司，2000 年 6 月。
- 吳念秋，〈秋天・落葉・信〉，《國語日報・兒童文學週刊》第 746 期，1986 年 9 月 28 日。
- 林武憲，〈談兒童詩的音樂性〉，《認識兒童詩》分論，臺北：中華民國兒童文學學會，1990 年 11 月。
- 林鍾隆，《兒童詩研究》，臺北：益智書局，1977 年 1 月。
- 林鍾隆，《兒童詩觀察》，臺北：益智書局，1982 年 9 月。
- 馮輝岳，《兒童文學評論集》，作者印行，1982 年 11 月。

---

[10]見洪志明主編《童詩萬花筒》頁 35。

- 洪中周編,《童詩創作 110》,臺中:滿天星兒童詩刊社,1989 年 6 月。
- 臺灣省兒童文學協會編,《臺灣兒童詩選集》,臺中:臺灣省兒童文學協會,1991 年 11 月。
- 旅人編著,《中國新詩論史》林鍾隆部分,臺中:臺中縣立文化中心,1991 年。
- 《月光光》兒童詩刊。
- 教育部國語推行委員會編,《中華新韻》,臺北:國語日報出版部,1973 年 12 月。
- 林武憲,〈林良先生兒歌創作研究〉,《林良先生作品討論會論文集》,臺北:行政院文建會,2000 年 10 月。
- 林武憲,〈臺灣兒童詩歌的特色——從十八家書目作品談起〉,林文寶主編,《臺灣兒童文學 100 研討會論文集》,臺東:臺東師院兒童文學研究所,2000 年 3 月。

——選自許建崑主編《林鍾隆先生作品討論會論文集》
臺北:富春文化公司,2001 年 10 月

試論《我要給風加上顏色》

◎陳素琳*

> 每一首詩，都記下了詩人心靈的一段歷程。
>
> ——金波，《迷路的小孩》，頁 4

一、前言

　　本篇論文為探討《我要給風加上顏色》的五個面向。研究這本詩集的原因是，在林鍾隆繼 1979 年出版第一本童詩集《星星的母親》後，於 1997 年才出版的第二本童詩集《我要給風加上顏色》，這是他自選為代表他近代童詩創作的精選作品，他在序中說詩集中的 56 首詩是做為 1979 年到 1996 年間的成績。因此，這本詩集極能代表林鍾隆在該階段的童詩創作風格。

　　《我要給風加上顏色》中的同名詩作於 1981 年獲得第一屆布穀鳥紀念楊喚兒童詩獎，該書又於 2000 年入選臺灣「兒童文學 100」，這本詩集具有細細研究的價值。

　　本文的研究面向分為五個面向，即特殊體裁、行文風格、形式、兒童觀點與性別刻畫[1]。這五個面向是詩作間的「共通點」，唯「共通點」不是

---

* 臺東師範學院（今臺東大學）兒童文學研究所碩士。發表文章時為臺東師範學院兒童文學研究所碩士生，現為國小教師。

[1] 《我要給風加上顏色》中的詩除了這六項面向之外，還有兩項特色，一為整本詩集的詩均為國語的創作，二為句法的使用。對照林鍾隆在《月光光》兒童詩刊或是《臺灣兒童文學季刊》中所發表的詩，他常常會在自己的中文創作之外加上日文翻譯，甚至有時他會先以日文作詩，然後再附上中文翻譯。在《我要給風加上顏色》中並未納入日文作品。

句法的使用則是與他的日文創作與翻譯有關，唯這種情形在《星星的母親》中表現較明顯，本文

共同點，例如，童話詩是一個共通點，但是內容、技巧與意境在各詩中有不同的表現。對於各項的解說會在文中以詩舉例說明。

二、特殊體裁

這本詩集中，有兩項特殊的體裁很重要，並有出色的表現：一是童話詩，二是寓言詩。

（一）童話詩

林鍾隆認為童話詩是把兒童故事，用詩的方式把它寫出來（〈「童詩」和「童話詩」〉，見《兒童詩研究》，頁 16）。林鍾隆從 1960 年代就開始創作童話詩，因此童話詩創作已經累積了多年的經驗。學者也曾以他的童話詩創作為例，說明臺灣的童話詩創作現象，例如：杜榮琛於〈兩岸兒童詩現象探索〉中說童話詩的奠基者為楊喚，後來寫童話詩較著名的其中一位作家是林鍾隆（頁 90）。

《我要給風加上顏色》共收錄八首童話詩，這八首詩的風格均具有豐富的故事性。作者以詩的方式敘述情節，讀者不僅可以從詩中讀到有趣的童話，更可以欣賞詩的美。以下是其中一首〈兔子照鏡子〉：

小白兔　照鏡子
紅紅的眼睛　白白的鬍子
長長的耳朵　短短的腳
很會跑的　身子卻那麼小

　看得兔子哈哈笑
　奇怪　奇怪　真奇怪
　好笑的兔子也在笑
　哈哈哈　哈哈哈

遂不再討論。

笑裂了嘴巴

糟糕　糟糕

醫生也縫不好

——頁 39～40

這是以詩寫成的童話故事，他在詩中對小白兔裂嘴的自然現象作一童話式
的想像。詩中述說一個小白兔為何會有裂嘴的故事，而這個「故事」卻很
精短，透過 11 行詩，作者就能完整地寫出了一個故事。這首詩不僅具有童
話的趣味與想像，還有詩的美與精煉。林鍾隆在〈兒童詩的認識和創作〉
中說：

> 童話詩是把兒童從詩以外的世界，帶引入詩的世界很重要的「媒介」。
> 因為童話與故事的情節，可以給他們充分的趣味；在趣味的帶引中，可
> 以對「詩」有所認識，發生喜愛。童話和故事，如果能用「詩」的形式
> 來寫，可以使童話、故事更為優美，使兒童同時享受到童話、故事及詩
> 的（更多）樂趣。
>
> ——《兒童詩研究》，頁 46

大人寫童話詩是一種向兒童介紹童詩的好方法。童話詩有詩的特性，
也有童話的特性，作者以寫詩結合兩種文類，兒童在讀詩時，也能從中體
會到更豐富的讀詩的樂趣。

他又說童話詩的作法是，以外界事物或現象為題材，用擬人法，逞想
像，使事物人格化，使現象戲劇化，如果能打動讀者的情緒之盪漾的，就
上乘（《兒童詩研究》，頁 126）。童話詩要成為上乘的作品，內容一定要
有童話的趣味。他以對話式的寫作方式，讓詩中的主角生動起來，在一來
一往的對話間，也連帶著產生戲劇化的效果，最重要的是兒童讀了以後會
心生喜愛並享受閱讀的樂趣。

　　以童話詩創作來說，情的流露並沒有因為「童話的趣味」而流失。例如在〈兔子的故事〉中，兔子在面對生命的危機與延續的問題上表現出脆弱與無助，兔子在詩末說的「又有一次／從外面回來／走了半天／回不了洞穴／自己迷路的時候／還是很害怕／碰到迷路的狐狸」（《我要給風加上顏色》，頁 40）。兔子的緊張與害怕傳達出作者對生命的感受，能引起讀者對生命的一份珍視之情。因為童話詩含有故事性，他的童話詩又能同時包含恢諧的語調與關懷生命的主題兩種特性，他的人文關懷使得感情與感動不時地從詩中流露出來。

　　他相當肯定童話詩對兒童的益處，他在童話詩創作中，不僅提供兒童可閱讀的故事，同時又讓兒童欣賞詩的美。《我要給風加上顏色》的題材有多元化發展的現象、筆調較輕鬆幽默，加上純熟的筆功使得詩（故事）讀起來很順暢。在題材的多元發展中比較顯著的一面是童話詩的主角從星星、月亮等，而擴展到松鼠、斑鳩、水鴨……等。

　　這本詩集中的童話詩會寫得如此動人，有一項不可忽視的創作技巧是對話的應用。他讓詩中的角色以對話的方式表現詩的節奏，以對話呈現詩句，最終完成詩中的故事。無論在〈兩個有趣的朋友〉或是〈斑鳩和水鴨〉中，他讓詩中的主角進行對話，讓故事以活潑的方式進行，這樣就產生林鍾隆認為的「童話詩是真正兒童的，兒童對它特別有親切感」（〈介紹、討論五本兒童詩集〉，見《兒童詩研究》，頁 128）的效果。對話性愈強，詩就愈生動、愈口語化。對話使詩中的故事進行得更流暢，像〈兩個有趣的朋友〉這首長達 181 行的詩，若不是以對話來寫，就沒有兩個主角一來一往的對話所產生的趣味。這首詩因為以對話來寫，即使詩很長，但是因為有生動的對話，使得讀者就在松鼠與黃鼠狼這一來一往的互動中閱讀了整首詩，而且在讀完後，對詩中的情節能留下鮮明的印象。

（二）寓言詩

　　杜榮琛在《海峽兩岸寓言詩研究》的序言中說：寓言詩指的是「詩體寓言」，以兒童文學的範疇指的是兒童文學家為兒童創作的「兒童寓言

詩」，文中也以林鍾隆的〈公雞與狗〉作為林鍾隆寓言詩的代表作品（頁51）。〈公雞與狗〉描寫公雞與狗之間彼此的調侃，這首詩是在對人說話，詩在對話中表現出諷刺人性的意味。林鍾隆的寫詩技巧，贏得大眾的認同，例如：杜榮琛在〈兩岸兒童詩現象探索〉中指出林鍾隆是繼王玉川以後優秀的寓言詩作者之一（頁90）。

　　在這本詩集中，〈松鼠和貓頭鷹的歌〉是一首很重要的寓言詩，林鍾隆以少見的歌曲的方式，形成另一種對話的內容，這是他對話技巧上的突破。這首詩的摘錄如下：

> 一大早　松鼠醒過來
> 要出門了
> 就大聲唱歌
> 　　松鼠是可憐的動物
> 　　早晨出門
> 　　不知道晚上能不能回來
> 　　可惡的人類
> 　　在我們喜歡吃的水果上
> 　　噴上農藥
> 　　不道德的農人
> 　　在我們要通過的樹枝上
> 　　綁上籠子
> 　　可憐的松鼠啊
> 　　每天出門　都不知道
> 　　能不能活著回家
>
> ——頁74～75

　　這首詩是作者心中對人文關懷的表現，作者讓松鼠和貓頭鷹使用以歌

唱和的方式反映人類對待大自然動物的無情，例如松鼠隨時會因為人類對
牠的趕盡殺絕而有生命的危險，因此這首詩就有寓言般的警世、警惕作
用。這首詩不但是一個寓言故事，又是一首詩，以松鼠和貓頭鷹的對唱道
出動物因著人類的危害而產生截然不同的命運。

　　《我要給風加上顏色》中的寓言詩嚴格地說只有兩首，〈斑鳩和水
鴨〉雖是一首童話詩，但是其中也蘊涵了寓言的氛圍，不過童話詩的風格
還是比較濃，所以可以算是童話詩。無論是〈公雞和狗〉或〈松鼠和貓頭
鷹的歌〉，作者以輕鬆、幽默、擬人化的筆化，讓寓意以較輕鬆的態度呈
現給讀者。這兩首寓言詩，不僅有寓言的本質，也有詩的美。

三、行文風格

　　行文風格指的是在這本詩集的寫詩風格，即詩的書寫方式。

（一）對話式

　　在這本詩集中，對話式寫作可以說是林鍾隆的創作特徵。以量來說，
他似乎較鍾情於對話式的寫作，在《我要給風加上顏色》的 56 首詩中佔了
15 首，相較於寓言詩有 2 首、童話詩 7 首，對話式的作品是算多數的了。

　　對話的創作技巧與林鍾隆的「對句」觀念有關，他說過較長的童詩會
以對句來構成是因為在詩裡，一行是一行的意思、兩行是兩行的意思（《兒
童詩研究》，頁 95～96）。他在作品中就常以對句作為詩的行進節奏，詩
的長短也因為對句的使用，產生敘述性的筆調，因為對話常常就包含說明
的意思，因此，以對話寫成的詩，在長度上也就明顯地多了許多。

　　在《我要給風加上顏色》中，對話式的使用以第一種的手法，即角色
間進行對話，多於第二種林鍾隆與你／妳（讀者）的對話。

　　第二種「林鍾隆與你／妳」是作者以第二人稱的手法，以「你」為對
象進行對談。以〈蛇〉例，「我很怕你／……／你為什麼也怕我呢／……
／你蜷成一團／」（《我要給風加上顏色》，頁 118～119）。以〈保〉例，
「你知道『保的意思嗎？』」（《我要給風加上顏色》，頁 128）；以〈風的

面貌〉例，「你知道風是什麼樣子嗎？」（《我要給風加上顏色》，頁41）。在這三首詩中，林鍾隆以你／妳作為談話的對象，在這種創作中，作者即轉變成詩中的一個角色，詩中的「你」即是另一個角色。而這個「你」所代表的，不一定是他者，有可能也是作者自己在對自己說話，不過以傳統的閱讀習慣來看，讀這種「林鍾隆與你／妳」的作品會感覺好像是林鍾隆正在與讀者對話一般。

對話式的寫法在《我要給風加上顏色》發揮得更極致的情形為：有的詩甚至沒有出現任何一個主角，而是把主角隱形起來，只呈現對話，如〈小貝貝的發明〉：

> 「哥！
> 你知道
> 天怎麼會黑嗎？」
> 「你知道嗎？」
> 「我剛剛才知道。
> 因為　地球要睡覺。」
>
> ——頁 87

在詩中，作者把各人的對話當作詩段處理，不明說角色到底是誰，小貝貝這個名字也不曾出現，只有詩題中出現。作者讓對話呈現角色的特色，讓讀者能根據對話的內容與應答的次序了解角色的身分。

林鍾隆透過對話式的寫作技巧，讓詩表達出萬物彼此互動的世界，動物之間可以對話，人與萬物可以溝通，因此，他的詩不是由單一個體或作者的眼光來看世界，而是由透過萬物的眼光及話語產生對彼此、對世界的溝通與了解。讓我們在此對林鍾隆對話式的寫作作一個大膽的回應，其以20 世紀的俄國思想家巴赫汀（Mikhail Mikhailovich Bakhtin）的對話理論的核心概念，即眾聲喧嘩（heteroglossia）所表現出的社會語言的多元化現象

相呼應。巴赫汀認為「對話」代表著開放、多元、未完成的特性（劉康，《對話的喧聲——巴赫汀文化理論述評》，頁 193）。林鍾隆不以獨白的方式對世界作單一的回應，而是以多角色之間彼此的關係與對話，及一題多作反應出對這個世界的觀點與感受。巴赫汀將言談定義為語言社會交流的基本單位（《對話的喧聲——巴赫汀文化理論述評》，頁 150），那麼林鍾隆則讓筆下的主角以對話的方式，透過語言，表現角色的主體自覺與角色間的共存關係。

　　「巴赫汀的社會學詩學的意識型態是以價值的交換和交流的系統為研究對象，意識型態即指符號世界」（《對話的喧聲——巴赫汀文化理論述評》，頁 144）。符號的交流與使用則是透過言談、對話作為媒介來進行接觸。在林鍾隆的詩作中，他大膽的讓詩作為角色之間、作者與讀者、及作者與自己的對話媒介，在交談的當中，即進行價值觀的交流、激盪，甚至是衝突。對話呈現出的社會性藉由讀者與作者的互存、作品中角色與作者的互存，對話式的詩作呈現出作者賦予其詩更開放的思考空間與審視角度。

（二）空隙

　　林鍾隆很重視字的使用，他的詩文顯得非常精簡。因為他的用字精鍊，所以詩行中即自然地出現「空隙」，這空隙的作用在於讓讀者自行填補出詩的完整意境。Perry Nodelman 在《閱讀兒童文學的樂趣》中提到空隙可以是讀者藉由先備的詮釋體系所提供的知識來理解文本的任何一層面（頁 64）。讀林鍾隆的詩，讀者也必需要具有先備的詮釋能力。空隙在此文則單指的是詩中名詞或是主詞的省略。

　　以〈雨中的鴨子〉為例，看空隙的表現：

　　是從哪裡落下來的呢？

　　銀色的長絲一條一條的。

　　為什麼碰到我身上，就變水了呢？

落得那麼快，打得那麼用力，

為什麼身上沒有感覺疼痛呢？

是誰在跟我玩兒嗎？

那人又在哪裡呢？

好舒服啊！

要感謝誰呢？

鴨子縮起一隻腳，

側著頭，

在思索。

——頁95～96

　　這首詩名叫〈雨中的鴨子〉，而「雨」字從頭到尾都沒有出現，但是從詩名中讀者已經被預告這是一首關於雨中的鴨子的詩，讀者從字裡行間所表達出的意思中，也可以知道「雨」和鴨子一樣在詩中是同時存在的主題。

　　首二句「是從哪裡落下來的呢？／銀色的長絲一條一條的」，第一句除了以空隙省略「雨」這個主詞之外，這種句法則有日文文法的味道。但對國內讀者來說，「是從哪裡落下來的呢？」句中所指的落下來的東西是什麼，由詩名來看可能是鴨子，也可以是雨，或是有別的可能，正確的答案要與第二句配合看才知道。讀者從詩題與第二句開始閱讀時可發現，由於這句話並不是華語寫作的習慣，因此在閱讀上也連帶地產生鴻溝（gap 的雙關語）。讀到這種句子時，閱讀會因思考語意而停下來，而不是因為在填補空隙而停下來[2]。

　　在「為什麼碰到我身上，就變成了水呢？／」及「落得那麼快，／打

---

[2]《我要給風加上顏色》中的句法問題並不明顯，只有這首〈雨中的鴨子〉可以為例。在《星星的母親》中句法的問題則較明顯。句法的問題及後面所提的空格皆與林鍾隆創作中的日本質素或說日文翻譯的影響有關。

得那麼用力，／」中的空隙是「雨」。「是誰在跟我玩兒嗎？」及「好舒服啊！／要感謝誰呢？」的空隙是「鴨子」。這首詩把主詞省略，空隙於此便為詩帶來一種精簡效果。

填補主詞，使詩意趨向完全的工作，是讀者的工作。林鍾隆的詩中常常都有空隙的存在，這是一種創作的美感，如果作者把所有的話都說白了、說盡了，那麼讀者在閱讀的過程中便失去讓心去想像、主動體會的機會。

（三）一題多作

一題多作指的是作詩時，常常以同一個主題為主，作者依對題材有不同的感動或作不同角度而寫。《我要給風加上顏色》以山為主題的詩有九首，以風為主題的有四首。在詩集中，也有以相同的主題寫成的詩，如〈雨〉及〈雨中的鴨子〉是包含雨的主題，但是〈雨中的鴨子〉的主題實際上是鴨子，這兩首詩可以說是和雨這個主題相關，但是卻不是完全向著雨描寫。所以一題多作還是以山及風為多。

《我要給風加上顏色》以山為主的詩有九首，寫山的詩表達出林鍾隆因愛山、爬山而寫出對山的感動。山對於林鍾隆的生命有很重要的意義，他對於山的感情自然十分豐富，是寫也寫不盡的。以這八首山的詩來說，他寫出心中對於山的八種感情與想法，這就是他對一個主題多元創作的實例。

四首與風有關的詩也呈現作者心中對風的四種感動與想像，例如著名的〈我要給風加上顏色〉，就是一首作者先有強烈的感動，再加以發揮想像力作成的詩。陳傳銘說過〈我要給風加上顏色〉是一首「奇妙又充滿幻想的詩。作者幻想給風加上顏色，在幻想中給大自然增添無限的情趣，把詩人心靈中美妙的世界，借文字傳達給讀者。」（陳傳銘，《童詩欣賞》，頁 57～58）。在詩中，作者把風想成女性的化身，若把風著上顏色，就可以看見風的面貌。而在〈谷風〉中，風又搖身一變，變成一個愛捉弄樹葉的小頑皮。單一主題在他的筆下，因著寫作技巧的純熟與視角的多元切入，給予事物不同的描寫。

　　以上是對從行文風格中歸納出的對話式寫作、空隙與一題多作的觀察。對話式寫作讓詩更形生動，詩的主體不再是作者而已，而是作者讓筆下的主角產生對話，讓價值觀流動於其中。空隙表現作者的筆功，在用字選詞上他以極精鍊的文字寫詩，因而產生空隙。空隙也同時提供讀者參與的機會，讓文本保有讀者思考的空間。一題多作表現作者對同一事物的不同感動與多元觀察。

四、形式

　　形式指的是詩中的符號使用，使詩產生形式之變化。林鍾隆所使用的符號包括標點符號及低格，這兩種符號的運用，讓詩產生形式上的差異。林鍾隆寫詩的形式較為「不整齊」，有時整首長詩中會出現一兩個標點符號，有時會出現好幾個，但是又不連續使用。

　　在他的詩作中，形式不拘的現象很明顯，林鍾隆自己對標點符號的使用也有一番見解，尤其評論詩的語氣時，常會從標點符號的使用著手。因此對形式作探討，是有必要的。

　　林鍾隆寫詩，常常會運用標點符號、低格（包括句首低格及句中空格）或是兩項符號彼此穿插使用來表現詩的意境。他使用符號可以說是沒有規則，我們很難找出其中的規律與習慣，但是約略可以分辨在詩集中表現出五種符號運用方式。

　　第一種是詩十分整齊地、從頭至尾地使用標點符號，全詩的語調皆用標點符號表示，這不僅是他的創作特色，也是普遍的童詩形式。

　　第二種是低格的使用，低格常常用以表示主角對話的內容，一旦詩行出現低格，常常就是某一角色的語言。這在林鍾隆創作中是很重要的特色與符號使用技巧。詩中單只使用低格作為符號的詩很多，除了低格，並不穿插任何標點符號。

　　第三種是在詩中會穿插標點符號，這種情形發生在全詩大部分是不使用標點符號，但他會在其中穿插一、兩個標點符號。例如在〈兔子的故

事〉中，全詩共 42 行，但是只在「順著探險，／發現了兔子的洞穴／」（《我要給風加上顏色》，頁 23）這一處插入一個逗號。他在評詩的過程中也曾建議為了語氣的順暢，在詩中加入一個標點是必要的（〈兒童詩的認識和創作〉，見《兒童詩研究》，頁 74）。只要能表達詩意與語氣，使用符號即是以服務詩作為目的。

第四種是標點符號與低格互相穿插、交替使用，在這一種形式裡，標點符號與低格的穿插是輔助語調與語意的呈現，如〈小貝貝的發明〉中，「我剛剛才知道。／因為　地球要睡覺。」在「因為」與「地球要睡覺」之間插入一個低格加強語氣，在這完全地以標號符號寫作的詩中，低格依然依作者的需要被使用。這種情形參照林鍾隆所譯的日詩就能發現或許是是與日文的特色有關。

第五種是完全不使用標點符號或是低格，在這種詩裡，敘述觀點常是第一人稱的觀點，而且，這種詩的內容常是單描寫一件事、一種心情或是想法，而且詩的長度較為簡短。

無論他用何種方式寫詩，最重要的是任何一個標點符號或是低格的應用，都有意義，因為符號也是詩的語言之一。

基本上，他對於形式的使用是較為隨意的。在形式中，較特殊的是低格常用於呈現對話：遇到對話，則以低格處理。以舉過的〈松鼠和貓頭鷹的歌〉來看，低格表示松鼠給貓頭鷹的回應。低格在他的作品中是一種詩的符號。低格是突顯對話的方式，是分別對話與其他內容的方法。〈山〉也是這種形式的表現的一個好例子：

　然後　　然後
　山對我動情，說
　　我好佩服你
　　要常常來好嗎？

——頁 48

低格表示山回答的內容，對交談產生加強的效果。

《我要給風加上顏色》中對於標點符號及低格有更多彈性的運用，林鍾隆並不會因為限於追求詩的形式，而使得作詩趨向形式化的寫作。像在〈兔子的故事〉中，若不加上這個唯一的逗號，全詩的詩式就很整齊，不過他並不拘泥於詩外形上的美觀與形式，著重的是詩本身的內涵。

林鍾隆在《我要給風加上顏色》中已經很少依賴標點符號表達詩，他可以完全不用任何一個標點或符號輔助詩意的表達，這反映出他只要用文字，就能夠寫出心中的詩。他寫詩的形式並不十分偏向任何一種，對於符號的運用自如是他對自己寫作能力的把握。他以更多不同的創作形式，像有時是詩中只出現一個標點符號，有時是沒有低格或標點符號，這些都是顯示他的創作更趨自由、技巧更為純熟。

五、兒童觀點

這一段所要談的觀點是詩中以兒童的觀點（point of view）寫成的童詩，這一類的童詩是以兒童的觀點作為敘述觀點。以兒童的視角作為童詩的觀點是指成人以兒童的角度來寫童詩。這項共通點——「觀點」——的出現是從林鍾隆的童詩理論出發，他相當堅持一個童詩創作的大前提，即童詩是成人為兒童寫的詩，不過，他仍然肯定在特殊的情況下，成人仍然可以以兒童的眼光與心境來作詩。在此就以「觀點」來看他是如何使自己「替」兒童寫詩，把自己「當作」兒童來寫詩。

林鍾隆的童詩論述是經過發展的[3]，後來他才堅持童詩指的是成人作給兒童看的詩。他對於童詩有這樣的堅持與理念是有原因的。他認為童詩為

---

[3] 早期林鍾隆開始發展童詩理論時，他並沒有很強烈的動機覺得必須分別童詩與兒童詩。在早期，他把兒童詩與童詩混用，甚至他在〈談「兒童詩」〉中曾主張說：「要為兒童詩下定義愚妄的事。是詩不是詩，是兒童詩不是兒童詩，一看便可分辨出來的，何必一定要去下定義呢？」（林鍾隆，《兒童詩研究》，頁 19）。
早期他雖然沒有為童詩與兒童詩建立明確的理論，但是可以看出他一直都很重視兒童與兒童詩或童詩的密切關係。後來，他對於童詩便發展出明確的主張——「童詩，是指成人作給兒童看的詩」（林鍾隆，〈談童詩的創作與指導〉，見《中國語文》第 352 期（1986 年 10 月），頁 63。

大人作給兒童看的詩是因為人與人之間的不可替代性，任何一個人都無法
「真確地」代替別人說出心裡的話與感覺，因此他尤其不贊成成人為了要
寫童詩就把自己「變」成兒童。在這種不自然的情況下寫出來的童詩，未
必會是童詩。以林鍾隆一貫堅持的理念來說，要寫出好的童詩，不外乎考
慮內心的感動。不過，在某些條件下，成人卻有必要以兒童的角度來作
詩。林鍾隆在〈談童詩的創作與指導〉中對這種創作上的問題——大人作
童詩與兒童作兒童詩——提出非常清楚的說明，如下：

1.何須以孩子的身分寫？（1）不必事事把自己降為孩子的身分去感覺東
西。因為「隔行如隔山」。成人與孩子相差很大，孩子的心，成人難於
想像。有很多這樣寫的詩，孩子們讀後，常不屑地評：我們才不是那樣
子！〈父親節〉就有小孩身分說大人思想的毛病。（2）寫自己小時候的
事，可用孩子的口氣寫。（3）和孩子們生活在一起，從孩子們的表現，
看到、聽到的，可以用孩子的身分寫。（4）不會寫詩的幼兒的言語、思
想、表現，代為寫出來的，可用孩子的身分寫。（5）大人自己欣賞，感
覺東西，沒有必要降為小孩去感受。那樣不但吃力不討好，也會失真。
要寫自己的感受，才是辦法。
2.何以可用大人自己的感受寫？（1）感受要真實，詩才有動人的實感，
不能改變身分，使感受變形、變質。（2）作詩，並不是替別人作詩，是
作自己的詩。（3）童詩，不是兒童詩（兒童作的詩），而是大人寫給小
孩閱讀的詩，並非兒童自己的詩。（4）最重要的是：兒童是在「成長」
中的，成人的感受，可以刺激兒童心智的成長。大人，除非有某種必
要，不寫童詩，而去作兒童詩，是無謂的，也是無聊的。

——頁65～66

從中可以知道在「童詩，是指成人作給兒童看的詩」的大前提下，他
提到大人代替兒童寫詩或是以兒童的眼光寫詩的可能性與必要性。他這樣

的想法源自他對兒童讀詩的關懷，包括他在〈兒童詩的認識和創作〉說大人作「兒童詩」的原因有二：一是兒童不會作，只好由大人作。二是兒童作不好，藉大人作提高品質。此外，他又說兒童詩，若只限於兒童的創作，對兒童的創作、學習上無疑是一種損失（見《兒童詩研究》，頁46）。他對於大人為兒童寫的叫作童詩，兒童自己寫的詩叫作兒童詩的定義，從上述的引文中，我們可以看到，只要是為兒童好的，都可以在童詩與兒童詩中擺入兒童的角色，這是他對兒童讀詩深切的關懷。因此，大人在上述那些情況下，可以代兒童寫詩，或以兒童的身分寫詩。

　　成人寫童詩的有限性在於成人無法百分之百想像自己是小孩子，成人無法把自己的心智完全以兒童的心智代替去思考或是面對世界。但是林鍾隆也說過這種情形有例外，例如成人寫對童年的懷舊，或是為無法以書寫表達的兒童（尤其是幼兒）寫出他／她生活中的故事時，這時成人便可以較為接近的以兒童的觀點來寫作。《我要給風加上顏色》中的兒童則有調皮與快樂的味道，兒童的心理也比較真實的被反應出來。以〈十萬元〉為例：

　　　去年冬天
　　　母親　撿到十萬元
　　　我　茫茫然
　　　母親
　　　把十萬元　交到派出所
　　　「十萬元　在六個月後
　　　就會變成我的」
　　　六個月　趕快過去吧」
　　　我在心中祈禱
　　　但是　世上的事
　　　不會那樣順遂的
　　　失主

未到六個月就出現了

我很失望

但是 失主

太高興了

兩眼 漾著淚水「這樣就好」

我想

——頁 59～60

　　這個孩子看到母親撿到了這麼多錢，他／她的感受是「茫茫然」，心中不禁泛起一陣貪念。這個小孩的祈禱，可以說是很大膽。他／她完全不遮掩對十萬元的喜歡，他／她不是為美善的事物而祈禱，而是希望六個月趕快過去，最好失主不會出現，這樣十萬元就可以順理成章地歸他／她所有了。在知道失主出現時，他／她於是感到失望。但是看到失主高興的淚水，才解除他／她對十萬元的遐想。

　　在一般的教育中。老師或是家長常常告訴兒童拾金不昧的道理，兒童似乎也知道撿到錢要立刻交給老師或是警察，這是一種品德教育。但是以人性的角度來看，有時人很難抗拒誘惑，進而產生犯罪的行為。這首詩中的兒童不是那種乖乖牌，一撿到錢馬上就想到失主的感受與焦急，雖然錢是媽媽撿到的，但是孩子的真實感受是希望這些錢能變他／她的。林鍾隆在此不隱藏孩子們心中的真實感受，也不過度美化孩子的形象。在這首詩中，透過孩子善良的心，林鍾隆讓人性中赤裸裸的自私產生昇華的現象。

　　林鍾隆在《我要給風加上顏色》中的序說道：「兒童的事業，是人生最有意義的一種工作。」兒童是他所關切的對象，他關注兒童與童詩之間的關係。詩集中，林鍾隆以兒童觀點所寫的詩可謂把兒童的心理與生活表現得讓人感同身受。無論是〈小妹妹〉中描寫小妹妹想要東西卻不敢要的心情、〈自來水〉中描寫兒童小看自己的心情，或〈感情〉中表現小男生愛女生的緊張與害羞的心情，他都很實在、深刻的反映兒童的心理與行

為。藉由童詩，他就把兒童與文學作了聯結。

　　為兒童作詩，是對兒童的一種愛的付出，是一種愛心。對兒童要有愛心的人，才可以作童詩，也才能作出沒問題的，好的童詩（林鍾隆，〈談童詩的價值和創作方向〉，見《文訊》第 23 期，1986 年 4 月，頁 157）。不論他對兒童詩或童詩的主張有多少種，他都是以兒童為童詩與兒童詩的主人。《我要給風加上顏色》正是他為兒童而寫，關心兒童讀詩的實踐。

六、性別刻畫

　　看性別刻畫的表現要先從《星星的母親》開始。在這本詩集中，他對於母親有很多的描述，在詩中表現出的性別刻畫，如太陽被視為陽性，月亮是陰性，星星是月亮媽媽的孩子，風是女性，春是女性……等。然而，《我要給風加上顏色》對性別刻畫卻產生了改變，以〈風〉來說，他把風當作男性，他開始賦予他常寫的主題另一種不同的角度與觀念，這在他的創作中是一件值得注意的事。再舉一個例子，在〈鹽巴〉一詩中，鹽巴是男性的化身，他把鹽巴比喻成「是一種隱形人／……／是一種超人」（《我要給風加上顏色》，頁 144），隱形人及超人是很多男生崇拜的對象，他沒有把鹽巴賦予傳統附加女性那柴米油鹽醬醋茶的形象，而是給予男性的形象。

　　這本詩集的性別刻畫有了變化，這代表他對大眾習以為常的兩性觀念有不同的感受，像在以「風」為主題的四首詩中，至少〈風〉就表現出他以另一種角度去思考、體會風不同的面貌。

　　然而，在〈自然美〉一詩中，他就以樹、山及天空來代表男性，花、水及大地則代表女性。性別刻畫雖反應兩性的形象與認知，而詩中另外也反映出在作者心中，男與女在這個世上彼此相依、和諧共存的關係。

七、結語

　　因著林鍾隆對童詩創作的堅持與耕耘，他的詩作不僅在國內獲得好評，日本也相繼翻譯他的作品，例如童詩〈為什麼〉曾被日本選入《現代少年詩集 1996》；童詩〈露珠〉也被日本選譯入世界名詩選《自然之歌》。他長期在童詩與兒童詩方面的努力，可以說是成果豐碩。

　　比較起來，林鍾隆的童詩創作跟他其他的兒童文學作品相比，並不算是常被評論的焦點，目前對於他的詩集的評論也只有三篇[4]。不過在許多介紹童詩或是兒童詩指導的書中，常常會以他的詩為例介紹給讀者，作為好詩的模範。目前對林鍾隆的詩的評論，大多著重詩中的意境與想像，對於詩的語言本身的特色，值得再多加探討。

　　以上是對《我要給風加上顏色》以五個面向作為討論所產生的結果與發現。林鍾隆的詩非常豐富，不是上述簡單的分析就可以了解，他的作品若再以其他的角度作更深一層的探究，相信會有不同的收獲，並帶來另一種感動。

　　林鍾隆的童詩記下他生命的故事與心靈的感動，如詩人金波說的：「每一首詩，都記了詩人心靈的一段歷程（《迷路的小孩》，頁 4）。《我要給風加上顏色》是一本在林鍾隆的寫作歷程中，留下的心靈話語。

---

[4]這三篇評論分別為：
1.趙天儀，〈一個努力的出發──評林鍾隆兒童詩集《星星的母親》〉，《國語日報‧兒童文學週刊》第 417 期，1980 年 5 月 4 日，3 版。
2.馮輝岳，〈評介《星星的母親》〉，見《兒童文學評論集》，中山學術文化基金董事會獎助出版，1982 年 11 月，頁 37～39。
3.趙天儀，〈評林外〈我要給風加上顏色〉〉，《兒童詩初探》（臺北：富春文化公司，1992 年 10 月），頁 288～293。

參考書目

一、專書

- 林鍾隆，《我要給風加上顏色》，桃園：桃園縣立文化中心，1997 年 5 月。

- 林鍾隆，《兒童詩研究》，臺北：益智書局，1977 年 1 月。

- 杜榮琛，《海峽兩岸寓言詩研究》，新竹：先登出版社，1993 年 3 月。

- 金波，《逃路的小孩》，臺北：民生報社，2000 年 11 月。

- 陳傳銘編，《童詩欣賞》，臺中：華仁文化公司，無記載出版日期。

- 劉康，《對話的喧聲——巴赫汀文化理論述評》，臺北：麥田出版公司，1995 年。

- Perry Nodelman 著；劉鳳芯譯，《閱讀兒童文學的樂趣》，臺北：天衛文化圖書公司，2001 年 1 月。

二、單篇期刊論文

- 林鍾隆，〈介紹、討論五本兒童詩集〉，《兒童詩研究》，臺北：益智書局，1977 年 1 月，頁 113～132。

- 林鍾隆，〈兒童詩的認識與創作〉，《兒童詩研究》，臺北：益智書局，1977 年 1 月，頁 42～76。

- 杜榮琛，〈兩岸兒童詩現象探索〉，《兩岸兒童文學學術研討會——童詩童話比較研究論文特刊》，臺北：兩岸兒童文學學術研討會，1944 年 5 月，頁 88～92。

- 林鍾隆，〈「童詩」和「童話詩」〉，《兒童詩研究》，臺北：益智書局，1977 年 1 月，頁 16～18。

- 林鍾隆，〈談童詩的創作與指導〉，《中國語文》第 352 期，1986 年 10 月，頁 63～77。

- 林鍾隆，〈談童詩的價值和創作方向〉，《文訊》第 23 期，1986 年 4 月。

附錄

《我要給風加上顏色》的分析如表格所示：

《我要給風加上顏色》			
分項	內容		詩例
特殊體裁	童話詩		〈兩個有趣的朋友〉、〈兔子的故事〉、〈蓮花池的戲劇〉、〈奇異的房屋〉、〈笨鴨子〉、〈斑鳩和水鴨〉、〈兔子照鏡子〉、〈道理〉
	寓言詩		〈公雞和狗〉、〈松鼠和貓頭鷹的歌〉
行文風格	對話式	1.詩以角色對話的方式進行	〈兩個有趣的朋友〉、〈公雞和狗〉、〈河流之歌〉、〈斑鳩和水鴨〉、〈雲和山〉、〈山〉、〈白紙〉、〈松鼠和貓頭鷹的歌〉、〈會伸縮的哥哥〉、〈小貝貝的發明〉、〈麻雀〉、〈道理〉、〈為什麼〉、〈蛇〉
		2.林鍾隆與你／妳	〈河流之歌〉、〈保〉、〈風的面貌〉
	空隙（gaps）		〈雨中的鴨子〉
	一題多作		風：〈風的面貌〉、〈谷風〉、〈風〉、〈我要給風加上顏色〉 山：〈山〉、〈山在微笑〉、〈登山〉、〈山中〉、〈山路〉、〈到山上去〉、〈蛇〉、〈山像什麼〉、〈雲和山〉
形式	1.標點符號		〈兩個有趣的朋友〉、〈奇異的房屋〉、〈谷風〉、〈會伸縮的哥哥〉、〈雨中的鴨子〉、〈長廊的柱子〉
	2.低格		〈兔子照鏡子〉、〈松鼠和貓頭鷹的歌〉、

		〈到山上去〉、〈自來水〉、〈自然美〉、〈雲和山〉、〈我看到〉、〈樹〉〈世界〉、〈春〉、〈雨〉、〈河水〉、〈古厝〉、〈天空〉、〈山像什麼〉、〈懷念〉
	3.標點符號穿插	〈兔子的故事〉、〈感情〉、〈山中〉、〈蛇〉、〈蘆花〉、〈老鼠了不起〉
	4.低格與標點符號皆用	〈笨鴨子〉、〈河流之歌〉、〈公雞和狗〉、〈蓮花池的戲劇〉、〈斑鳩和水鴨〉、〈風的面貌〉、〈山〉、〈山路〉、〈白鶴林〉、〈風〉、〈我要給風加上顏色〉、〈為什麼〉、〈跳動的月亮〉、〈保〉、〈剪樹〉、〈麻雀〉、〈道理〉、〈山在微笑〉、〈十萬元〉、〈小妹妹〉、〈白紙〉、〈朋友〉、〈我的朋友〉、〈小貝貝的發明〉、〈兔子的故事〉
	5.沒有標點符號與低格	〈登山〉、〈電扇〉、〈名字〉、〈鹽巴〉
兒童與創作	兒童的視角	〈十萬元〉、〈感情〉、〈小妹妹〉、〈白紙〉、〈朋友〉、〈會伸縮的哥哥〉、〈小貝貝的發明〉、〈自來水〉、〈蛇〉、〈懷念〉、〈鹽巴〉、〈我的朋友〉、〈麻雀〉、〈風〉、〈奇異的房屋〉
性別刻畫	性別刻畫（gender）	〈風的面貌〉、〈風〉、〈我要給風加上顏色〉、〈自然美〉、〈鹽巴〉

——選自許建崑主編《林鍾隆先生作品討論會論文集》

臺北：富春文化公司，2001 年 10 月

——修改於 2016 年 11 月

林鍾隆《蠻牛的傳奇》*

◎謝鴻文**

　　《蠻牛的傳奇》是林鍾隆 1971 年的作品，是林鍾隆頗喜歡卻奇怪很少評論注意的作品，那時的他已經因為《阿輝的心》出色的描繪出 1950 年代臺灣兒童形象而頗負盛名。《蠻牛的傳奇》這本介乎童話和小說模糊區域間的作品，有人將它歸於童話，有人以少年小說看待，本文不想費舌去論辯何是何非，純就文本來評點。

　　《蠻牛的傳奇》的主人翁是一隻水牛，起初不滿於主人阿土對牠總是喝斥責罵是蠻牛，並不時揚鞭抽打牠，休息時望著田裡一股飛騰的煙霧祈禱，竟出現了一個白色影子。白色影子告誡蠻牛說：「牛，不論跟上怎樣的主人，都要安安分分地，隨著主人的驅使，認認真真地為主人做事，不能有怨言。」白色影子在此文本中不僅出現過一回，它在每次蠻牛遭遇橫逆，心有願求時便會出現，在幻想文學裡常見這種超自然力量的介入，對主人翁的命運起影響作用，但若只是無限制的讓超自然力量給予主人翁幫助，那又失去人性面的平衡。

　　林鍾隆對此超自然力量的描寫及其對蠻牛的援助，是謹守分際的，沒有過度召喚神祕魔法或巫術，而是接近一個理性啟蒙者的角色，康德（Immanuel Kant）在《實踐理性批判》如此表示：「神祕主義把只是用作象徵的東西當作圖形，也就是把現實的但卻是非感性的直觀（對某種不可

---
*本文原以〈消逝的蠻牛與堅定的信念──再評《蠻牛的傳奇》兼悼林鍾隆〉為名刊於《國語日報》兒童文學版，2008 年 10 月 26 日；修訂後收錄於謝鴻文，《桃園文學的星空》（桃園：SHOW 影劇團，2015 年 12 月）。
**發表文章時為臺北藝術大學戲劇學系博士生、林口社區大學講師，現為虎尾科技大學通識教育中心講師、SHOW 影劇團藝術總監、林鍾隆兒童文學推廣工作室執行長。

見的上帝之國的直觀）作為應用道德概念的基礎，而浪跡於浮誇之地。適
合於道德概念之運用的唯有判斷的理性主義，這種理性主義從感性自然中
只採取純粹理性獨自也能夠思維的東西，即合法則性，並且只把那種能夠
通過感官世界中的行動反過來按照一般自然法則的形式規則現實地得到表
現的東西帶到超感性的自然中去。」康德的哲學觀念固然艱深不易解，但
在他的論述中有一個行動本質的指示，即道德意志，秉此動機而生的有病
心靈將得到力量救癒。依此再回來看蠻牛的行為，牠最初想換主人的心願
純粹是為滿足私慾，不想受虐待，被轉賣後的新主人元富心地善良慈愛，
他待牛的原則是：「要是不給牛先吃飽，就使喚牠，牠哪裡有力氣做活
兒？」還會給牠清潔乾爽的環境住，總是對牠溫柔說話愛撫，於是犁土翻
田的腳步節奏都能附和著主人的口令，而且心裡感覺愉快。

可是元富的兒子明古和蠻牛相處不好，遂使蠻牛心生怨懟，終有一日
不可扼阻的爆發，用攻擊其他的牛來宣洩情緒，實也有向明古警告之意。
林鍾隆巧妙的安排讓白色影子第二次出現，它對蠻牛曉以大義後訓誡著蠻
牛說：「你必須和你的小主人好好地相處，這就是我對你的處罰。」蠻牛被
點化，似乎也得到靈性，牠的行為態度自此有了改變。

在一場車禍中，元富不幸過世，受傷的蠻牛忍痛回去告訴明古一家
人。

白色影子第三次的出現，給了傷慟的蠻牛安慰。明古也因為這場車禍
意外提早成熟，他學習著從前父親做的一切事，包括對蠻牛的態度，蠻牛
也順著明古的心思，任勞任怨的工作，直到漸漸衰老。

白色影子第四次出現，但蠻牛的請求很奇怪，牠希望換一個殺牛的主
人，因為老弱的牠不想再為明古添麻煩了。白色影子勸蠻牛要為明古著
想，說罷便消逝無蹤。待秋天來臨，蠻牛在田地裡瀕臨垂死，白色影子也
最後一次出現，值得注意的是它對蠻牛說：「從此以後，你再也不會看見我
了，因為我就要回去。」林鍾隆別出心裁的結局是這樣告訴我們的，白色
影子原來是從蠻牛心上生出來的，「當你遭到苦難的時候，當你有所期望的

時候，你的心非常熱切，這種熱切的心情就變化成了我，出現在你的眼前，使你產生一種非常大的力量，能使你能脫離苦難，達成熱切的期望。好像有神在幫助你一樣。」原來白色影子即是佛洛伊德（Sigmund Freud）心靈三我中的「自我」顯像，埋藏在意識和潛意識之間，操控著人的理性制約；所以蠻牛的生命蛻變過程，實際上顯現的正是人從利己變利他，從固執自我到放下自我，從蠻橫轉型為安分，蠻牛脫去了蠻的野性，性靈的提升，象徵著人走向理性的文明進程。蠻牛明白了之後，也就可以含笑而歸了。

——選自謝鴻文《桃園文學的星空》

桃園：SHOW 影劇團，2015 年 12 月

兒童文學界的「全才烏鴉」——林鍾隆

◎徐錦成*

　　林鍾隆投入兒童文學的創作與研究非常早，是兒童文學界的老前輩，並且，他不但是評論家、更是創作者。尤其難得的是，不管詩、童話、小說等等，各種文類都難不倒他，堪稱兒童文學的全才。

　　林鍾隆在兒童詩理論、批評的成績，最早見於 1977 年 1 月出版的《兒童詩研究》。而 1982 年 9 月所出的《兒童詩觀察》，則可稱為前書的姊妹作。這兩本書是林鍾隆詩學最具體的展現。基於《兒童詩觀察》的重要性不亞於前作，因此我將林鍾隆放在這一時期來談。

　　《兒童詩研究》裡最重要的文章，當推〈兒童詩的認識和創作〉一文（頁 42～76）。這篇文章長 35 頁，討論的問題不少，依各小節標題來看，包括：為什麼要提倡兒童詩、兒童詩的特質、兒童詩的種類、提倡兒童詩的工作、作兒童詩的問題、作兒童詩最困難的問題、指導兒童的兩種方法、做作問題、從閱讀進入習作、兒童詩的「面」、兒童詩的技法、詩的本質、評閱兒童詩的態度、目前兒童詩所缺少的、標點與句子、韻律問題、評解問題、希望等。由於談的問題太多，所以有些地方不免只能泛泛言之，譬如「兒童詩的特質」這一小節，林鍾隆說道：

　　什麼是兒童詩？我不想把簡單的問題弄得複雜起來。兒童詩只有兩個要素：

---

*發表文章時為九歌出版公司特約主編、佛光大學文學系兼任講師，現為高雄應用科技大學文化創意產業系副教授。

1.詩：它必須是詩。兒童欣賞的，兒童作的，若未達「詩」的成就，不能因形式是「詩」的就稱它為兒童詩。

2.兒童的：所謂「兒童的」，最重要的就是合乎「兒童」這特定的讀者能欣賞的。

——頁 44

這一小節僅有百字左右，並未深論，說是論述，還不如視為「提綱」。不過，有些地方林鍾隆確實談得精采，譬如「詩的本質」：

題材呀，方法呀，老實說，都不是詩。光有這些，戲法不論怎樣變，都變不出「詩」來。我們對於詩之所以成為詩的本質是不能一刻忘記的。……

詩，是「感動」的產物。作詩的，必須先自己有所感動，寫出來的詩才也要使讀者能夠被感動。

但是，這「感動」，往往被誤解為「美好的感情」。我所說的感動，不是這樣狹隘的。我所說的是：凡是能在「心靈上」引起「情緒的」顫動的，就是「感動」。以這樣的標準來衡量詩，才不至於太受限制。

依此了解，寫的是景也好，事也好，理也好，情也好，都要能在讀者心靈引起顫動之情緒的，才夠得上詩的基本要求。忘了這一點而指導作詩，是沒有意義的。

——頁 68

林鍾隆當然是有感而發，才會說出「忘了這一點而指導作詩，是沒有意義的。」這樣的話。在另一篇〈談詩「象」和詩「心」〉（頁 77～84）裡，林鍾隆的批判更為直接：

在我一直注意兒童詩的發展的情形下，卻不能不為目前的狀況暗暗嘆

息。第一、我們沒有一個真正懂兒童詩的刊物編輯，第二、我們沒有真
正懂詩的兒童詩作者。發表出來的，既不是詩質很高的兒童詩，自然不
能代表什麼，但是，既然發表出來了，很多人就依樣畫葫蘆學習創作，
範詩成就不夠高，學習能力又未能達範詩的成就，因此，兒童詩有等而
下之的氾濫現象。

──頁77

　　林鍾隆的批判，一向便是如此麻辣，但有時確能點到痛處。收錄在
《兒童詩觀察》裡的〈想像與趣味的「問題」──談兒童詩的創作〉（頁
53～59），對於當時兒童詩的僵斃就有深刻的看法：

　　目前，我們的兒童詩壇上，出現最多的現象，有兩種，一是以「想像」
作詩。這是一個值得研究的問題。想像，固然是作詩所必要的技巧與表
現手法之一種，但是，想像的本身不是詩。用「想像」作詩，有一點像
把手段當目的一樣，總覺得不太對勁。
　　如某兒童詩刊上，刊出這樣的詩：

　　〈姊姊的頭髮〉
　　姊姊的頭髮
　　像木麻黃
　　又長、又粗、又多。
　　風一吹，
　　頭髮散開像鳥巢。

　　這首詩，以「頭髮」為題材，用兩次「想像」來完成詩，一次把頭髮比
喻為木麻黃，一次是把頭髮比喻為鳥巢，除此之外，甚麼也沒有。也就
是，甚麼像甚麼，如此想像一下而已。你說作者是在寫對頭髮的欣賞

嗎？要這麼說，似乎十分勉強。

這算詩嗎？很多人常常提出懷疑的，就是這一種詩。依我看，的確不太像詩，至少不能算上乘的詩，不能把它刊出來，讓人去欣賞，使人發生「這就是詩」的錯誤印象，引起不好的影響。

不知道詩的本質是甚麼，以為「想像」就是一切，這樣作成的詩，常常有「不是詩」、「不成詩」的危險。……

想像，只是詩中表現的方式，不是一切，這是指導兒童欣賞與創作詩，應當充分認識，善為開導的。

另一種現象是：把「趣味」視為兒童詩的重要「詩質」。評論詩，也以有無「童趣」為尺度。這也是值得研究的問題。

講究趣味的結果，以為平平凡凡的事物，只要能把它寫得有趣味就是詩。這種思想的具體表現，就是把沒有人格的東西人格化，再給那人格化的東西，某種如人的表現，或想像成某種作為，或編造一個故事（當然，不算完美的故事，只是有故事性而已）。如這樣一首詩：

〈笨勇士〉
秋天的樹，
都是笨勇士；
只會呆呆的站在那兒，
喊殺！殺！

這樣做「擬人的描寫」，賦予樹人的生命，有了作者認為「笨」的表現，但是，這樣製造的「趣味」，成詩的嗎？——很有疑問。

再如這樣一首詩：

〈膽小的烏雲〉
烏雲很膽小

每次聽到雷公的吼聲

就嚇得發抖

雷公罵它

也不敢回嘴

只是嘩啦嘩啦的大哭一場。

這是把「現象」編成「行為」（故事）的寫法，目的在「趣味」。這樣，
為某種現象，編造成「人的故事」，是不是就成詩了呢？──依我看，未
必。

趣味的講求，不是作詩的正途，趣味的本身，也不是詩。

──頁 53～58

　　林鍾隆這篇文章，無疑一針見血地指出兒童詩的兩種弊病，但他的論
點也不無可爭議之處。他在此所講的「想像」，事實上指的是修辭學上的
「比喻法」，這當然「不是詩」。而詩走向追求趣味一途，當然「也不是
詩」。然而，詩無論如何不能缺少「想像」與「趣味」。

　　林鍾隆常為了「矯枉」而下猛藥，有人以為他只會破壞而無建設，但
他的苦口婆心，應該不難令人感受。在這篇文章最後，林鍾隆如此結論：

詩的產生，只有兩種，一種是由外而內的，受外事、外物影響而產生於
心中的，這叫做「感受」。另外一種是，在潛意識中，慢慢醞釀，漸漸成
形，或電光一閃，把潛存於內心的，一下子引出來的，這叫做「情思」。
這兩種，才是詩的本質。先有這兩者之一，然後再利用甚麼方法都可
以，只要有辦法把那兩者表現得好，就會成就詩。這兩者，一樣都沒
有，就想用種種方法作詩，這是捨本逐末，雖不一定「緣木求魚」，亦如
「久旱之望雲霓」，不一定望得到的，至少望的人，是一點自信跟把握都
不可能有的。

> 兒童詩的指導、選刊、欣賞、批評，如果不能先把握詩的本質，是吃力
> 不討好的。如果一味以「想像」與「趣味」在兒童詩壇玩把戲，對兒童
> 的影響，一定害多於益。種樹先種根，作詩先求詩質。這是兒童詩工作
> 者，應該把握的原則，不能有絲毫鬆懈，時時刻刻都不許疏忽的。我們
> 的兒童詩，要去除似是而非的詩，要追求質的提高，端賴這種為詩尋
> 本、執本、固根的認識。
>
> ——頁 59

　　而在林鍾隆所有發表的兒童詩論文中，最引人爭議的，恐怕要算 1986
年 4 月發表於《笠》詩刊第 132 期的〈臺灣兒童詩的形成與現況〉（頁 93
～103）一文了。這篇文章對於當時的兒童詩風有相當「苛刻」的評語，
「洪建全兒童文學獎」及《布穀鳥兒童詩學季刊》都遭到他點名批判。林
鍾隆認為：

> 「洪建全兒童文學獎」的設立，其中也有兒童詩獎的項目，又有《布穀
> 鳥兒童詩學季刊》的創刊。《布穀鳥》聲勢浩大，但短命而亡。這兩者，
> 對兒童詩風氣的推展，不無功勞，但對兒童詩品質的提昇，並沒有幫
> 助。……
> 苛刻一點說：是成事不足，敗事有餘。因為雖然帶動了兒童詩的風氣，
> 卻使世人更加深了不正確的觀念。

　　林鍾隆的說法，先後引發沙白與林武憲的不同看法[1]。林武憲甚至說林
鍾隆「這些話，除了不符事實外，也充滿偏見，好像一個戴墨鏡的人以為
天黑了一樣。」[2]

---

[1]詳見沙白〈臺灣兒童詩批評〉（《笠》詩刊第 134 期，1986 年 8 月）及林武憲〈從播種到豐收——
臺灣兒童詩四十年〉。
[2]見林武憲〈從播種到豐收——臺灣兒童詩四十年〉，《華文兒童文學小史 1945～1990》（臺北：中
華民國兒童文學學會，1991 年 5 月），頁 64。

這篇〈臺灣兒童詩的形成與現況〉對於楊喚也頗有意見。林鍾隆說：

由於楊喚的生命太短，寫兒童詩的時間更短，以至產生了一種極不可原諒的，很不好的影響，使我們的兒童詩，停滯了二十多年。

這話作怎麼說呢？因為在楊喚發表兒童詩的時候，沒有第二個創作兒童詩的人。因此，他的兒童詩的形式，就被認定為兒童詩的正常形態。

如果楊喚的兒童詩是多種形態的，被認定為兒童詩的正確模式，並無不可，問題出在，他只有一模式，雖有其他形式發展出來的可能性，但未成氣候，這是很不幸的。

由於他的兒童詩，取悅兒童的成分很多，披著兒童的外衣，多半有一點點故事味兒。因此，在「楊喚的兒童詩就是兒童詩」的認定下，兒童刊物編輯，都認為兒童詩，是要和童話一樣，為取悅兒童而寫的，要有童話或故事味兒的玩藝兒。使得後來想寫正統詩的人，如黃基博，如筆者，很難叫編輯接受沒有童話味，沒有取悅兒童傾向的詩，因此，詩，在兒童刊物上，二十年，無法出現，這是楊喚的罪過。

不過，細想起來，實在是早死之過，不是楊喚之過。相信楊喚能再活十年、二十年，他的兒童詩，也有可能出現正統的兒童詩。早死，是楊喚的不幸，也是臺灣兒童詩的不幸。

林鍾隆這個說法，當然也有許多人無法接受，林文寶就認為：

姑不論林鍾隆先生對臺灣兒童詩的看法是否正確，僅就其論楊喚的功過而言，似乎是欲加之罪，何患無辭。……又認為在臺灣，首先發表兒童詩的是楊喚，亦非事實。[3]

---

[3]見林文寶《楊喚與兒童文學》（臺北：萬卷樓圖書公司，1996 年 7 月），頁 302。

　　然而，林文寶在 2001 年 5 月宣讀於國立彰化師範大學國文系所主辦的
「第五屆現代詩學討論會」上的〈試論臺灣地區兒童「詩教育」〉一文，對
林鍾隆有這樣的看法：

> 林鍾隆是兒童文學的全才。就兒童詩而言，集創作、教學、理論、批評
> 於一身，更是兒童詩往上提升的監護人。
> 林鍾隆是兒童詩壇的烏鴉，也是守門人。

　　的確，在臺灣兒童詩壇上，林鍾隆最勇於、勤於提出一些尖銳、深刻
而又不失誠懇的逆耳忠言。他通曉日文，經常譯介日本詩作、詩評，許多
人因而認為他的詩觀「東洋味」過濃。但無論如何，他的言論在聽者細思
之後，總能發掘出話中隱含的道理。二十幾年來，臺灣兒童詩批評界之所
以不那麼沉悶，林鍾隆功不可沒。

——選自徐錦成《臺灣兒童詩理論批評史》

彰化：彰化縣文化局，2003 年 9 月

淺析林鍾隆的翻譯改寫手法
以柯南道爾三篇小說為例

◎李畹琪[*]

一、前言

　　全能作家林鍾隆不僅著作等身，而且在各項創作上大展長才，跨足成人小說、成人散文、成人詩、童詩、童話、兒童小說、教材、理論研究等眾多領域。除此之外，林鍾隆同時也致力於翻譯工作。生於 1930 年的他，成長期間曾受過八年殖民地教育，16 歲進入臺北師範學校就讀後才開始學習國語。因此，日語可說是林鍾隆的母語之一。讀書期間（1946～1950 年）開始愛上文學、喜歡寫作，但是僅僅四年半的國文基礎並不夠他寫出優秀的成人文學作品投稿至社會刊物與人競爭，所以他便利用《國語日報》的少年版，「把日文書籍中讀到，有益兒童的文章。翻譯出來投稿」[1]，以解寫作之癮——這便是他與翻譯工作結緣的原因。

　　雖然從 1968 年起他才陸續翻譯一些日本文學小說在報紙副刊上發表[2]，但是早在 1962 年林鍾隆就已經翻譯了兩本小說給小朋友看：《三劍客》與《亞森羅蘋》；之後更陸續翻譯了十多本童話或小說，數量超過他翻譯過的成人文學作品[3]。這個現象其實與他在 1965 年所出版的少年小說《阿輝的

[*]臺東大學兒童文學研究所碩士、美國紐約州立大學石溪分校比較文學及文化研究碩士。發表文章時為臺東師範學院（今臺東大學）兒童文學研究所碩士生，曾任兒童美語教師，現專事翻譯。
[1]見林鍾隆〈我的筆墨生涯——艱苦而愉快的歷程〉，《文訊》第 28 期（1987 年 2 月），頁 224。
[2]參閱前衛出版社《林鍾隆集》之〈林鍾隆生平寫作年表〉，洪米貞編，頁 333～338。
[3]參閱廖素珠〈給兒童文學加上顏色——林鍾隆專訪〉（頁 180～184），及林鍾隆〈我的小傳〉（頁 192）二文中之列表。

心》有關。據鍾肇政描述,《阿輝的心》不但在《小學生》雜誌連載,甚至還印行單行本、改編成電視兒童木偶戲、選播為廣播劇,風靡無數老少(頁 21)。此書受到歡迎,一向自我要求甚高的林鍾隆因此感覺到壓力,這卻也導引他開始推介外國兒童文學作品。他在〈我的筆墨生涯——艱苦而愉快的歷程〉中提到:

> 兒童文學,本只是寫寫,沒有什麼大志,但自寫了《阿輝的心》以後,似又已被認定兒童文學的一員,更獲錯愛,擔任兒童文學寫作課程的講席。這一來問題大了,為了先充實自己,下功夫研究,寫信拜託日本朋友,買理論書、買名著譯本寄過來。研究之後,才知自己國家兒童文學之落後,於是好像很容易發願的我,又希望我們的兒童文學能急起直追,而要急起直追,又非知道 20 世紀的新東西不可,於是就翻譯幾本 20 世紀的兒童文學的名著。供國人參考,以提升我們的水平。
>
> ——頁 227

1969 年林鍾隆受聘至中壢高中教授國文後,關心重點轉移到解析、評論、創作現代詩以及兒童詩。與 1960 年代時期抱持相同的心情。他除了 1977 年「和朋友共同出刊《月光光》雙月刊,展示兒童詩作品。也譯介外國兒童詩、童詩(成人作給兒童看的詩)做借鏡」——因為他認為:「兒童文學中的詩,在臺灣可以說是新興的。沒有人知道兒童詩是什麼樣子,該是什麼樣子」(〈我的筆墨生涯〉,頁 227)。林鍾隆堅信我們的兒童必須藉由閱讀自己人創作的童話吸收成長的養分,不可以單單只仰賴中國故事或外國童話生活,因而創作了極多兒童文學作品;然而他也不諱言翻譯國外優秀的兒童文學作品進來能夠大大刺激國內兒童文學創作的質。因此,兒童文學翻譯作品在他的創作生涯中,也占有相當重要的地位。這也是本論文想要針對其兒童文學作品翻譯面向研究之原因。

就目前蒐集之書目,林鍾隆共翻譯了大約 19 本兒童文學作品。由於林

鍾隆精通日語，他本人也在〈我的筆墨生涯〉一文中自承平時多是藉助日文的翻譯作品認識其他國家的世界級名著，因此研究者推測，這 19 本兒童文學作品中原屬於英美歐各國的作品，應是林鍾隆閱讀日文譯本後再次轉譯成中文的。但是目前無法得知當初林鍾隆拿到的日譯本為何，故在以下譯文的分析中，也許會因為是轉譯而造成誤差卻沒有發現，此乃不得已之情況。不過就直接對照原文與中譯本而言，轉譯、改寫的過程所造成的誤差究竟讓讀者少知道了什麼、多接收了什麼，也是個有趣的研究方向，所以研究者仍嘗試從此一角度分析觀察。由於部分譯作無法於短期之內蒐集到原著原文，也有部分譯作國內沒有第二人嘗試再翻譯，所以本論文研究之範圍僅限制於討論柯南道爾的三篇偵探小說：〈魔術師的傳奇〉、〈盜馬記〉、〈土人的毒箭〉。

　　由於這三篇翻譯的是同一人（柯南道爾）的作品，原著取得容易[4]且寫作風格一致，再加上國內還有其他版本可供對照比較，於是研究者便選擇了同被選為書名的〈盜馬記〉、〈魔術師的傳奇〉、〈土人的毒箭〉三篇來分析。研究者注意到，其餘出版社在書的封面上加註的都是某位譯者「譯」，東方出版社的版本卻是註明「林鍾隆改寫」──為什麼必須改寫，而不能照著原文翻譯呢？他之所以不照原著翻譯而要改寫，是因為顧及語句通順的問題，還是因為這故事是要給兒童閱讀的關係？這些被增刪、重組的段落與林鍾隆認為的「優良兒童讀物」形式、內容有關嗎？抑或隱含了他創作其他領域文學作品的理念？以下，本論文將分三部分，就三篇小說中這些被更動的部分進行分析探討，藉以更瞭解林鍾隆翻譯、改寫手法，及其背後之含意。

二、〈盜馬記〉

　　原名"Silver Blaze"（銀焰號[5]）的〈盜馬記〉原文發表於 1892 年 12

---

[4]已不在著作權保護年限內，故網路上有許多福爾摩斯迷將故事全數搬上自己的網頁展示分享。
[5]研究者自譯。

月，收錄於合集《回憶錄》中。此篇可說是三篇小說中林鍾隆改寫幅度最
大的一篇。

　　原作的結構及安排如下：某天，福爾摩斯突然告知華生（朋友、室友
兼助手）要出遠門。華生對此並不感意外，原因是轟動全國的女王盃賽馬
決賽中，最有希望奪魁的銀星號（Silver Blaze）於賽前失蹤，而且其馴馬
師司特雷卡被殺、殺人嫌疑犯施姆遜被捕，此新聞早已在倫敦喧騰許久。
華生跟著福爾摩斯到達特摩爾銀星號的馬房去調查，而在坐火車的時候，
福爾摩斯表示負責偵辦此案的警長已邀約自己一起辦案，並將警長提供的
案發經過及線索轉述給華生聽。到達達特摩爾後，警長讓福爾摩斯檢視司
特雷卡口袋裡的物品和命案現場；之後福爾摩斯與華生藉口散步，實際上
到了附近不遠另一個敵手馴馬師布勞恩的馬房去。福爾摩斯與布勞恩祕密
談話之後，交代布勞恩一些事項，便回去向馬主保證銀星號會出場比賽，
留下莫名其妙的警長和馬主，帶著一頭霧水的華生回倫敦。果然，比賽當
天銀星號不但出現，而且還奪得冠軍；福爾摩斯在賽後向眾人解釋事情真
相和推理的來龍去脈，同時也公布殺人真兇。

　　然而，林鍾隆卻將這一篇故事的材料重新組織過。首先他以華生與妻
子梅麗[6]的對話描述銀星號的長相以及名聲，並且解釋了倫敦熱衷賽馬的情
形、賭馬的情況，也交代了銀星號失蹤與馴馬師被殺的案情。接著，林鍾
隆安排警長登門拜訪，表示自己受到來自各界的尋馬壓力，請求福爾摩斯
幫助。警長除了告訴福爾摩斯自己抓到殺人疑兇之外，也詳細地報告事發
經過。於是，警長、福爾摩斯、華生三人一起前往銀星號的馬房。在那
兒，福爾摩斯檢查了馴馬師司特雷卡口袋內的東西，接著前往屍體發現處
勘驗。在打發掉討人厭的暴發戶馬主之後，他與華生於草原散步的過程中
上演了一段為殺人疑犯施姆遜辯護的戲碼。到達鄰近馴馬師布勞恩的馬房
後，福爾摩斯在華生面前拆穿施姆遜在案發當天的一切行動以及所耍的伎

---

[6]原著中完全沒有出現華生的妻子。

倆。福爾摩斯嚴厲斥責布勞恩的行為，布勞恩慚愧地表示願意聽從福爾摩斯的任何指示以換取隱瞞糊塗作為、保有面子的寬恕。福爾摩斯將計就計，讓警長與馬主一頭霧水，帶華生回住處。比賽當天，銀星號準時出場。殺人真兇也水落石出——福爾摩斯便在賽馬場公開他的推理過程，得到眾人讚賞。林鍾隆敘述，此時梅麗邊聽邊將筆記記完，與華生繼續交談；而華生提到因為銀星號這一個案件慕名而來想當福爾摩斯徒弟的青年偵探，手上有解決不了的案件想請福爾摩斯幫忙，再次引起梅麗興趣，所以繼續又開始《盜馬記》一書的第二案。

　　與原著相較起來，林鍾隆的改寫較為活潑，原因是改寫後的版本出現較多故事中不同性格角色間的對話。最明顯的例子便是他將原本該只從福爾摩斯口中轉述出的筆錄，改為由警長、福爾摩斯、華生三人相互詢問的對話；而筆錄中原本是由第三人稱敘述的證詞，林鍾隆也改為由警長轉述女僕、警衛、司特雷卡太太的語氣（太太的部分甚至以第一人稱語氣寫作）。由於改寫本還將華生的太太梅麗納入，將場景設定為華生對梅麗敘述此樁案件解決的經過，故華生於敘述故事的同時還會突然插入一兩句與梅麗的問答（比如說「怎麼樣？梅麗，你也對銀星號的去處有所領悟了嗎？」（頁 58））。其實，這些原著並不存在的對話場景。也許是林鍾隆為了將成人文學讀物轉變得更適於兒童閱讀，但也有可能是林鍾隆利用來深入描寫除了福爾摩斯與華生之外的小人物個性。原作中，馬主、嫌犯、警衛、敵手馴馬師、太太等案件關係人的性格並不突出，對於讀者而言僅是提供線索的工具；改寫本中，嫌犯施姆遜理直氣壯的樣子不是完全無辜的話，就是藐視公權、馬主財大氣粗，待人毫不禮貌，惹人討厭、馴馬師布勞恩心裡有鬼，所以裝出流氓的兇狠來偽裝自己……等等。林鍾隆這樣子改寫原著，說不定與當時他的興趣轉往小說寫作發展有關——林鍾隆自己說過，到初中教書（1957 年）的頭幾年由於進修古文，故散文中稿率大大提高，他也才放心轉向小說進軍。手邊拿到不錯的素材，又覺得可以再多加發揮的話，何不趁此機會練習一下小說的布局與創作呢？一路鋪陳描寫下來，怪

不得這一篇〈盜馬記〉特別長，幾乎是〈魔術師的傳奇〉與〈土人的毒箭〉篇幅的兩倍。這樣大幅更動的情形，在其他無論是給成人或給兒童閱讀的譯本中都沒有出現——其他譯者均是中規中矩地照柯爾道爾的行文翻譯。

　　檢視完結構布局後，下文將依序將林鍾隆增刪原文細節的部分提出分析。本故事一開始。林鍾隆安排華生與梅麗討論賽馬，還描述了倫敦熱衷賭馬的情形——這些原著裡都不存在。林鍾隆之所以要將街上發售賽馬預測表、民眾賭馬方式等情形描繪出來，應該是因為臺灣沒有賽馬這種活動，若照原本行文的方式敘述，小讀者可能沒有辦法完全了解「賽馬」、「賭馬」，甚至不明白為何銀星號失蹤會造成那麼大的喧騰。這便是林鍾隆處理文化差異的方法。另外，原著敘述在前往達特摩爾的火車上。福爾摩斯小露了一手從小事推測火車車速的功力——在每一篇的開場部分讓福爾摩斯展現見微知著的本領是柯南道爾的寫作習慣，可惜林鍾隆可能因為篇幅的關係。再加上此段文字與情節主幹沒有直接相關，便刪除了[7]。此一情形在〈魔術師的傳奇〉與〈土人的毒箭〉中也同樣發生。

　　到達馬房後，原著裡福爾摩斯檢查了司特雷卡口袋內的物品，發現一張開給德比希爾先生的昂貴衣服發票；據警長報告，司特雷卡夫人曾向他解釋說這位德比希爾是司特雷卡的朋友，往來信件常寄給司特雷卡轉交。福爾摩斯檢查完畢走出房間巧遇司特雷卡太太，寒暄之中福爾摩斯提起以前曾於他處見到司特雷卡太太身著精緻昂貴的外套，夫人否認擁有這類衣服，也認為兩人從未見過。此處為真兇司特雷卡自己犯案動機的關鍵——福爾摩斯由此判斷司特雷卡在外有女人，而且此情人出手闊綽，令司特雷卡不得不在自己的馬身上動腦筋以謀財路。但是林鍾隆把這一段全部省略：司特雷卡的口袋中少了發票、司特雷卡太太沒有與福爾摩斯對話，故事後段也少了福爾摩斯帶著司特雷卡照片到倫敦服飾店求證的敘述。他將司特雷卡的犯案動機改為生活清貧——財大氣粗的馬主對待屬下刻薄，薪

---

[7]業強出版的兒童版也刪除此處，但是智茂版保留。可能因為業強版和東方版一樣也是集合幾個案子在一本書內，而智茂版編為一椿案件一本書，篇幅較無顧慮。

水給的不高，才逼使司特雷卡走旁門左道賺賭金。此一更動非常有趣：為什麼由外遇而起的財務危機不能拿來當作犯罪動機呢？是不是牽涉到倫理道德問題，不想讓孩子見到外遇的家庭問題呢？原作中福爾摩斯與他人不經意的寒暄之中原來暗藏查案的問題，令人讀來不禁大呼高明，但是改寫本中他卻少了一次表現的機會，實在可惜[8]。

　　在另外一處，林鍾隆版的福爾摩斯也少了發揮魅力的機會：福爾摩斯與敵手馴馬師布勞恩的對話。如前所述，原著中的福爾摩斯與馴馬師才關室密談 20 分鐘，談話前後馴馬師的態度就大相逕庭，讓讀者看了和華生一樣都目瞪口呆，不清楚福爾摩斯究竟抓到他什麼把柄。柯南道爾這樣子安排不僅增加了福爾摩斯此一角色的神奇性，也令讀者相當期待之後的發展。然而在改寫版中，福爾摩斯當面揭穿布勞恩的詭計並強烈譴責此一行為，便少了原著中的懸疑效果。偵探小說中，「懸疑性」為一個相當重要的元素——作者必須在情節推展之時，適時製造必要的懸疑效果，讓讀者積累緊張、好奇的情緒直到最後案情大白之時，一口氣放鬆才算成功。此外，福爾摩斯嚴斥布勞恩的一段話更讓人聯想到林鍾隆身為青少年教師的身份——也許他認為，這是一次不錯的機會教育吧[9]。

　　最後要討論的是前後篇章連接的問題。雖然東方出版社不是照著原著在合集中編排的順序翻譯出書，不過由於原著中每一個案件都是獨立的（即使偶爾會提到從前的案件，不過頂多是福爾摩斯自己回想從前的錯誤，或者是從前的案主再次登門拜訪，並不影響讀者閱讀新案件的偵辦過程），因此東方出版社的編排順序對讀者來說不會產生太大困擾。然而，林鍾隆顧及該選集的整體性，在前一案件結束後，都會設計一小段情節勾引讀者繼續閱讀的慾望，讓人想從頭到尾一口氣讀完該書所錄之所有案件——比如說本案最後，林鍾隆安排華生提到慕名而來想向福爾摩斯拜師的

---

[8] 業強版中保留此段。智茂版雖保留收據那一段文字，卻刪除了福爾摩斯與司特雷卡夫人談話的部分。
[9] 業強版和智茂版都照著原著行文。

青年偵探。這一點和其他直接忠實翻譯的版本很不一樣。

三、〈魔術師的傳奇〉

　　〈魔術師的傳奇〉原名"The Crooked Man"（駝背者[10]），首次發表的時間為 1893 年 7 月，也是收錄在《回憶錄》中。此篇故事中的華生已經結婚了，所以不再與福爾摩斯同住。一天午夜，福爾摩斯突訪華生，告訴華生他手上有一件奇案，已經掌握了一些線索，可說接近破案階段，不過需要拜託華生在最後關鍵上幫忙。此番話引起本已疲倦的華生興趣，於是福爾摩斯先介紹案件主角巴克利上校夫婦的背景、性情與夫妻相處狀況，接著告訴華生前幾天巴克利夫人與朋友莫斯林小姐參加會議回來之後，居然與先生於緊鎖的起居室中發生激烈爭吵。然後僕人聽到倒地聲與尖叫聲，便從窗戶衝入，發現巴克利上校倒地死亡，夫人昏迷。他繼續敘述他四處訪查的線索，告訴華生找到了一名重要關係人亨利烏德，唯有他能釐清案情，因此福爾摩斯打算去拜訪這個人──但是需要華生在場當見證人。於是隔天華生便隨福爾摩斯出訪，找到亨利烏德後一切真相大白。

　　原著中雖然曾提到華生妻子，但只交代說因為當時時間已晚，他已上樓休息，並未於故事中露面。然而林鍾隆的改寫版中，福爾摩斯在前一案〈賭馬記〉的最後提到會找機會到華生家向梅麗請安，結果突然在半夜造訪，說是辦案後順便過來拜訪，接著便提起華生夫婦由於他偵辦某次案件的過程在印度相戀之陳年舊事，從這裡聯想到手上的案子與印度也有關。福爾摩斯在梅麗與華生的交互詢問下說出案情，解釋完後要求華生當他詢問亨利烏德的見證人。這樣的寫法，讓讀者感覺福爾摩斯有點不近人情；因為時值午夜，華生夫婦疲倦至極，福爾摩斯「順道拜訪」後不但要求過夜，還興奮地主動敘述辦案經過──不太符合福爾摩斯一貫的形象與性格。然而從梅麗的出現及她與福爾摩斯、華生的互動中可以看出林鍾隆想

---

[10]研究者自譯。

要為這個角色加上血肉的企圖，因為在對話中隱約可見華生夫婦的相處情形及梅麗的俏皮與好奇。在評論林鍾隆成人文學散文、小說的時候，張彥勳說：「以愛情、婚姻、家庭為題材的文字，林鍾隆寫過不少，也可以說是貫串他大部分作品的基本題材，而且這類文章，他寫來頗為輕鬆，已有得心應手之感」（頁 75）。也許，夫妻之間的感情一直是林鍾隆感興趣的題材，所以遇到梅麗這一個未被柯南道爾大加發揮的角色便忍不住特別著墨一番吧。

　　如同〈盜馬記〉一案，林鍾隆在改寫〈魔術師的傳奇〉時也刪去了沒有與案情直接相關、但屬柯南道爾寫作習慣的部分。其實原作中福爾摩斯在進華生家的當下，便從周遭環境以及華生的服飾看出華生最近的狀況，展現他令人驚奇的推理背後細心的觀察能力，但這一段在林鍾隆的改寫版中被刪[11]。此外，林鍾隆為了讓故事發展讀來更為生動有趣，於是將許多單口描述的部分，轉寫成對話呈現。例如，原著中亨利烏德說：

> 剎那間我就被擊昏。且被綁住手腳。然而那一擊實際上卻是擊在我的心上，而不是頭上；因為當我甦醒過來，盡可能聽懂他們之間的談話時，那些話足以讓我明白：我的伙伴〔巴克利〕──也就是幫我安排路徑的那個人──原來他已經透過一個土著僕人將我出賣到敵人的手中。（自譯）

這一段話被林鍾隆改寫為近三頁的逼真回憶，其中一段如下：

> ……聽到我的呻吟聲，孟加拉兵騷動了起來。
> 「這個傢伙還活著呢！」
> 「殺掉他！」

---

[11]大夏出的兒童版同樣也刪除此一部分。奇怪的是，大夏版的結構布局和林鍾隆的改寫版極為類似，比如華生妻子「瑪麗」的出現，或者瑪麗、華生與福爾摩斯間的對話安排也很雷同。

「且慢！要殺，還不如賣給人作奴隸。」

「是啊，賣了好。只要告訴巴克雷中校，已經在河床幹掉他了，不就得了。」

我一聽，立刻忘了渾身的疼痛，一時接不上氣，驚異的顫抖起來。

巴克雷中校居然通知敵人到河床來襲擊我！……

——頁 251

　　張彥勳分析林鍾隆文字的特點為：對話簡潔明快、節奏快速不拖泥帶水、省略連接詞使文字更活潑、行文徹底口語化（頁 71）。從上段節錄文字看來，林鍾隆也把寫小說、散文的習慣帶入了翻譯工作中。譯者接下翻譯工作時，若出版社給予很大自由度的話，就會像林鍾隆的翻譯作品一般成為改寫了。

　　原著中，巴克雷夫婦爭吵時，女僕曾在門外聽到隻字片語。福爾摩斯告訴華生：「她〔女僕〕憶起曾聽到夫人說了『大衛』這個字兩次。這一點對於引導我們推測他們突起爭執的原因來說極為重要。你〔華生〕記得吧，上校的名字叫詹姆斯」（自譯）。案情明朗後，華生還是搞不懂為什麼夫人會提到「大衛」這個既不屬於先生（詹姆斯）也不屬於舊情人（亨利）的名字；但從福爾摩斯輕鬆的語氣中讀者可以知道，他早已從這個名字猜出一場三角關係——因為《聖經》〈撒母耳記〉中記載，「以色列王大衛為了攫取以色列軍隊中赫梯人將領烏利亞之妻拔示巴為妻，把烏利亞派到前方，烏利亞遇伏被害」（遠流版，頁 127 註釋 2、3）。這一段林鍾隆在改寫的時候都省略了，原因可能又是篇幅長度與文化差異的問題[12]。臺灣的小讀者並不一定知道聖經，也不一定清楚聖經上的故事，若要在行文中解釋的話可能離題太遠或者篇幅過長，因此林鍾隆在此篇的處理方法就是省略不提，而不是像在改寫〈盜馬記〉時般將民眾熱衷賭馬的情形描繪解釋出來。

---

[12]大夏版同樣省略。

四、〈土人的毒箭〉

　　〈土人的毒箭〉原名"The Sussex Vampire"（蘇塞克斯郡的吸血鬼[13]），收錄在最後一本福爾摩斯小說合集《新探案》裡面；首次發表的時間為1924 年 1 月[14]。原文敘述福爾摩斯接到某公司的信，信中表示該公司客戶羅伯特詢問有關吸血鬼之事宜，非該公司能夠解決，故將羅伯特的詢問信轉介給福爾摩斯。羅伯特自稱與華生認識，故三人相約見面了解案情後，福爾摩斯便和華生一起到蘇塞克斯郡（即為題名之 Sussex）羅伯特的莊園去，看看羅伯特的妻子為何如中古時期吸血鬼一般吸食自己孩子的鮮血。案情大白之後，福爾摩斯還寫了一封信感謝某公司將這個案子轉介給他辦理。

　　結構上，林鍾隆將故事頭尾福爾摩斯與某公司之間的通信都刪除不提，改為羅伯特以久未見面之老友身分直接寫信向華生求救，希望能拜託福爾摩斯幫忙；行文間也多了些描述老朋友許久未見、人事變遷的複雜情感之段落。同時，原本平鋪直敘的案情，同樣地因為林鍾隆賦予羅伯特夫婦這兩個關係人更多生命而產生許多對話場面，彷彿角色們都站到讀者眼前重新將實況演示般地生動。

　　內容上，改寫版有一處地方十分有趣。原著裡羅伯特帶著福爾摩斯與華生回家後，兒子出來迎接羅伯特：

> 「噢，爸爸，」他〔兒子傑克〕叫道，「我不知道你已經到了，不然我早就在這兒接你了。啊，我真開心見到你！」
>
> 弗格森先生〔羅伯特〕有點不好意思地，從擁抱中輕緩地掙脫開來。
>
> 「小傢伙，」他一邊溫柔地輕撫淺黃色的頭髮一邊說道，「我回來得早，是因為我的朋友福爾摩斯先生和華生醫生肯過來和我們共度一晚。」

---

[13]研究者自譯。

[14]此篇故事很可惜沒有找到其他出版社出給兒童閱讀的版本對照。

「那位福爾摩斯先生是個偵探嗎？」

「是啊。」

那孩子用一種直穿人心，同時在我看來不甚友好的眼光看著我們。（自譯）

而下面這一段由林鍾隆執筆的文字，除了對話增多之外，還加上有趣的內容：

……「爸爸什麼時候回來的？我一點兒也不曉得。爸爸，你到哪裡去了？」傑克撒嬌的問。

……羅伯特把嬌聲問話的傑克拉到身邊，溫柔的撫摸著他的頭髮，說：

「爸爸有事到倫敦去了。這是福爾摩斯先生和華生先生，傑克該說：『歡迎光臨。』」

「唔？……」

傑克的藍眼睛直瞪著我們，發出炯炯的光輝。興奮的問：

「福爾摩斯先生？你是名偵探福爾摩斯嗎？」

福爾摩斯笑著說：

「傑克，你讀過偵探小說吧？看得懂嗎？」

「有些地方不明白，但是覺得很有趣。唔，華生先生，對啦！就是這位先生寫的吧？爸爸。」

「是啊！你知道的真不少。」

「以後再到倫敦去的話，要多買幾本書給我，不要只買一本啊！」

「哈哈哈！爸爸今天太忙，所以忘掉了，很抱歉。三百頁的書傑克一個鐘頭就看完，我也買不了那麼多書給他看。」

——頁 127～128

教師林鍾隆隱約又在教導小讀者一些道理了：首先，待人必須有禮

貌,見到客人要表示歡迎、問候之意。接著,買書、讀書是一件好事,值得鼓勵。這種作法似乎與他在〈喜歡沒有勾心鬥角的兒童世界〉一文中表達的觀念相呼應。他認為:「臺灣的兒童讀物有一些已經與以往不同,以前多多少少隱含教育、教訓意味,而今大量趣味、討好兒童的寫法,膚淺、缺乏深度的毛病一一浮現」(頁 91)。無怪乎他在翻譯外國作品給國內孩子閱讀時,也會將理念實現,把一些他認為該讓孩子了解的道理,寫進故事中。

對照前兩篇故事題目的翻譯,林鍾隆在選取這一篇的題目時,似乎做出較不適當的選擇。第一篇故事原文是以銀星號的名字為題,林鍾隆的譯文雖不採取這個作法,但「盜馬記」這個題目也將焦點放在馬身上,甚至還加上行動描述,隱約透露出這大概是什麼樣的案子,吸引兒童注意。第二篇的情況與第一篇同,林鍾隆雖然稍作更動了,但是焦點仍是案件重要關係人(一個駝背的魔術師),而「魔術師」這個職業與「傳奇」這個詞所透露出來的神祕性不但符合該故事的氣氛,也很容易引發兒童閱讀慾望。但是此篇故事原文指的是「一件發生在蘇塞克斯郡的吸血鬼案」,而林鍾隆所改寫的故事中,僅僅一次讓華生在腦中聯想起吸血鬼的傳說,而不像原文不斷地提到吸血鬼的形象與字眼。由此推測,林鍾隆在改寫的時候,可能又要刻意避開「吸血鬼傳說」這個文化隔閡,因此將題目改為破案關鍵「土人的毒箭」。然而,若將題目訂成這樣,讀者在閱讀的過程中便會特別注意毒箭的敘述並猜測這項線索的重要性,喪失一次欣賞福爾摩斯將查案關鍵融入日常閒談中提問關係人的機會,而在最後真相大白時少了點驚奇與佩服。這是比較可惜之處。

五、結語

綜合以上的討論,可以發現林鍾隆在改寫福爾摩斯系列故事時,有以下的傾向:

(一)大量增加角色對話。這樣可以使氣氛更為活潑生動、提高讀者

閱讀興趣，並能深入發展小角色的性格。這一點反映了他當時將興趣轉向創作小說的背景（翻譯、改寫成為個人創作的延伸），也些許透露出他心目中認為成人讀物與兒童讀物之間的差異。

（二）遇到文化隔閡問題時，不是完全刪除，就是自編情節在行文中不漏痕跡地解釋，而不採用註解。前法時常被當時的譯者使用，不過研究者認為這樣不但破壞原作者的情節設計，也喪失異文化交流的機會，不太可取。林鍾隆本身的才華讓他能夠更進一步發展出另一種獨特的翻譯對策（後法）；如此一來，讀者不但可以自然而然明白兩種異文化間的不同，還不會在閱讀的過程中被註解文字所打斷。這在「改寫」的情形下是一種較為兩全其美的方法。

（三）刪除不影響案情主軸發展的枝節。也許此策出於篇幅受限的無奈，但是這樣子破壞了原作者寫作風格，對於讀者了解原作者文學創作來說為一大阻礙，也減少了原著的精采度。

（四）注重全書的整體性，會設計情節讓原本獨立的個案串連在一起，引發讀者閱讀興趣。這表示林鍾隆將全書視為一個獨立完整的文學作品，立意相當不錯（但也限於「改寫」的狀況下實行）。畢竟中文譯本並不是如當初柯南道爾發表作品一樣，為每隔一段時間在雜誌上發表一樁獨立成章、有頭有尾的案件。

（五）無意中流露出個人寫作風格。此點顯示作家個人在不同領域的創作會交互影響。譯者在選詞用字時，都會因個人背景影響而有不同考量和選擇，所以同一篇作品自然而然會因譯者不同而擁有各種風格不太相似的譯文出現。研究者認為，讀者能有機會見到各種行文方式的譯文也是一個不錯的現象。

（六）有道德審查內容的傾向，且行文中偶爾會隱含道德教訓。此點與作家本身的職業相關，也與當時的兒童文學主流相符。此舉在「改寫」的程度下是可以接受的，但是若是「翻譯」的話，則譯者有太過介入作品之嫌，反倒成為作者，而非傳遞者的角色。

　　這些作法讓林鍾隆無法非常忠實地照著原文翻譯；為了實行部分個人的創作理念與滿足興趣，最後他只好從「翻譯」小說變成「改寫」小說。值得讚許的是，出版社沒有如當時其他眾多不尊重原著者與譯改者的例子一樣，無論更動有多大都要掛「某人譯」的標題，而是很誠實地標出由「林鍾隆改寫」。

　　由於列入分析的篇章較多，因此之前討論的部分多偏重在結構和內容增刪上，並未觸及到林鍾隆在翻譯的時候用字遣詞的傾向。然而研究者發現，相較於其他譯本，林鍾隆在選擇專有名詞譯文之用字上特別精鍊。〈盜馬記〉中那匹名駒便是一個很好的例子：林鍾隆翻譯為「銀星號」[15]，其他的版本翻為「銀色火焰」[16]、「銀色白額馬」[17]或銀色馬[18]等。原文寫的是「Silver Blaze」——「Silver」為銀色之意；「Blaze」除了火焰、強光、鮮明的色彩、燦爛、爆發等意思之外，同時也指牛、馬等畜臉上的白斑。一匹賽馬取名為「Silver Blaze」，除了因為其外貌為栗毛白額，符合「臉上有銀白斑之馬」條件，「Blaze」的「燦爛」、「爆發」等意，也隱含馬主對該馬於賽馬場上能勇往直前盡力奔馳、展露光彩的期許。通常人們在競技場上為己方隊伍取名時，多選擇簡短有力、暗喻終將勝利的名字；從此點觀察，林鍾隆選擇的譯名較符合常理，較其他三者精簡許多且不偏離原意。另外，在〈魔術師的傳奇〉故事中，巴克利夫婦發生爭執的地方是在家裡的「morning-room」，這個房間在其他版本中出現的譯名為「早安房」[19]或「清晨起居室」[20]，而林鍾隆選擇的仍然是照樣能夠代表原意，卻也最精簡的「晨室」。由此可見，對評詩、寫詩許久的林鍾隆來說，其個人的文學素養讓他在選擇譯文用字的時候可以創造出他人苦思未得的精采之作。

---

[15]智茂版也譯為「銀星號」，不過此一版本較林鍾隆版（東方版）還晚印行。
[16]業強版譯名。稍嫌冗長，若能精簡為「銀焰」或「銀焰號」更好。
[17]志文版及遠流版譯名。「銀色」似乎在暗示馬色，與文中敘述不同。且這個寫法不像一匹馬的專用名字，而像兩個形容詞所指涉的某匹無名馬。
[18]遠流版題名。與文中敘述的馬色不同，有誤導之嫌。
[19]大夏版譯名。
[20]志文版及遠流版譯名。

　　林良在〈臺灣地區四十五年來的兒童文學發展（1945～1990）〉一文中，回憶 1949 年國民政府轉移到臺灣時，臺灣兒童文學的歷史發展狀況和中國現代兒童文學的萌芽期非常相像；也就是說當時的兒童文學雖然「受到歐洲兒童文學的影響最大」，但是「卻是由出版事業極為活躍的日本『轉口輸入』。直接由歐洲輸入的比較少」（頁 2）。到了 1960 年代，臺灣兒童文學進入「翻譯的鼎盛期，翻譯對象以美國的兒童文學作品為主。……這個『翻譯運動』，特色是擺脫過去由日本『轉口輸入』的型態，開創了直接由作品原文翻譯的新風氣」（頁 3）。雖然林鍾隆開始翻譯兒童文學也在 1960 年代，但是外語中只精通日文的他，仍然承接前一期的翻譯傾向，為孩子從日本「轉口輸入」兒童讀物，因為他想以自己的能力，實現為孩子帶來更多更好心靈養分的夢想，同時刺激臺灣的兒童文學質量更為精進。同時，具有豐富文學素養的林鍾隆，願意花時間以自己精采的文筆替孩子把成人文學讀物改寫成他心目中認為適合他們看的故事，為臺灣兒童讀物留下十多本不與他人風格類似的嘗試，這種精神值得感謝與敬佩。

參考書目

・未署名，〈林鍾隆〉，《書評書目》第 14 期，1974 年 6 月，頁 92～93。

・李雨軒，〈我的丈夫林鍾隆〉，《笠》第 139 期，1987 年 6 月 15 日，頁 275。

・林良，〈臺灣地區四十五年來的兒童文學發展（1945～1990）〉，《華文兒童文學小史》，臺北：中華民國兒童文學學會，1991 年 5 月，頁 1～4。

・林鍾隆，〈我的小傳〉，《中國當代兒童文學作家小傳》，湖南：湖南少年兒童出版社，1992 年。頁 190～192。

・林鍾隆，〈我的筆墨生涯——艱苦而愉快的歷程〉，《文訊》第 28 期，1987 年 2 月，頁 223～228。

・林鍾隆著；彭瑞金編，《林鍾隆集》，臺北：前衛出版社，1991 年 7 月。

・林麗如，〈喜歡沒有勾心鬥角的兒童世界：專訪林鍾隆先生〉，《文訊》第

172 期，2000 年 2 月，頁 89～92。

- 柯南道爾著；林鍾隆改寫，〈盜馬記〉，《福爾摩斯探案全集　9：盜馬記》，臺北：東方出版社，1990 年 5 月，頁 12～124。

- 柯南道爾著；林鍾隆改寫，〈魔術師的傳奇〉，《福爾摩斯探案全集　17：魔術師的傳奇》，臺北：東方出版社，1993 年 9 月，頁 203～261。

- 柯南道爾著；林鍾隆改寫，〈土人的毒箭〉，《福爾摩斯探案全集　18：土人的毒箭》，臺北：東方出版社，1994 年 4 月，頁 88～148。

- 柯南道爾著；謝武彰編；彤雲譯，〈名駒失竊記〉，《福爾摩斯探案全集：名駒失竊記》，臺北：業強出版社，1999 年 7 月，頁 1～73。

- 柯南道爾著；沈喜樂編；章明和譯，〈神祕魔術師〉，《偵探推理少年文庫 9：神祕魔術師》，臺南：大夏出版社，1993 年 8 月，頁 133～185。

- 柯南道爾著；張開第譯，《福爾摩斯探案：盜馬記》，臺北：智茂文化事業公司，1988 年 6 月，頁 244～258。

- 柯南道爾著；徐信岳譯，〈銀色馬事件〉，《福爾摩斯探案之　4：瀛海奇案》，臺北：志文出版社，1987 年 10 月，頁 11～42。

- 柯南道爾著；徐信岳譯，〈駝背的人〉，見《福爾摩斯探案之　4：瀛海奇案》，臺北：志文出版社，1987 年 10 月，頁 163～185。

- 柯南道爾著；歐陽裕譯，〈吸血鬼〉，《福爾摩斯探案之　7：蒙面房客》，臺北：志文出版社，1987 年 10 月，頁 91～112。

- 柯南道爾著；丁鍾華等譯，〈銀色馬〉，《福爾摩斯探案全集（二）》，臺北：遠流出版事業公司，1999 年 8 月 16 日，頁 4～26。

- 柯南道爾著；丁鍾華等譯，〈駝背人〉，《福爾摩斯探案全集（二）》，臺北：遠流出版事業公司，1999 年 8 月 16 日，頁 112～127。

- 柯南道爾著；丁鍾華等譯，〈吸血鬼〉，《福爾摩斯探案全集（四）》，臺北：遠流出版事業公司，1999 年 8 月 16 日，頁 244～258。

- 旅人（李勇吉），〈林鍾隆〉，《中國新詩論史》，臺中：臺中縣文化中心，1991 年 12 月，頁 236～241。

- 張彥勳,〈才氣縱橫的多產作家〉,《臺灣文藝》第 42 期,1974 年 1 月,頁 70～76。
- 傅林統,〈臺灣五十年代的兒童像——《阿輝的心》〉,《師友》第 375 期,1998 年 9 月,頁 53～57。
- 廖素珠,〈給兒童文學加上顏色——林鍾隆專訪〉,《兒童文學工作者訪問稿》,臺北:萬卷樓圖書公司,2001 年 6 月,頁 157～186。
- 蔡淺,〈兒童文學教育的開拓者——我所認識的詩人林鍾隆〉,《笠》第 140 期,1987 年,頁 5～7。
- 鍾肇政,〈著作等身的林鍾隆〉,《自由青年》第 36 卷第 4 期,1966 年 8 月 16 日,頁 21～22。

——選自許建崑主編《林鍾隆先生作品討論會論文集》
臺北:富春文化公司,2001 年 10 月

輯五◎
研究評論資料目錄

作家生平、作品評論專書與學位論文

專書

1. 許建崑主編　　林鍾隆先生作品討論會論文集　臺北　富春文化公司　2001 年
　　10 月　179 頁

本書為「林鍾隆先生作品討論會」之論文集，收錄六篇論文及十篇座談會引言：1.論文：徐守濤〈從《阿輝的心》看林鍾隆先生少年小說之創作特色〉、林武憲〈林鍾隆兒童詩探討〉、房瑞美〈林鍾隆的童話作品與創作理念探討〉、陳素琳〈試論《我要給風加上顏色》〉、陳春玉〈多變的雲──林鍾隆山系列童詩初探〉、李畹琪〈淺析林鍾隆的翻譯改寫手法──以柯南道爾三篇小說為例〉；2.座談會引言：林良〈忠於創作的林鍾隆先生〉、馬景賢〈林鍾隆「山人」〉、藍祥雲〈亦師亦友林鍾隆老師〉、傅林統〈桃園的朋友談林鍾隆〉、陳正治〈我所認識的林鍾隆先生〉、邱傑〈我所認識的林鍾隆先生〉、蔡清波〈月光下的常青樹〉、邱各容〈跨越語言的藩籬〉、黃玉蘭〈悲情的年代、完人的設計──談《阿輝的心》與《兩根草》〉、廖素珠〈與山談戀愛的作家──林鍾隆〉。

學位論文

2. 房瑞美　　林鍾隆童話作品研究　臺北市立師範學院應用語言文學研究所　碩
　　士論文　陳正治教授指導　2001 年　335 頁

本論文歸納分析並佐以相關文獻資料研究林鍾隆的童話作品，將其作品的題材分為身心發展、做人處事、知識性、社會性、娛樂性等，又藉由童話理論，將其作品依語言、人物刻畫、結構、敘述觀點等各類型的表現技巧統計歸類，以探究其作品形式的特點。全文共 6 章：1.緒論；2.林鍾隆生平與童話作品；3.林鍾隆的童話作品與創作理念；4.林鍾隆童話的內容；5.林鍾隆童話的形式；6.結論。正文後附錄〈林鍾隆著作年代表〉。

3. 邵雅倩　　林鍾隆與童詩　臺東師範學院兒童文學研究所　碩士論文　林文寶
　　教授指導　2002 年　273 頁

本論文研究林鍾隆的童詩創作，運用統計歸納法、訪問法、作品分析法，從童詩推廣的成效和童詩創作的成就兩方面，批判與歸納林鍾隆在臺灣童詩界的貢獻。全文共 6 章：1.緒論；2.林鍾隆與童詩；3.林鍾隆編輯的刊物；4.林鍾隆的童詩觀；5.林鍾隆的童詩分析；6.結論。正文後附錄〈「林鍾隆與童詩」年表〉。

4. 吳訓儀　　林鍾隆小說研究　靜宜大學中國文學系　碩士論文　趙天儀教授指
　　導　2003 年 7 月　214 頁

　　本論文解讀和剖析林鍾隆的小說作品，從其創作的時空環境，探究作者的心境及思
　　想脈絡；另以小說創作技巧來分析作品的構成條件，以及引用書籍理論來分析作品
　　的人物心理所透露的意識。全文共 10 章：1.緒論；2.林鍾隆生平背景與文學活動；3.
　　林鍾隆小說的創作理念；4.林鍾隆小說的內容探究；5.林鍾隆小說的技巧分析；6.林
　　鍾隆小說殖民地時期的回顧；7.林鍾隆小說教師形象的顯影；8.林鍾隆小說女性觀念
　　的表現；9.林鍾隆小說童年生活圖象的反映；10.結論。

5. 盧瑞芬　　林鍾隆少年小說研究　彰化師範大學國文學系　碩士論文　林素珍
　　教授指導　2007 年　133 頁

　　本論文以林鍾隆少年小說作品為研究範圍，透過作家家世背景、寫作歷程及創作理
　　念的外緣探討為基礎，再透過現代小說理論的對照，對作品的內在蘊含及其藝術手
　　法加以分析與研究，歸納出林鍾隆少年小說作品的內容和形式特色。全文共 5 章：1.
　　緒論；2.林鍾隆生平與創作理念；3.《阿輝的心》析論；4.《好夢成真》析論；5.結
　　論。

6. 盧佳君　　林鍾隆和傅林統少年小說之研究　高雄師範大學國文教學碩士班
　　碩士論文　林文欽教授指導　2011 年　242 頁

　　本論文主要在分析、探討林鍾隆和傅林統二人的少年小說。以六本作品為橫軸，作
　　者生平理念為縱軸，經緯構成的面向，穿插時間背景，加上作家愛與關懷的心靈層
　　面所組成的五度空間，呈現二人的臺灣少年小說風格特色。全文共 6 章：1.緒論；2.
　　少年小說作家所處時代與身影行蹤；3.林鍾隆的少年小說；4.傅林統的少年小說；5.
　　林鍾隆和傅林統少年小說之比較；6.結論。正文後附錄〈林鍾隆和傅林統二位兒童文
　　學家及其時代〉。

7. 蘇芳儀　　林鍾隆少年小說研究──以《阿輝的心》、《好夢成真》、《奇異
　　的友情》為討論中心　臺南大學國語文學系碩士班　碩士論文　李
　　漢偉教授指導　2012 年 7 月　132 頁

　　本論文以林鍾隆的少年小說為研究對象，探索其文學內涵及其價值。全文共 5 章：1.
　　緒論；2.林鍾隆少年小說主題探討；3.林鍾隆少年小說人物形象分析；4.林鍾隆少年
　　小說寫作技巧；5.結論。

8. 廖怡雅　　林鍾隆及其散文之研究　銘傳大學應用中國文學系碩士班　碩士論文　徐麗霞教授指導　2013 年　336 頁

本論文以林鍾隆已出版之九本散文《大自然的真珠》、《愛的花束》、《繁星集》、《夢樣的愛》、《情緒人》、《生命的燈》、《初學登山記》、《天晴好向山》、《石頭的生命》作為研究之對象，針對文本內容及寫作方式進行闡述，通過文本爬梳與探討後，藉以歸類林鍾隆之散文面貌以及書寫技巧。全文共 8 章：1.緒論；2.林鍾隆的生平與創作；3.勵志題材的書寫；4.哲理題材的書寫；5.登山題材的書寫；6.婚戀題材的書寫；7.親情題材的書寫；8.結論。

9. 呂玉廷　　林鍾隆童詩觀及其《我要給風加上顏色》語言風格研究　臺北市立大學中國語文學系碩士班　碩士論文　葉鍵得教授指導　2014 年 7 月　156 頁

本論文以林鍾隆為研究對象，探究其童詩觀與童詩集《我要給風加上顏色》之語言風格。全文共 6 章：1.緒論；2.林鍾隆及其童詩觀；3.《我要給風加上顏色》之音韻風格；4.《我要給風加上顏色》之詞彙風格；5.《我要給風加上顏色》之句法風格；6.結論。

作家生平資料篇目

自述

10. 林鍾隆　　序　迷霧　臺北　野風出版社　1964 年 3 月　頁 1—2

11. 林鍾隆　　執筆緣起（代序）　愉快的作文課　臺北　益智書局　1964 年 10 月　頁 1—2

12. 林鍾隆　　執筆緣起　愉快的作文課　臺北　螢火蟲出版社　2001 年 1 月　頁 4—5

13. 林鍾隆　　自序　大自然的真珠　桃園　自印　1964 年 11 月　〔1〕頁

14. 林鍾隆　　自序　大自然的真珠　桃園　自印　1965 年 6 月　頁 11

15. 林鍾隆　　作者的話　錯愛　桃園　林鍾隆　1965 年 3 月　〔1〕頁

16. 林鍾隆　　再版的話　大自然的真珠　桃園　自印　1965 年 6 月　頁 9

17. 林鍾隆　　我的意念（代序）　作文講話　臺北　益智書局　1965 年 7 月　頁 1

18. 林鍾隆　　我的意念（代序）　作文講話　臺北　益智書局　1986 年 3 月　頁 1

19. 林鍾隆　　這是一個值得認真去做的工作　兒童讀物研究第二輯・童話研究
　　　　　　　臺北　小學生雜誌社，小學生畫刊社　1966 年 5 月　頁 291—300

20. 林鍾隆　　作者的話　醜小鴨看家　桃園　自印　1966 年 8 月　頁 1—2

21. 林鍾隆　　自序　愛的花束　臺北　水牛出版社　1967 年 12 月　頁 1—2

22. 林鍾隆　　自序　愛的花束　臺北　水牛出版社　1977 年 3 月　頁 1—2

23. 林鍾隆　　自序　愛的花束　臺北　水牛出版社　1981 年 10 月　頁 1—2

24. 林鍾隆　　自序　暗夜　臺北　正中書局　1969 年 5 月　頁 1

25. 林鍾隆　　自序　繁星集　臺北　臺灣商務印書館　1970 年 3 月　頁 1—2

26. 林鍾隆　　愛的價值——代序　夢樣的愛　臺北　水牛出版社　1971 年 8 月
　　　　　　　頁 1—4

27. 林鍾隆　　愛的價值——代序　夢樣的愛　臺北　水牛出版社　1972 年 11 月
　　　　　　　頁 1—4

28. 林鍾隆　　序　最美的花朵　臺北　青文出版社　1973 年 4 月　頁 3

29. 林鍾隆　　愛的價值——代序　夢樣的愛　臺北　水牛圖書出版公司　1984 年
　　　　　　　9 月　頁 1—4

30. 林鍾隆　　序：我為什麼要寫新詩讀評？　現代詩的解說與評論　臺中　現代
　　　　　　　潮出版社　1972 年 1 月　頁 1—2

31. 林鍾隆　　後記　現代詩的解說與評論　臺中　現代潮出版社　1972 年 1 月
　　　　　　　頁 185

32. 鍾　龍　　譯後贅語　人心透視　高雄　文皇出版社　1974 年 1 月　頁 157

33. 鍾　龍　　序　人生日知錄　臺北　林白出版社　1974 年 2 月　〔2〕頁

34. 林鍾隆　　兒童需要現代寓言——序之一　現代寓言　臺北　新兒童出版社
　　　　　　　1974 年 10 月　頁 3—9

35. 林鍾隆　　豐收——序之二　現代寓言　臺北　新兒童出版社　1974 年 10 月
　　　　　　　頁 10—11

36. 林鍾隆　　《龍子太郎》簡介[1]　國語日報　1976 年 6 月 20 日　3 版

---

[1]本文敘述《龍子太郎》的內容與翻譯緣由。

37. 林鍾隆　　敬告讀者　龍子太郎　桃園　自印　1976 年 7 月　頁 1—3

38. 林鍾隆　　自我的偉大精神體現　幼獅文藝　第 275 期　1976 年 11 月　頁 84
　　　　　　—85

39. 林鍾隆　　自序　兒童詩研究　臺北　益智書局　1977 年 1 月　頁 1—2

40. 林鍾隆　　兒童自己創作的詩（序）　北海道兒童詩選　臺北　笠詩刊社
　　　　　　1977 年 1 月　頁 3—4

41. 林鍾隆　　自序　情緒人　臺北　水牛出版社　1977 年 5 月　頁 1—2

42. 林鍾隆　　自序　情緒人　臺北　水牛出版社　1987 年 9 月　頁 1—2

43. 林鍾隆　　敬告讀者　信兒在雲端　臺北　書評書目出版社　1977 年 10 月
　　　　　　〔1〕頁

44. 林鍾隆　　序言　作文指導　臺北　快樂兒童漫畫週刊社　1978 年 11 月　頁
　　　　　　1—2

45. 林鍾隆　　《少年偵探團》序　少年偵探團　臺北　水牛出版社　1979 年 4 月
　　　　　　〔2〕頁

46. 林鍾隆　　我的意識的演變　民眾日報　1979 年 11 月 19 日　12 版

47. 林鍾隆　　作者的話　星星的母親　臺北　成文出版社　1979 年 12 月　〔1〕頁

48. 林鍾隆　　作者的話　星星的母親　臺北　水牛圖書出版公司　1984 年 3 月
　　　　　　〔1〕頁

49. 林鍾隆　　序　生命的燈　臺北　暖流出版社　1980 年 6 月　頁 3—4

50. 林鍾隆　　《文章精探》自序　文章精探　臺北　益智書局　1980 年 7 月　頁 1

51. 林鍾隆　　《國文教學談叢》自序　國文教學談叢　臺北　益智書局　1980 年
　　　　　　7 月　頁 1

52. 林鍾隆　　思路——真正有用的作文指導　思路　苗栗　七燈出版社　1980 年
　　　　　　11 月　頁 3—6

53. 林鍾隆　　思路——真正有用的作文指導　思路　臺中　主人翁文化公司
　　　　　　1983 年 6 月　頁 3—6

54. 林鍾隆　　思路——真正有用的作文指導　思路　新北　螢火蟲出版社　2011

年 10 月　頁 III—V

55. 林鍾隆　序　小小象的想法　臺北　成文出版社　1981 年 3 月　頁 1—2

56. 林鍾隆　序　小小象的想法　臺北　水牛圖書出版公司　1984 年 3 月　頁 3
　　—5

57. 林鍾隆　《白馬王子米歐》簡介　白馬王子米歐　臺北　水牛出版社　1981
　　年 4 月　〔2〕頁

58. 林鍾隆　譯者的話　沒有人知道的小國家　臺北　水牛出版社　1981 年 4 月
　　263—265 頁

59. 林鍾隆　自序　兒童詩觀察　臺北　益智書局　1982 年 9 月　頁 9

60. 林鍾隆　幻滅的夢　少男心事　高雄　敦理出版社　1985 年 5 月　頁 27—
　　31

61. 林鍾隆　從〇到三千公尺　初學登山記——從〇到三千公尺　臺北　暖流出
　　版社　1986 年 9 月　頁 3—7

62. 林鍾隆　艱苦而愉快的歷程　文訊　第 28 期　1987 年 2 月　頁 223—228

63. 林鍾隆　艱苦而愉快的歷程　文學好因緣　臺北　文訊雜誌社　2008 年 7 月
　　頁 295—304

64. 林鍾隆　詩的告白　笠　第 140 期　1987 年 7 月　頁 5

65. 林鍾隆　序　老師也會有哭的時候——日本童詩精華選　臺北　民生報社
　　1988 年 8 月　頁 1—3

66. 林鍾隆　後記　老師也會有哭的時候——日本童詩精華選　臺北　民生報社
　　1988 年 8 月　頁 257—259

67. 林鍾隆　序——給小朋友的話　婆婆的飛機　臺北　聯經出版公司　1988 年
　　10 月　頁 1—2

68. 林鍾隆　後記　婆婆的飛機　臺北　聯經出版公司　1988 年 10 月　頁 81—82

69. 林　外　自序　戒指　臺北　笠詩刊社　1990 年 3 月　〔1〕頁

70.〔編輯部〕　林鍾隆簡歷　天晴好向山　高雄　派色文化出版社　1990 年 4
　　月　頁 1—2

71. 林鍾隆　　序／山之戀　天晴好向山　高雄　派色文化出版社　1990 年 4 月　頁 3—6

72. 林鍾隆　　自序　作文小百科‧童詩篇　臺北　正生出版社　1992 年 1 月　頁 8—15

73. 林鍾隆　　自序　石頭的生命　桃園　桃園縣立文化中心　1993 年 6 月〔2〕頁

74. 林鍾隆　　作者的話　山中的悄悄話　臺中　臺灣省教育廳　1995 年 4 月　頁 5

75. 林鍾隆　　作者的話　山中的悄悄話　臺北　信誼基金出版社　2006 年 12 月　頁 3

76. 林鍾隆　　自序　我要給風加上顏色　桃園　桃園縣立文化中心　1997 年 5 月〔2〕頁

77. 林鍾隆　　自序　水底學校　臺北　富春文化公司　1999 年 7 月　頁 8—9

78. 林鍾隆　　三版後記　阿輝的心　臺北　富春文化公司　1999 年 9 月　頁 275—279

79. 林鍾隆　　改版序　愉快的作文課　臺北　螢火蟲出版社　2001 年 1 月　頁 6

80. 林鍾隆　　創作者的話　林鍾隆先生作品討論會論文集　臺北　富春文化公司 2001 年 10 月　頁 6—7

81. 林鍾隆　　料理一鍋健康的童話　蔬菜水果的故事　臺北　民生報社　2003 年 12 月　頁 3—5

82. 林鍾隆　　喜歡自己這種模樣　文訊　第 223 期　2004 年 5 月　頁 51

83. 林鍾隆　　在山中　文訊　第 235 期　2005 年 5 月　頁 55

84. 林鍾隆　　後記　幸福的小豬　臺北　信誼基金出版社　2008 年 3 月　頁 77

85. 林鍾隆　　作者的話　兒童寫作高手‧第一冊　臺北　多識界圖書文化公司 2008 年 6 月　頁 2—3

86. 林鍾隆　　〈會想東想西的毛毛蟲〉——大師說　大師在家嗎　臺北　國語日報社　2008 年 10 月　頁 68

87. 林鍾隆　　自序　國中作文教學錦囊・第一冊　新北　螢火蟲出版社　2012 年
3 月　頁 7—8

他述

88. 鍾肇政　　光復廿年來的臺灣文壇〔林鍾隆部分〕　自由談　第 16 卷第 1 期
1965 年 1 月　頁 73

89. 鍾肇政　　光復廿年來的臺灣文壇〔林鍾隆部分〕　鍾肇政全集・隨筆集
（三）　桃園　桃園縣文化局　2001 年 4 月　頁 540

90. 鍾肇政　　二十年來臺灣文藝的發展〔林鍾隆部分〕　徵信新聞報　1965 年
10 月 25 日　10 版

91. 鍾肇政　　二十年來臺灣文藝的發展〔林鍾隆部分〕　鍾肇政全集・隨筆集
（三）　桃園　桃園縣文化局　2001 年 4 月　頁 550—551

92. 〔鍾肇政編〕　　林鍾隆　本省籍作家作品選集 2　臺北　文壇社　1965 年 10
月　頁 274

93. 書評書目資料室　　作家畫像——林鍾隆　書評書目　第 14 期　1974 年 6 月
頁 92—93

94. 久井知秋著；林桐譯　　我所認識的林鍾隆先生　國語日報　1979 年 2 月 4 日
3 版

95. 林煥彰　　臺灣兒童詩的回顧——三十九年—七十一年——成長時期（六十三
年—六十八年）〔林鍾隆部分〕　中外文學　第 10 卷第 12 期
1982 年 5 月　頁 73—75

96. 鍾肇政　　艱困孤寂的足跡——簡述 40 年代本省鄉土文學〔林鍾隆部分〕
文訊　第 9 期　1984 年 3 月　頁 133

97. 鍾肇政　　艱困孤寂的足跡——簡述四十年代本省鄉土文學〔林鍾隆部分〕
鍾肇政全集・隨筆集（二）　桃園　桃園縣文化局　2000 年 12 月
頁 471—472

98. 李雨軒　　我的丈夫林鍾隆　笠　第 139 期　1987 年 6 月　頁 74—75

99. 蔡　淺　　兒童文學教育的開拓者——我所認識的林鍾隆　笠　第 140 期

1987 年 7 月　頁 5—7

100.〔編輯部〕　　譯者介紹　老師也會有哭的時候——日本童詩精華選　臺北　民生報社　1988 年 8 月　頁 5—7

101. 楊子澗　　抉擇——影響我文學生命的關鍵人物　文訊　第 39 期　1988 年 12 月　頁 248—249

102.〔編輯部〕　　作者介紹　蔬菜水果的故事　臺北　民生報社　1990 年 5 月　〔2〕頁

103.〔陳子君，梁燕主編〕　　林鍾隆　兒童文學辭典　成都　四川少年兒童出版社　1991 年 6 月　頁 343

104.〔鍾肇政主編〕　　林鍾隆　客家臺灣文學選　臺北　新地文學出版社　1994 年 4 月　頁 201

105. 黃恆秋　　客家文學的類型——林鍾隆　臺灣客家文學史概論　臺北　客家臺灣文史工作室　1998 年 6 月　頁 122—123

106. 許建崑　　編者序——向兒童文學界的先覺前輩林鍾隆先生致敬　林鍾隆先生作品討論會論文集　臺北　富春文化公司　2001 年 10 月　頁 4—5

107. 藍祥雲　　亦師亦友林鍾隆老師　林鍾隆先生作品討論會論文集　臺北　富春文化公司　2001 年 10 月　頁 154—155

108. 傅林統　　桃園的朋友談林鍾隆　林鍾隆先生作品討論會論文集　臺北　富春文化公司　2001 年 10 月　頁 156—157

109. 陳正治　　我所認識的林鍾隆先生　林鍾隆先生作品討論會論文集　臺北　富春文化公司　2001 年 10 月　頁 158—162

110. 邱　傑　　我所認識的林鍾隆先生　林鍾隆先生作品討論會論文集　臺北　富春文化公司　2001 年 10 月　頁 163—165

111. 蔡清波　　月光下的常青樹　林鍾隆先生作品討論會論文集　臺北　富春文化公司　2001 年 10 月　頁 166—168

112. 邱各容　　跨越語言的藩籬　林鍾隆先生作品討論會論文集　臺北　富春文

化公司　2001 年 10 月　頁 169—170

113. 廖素珠　與山談戀愛的作家——林鍾隆　林鍾隆先生作品討論會論文集　臺北　富春文化公司　2001 年 10 月　頁 175—177

114. 邱各容　林鍾隆研究資料目錄——給風加上顏色（一）　全國新書資訊月刊　第 39 期　2002 年 3 月　頁 25—27　本文介紹林鍾隆其人。

115. 王景山編　林鍾隆　臺港澳暨海外華文作家辭典　北京　人民文學出版社　2003 年 7 月　頁 364—366

116. 〔編輯部〕　作者簡介　蔬菜水果的故事　臺北　民生報社　2003 年 12 月　〔1〕頁

117. 〔鹽分地帶文學〕　前輩作家寫真簿——林鍾隆：孩子們的生活，不能沒有優美的歌聲。　鹽分地帶文學　第 14 期　2008 年 2 月　頁 20

118. 李玟臻　出版感言　兒童寫作高手‧第一冊　臺北　多識界圖書文化公司　2008 年 6 月　頁 4—9

119. 〔封德屏主編〕　林鍾隆　2007 臺灣作家作品目錄　臺南　國立臺灣文學館　2008 年 7 月　頁 481—482

120. 〔人間福報〕　紀念兒童文學家林鍾隆贈著作　人間福報　2008 年 10 月 22 日　7 版

121. 邱　傑　永遠的林老師　人間福報　2008 年 10 月 29 日　15 版

122. 趙天儀　林鍾隆的一生及其文學創作　文訊　第 277 期　2008 年 11 月　頁 52—54

123. 詹宇霈　資深作家林鍾隆辭世　文訊　第 277 期　2008 年 11 月　頁 154

124. 謝鴻文　從《餘生散記》遺作懷想林鍾隆　中華民國兒童文學學會會訊　第 24 卷第 6 期　2008 年 11 月　頁 19—21

125. 林皇德　灑落文學的繁星——林鍾隆　中華民國兒童文學學會會訊　第 24 卷第 6 期　2008 年 11 月　頁 22—23

126. 邱　傑　林鍾隆老師故宅巡禮　文訊　第 278 期　2008 年 12 月　頁 58—59

127. 謝鴻文　用故事和林鍾隆說再見　文訊　第 278 期　2008 年 12 月　頁 148

128. 李玟臻　　致夫君吾愛　人間福報　2009 年 1 月 11 日　B6 版

129. 李玟臻　　天國傳真──林鍾隆紀念專輯　文學臺灣　第 69 期　2009 年 1 月
頁 101─104

130. 李玟臻　　完結篇感言　臺灣兒童文學　第 58 期　2009 年 3 月　頁 44─48

131. 袖　子　　兒童文學界的執著者──追悼林鍾隆老師　滿天星兒童文學　第
63 期　2009 年 6 月　頁 3

132. 文　臻　　悼「七七」致恩師益友賢夫君──林鍾隆老師　滿天星兒童文學
第 63 期　2009 年 6 月　頁 63─71

133. 吳訓儀　　懷念林老師　滿天星兒童文學　第 63 期　2009 年 6 月　頁 72─
75

134. 林皇德　　林鍾隆──灑落文學的繁星　用愛釀成篇章：臺灣文學家的故事
臺南　國立臺灣文學館　2011 年 7 月　頁 103─106

135. 傅林統講；盧佳君記錄　　傅林統的專訪〔林鍾隆部分〕　林鍾隆和傅林統
少年小說之研究　高雄師範大學國文教學碩士班　碩士論文　林
文欽教授指導　2011 年　頁 210

136. 邱　傑　　神仙的奇筆　智慧存摺　新北　螢火蟲出版社　2012 年 1 月　頁
2─3

137. 傅林統　　林鍾隆老師的作文教學　國中作文教學錦囊‧第一冊　新北　螢
火蟲出版社　2012 年 3 月　頁 1─2

138. 邱各容　　給風加上顏色的林鍾隆　國中作文教學錦囊‧第一冊　新北　螢
火蟲出版社　2012 年 3 月　頁 3─6

139. 褚乃瑛　　懷念恩師　國中作文教學錦囊‧第六冊　新北　螢火蟲出版社
2012 年 3 月　頁 210─212

140. 林美娥　　我永遠懷念的林鍾隆老師　國中作文教學錦囊‧第六冊　新北
螢火蟲出版社　2012 年 3 月　頁 213─215

141. 李玟臻　　代序　國中作文教學錦囊‧第六冊　新北　螢火蟲出版社　2012
年 3 月　頁 216─220

142. 謝鴻文　看花開與花落──林鍾隆和李玟臻共譜的兒童文學人生　國語日報　2015 年 4 月 5 日　7 版

143. 木　容　客家兒少文學在臺灣兒童文學歷史定位初探──戰後時期──林海音與林鍾隆是兒童讀物寫作研究班的核心講師　火金姑：中華民國兒童文學學會會訊　第 31 卷第 1 期　2015 年 5 月　頁 60──61

144. 謝鴻文　願在桃園植一片兒童文學的桃花林　桃拾　第 8 期　2015 年 7 月〔1〕頁

145. 邱各容　臺日兒童文學交流一瞥──《月光光》、《臺灣兒童文學》與日本兒童文學界的交流　跨國・跨語・跨視界──臺灣文學史料集刊第五輯　臺南　國立臺灣文學館　2015 年 8 月　頁 101──104

146. 陳正治　全方位的作家林鍾隆　文訊　第 365 期　2016 年 3 月　頁 61──62

147. 林亞璘　父親和《南方小島的故事》　南方小島的故事　臺北　也是文創公司／巴巴文化　2016 年 9 月　〔1〕頁

訪談、對談

148. 林良等[2]　座談──兒童文學未來的發展　文訊　第 11 期　1984 年 5 月　頁 205──258

149. 李瑞騰等[3]　從鄉土的需求出發──「桃園藝文環境的發展」座談會　文訊　第 74 期　1991 年 12 月　頁 29──40

150. 林麗如　喜歡沒有勾心鬥角的兒童世界──專訪林鍾隆先生[4]　文訊　第 172 期　2000 年 2 月　頁 89──92

151. 林麗如　向下札根──做什麼像什麼的林鍾隆　走訪文學僧：資深作家訪問錄　臺北　文訊雜誌社　2004 年 10 月　頁 165──172

152. 廖素珠　給兒童文學加上顏色──林鍾隆專訪　兒童文學工作者訪問稿

---

[2] 與會者：林良、林鍾隆、張法鶴、馬景賢、洪文瓊、游復熙、楊思諶、鄭雪玫、林煥彰、蔣家語、陳美儒、黃樹滋、謝武彰、劉廉蓉、薛茂松、宋建成、鄭明進；紀錄：李宗慈。

[3] 主席：李瑞騰；與會者：李清崧、宋安業、賴傳鑑、黃興隆、曾信雄、傅林統、林鍾隆、呂正男、馬鎮歐、張建輝、戚宜君、邱晞傑、沙究、張行知；紀錄：高惠琳。

[4] 本文後改篇名為〈向下札根──做什麼像什麼的林鍾隆〉。

臺北　萬卷樓圖書公司　2001 年 6 月　頁 157—186

153. 林鍾隆，廖玉蕙，林文義講；鄒欣寧紀錄　文學記憶 2——少年十五二十時
〔林鍾隆部分〕[5]　豐美的饗宴：第三屆桃園全國書展專題演講集
桃園　桃園縣文化局　2004 年 10 月　頁 50—56

年表

154. 洪米貞　林鍾隆生平寫作年表　林鍾隆集　臺北　前衛出版社　1991 年 7
月　頁 333—338

155. 笠詩社　林鍾隆　笠詩社同仁著譯書目集　臺北　笠詩社　1997 年 8 月
頁 40—43

156. 邱各容　作家兒童文學年表　臺灣兒童文學作家及作品論　臺北　富春文
化公司　2008 年 8 月　頁 157—189

157. 盧佳君　林鍾隆和傅林統二位兒童文學家及其時代　林鍾隆和傅林統少年
小說之研究　高雄師範大學國文教學碩士班　碩士論文　林文欽
教授指導　2011 年　頁 213—236

其他

158. 謝鴻文　林鍾隆幸福的童話再現　文訊　第 273 期　2008 年 7 月　頁 226

159. 劉愛生　林鍾隆辭世・兒童文學失巨擘　聯合報　2008 年 10 月 22 日　C2 版

160. 〔楊護源主編〕　林鍾隆全集編纂計畫　國立臺灣文學館年報 2010　臺南
國立臺灣文學館　2011 年 9 月　頁 22

161. 劉愛生　仁和國小圖館・設林鍾隆紀念館　聯合報　2012 年 10 月 13 日
B2 版

162. 楊孟立　臺灣安徒生・林鍾隆紀念館下月開放　聯合報　2013 年 3 月 6 日
B2 版

163. 謝鴻文　臺灣第一座兒童文學作家紀念館——林鍾隆紀念館　文訊　第 330
期　2013 年 4 月　頁 94—98

---

[5]本文為配合第三節桃園全國書展主題館「少年十五二十時——作家年輕照片」之「文學記憶」座
談會第二場紀錄。與會者：林鍾隆、廖玉蕙、林文義；紀錄：鄒欣寧。

164. 謝鴻文　林鍾隆紀念館開館啟用　文訊　第 332 期　2013 年 6 月　頁 138
　　　—139

165. 謝鴻文　林鍾隆紀念館開館 100 天紀實　兒童文學家　第 50 期　2013 年 9
　　　月　頁 68—71

166. 潘云薇　林鍾隆紀念館要扮兒童文學火車頭　書香遠傳　第 109 期　2013
　　　年 9 月　頁 38—41

167. 黃敏潔　為兒童寫作，臺灣也有安徒生——林鍾隆紀念館　夭夭　第 2 期
　　　2013 年 10 月　〔2〕頁

168. 謝鴻文　林鍾隆逝世五週年「童詩秋之祭」紀念活動　文訊　第 338 期
　　　2013 年 12 月　頁 132

169. 謝鴻文　「春天，我們一起詩奔」到林鍾隆紀念館　文訊　第 345 期
　　　2014 年 7 月　頁 150

170. 謝鴻文　林鍾隆少年小說《蠻牛傳奇》搬上舞臺　文訊　第 351 期　2015
　　　年 1 月　頁 161

171. 謝鴻文　林鍾隆紀念館閉館　文訊　第 357 期　2015 年 7 月　頁 214

作品評論篇目

綜論

172. 王鼎鈞　作品充滿鄉土色彩的臺灣作家〔林鍾隆部分〕　文星　第 26 期
　　　1959 年 12 月　頁 25

173. 鍾肇政　著作等身的林鍾隆　自由青年　第 36 卷第 4 期　1966 年 8 月 16
　　　日　頁 21—22

174. 鍾肇政　著作等身的林鍾隆　林鍾隆集　臺北　前衛出版社　1991 年 7 月
　　　1 日　頁 323—326

175. 鍾肇政　著作等身的林鍾隆　鍾肇政全集・隨筆集（四）　桃園　桃園縣
　　　文化局　2002 年 11 月　頁 351—354

176. 葉石濤　兩年來的省籍作家及其小說（上、下）〔林鍾隆部分〕　臺灣日

報　1967 年 10 月 25—26 日　8 版

177. 葉石濤　兩年來的省籍作家及其小說〔林鍾隆部分〕　臺灣文藝　第 19 期 1968 年 4 月　頁 40—41

178. 葉石濤　兩年來的省籍作家及其小說〔林鍾隆部分〕　臺灣鄉土作家論集 臺北　遠景出版公司　1981 年 2 月　頁 73—74

179. 葉石濤　兩年來的省籍作家及其小說〔林鍾隆部分〕　葉石濤全集・評論 卷一　臺南，高雄　國立臺灣文學館，高雄市文化局　2008 年 3 月　頁 154

180. 葉石濤　兩年來的省籍作家及其小說〔林鍾隆部分〕　臺灣文學路——葉 石濤評論選集　高雄　春暉出版社　2013 年 10 月　頁 26—27

181. 葉石濤　一年來的省籍作家及其作品——兼論省籍作家的特質（1—6） 〔林鍾隆部分〕　臺灣日報　1968 年 12 月 28—31 日，1969 年 1 月 1—2 日　8 版

182. 葉石濤　這一年來的省籍作家及其作品——兼論省籍作家的特質（下） 〔林鍾隆部分〕　臺灣文藝　第 27 期　1970 年 4 月　頁 37

183. 葉石濤　一年來的省籍作家及其作品——兼論省籍作家的特質〔林鍾隆部 分〕　臺灣鄉土作家論集　臺北　遠景出版公司　1981 年 2 月 頁 97—98

184. 葉石濤　一年來的省籍作家及其作品——兼論省籍作家的特質〔林鍾隆部 分〕　葉石濤全集・評論卷一　臺南，高雄　國立臺灣文學館， 高雄市文化局　2008 年 3 月　頁 272—273

185. 葉石濤　一年來的省籍作家及其作品〔林鍾隆部分〕　臺灣文學路——葉 石濤評論選集　高雄　春暉出版社　2013 年 10 月　頁 52

186. 曾信雄　多產作家林鍾隆　國語日報　1972 年 6 月 18 日　3 版

187. 張彥勳　才氣橫溢的多產作家[6]　臺灣文藝　第 42 期　1974 年 1 月　頁 70 —76

---

[6]本文後改篇名為〈才氣縱橫林鍾隆〉。

188. 張彥勳　才氣縱橫林鍾隆　淚的抗議　臺北　益群書店　1975 年 2 月　頁
211—227

189. 楊昌年　林鍾隆　近代小說研究　臺北　蘭臺書局　1976 年 1 月　頁 541
—542

190. 李宜涯　林鍾隆談兒童詩——成長教育中的要角　青年戰士報　1976 年 12
月 9 日　5 版

191. 葉石濤　臺灣文學史大綱（後篇）——五十年代的臺灣文學——理想主義
的挫折和頹廢——突破與革新〔林鍾隆部分〕　文學界　第 15 期
1985 年 8 月　頁 150

192. 葉石濤　五〇年代的臺灣文學——理想主義的挫折和頹廢——突破與革新
〔林鍾隆部分〕　臺灣文學史綱　高雄　文學界雜誌社　1991 年
9 月　頁 109

193. 葉石濤　臺灣文學史綱——五〇年代的臺灣文學——理想主義的挫折和頹
廢——突破與革新〔林鍾隆部分〕　葉石濤全集・評論卷五　臺
南，高雄　國立臺灣文學館，高雄市文化局　2008 年 3 月　頁
121—122

194. 旅　人　中國新詩論史（十四）〔林鍾隆部分〕[7]　笠　第 137 期　1987 年
2 月　頁 56—58

195. 旅　人　新詩論第三期——口語說：白萩與林鍾隆　中國新詩論史　臺中
臺中縣立文化中心　1991 年 12 月　頁 236—241

196. 黃登漢　感性與理性——兼問林鍾隆先生　國語日報　1987 年 6 月 14 日
3 版

197. 林文寶　指導兒童創作兒童詩歌的原則——指導經驗舉例——林鍾隆老師
兒童詩歌研究　高雄　復文圖書出版社　1991 年 7 月　頁 149—
150

198. 彭瑞金　心靈的探險家——《林鍾隆集》序　林鍾隆集　臺北　前衛出版

---

[7]本文後改篇名為〈新詩論第三期——口語說：白萩與林鍾隆〉。

社　1991 年 7 月　頁 11—14

199. 彭瑞金　心靈的探險家——《林鍾隆集》　短篇小說卷別冊（臺灣作家全
集）　臺北　前衛出版社　1994 年 3 月　頁 99—102

200. 邱各容　兒童文學的奠基者〔林鍾隆部分〕　文訊　第 103 期　1994 年 5
月　頁 17

201. 張超主編　林鍾隆　臺港澳及海外華人作家辭典　江蘇　南京大學出版社
1994 年 12 月　頁 301

202. 莫　渝　林鍾隆（1930—）　彩筆傳華彩——臺灣譯詩二十家　臺北　河
童出版社　1997 年 6 月　頁 116—121

203. 李麗霞　臺灣（1961 年以來）科學童話作品與理論之研究初稿〔林鍾隆部
分〕　臺灣地區 1945 年以來現代童話學術研討會論文集　臺東
臺東師院兒童文學研究所　1998 年 3 月　頁 127—153

204. 李慕如　由「傳統」到「現代」——中國現代童話發展路向商兌〔林鍾隆
部分〕　臺灣地區 1945 年以來現代童話學術研討會論文集　臺東
臺東師院兒童文學研究所　1998 年 3 月　頁 231—255

205. 江中明　臺籍資深作家自許永遠現役——巫永福、林鍾隆等 10 位作家共聚
一堂　九歌　第 212 期　1998 年 11 月 10 日　3 版

206. 楊佳惠初稿；許建崑改定　讓想像的翅膀飛過漫漫長空——臺灣光復以來
童話作家與作品舉隅〔林鍾隆部分〕　認識童話　臺北　天衛文
化　1998 年 12 月　頁 88—107

207. 徐錦成　兒童文學界的「全才烏鴉」——林鍾隆　臺灣兒童詩理論與批評
發展之研究（1945—2000）　臺東師範學院兒童文學研究所　碩
士論文　林文寶教授指導　2001 年 6 月　頁 62—67

208. 徐錦成　兒童文學界的「全才烏鴉」——林鍾隆　臺灣兒童詩理論批評史
彰化　彰化縣文化局　2003 年 9 月　頁 144—154

209. 林武憲　林鍾隆兒童詩探討　林鍾隆先生作品討論會論文集　臺北　富春
文化公司　2001 年 10 月　頁 29—52

210. 林武憲　探究林鍾隆先生的兒童詩　滿天星兒童文學　第 59 期　2006 年
12 月　頁 26—45

211. 房瑞美　林鍾隆的童話作品與創作理念探討　林鍾隆先生作品討論會論文
集　臺北　富春文化公司　2001 年 10 月　頁 53—83

212. 林　良　忠於創作的林鍾隆先生　林鍾隆先生作品討論會論文集　臺北
富春文化公司　2001 年 10 月　頁 150—151

213. 馬景賢　林鍾隆「山人」　林鍾隆先生作品討論會論文集　臺北　富春文
化公司　2001 年 10 月　頁 152—153

214. 趙天儀　林鍾隆兒童文學創作初探　現代學術研究　第 11 期　2001 年 12
月　頁 71—81

215. 趙天儀　林鍾隆兒童文學創作初探　臺灣兒童文學的出發　臺北　富春文
化公司　2006 年 4 月　頁 53—64

216. 余昭玟　客籍小說家〔林鍾隆部分〕　戰後跨語一代小說家及其作品研究
成功大學中國文學系　博士論文　吳達芸教授指導　2002 年 1 月
頁 63—64

217. 邱各容　多元發展皆有成的林鍾隆　播種希望的人們：臺灣兒童文學工作
者群像　臺北　富春文化公司　2002 年 8 月　頁 74—77

218. 高麗敏　戰後桃園縣新文學代表作家作品——林鍾隆　桃園縣文學史料之
分析與研究　東吳大學中國文學系　碩士論文　陳明臺教授指導
2003 年 7 月　頁 157—160

219. 高麗敏　桃園縣兒童文學作家與作品——林鍾隆　桃園縣文學史料之分析
與研究　東吳大學中國文學系　碩士論文　陳明臺教授指導
2003 年 7 月　頁 212—215

220. 謝鴻文　成長：以自覺之心呵護兒童文學——童心不老：林鍾隆　凝視臺
灣兒童文學的重鎮——桃園縣兒童文學史　佛光大學文學研究所
碩士論文　陳信元教授指導　2005 年 1 月　頁 57—76

221. 謝鴻文　成長：以自覺之心呵護兒童文學——童心不老：林鍾隆　凝視臺

灣兒童文學的重鎮——桃園縣兒童文學史　臺北　富春文化公司
2006 年 12 月　頁 91—119

222. 邱各容　七〇年代的臺灣兒童文學——作家與作品〔林鍾隆部分〕　臺灣兒童
文學史　臺北　五南圖書出版公司　2005 年 6 月　頁 139—140

223. 趙天儀　詩與童詩的世界　滿天星兒童文學　第 59 期　2006 年 12 月　頁
23—25

224. 陳秀枝　幾首耐人尋思的少年詩　滿天星兒童文學　第 59 期　2006 年 12
月　頁 48—54

225. 蔡榮勇　品讀林鍾隆的少年詩　滿天星兒童文學　第 59 期　2006 年 12 月
頁 55—69

226. 邱各容　林鍾隆——給風加上顏色　臺灣兒童文學作家及作品論　臺北
富春文化公司　2008 年 8 月　頁 128—152

227. 邱各容　臺灣兒童文學的「全能型」作家——林鍾隆　臺灣文學館通訊
第 21 期　2008 年 11 月　頁 62—65

228. 邱各容　殞落的星辰——臺灣兒童文學界全能型作家——林鍾隆　全國新
書資訊月刊　第 119 期　2008 年 11 月　頁 14—16

229. 石淑美　臺灣兒童文學詩觀之研究——以林鍾隆、陳千武、趙天儀為例
「走！到民間去！」庶民生活與文化學術研討會　嘉義　中正大
學臺灣文學研究所　2009 年 4 月 25 日

230. 郭澤寬　省政文藝叢書裡的族群與書寫（二）——省籍作家作品中的本土
——語境的轉換與話語的差異〔林鍾隆部分〕　官方視角下的鄉
土——省政文藝叢書研究　高雄　麗文文化公司　2010 年 8 月
頁 250—252

231. 余昭玟　低音主調——《臺灣文藝》的寫實路線——戰後第一代作家——
最年輕的跨語作家林鍾隆　從邊緣發聲——臺灣五、六〇年代崛
起的省籍作家群　臺南　國立臺灣文學館　2012 年 10 月　頁 188
—192

232. 邱各容　　從史料學觀點審視客家兒少文學在臺灣兒童文學的歷史定位〔林
　　　　　　　鍾隆部分〕　2013 當代客家文學　臺北　臺灣客家筆會　2013 年
　　　　　　　11 月　頁 14—16

分論
◆單行本作品

論述

《愉快的作文課》

233. 吳　鼎　　序　愉快的作文課　臺北　益智書局　1964 年 10 月　頁 1—2
234. 吳　鼎　　吳序　愉快的作文課　臺北　螢火蟲出版社　2001 年 1 月　頁 1
　　　　　　　—3
235. 欣　靈　　一本好書《愉快的作文課》　國語日報　1976 年 3 月 21 日　6 版
236. 陳永泰　　《愉快的作文課》讀後　國語日報　1978 年 12 月 5 日　3 版

《現代詩的解說與評論》

237. 夏　夏　　《現代詩的解說與評論》評介　臺灣日報　1972 年 7 月 31 日　9 版

《思路》

238. 李玟臻　　寫在前面——感謝與懷念　思路　新北　螢火蟲出版社　2011 年
　　　　　　　10 月　頁 II

散文

《石頭的生命》

239. 張行知　　林鍾隆的《石頭的生命》　像一串璀璨的珍珠　桃園　桃園縣立
　　　　　　　文化中心　1996 年 6 月　頁 33—34

《暗夜》

240. 編　者　　關於〈神厄〉　臺灣日報　1967 年 1 月 19 日　8 版

《梨花的婚事》

241. 易　安　　《梨花的婚事》　省政文藝評介選輯　臺中　臺灣省新聞處
　　　　　　　1972 年 6 月　頁 107—114

242. 郭澤寬　現代化語境下的集體期望——現代性的追求與扞格〔《梨花的婚事》部分〕　官方視角下的鄉土——省政文藝叢書研究　高雄　麗文文化公司　2010 年 8 月　頁 115—117

兒童文學
《阿輝的心》

243. 林　良　一部可愛的少年小說——《阿輝的心》序　阿輝的心　臺北　小學生雜誌社　1965 年 12 月　頁 1—3

244. 林　良　一部可愛的少年小說——《阿輝的心》序　阿輝的心　臺中　滿天星兒童詩刊社　1989 年 8 月　〔3〕頁

245. 林　良　一部可愛的少年小說——《阿輝的心》序　阿輝的心　臺中　臺灣省兒童文學協會　1991 年 8 月　〔3〕頁

246. 林　良　一部可愛的少年小說——《阿輝的心》序　耕耘者的果樹園——林良先生序文選集　臺北　業強出版社　1993 年 10 月　頁 111—113

247. 林　良　一部可愛的少年小說——《阿輝的心》序　阿輝的心　臺北　富春文化公司　1999 年 9 月　頁 8—11

248. 鍾梅音　談《阿輝的心》——介紹一本優良兒童讀物　啼笑人間　香港　小草出版社　1972 年　頁 51—55

249. 鍾梅音　談《阿輝的心》——介紹一本優良兒童讀物　啼笑人間　香港　半島書樓　1975 年 8 月　頁 51—55

250. 鍾梅音　談《阿輝的心》——介紹一本優良兒童讀物　阿輝的心　臺中　滿天星兒童詩刊社　1989 年 8 月　〔6〕頁

251. 鍾梅音　談《阿輝的心》——介紹一本優良兒童讀物　阿輝的心　臺中　臺灣省兒童文學協會　1991 年 8 月　〔6〕頁

252. 鍾梅音　談《阿輝的心》——介紹一本優良兒童讀物　阿輝的心　臺北　富春文化公司　1999 年 9 月　頁 12—18

253. 林　桐　《阿輝的心》讀後感　國語日報　1973 年 2 月 11 日　3 版

254. 張彥勳　關於少年小說：兼談《阿輝的心》　文學界　第 28 期　1989 年 2

月　頁 220—222

255. 曾沈益　《阿輝的心》——你我的心　國語日報　1989 年 12 月 10 日　3 版

256. 洪中周　重印少年小說《阿輝的心》——談阿輝心中的一把秤　滿天星兒
童詩刊　第 11 期　1990 年 2 月 1 日　頁 60—66

257. 洪中周　重印少年小說《阿輝的心》——談阿輝心中的一把秤　阿輝的心
臺中　臺灣省兒童文學協會　1991 年 8 月　〔7〕頁

258. 傅林統　鄉土情懷綻放的奇葩（之一）——《阿輝的心》賞析　兒童文學
的思想與技巧　臺北　富春文化公司　1990 年 7 月　頁 251—256

259. 邱各容　林鍾隆與《阿輝的心》　兒童文學史料初稿 1945～1989　臺北
富春文化公司　1990 年 8 月　頁 273—275

260. 趙天儀　少年小說的現實性與鄉土性——以戰後早期臺灣少年小說創作為
例——少年小說欣賞舉隅——林鍾隆作品：《阿輝的心》　兒童文
學學術研討會論文集——少年小說　臺東　臺東師院語文教育學
系，臺東師院兒童讀物研究中心　1992 年 6 月　頁 101—102

261. 趙天儀　少年小說的現實性與鄉土性——以戰後早期臺灣少年小說創作為
例——少年小說欣賞舉隅——林鍾隆作品：《阿輝的心》　兒童文
學與美感教育　臺北　富春文化公司　1999 年 1 月　頁 118—119

262. 編輯部　日譯《阿輝的心》的回響　臺灣兒童文學季刊　第 7 號　1992 年
10 月 15 日　頁 51—54

263. 傅林統　名作選評——《阿輝的心》　少年小說初探　臺北　富春文化公
司　1994 年 9 月　頁 223—226

264. 馬景賢　從《阿輝的心》到《少年噶瑪蘭》——談少年小說的出版與展望
出版界　第 42 期　1994 年 12 月　頁 16—19

265. 傅林統　臺灣 50 年代的兒童像——《阿輝的心》　師友　第 375 期　1998
年 9 月　頁 53—57

266. 傅林統　臺灣 50 年代的兒童像——《阿輝的心》　豐收的期待：少年小
說‧童話評論集　臺北　富春文化公司　1999 年 4 月　頁 43—53

267. 徐錦成　　《阿輝的心》——少年小說里程碑　國文天地　第 176 期　2000
　　　　　　　年 1 月　頁 105—107

268. 徐錦成　　《阿輝的心》　臺灣（1945—1998）兒童文學 100　臺北　行政院
　　　　　　　文建會　2000 年 3 月　頁 64—65

269. 張子樟　　傳統寫實的再現——《阿輝的心》　青春記憶的書寫：少兒文學
　　　　　　　賞析　臺北　幼獅文化公司　2000 年 10 月　頁 80—82

270. 傅林統　　少年小說《阿輝的心》導讀　中華民國兒童文學學會會訊　第 17
　　　　　　　卷第 1 期　2001 年 1 月　頁 3

271. 徐守濤　　從《阿輝的心》看林鍾隆先生少年小說之創作特色　林鍾隆先生作
　　　　　　　品討論會論文集　臺北　富春文化公司　2001 年 10 月　頁 9—28

272. 黃玉蘭　　悲情的年代，完人的設計——談《阿輝的心》與《兩根草》　林
　　　　　　　鍾隆先生作品討論會論文集　臺北　富春文化公司　2001 年 10 月
　　　　　　　頁 171—174

273. 鄭清文　　從《阿輝的心》談少年小說的寫實主義　中華民國兒童文學學會
　　　　　　　會訊　第 17 卷第 6 期　2001 年 11 月　頁 4—5

274. 許建崑　　阿輝，你今年幾歲？——林鍾隆《阿輝的心》評議　中華民國兒
　　　　　　　童文學學會會訊　第 17 卷第 6 期　2001 年 11 月　頁 5—7

275. 張桂娥　　臺灣少年小說日譯狀況之研究——林鍾隆的《阿輝的心》　臺灣
　　　　　　　少年小說學術研討會　臺東　臺東師範學院兒童文學研究所
　　　　　　　2002 年 6 月 8—9 日

276. 張桂娥　　臺灣少年小說日譯狀況之研究——林鍾隆《阿輝的心》　少兒文
　　　　　　　學天地寬——臺灣少年小說學術研討會論文集　臺北　九歌出版
　　　　　　　社　2002 年 6 月　頁 121—125

277. 黃秋芳　　拓展少年小說的臺灣風情——少年小說的兩種典型：鍾肇政和林
　　　　　　　鍾隆　臺灣少年小說學術研討會　臺東　臺東師範學院兒童文學
　　　　　　　研究所　2002 年 6 月 8—9 日

278. 黃秋芳　　拓展少年小說的臺灣風情——少年小說的兩種典型：鍾肇政和林

鍾隆　少兒文學天地寬──臺灣少年小說學術研討會論文集　臺北　九歌出版社　2002 年 6 月　頁 195─197

279. 謝鴻文　阿輝的心　文化桃園　第 15 期　2002 年 6 月　頁 6

280. 〔江連居主編〕　閱讀《阿輝的心》的理由　兒童讀書會活動設計 DIY　臺北　民聖文化公司　2002 年 6 月　頁 129─130

281. 余昭玫　再探《阿輝的心》──兼論林鍾隆的小說特質　國教天地　第 157 期　2004 年 7 月　頁 22─24

282. 黃秋芳　從遊戲性展望臺灣兒童文學遠景──從遊戲性尋找臺灣兒童文學出口──教育性的省思與累積〔《阿輝的心》部分〕　兒童文學的遊戲性──臺灣兒童文學初旅　臺北　萬卷樓圖書公司　2005 年 1 月　頁 323─324

283. 邱各容　六○年代的臺灣兒童文學──兒童文學創作及譯作代表作〔《阿輝的心》部分〕　臺灣兒童文學史　臺北　五南圖書出版公司　2005 年 6 月　頁 87─88

284. 吳玫瑛　言說「好孩子」與男童氣質建構──以林鍾隆著《阿輝的心》和謝冰瑩著《小冬流浪記》為例　中國現代文學　第 13 期　2008 年 6 月　頁 63─80

285. 吳玫瑛　臺灣男童文化初探──《魯冰花》與《阿輝的心》中的理想男童形構　海峽兩岸兒童文學學術研討會　臺北　臺東大學主辦　2008 年 7 月 25─26 日

286. 吳玫瑛　「頑童」與「完人」──《魯冰花》與《阿輝的心》中的男童形構　臺灣文學研究集刊　第 8 期　2010 年 8 月　頁 125─152

287. 吳玫瑛　試探兒童小說的（不）可能──《彼得潘個案》與《阿輝的心》　兒童文學批評理論學術研討會　臺東　臺東大學主辦；臺東大學兒童文學研究所承辦　2009 年 11 月 21 日

288. 王景苹　兒童心的時代書寫──析論林鍾隆《阿輝的心》裡的鄉土與現代　第十四屆靜宜大學兒童文學與兒童語言全國學術研討會　臺中

靜宜大學外語學院主辦　2010 年 7 月 10 日

289. 王宇清　《阿輝的心》——臺灣青少年小說巡禮之一　全國新書資訊月刊
第 148 期　2011 年 4 月　頁 43—47

《醜小鴨看家》

290. 陳正治　讀《醜小鴨看家》——介紹一本優良兒童讀物　國教之友半月刊
第 327 期　1966 年 11 月 1 日　頁 6

291. 楊隆吉　《醜小鴨看家》　臺灣（1945—1998）兒童文學 100　臺北　行政
院文建會　2000 年 3 月　頁 34—35

《蠻牛的傳奇》

292. 謝鴻文　消逝的蠻牛與堅定的信念——再評《蠻牛的傳奇》兼悼林鍾隆
國語日報　2008 年 10 月 26 日　4 版

293. 傅林統　以牛喻人《蠻牛的傳奇》　國語日報　2015 年 3 月 1 日　7 版

《最美的花朵》

294. 曾　門　《最美的花朵》　國語日報　1973 年 5 月 16 日　3 版

《毛哥兒和季先生》

295. 楊靜思　評介《毛哥兒和季先生》　國語日報　1977 年 9 月 4 日　3 版

296. 藍祥雲　兒童文學創作選集介紹——《毛哥兒和季先生》　兒童文學漫談
宜蘭　北成國民小學　1987 年 1 月　頁 73—74

《みなみのしまのできごと》

297. 謝鴻文　《南方海島的故事》——林鍾隆珍稀的日文繪本創作　國語日報
2016 年 7 月 24 日　7 版

298. 謝鴻文　童心趣味滿溢的小島　南方小島的故事　臺北　也是文創公司／
巴巴文化　2016 年 9 月　〔1〕頁

《數字遊戲》

299. 野　火　精采絕頂的圖畫課〔《數字遊戲》〕　書評書目　第 76 期　1979
年 8 月 1 日　頁 83—85

《星星的母親》

300. 趙天儀　一個努力的出發——評林鍾隆兒童詩集《星星的母親》　國語日報　1980 年 5 月 4 日　3 版

301. 范姜春之　愛的寶藏——《星星的母親》讀後　月光光　第 21 期　1980 年 7 月 1 日　頁 47—49

《蔬菜水果的故事》

302. 謝鴻文　蔬菜水果的故事　文化桃園　第 38 期　2004 年 5 月　頁 6

《我要給風加上顏色》

303. 林煥彰　《我要給風加上顏色》　臺灣（1945—1998）兒童文學 100　臺北　行政院文建會　2000 年 3 月　頁 156—157

304. 謝鴻文　我要給風加上顏色　文化桃園　第 2 期　2001 年 5 月　頁 6

305. 陳素琳　試論《我要給風加上顏色》　林鍾隆先生作品討論會論文集　臺北　富春文化公司　2001 年 10 月　頁 85—109

《智慧銀行》

306. 傅林統　開啟智慧門的橋梁書　智慧銀行　臺北　小魯文化公司　2011 年 3 月　頁 2—4

307. 〔編輯部〕　智慧銀行的誕生　智慧銀行　臺北　小魯文化公司　2011 年 3 月　頁 5

308. 謝鴻文　看見林鍾隆遺作《智慧銀行》　文訊　第 306 期　2011 年 4 月　頁 140

◆多部作品

《山》、《爬山樂》、《山中的悄悄話》、《山中的故事》、《讀山》

309. 陳春玉　多變的雲——林鍾隆山系列童詩初探〔《山》、《爬山樂》、《山中的悄悄話》、《山中的故事》、《讀山》〕　林鍾隆先生作品討論會論文集　臺北　富春文化公司　2001 年 10 月　頁 111—126

310. 徐錦成　護生詩畫集——讀林鍾隆的五本「山之書」　我們的記憶・我們的歷史　臺東　臺東大學兒童文學研究所　2003 年 11 月　頁 127—137

《太陽的悲劇》、《暗夜》

311. 余昭玟　跨語一代作家小說中的死亡觀照——死亡——不可化解的悲劇
〔《太陽的悲劇》、《暗夜》部分〕　從語言跨越到文學建構——
跨語一代小說家研究論文集　臺南　臺南市立圖書館　2003 年 11
月　頁 130

312. 余昭玟　跨語一代作家筆下殖民與再殖民的世界——日本的殖民世界——
歧視下的責打與壓制〔《暗夜》、《太陽的悲劇》部分〕　從語言
跨越到文學建構——跨語一代小說家研究論文集　臺南　臺南市
立圖書館　2003 年 11 月　頁 147—149

《阿輝的心》、《好夢成真》

313. 許建崑　六○年代臺灣中長篇少年小說作品評析〔《阿輝的心》、《好夢成
真》部分〕　戰後初期臺灣文學與思潮論文集　臺北　文津出版
社　2005 年 1 月　頁 585—612

單篇作品

314. 吳友詩　中副選集中的〈波蒂〉　中央日報　1963 年 7 月 9 日　6 版

315. 蔡丹冶　《中副選集》第一輯總評〔〈波蒂〉部分〕　文藝論評　臺中
普天出版社　1968 年 10 月　頁 61—62

316. 邵　僩　水晶球　邵僩評論集——白痴的天才　臺北　晚蟬書店　1970 年
4 月　頁 67—74

317. 曾　門　我讀〈小蝌蚪找媽媽〉　國語日報　1973 年 4 月 8 日　3 版

318. 葉石濤，彭瑞金；許素貞紀錄　以人生觀領導創作——葉石濤、彭瑞金對
談（下）——〈三個寶〉提供了精簡小說的典範　民眾日報
1979 年 6 月 19 日　12 版

319. 葉石濤，彭瑞金；許素貞紀錄　以人生觀領導創作——葉石濤、彭瑞金眾
副小說對談評論〔〈三個寶〉部分〕　葉石濤全集·評論卷六
臺南，高雄　國立臺灣文學館，高雄市政府文化局　2008 年 3 月
頁 383—384

320. 葉石濤，彭瑞金；許素貞紀錄　　在自我挑戰中前進──葉石濤、彭瑞金對
　　　　談（上）──該接受情節的挑戰〔〈粉拳〉〕　民眾日報　1979
　　　　年 9 月 12 日　12 版

321. 葉石濤，彭瑞金；許素貞紀錄　　在自我挑戰中前進──葉石濤、彭瑞金眾
　　　　副小說對談評論〔〈粉拳〉部分〕　葉石濤全集・評論卷六　臺
　　　　南，高雄　國立臺灣文學館，高雄市政府文化局　2008 年 3 月
　　　　頁 390─391

322. 司馬中原　　從〈粉拳〉觸探林鍾隆的意境　中華文藝　第 111 期　1980 年
　　　　5 月　頁 177─179

323. 司馬中原　　從〈粉拳〉觸探林鍾隆的意境　林鍾隆集　臺北　前衛出版社
　　　　1991 年 7 月　頁 327─329

324. 趙迺定　　讀林外〈豬的話〉有感──該詩刊在笠八七期　笠　第 95 期
　　　　1980 年 2 月　頁 29

325. 文曉村　　〈雨中的話〉評析　寫給青少年的新詩評析一百首（下冊）　臺
　　　　北　布穀出版社　1980 年 8 月　頁 371

326. 〔文曉村編〕　　〈雨中的話〉評析　新詩評析一百首（下冊）　臺北　黎
　　　　明文化公司　1981 年 3 月　頁 411─412

327. 林建助　　提高兒童詩水準──兼備詩思・詩情・詩趣等詩質〔〈想像與趣
　　　　味的問題──談兒童詩的創作〉部分〕　新綠　臺北　中國文化
　　　　大學出版部　1981 年 1 月　頁 100─102

328. 趙天儀　　透過詩的教育走向真善美──兼評林外的〈我要給風加上顏色〉
　　　　臺灣日報　1981 年 3 月 25 日　8 版

329. 趙天儀　　評林外〈我要給風加上顏色〉　兒童詩初探　臺北　富春文化公
　　　　司　1992 年 10 月　頁 43─53

330. 蔡榮勇　　讀一首證明題的詩──〈我要給風加上顏色〉　月光光　第 28 期
　　　　1981 年 10 月　頁 3─4

331. 蔡榮勇　　我喜愛的詩──〈地下室的蚯蚓〉欣賞　月光光　第 36 期　1983

　　　　　　　　年 3 月　頁 5—6

332. 蔡榮勇　　我喜愛的詩——〈天空〉　月光光　第 43 期　1984 年 5 月　頁
　　　　　　　　12—13

333. 蔡榮勇　　我喜愛的詩——〈冬之歌〉　月光光　第 45 期　1984 年 9 月　頁 13

334. 沙　白　　臺灣兒童詩的批評——評林鍾隆的〈臺灣兒童詩的形成與現況〉
　　　　　　　　笠　第 134 期　1986 年 8 月　頁 99—107

335. 沙　白　　臺灣兒童詩的批評——評林鍾隆的〈臺灣兒童詩的形成與現況〉
　　　　　　　　沙白散文集　臺北　林白出版社　1988 年 9 月　頁 261—278

336. 蔡榮勇等[8]　　以小看大〔〈狗話〉部分〕　笠　第 159 期　1990 年 10 月
　　　　　　　　頁 76—77

337. 林瑞明　　現實社會的心靈建設——剖析「眾副」的九篇小說力作〔〈還要
　　　　　　　　更年輕些〉部分〕　臺灣文學的本土觀察　臺北　允晨文化公司
　　　　　　　　1996 年 7 月　頁 180—181

338. 莫　渝　　笠下的一群——〈刻字〉欣賞導讀　笠　第 210 期　1999 年 4 月
　　　　　　　　頁 137—138

339. 莫　渝　　〈刻字〉欣賞導讀　笠下的一群：笠詩人作品選讀　臺北　河童
　　　　　　　　出版社　1999 年 6 月　頁 154—156

340. 樊發稼　　臺港澳地區的兒童小說與童話〔〈最美麗的花朵〉部分〕　追求
　　　　　　　　兒童文學的永恆　石家莊　河北教育出版社　2000 年 1 月　頁
　　　　　　　　148—149

341. 洪中周　　愛詩人寫的山〔〈山〉〕　滿天星兒童文學　第 59 期　2006 年
　　　　　　　　12 月　頁 46—47

342. 葉石濤，彭瑞金；許素貞紀錄　　鄉土文學的實踐——葉石濤、彭瑞金眾副
　　　　　　　　小說對談評論〔〈鄉下人捉賊〉部分〕　葉石濤全集・評論卷六
　　　　　　　　臺南，高雄　國立臺灣文學館，高雄市文化局　2008 年 3 月　頁
　　　　　　　　171—172

───────────────

[8]評論者：蔡榮勇、吳佩珊、林敬浤、徐鈺淳。

343. 葉石濤，彭瑞金；許素貞紀錄　　新生代的訊息——葉石濤、彭瑞金眾副小
　　　　說對談評論〔〈我的兒子在美國〉部分〕　葉石濤全集・評論卷
　　　　六　臺南，高雄　國立臺灣文學館，高雄市文化局　2008 年 3 月
　　　　頁 179—180

344. 謝鴻文　　林鍾隆〈我要給風加上顏色〉與安・艾珀《風是什麼顏色？》美
　　　　學精神的互通　國語日報　2013 年 4 月 21 日　4 版

多篇作品

345. 徐守濤　　兒童詩〔〈過年〉、〈公雞和狗〉〕　　兒童文學　臺北　五南出版
　　　　社　1996 年 9 月　頁 93—95，126—127

346. 李敏勇　　〈風景〉、〈柱子〉、〈心湖〉作品導讀　青少年臺灣文庫——新詩
　　　　讀本 3：花與果實　臺北　五南圖書出版公司　2006 年 1 月　頁 5

作品評論目錄、索引

347. 許素蘭編　　林鍾隆小說評論引得　林鍾隆集　臺北　前衛出版社　1991 年
　　　　7 月 1 日　頁 331

348. 邱各容　　林鍾隆研究資料目錄——給風加上顏色（四）——相關文獻　全
　　　　國新書資訊月刊　第 43 期　2002 年 7 月　頁 71—76

349. 邱各容　　重要評論資料　臺灣兒童文學作家及作品論　臺北　富春文化公
　　　　司　2008 年 8 月　頁 155—156

350. 〔封德屏主編〕　　林鍾隆　臺灣現當代作家評論資料目錄（三）　臺南
　　　　國立臺灣文學館　2010 年 11 月　頁 1757—1769

其他

351. 趙天儀　　打開兒童詩的視野——《日本兒童詩選集》讀後　國語日報
　　　　1976 年 2 月 29 日　3 版

352. 王萬清　　評林譯《日本兒童詩選集》　國語日報　1976 年 11 月 28 日　3 版

353. 藍祥雲　　評林譯《龍子太郎》　國語日報　1976 年 9 月 12 日　3 版

354. 藍祥雲　　評林譯《龍子太郎》　兒童文學漫談　宜蘭　北成國民小學
　　　　1987 年 1 月　頁 17—19

355. 春　之　　談《龍子太郎》　國語日報　1976 年 10 月 17 日　3 版

356. 邱阿塗　　從民族的感情出發——讀《龍子太郎》有感　國語日報　1980 年
　　　　　　　9 月 7 日　3 版

357. 李畹琪　　淺析林鍾隆的翻譯的改寫手法——以柯南道爾三篇小說為例〔《盜
　　　　　　　馬記》、《魔術師的傳奇》、《土人的毒箭》〕　林鍾隆先生作品討論
　　　　　　　會論文集　臺北　富春文化公司　2001 年 10 月　頁 127—148

358. 敏　志　　一人雜誌・默默播種〔《月光光》〕　文化桃園　第 9 期　2001
　　　　　　　年 12 月　頁 7

359. 謝鴻文　　茁壯：繁花盛開的榮景——《月光光》放光芒　凝視臺灣兒童文
　　　　　　　學的重鎮——桃園縣兒童文學史　佛光大學文學研究所　碩士論
　　　　　　　文　陳信元教授指導　2005 年 1 月　頁 185—199

360. 謝鴻文　　茁壯：繁花盛開的榮景——《月光光》綻放童詩的光芒　凝視臺
　　　　　　　灣兒童文學的重鎮——桃園縣兒童文學史　臺北　富春文化公司
　　　　　　　2006 年 12 月　頁 301—322

361. 邱各容　　絕響：從《月光光》兒童詩誌創刊到《臺灣兒童文學》季刊停刊
　　　　　　　全國新書資訊月刊　第 125 期　2009 年 5 月　頁 4—6

362. 木　容　　客家兒少文學在臺灣兒童文學歷史定位初探——戰後時期——林
　　　　　　　鍾隆與《月光光》兒童詩誌　火金姑：中華民國兒童文學學會會
　　　　　　　訊　第 31 卷第 1 期　2015 年 5 月　頁 61—63

363. 李敏勇　　〈六月〉[9]解說　笠　第 298 期　2013 年 12 月　頁 10—11

364. 謝鴻文　　在劇場重現《蠻牛傳奇》——談兒童文學的戲劇改編　國語日報
　　　　　　　2015 年 3 月 1 日　7 版

365. 孫成傑　　當偶戲遇上文學——從《蠻牛的傳奇》到《蠻牛傳奇》　彰化藝
　　　　　　　文　第 68 期　2015 年 6 月　頁 24—29

366. 謝鴻文　　在劇場留住舊時代的美好——《蠻牛傳奇》　文化桃園季刊　第 4
　　　　　　　期　2016 年 3 月　頁 42—43

---

[9] 茨木則子作；林鍾隆譯。

國家圖書館出版品預行編目資料

臺灣現當代作家研究資料彙編. 84, 林鍾隆 / 徐錦成編
選. -- 初版. -- 臺南市：臺灣文學館, 2016.12
　面； 公分
ISBN 978-986-05-0138-4(平裝)

1.林鍾隆 2.傳記 3.文學評論

863.4　　　　　　　　　　　　　　105018730

【臺灣現當代作家研究資料彙編】84
林鍾隆

發 行 人　廖振富
指導單位　文化部
出版單位　國立臺灣文學館
　　　　　地　　址／70041 臺南市中西區中正路 1 號
　　　　　電　　話／06-2217201　　　　　傳　　真／06-2218952
　　　　　網　　址／www.nmtl.gov.tw　　　　電子信箱／pba@nmtl.gov.tw

總 策 畫　封德屏
顧　　問　林淇瀁　張恆豪　許俊雅　陳信元　陳義芝　須文蔚　應鳳凰
工作小組　白心瀞　呂欣茹　郭汶伶　陳映潔　陳鈺翔　張　瑜　莊淑婉
編　　選　徐錦成
責任編輯　陳鈺翔
校　　對　陳鈺翔　張　瑜　莊淑婉
計畫團隊　財團法人台灣文學發展基金會
美術設計　翁國鈞・不倒翁視覺創意
印　　刷　松霖彩色印刷事業有限公司

著作財產權人　國立臺灣文學館
　　　　本書保留所有權利。欲利用本書全部或部分內容者，須徵求著作財產權人
　　　　同意或書面授權。請洽國立臺灣文學館研究典藏組（電話：06-2217201）

經銷展售　國家書店松江門市（02-25180207）
　　　　　國立臺灣文學館藝文商店（06-2217201*2960）
　　　　　三民書局（02-23617511）　　　　五南文化廣場（04-22260330）
　　　　　台灣的店（02-23625799）　　　　府城舊冊店（06-2763093）
　　　　　南天書局（02-23620190）　　　　唐山出版社（02-23633072）
　　　　　草祭二手書店（06-2216872）

初版一刷　2016 年 12 月
定　　價　新臺幣 450 元整
　　　　　第一階段 15 冊新臺幣 5500 元整　第二階段 12 冊新臺幣 4500 元整
　　　　　第三階段 23 冊新臺幣 8500 元整　第四階段 14 冊新臺幣 5000 元整
　　　　　第五階段 16 冊新臺幣 6000 元整　第六階段 10 冊新臺幣 3800 元整
　　　　　全套 90 冊新臺幣 27000 元整

GPN　1010502245（單本）　ISBN　978-986-05-0138-4（單本）
　　　　1010000407（套）　　　　　　　978-986-02-7266-6（套）